U0934359

刘心武文粹

掐辫子

刘心武——著

译林出版社

2014年仍写作不倦

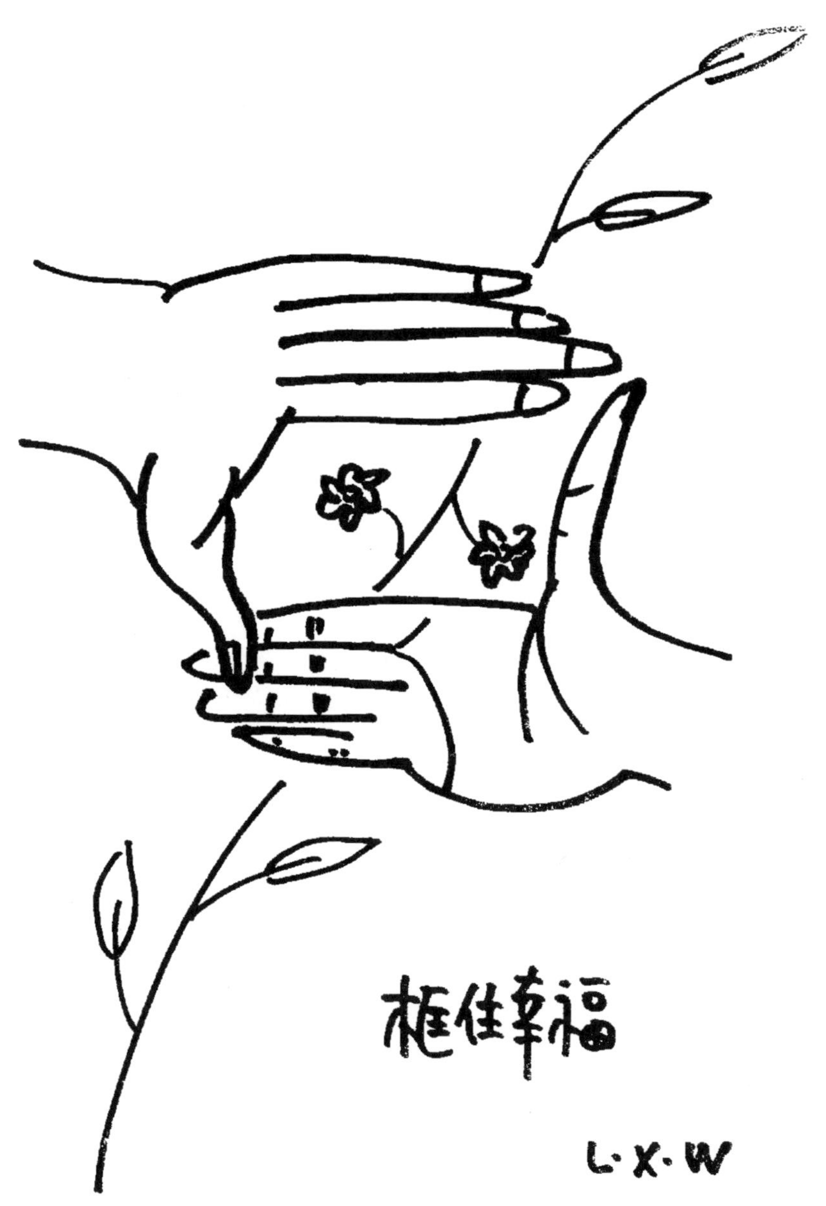

框住幸福（油性笔画）

总序

这套26卷的《刘心武文粹》，是应凤凰壹力文化发展有限公司之邀，从我历年来的作品中精选出来的。之前我虽然出版过《文集》《文存》，但这套《文粹》却并不是简单地从那两套书里截取出来的，当中收入了《文集》《文存》都来不及收入的最新作品，比如2015年1月才发表的短篇小说《土茉莉》。

《文粹》收入了我八部长篇小说中的七部。因为《飘窗》和《无尽的长廊》两部篇幅相对比较短，因此合并为一卷。其中有我的“三楼系列”即《钟鼓楼》《四牌楼》《栖凤楼》,我自己最满意的是《四牌楼》。《刘心武续〈红楼梦〉》这部特别的长篇小说,我把它放在关于《红楼梦》研究各卷的最后。我将历年来的中篇小说和短篇小说各选为四卷，再加上一卷儿童文学小说和两卷小小说，这十七卷小说展现出我“小说树”上的累累硕果。我的小说创作基本上还是写实主义的，但在上世纪八十年代，改革开放，国门大开，原来不熟悉、不知道、没见识过的外国文学理论和作品蜂拥而入，现代主义、后现代主义引起文学创作的借鉴、变革之风，举凡荒诞、魔幻、变形、拼贴、意识流、时空交错、文本颠覆甚至文字游戏都成为一时之胜，我作为文学编辑，对种种文学实验都抱包容的态度，自己也尝试吸收一些现代主义、后现代主义的手法，写些实验性的作品，像小长篇《无尽的长廊》，中篇《戳破》，短篇《贼》《吉日》《袜子上的鲜花》《水锚》《最后金蛇》等，就是这种情势的产物，至于意识流、时空交错等手法，也常见于我那一时期的小说创作中，但总体而言，写实主义，始终还是我最钟情，写起来也最顺手的。短篇小说里，《班主任》固然敝帚自珍，自己最满意的，还是《我爱每一片绿叶》《白牙》等；中篇小说里，《如意》《立体交叉桥》《木变石戒指》《小墩子》《尘与汗》《站冰》等是比较耐读的吧。我的中篇小说里有“北海三部曲”《九龙壁》《五龙亭》《仙人承露盘》，是探索性心理的，其中《仙人承露盘》探索了女同心理；另外有“红楼三钗”系列《秦可卿之死》《贾元春之死》《妙玉之死》。短篇小说里则有“我与明星”系列《歌星和我》《画星和我》《笑星和我》《影星和我》，这展示出我在题材上的多方面尝试。但我写得最多的还是普通人的生活，特别是底层市民、农民工的生存境况和他们的内心世界，长篇小说里不消说了，像中篇小说《泼妇鸡丁》，短篇小说《护城河边的灰姑娘》，还有小小说中大量的篇什，都是如此。我希望《文粹》中从自己“小说树”上摘取的果实排列起来，能够形成一幅当代的“清明上河图”。

我的写作是“种四棵树”。除了“小说树”，还有“散文随笔树”“《红楼梦》研究树”和“建筑评论树”。《文粹》的第 17 卷至 21 卷是“《红楼梦》研究树”的成果。虽然这些文章此前都出过书，但是这次在收进《文粹》时又经过一番修订，吸收了若干善意批评者的合理意见，尽量使自己的立论更加严谨。第 22 卷《从〈金瓶梅〉说开去》是新编的，其中收入了我研究《金瓶梅》的若干成果，可供参考。这也是我的一本文史类随笔。第 23 卷收入我两部自己珍爱的散文作品《献给命运的紫罗兰》《私人照相簿》。第 24 卷《命中相遇》收入的散文，记录的是我生命中难以忘怀的岁月、事件和人物。第 25 卷《心里难过》则收入的是与自己生命成长相关的散文，其作为卷名的一篇曾经人录为配乐朗诵放到网上，广为流传，也获得不少点赞，我也很高兴自己的文字不仅能以纸制品流传，也能数码化后云存在，从而拥有更多的受众。

第 26 卷则把我此前由中国建筑工业出版社出版的《我眼中的建筑与环境》，以及由中国建材工业出版社出版的《材质之美》合并在一起，还搜集了那以后散发的建筑评论。我的建筑评论从建筑美学、城市规划、对具体建筑的评论……一直延伸到建筑材料、施工，以至家居装修装饰等领域，展示出我“建筑评论树”上果实满枝，蔚成大观。

购买这套《文粹》的人士，不仅可以阅读到我“四棵树”上的文字，还可以看到我历年来的画作，以水彩画为主，也有别的品种。春风催花，夏阳暖果，不以秋叶飘落为悲，不以冬雪压枝为苦，在生命四季的轮回中，我感觉自己创造的风帆还在鼓胀，《文粹》只是总结而非终结，祝福自己在命运之河中继续航行，感谢所有善待我的人士！

刘心武

2015 年 4 月 23 日 温榆斋

目录

CONTENTS

目 录

目录

目 录

掐辫子

一对白领情侣长假携游，去到一处近年开发出的山野景点，见到瀑布深潭，她高兴得跳起来欢呼，山风掠过，将她草帽吹落潭中，她还没回过神来，他已经跃入潭中，捞起草帽，游回潭边，跃到岸上。她还没做出反应，周边的游客已经响起掌声，还有人说："跟电影镜头似的！"

他们躲到僻静处，他把上衣脱下，晾到灌木上。她说："吓死我了。知道你要表达，可也犯不着这么冒险。"他说："除了对你表达，其实，还有另外的内心秘密。"她狐疑了："什么另外的秘密？"他告诉她，掉在潭里的，是草帽。草帽是用什么做的？她随口说:稻草。他告诉她,不,是麦秸。把麦秸用水泡过，然后用双手编成辫子，他们老家妇女几乎一年四季都会在做完别的活计后，来顺手干这个，叫作掐辫子，一挂辫子大约弯成五圈，近年来的收购价，是一挂一元钱，一个能干的妇女，一天掐辫子能出五六挂……她听到这儿放心了，明白他内心里，有区别于她这样的城里生城里长的人的眼光和心思，草帽对她来说，不过是一种便宜的遮阳物品，可是对他来说，是他到城里来上大学以前，奶奶、妈妈、姐姐们日常掐辫子变化成的产品。她引他聊得更多。他细细叙说。他告诉她，他们那个家乡，离交通枢纽远，历史上属于兵家必弃之地，如今则属于商家缓争之处，无山无水，开发不成旅游区，离最近的一处古迹也还有百里之遥，他也曾苦苦查阅过，竟找不出自古到今各方面的名人有出生在他们那个地方的，总之，那是一处平凡、平淡、平庸的所在。但是平实之地也有平安之福，城市化的浸润，离得还远，村庄虽然盖起了新房，却仍有古朴风貌，有人问城市膨胀耕地减少，为什么粮食还有得吃？他说，那就是因为还有他家乡那样的存在，每年还种大片的小麦，小麦收过种大片的玉米。而大田劳作之余，妇女们就维系着久远的传统，掐辫子。她在秋阳下听他讲家乡，心里仿佛陆续注入一缕一缕的光亮。他没想到她爱听这些。他进一步告诉她，他大学四年的费用，学费是爸爸供，生活费呢，全是奶奶、妈妈和姐姐掐辫子掐出来的。她把玩着那渐渐变干的草帽，忽然觉得，那是有生命的东西，她把草帽像宠物般拥在胸怀。

他们原来的计划，是顺那山谷跋涉到最深处，据说那谷端有更高更奇更美的瀑布，那里有开发出的农家院接待游客，在那里可以吃到若干特别的鲜鱼山蔬。但是，她提议改变行程，转而去他的老家，她说她想看掐辫子，甚至想学着掐辫子。他很高兴。他们交往并不久。这是他原来幻想过却不敢贸然提出的。是的，这个假期很长，他们完全来得及转换目的地。

她随他前往他的家乡。绝对距离并不远，却要先坐火车，慢车站票，熬过一夜，再换长途汽车，再换三轮摩托，车载的终点是一处大集，从那大集镇再徒步一小时，才到他家那个村子。确实无特点可言，就是不多的树，模样雷同的房舍，不甚整洁的村道，一种只能以农村命名的混合气息。他把她引到自己家时，已经夕阳西下。一进院，不用他指点，她就看到好几个盆，有塑料盆、铝盆，还有一只陶盆，里面浸泡着大体等长的麦秸，散发出一种香臭之间的暧昧气息。他妈妈迎面出了屋，手臂上有几挂刚掐好的辫子，不是知道他们来了表示欢迎，她是地道的不速之客。他叫完“妈”就介绍说“这是我女朋友”，她赶忙称呼“大妈”。进屋以后又见到他奶奶。姐姐已经出嫁，但就在邻村，他说明天或许就会回来见面。奶奶坐在那里掐辫子，弄明白她的身份后咧开只剩几颗残牙的嘴无声地笑了好久。她随即听见院子里鸡在拍翅狂叫，她到门边往外看，是大妈在抓鸡。那只母鸡显然一贯得宠，万没想到今天风云突变，因此拼力挣扎，他知道她的心思，怕她跑出去拦阻，就站到她身边轻轻搂住她的腰，但是她懂得，大妈听见儿子把她介绍出来时，并没有什么强烈的表情，但是此刻她那满院抓鸡的肢体语言，把她面对意外之喜的满腔热情表达得淋漓尽致，一个人对另一个人如此看重，并且以如此淳朴的形态表达出来，是她职场生活中不曾经历的。

晚饭后和大妈聊天，才知道如今四季都有人进村来收妇女们掐好的辫子，除了去做草帽，广东那边又有盘成“黄金条”的，没多久是下元节，祭祀亡魂，要给他们烧“黄金条”。她发现东厢柴草间堆了不少废弃的辫子，大妈悄悄告诉她，那都是奶奶掐的，老人手劲不够，掐不出合格的了，可是，掐了一辈子，喜呀悲呀什么心思都掐进去了，所以不告诉她人家不收，还由着老人掐……她意识到这里的妇女掐辫子其实更具有超出换钱的生命意蕴，眼睛潮湿了。

他的爸爸是兽医，那天到远村去服务，第二天一早才回来。她和他一起站在院门外，远远看到那乡村兽医骑着自行车从白杨树下过来，她忽然想大声召唤：“爸爸！”

千叶瓶

那只花瓶是他二十几年前从农贸市场买来的。造型一般，素白，底部连瓷窑标志都没有。花瓶陪伴他度过整个青壮年时期。见证了他娶妻生子，也接受了他“哎,我退休啦！”的招呼。花瓶随他搬了两次家,在家里的位置更多次变易,近些年则一直搁放在书桌一角。花瓶插过鲜花、干花和假花。最后所插的是三根孔雀翎。

退休以后，他试图圆多年来写回忆录的梦。为此他专门购置了一个精美的十六开簿册，还准备了一盒十二支的绿色签字笔。为什么要选择绿色？完全是下意识驱使。在出售文化用品的货架前，他本是要拿黑色签字笔，忽然眼睛扫到了这种绿色的，好奇地抽出一支，在店里提供的试用纸上画了画，笔尖滑动的感觉和呈现的绿色都让他愉快，于是买了下来。

但是，翻开簿册，拿起绿笔，郑重地宣布：“别打扰我，我要开笔啦！”却愣在那里，满脑子飞花飘絮，却不知该如何写出第一句来。好不容易写出了几行，却实在是不能满意，狠心用左手撕下那一页，却不料纸张挺括，反弹力使他握笔的右手杵到花瓶，花瓶一斜，忙去扶正，结果签字笔笔尖就在瓶体上画出了一个弯线。拿抹布擦，去不掉，又找来去污粉，还是没用，涂上衣领净再擦再用水冲，那道绿痕似乎更加分明，于是想到汽油，想到是否该去化工原料商店买某种稀料……

传来了妻子的声音：“你把弄脏的一面朝墙，不就结了吗？”又传来正好回娘家的闺女的声音：“爸，又不是什么值钱的宝贝，您干吗着那么大急？还是写您的回忆录吧，写出来，我给您录入电脑……”他望着破了相的花瓶，只是发愣。

第二天他用绿色签字笔，把那涂不掉的一个弯道，勾勒成了一小片绿叶，看上去，顺眼点。但瓶体和那么小一片绿叶，在比例上实在不相称，于是，他决定从那片绿叶开始，再连续勾勒出更多的，形态并不雷同，而又凹凸锯齿互补的叶片。

勾勒第一个叶片时，他当然是一种后悔的心情，责备自己把素白的瓶体，不小心给玷污了。后来，不知怎么的，心理态势的惯性作用吧，勾勒别的叶片时，接二连三，全是后悔的思绪。后悔小时候，不该为了贪摘树上的果子，急躁地把整个枝丫扯断。又后悔上小学时，同桌问自己借圆珠笔用，死活就不借给人家。

再后悔到上山下乡的时候，队里培养自己当“赤脚医生”，却没有能把常见的草药形态认全。回城进工厂，先开大货车，后开小面包，再当上司机班长，更调进科室，好赖算是个干部了，就不免神气活现起来，给一起进厂的“插友”，取不雅的外号大呼小叫，后来人家下了岗，找到自己借钱，虽说也拿了一千给人家，却又跟人家说了一大车便宜话，仿佛人家困难全是不争气造成的……

闺女又回门，听见小声在问妻子：“爸的回忆录写出多少了？怎么抱着个花瓶在鼓捣？”妻子小声回答：“着了魔似的，每天总得花两三个钟头在瓶子上画树叶……不过他脾气倒好多了，下楼一块儿遛弯，还总跟我回忆以往的事儿，动不动还说，哪件事上对不起我，又是哪一回的吵架请我原谅……咳，其实我早忘啦！不过听他那么说，心里倒是挺舒服的……”

渐渐地，他那只花瓶，半壁外表都画满了绿叶，那些单线勾勒的叶片，大大小小，连续不断，看上去，仿佛当初入窑出窑时，就已经有了，而且，是工艺师事先就构思好，精描出来的，显得非常自然，也非常和谐，堪称雅致秀美。

他继续在花瓶另一面上勾勒绿叶。妻子说：“难道你非得把叶子画满吗？铺满怕得上千片叶子，你累不累啊？”他边慢慢画，边沉吟地说：“我还真怕那画满的一天到来呢！”

画另一面时，他已经意识到，画绿叶的过程，于他来说，就是书写忏悔录，就是魂魄的热水浴，也就是自我心灵的飞升……从中，他获得大感悟、大欢喜。

有一天，一位现在迷上古玩收藏的“发小”来看望他，忽然眼睛一亮，吼出一声:“老兄，你从哪儿收来这么个千叶瓶？”他且不作声。那“插友”走近，小心捧起细看，哑然失笑:“原来根本不是古董，连当代高级工艺品都不是啊！”他让来客小心轻放，说:“对我自己而言，这是无价之宝！”他只简单解释了几分钟，来客便肃然起敬，并感叹:“如果那些对社会负有更大责任的人士，都能有你画千叶瓶的心思，该多好啊！”

情调餐

女儿大了，眼看要出嫁了，那女婿看着挺不错……不算老的“老两口儿”心满意足。

这天是“情人节”，“老两口儿”从没过过这节。对女儿他们来说，这却已是个“老节”了，不过以往他们都是在外头过，今天，因为眼看就要化“情人”为“爱人”了吧，他们说要在家里过。头两天女儿一宣布出这个决定，当妈的便兴致勃勃地计划上了今天晚餐的菜谱，并且自告奋勇，要到挺老远的那个最大的菜市场采购——女儿打小爱吃炒鳝糊，当妈的认定只有那里的活鳝来路正、肥而鲜；当爸的也宣称要烧一道自来最拿手的红烧狮子头……可是女儿却坚决不要他们“插手”，并给了他们两张这天下午的电影票，说是“你们也该过过这个节——我给你们买的可是情侣座呢！晚餐由我们来弄，你们回来吃现成吧！”

好！那就吃一回现成吧！

可是，在电影院的那齁老贵的情侣座上，不算老的“老两口儿”可真是如坐针毡，且不说那电影里的床上戏、野合戏虽经审查删减而仍颇“露骨”，银幕下，周围情侣座上的“青春花朵”竟也放肆开放，搂的搂，啃的啃……当银幕上打出“剧终”字样时，他们俩真仿佛如聆大赦。

出了电影院，两人一边往公共汽车站走，一边猜测女儿女婿会烧出什么菜来。女婿是从湖南大学毕业后来北京的，估计会炒个辣子鸡丁，只怕他那辣椒会放得太多，让人吃不消呢！女儿自己炒鳝糊，能把握住火候吗？她该知道，爸爸最喜欢红烧狮子头，妈妈最爱豆豉炒腊肠，也许，今晚餐桌上会有这两样佳肴？……

下了公共汽车，“老两口儿”慢慢地走回家，虽未手挽手，到底肩挨肩，也算这“情人节”的街头一景吧？……走拢他们住的那栋楼，抬头朝上望，哪扇是他们那单元的窗户？这个说：“怎么唯独我们的灯，那么不亮呢？是该换灯管了吗？”那个笑：“老眼昏花！那是咱们家的灯吗？”

回到家里，女儿女婿迎上来问好……可“老两口儿”心里都有点别扭，怎么屋子里光线暗暗的？啊，原来根本没开电灯……不，开了，开的只是几盏这里、那里的台灯，有的台灯，还把灯头扭向了墙壁……在屋里起照明作用的，主要是一些蜡烛，也不知他们从哪儿变出了那么些个蜡烛台……女儿房间里，音响里放送着也不知是哪国的音带，是没有乐器伴奏的人声，算是唱歌吗？好像也没具体的词儿，只是在那儿变着调儿地“吧吧吧吧……”是男声还是女声？也闹不清，阴阳怪气的……

……进到厨房，咦，怎么好像就根本没用过火？几口锅也都不像刚献过身……

“爸，妈，你们吃吧！”女儿招呼着。

到餐桌前一看，有一个美丽的花插，有一钵生菜色拉，有一碟开心果、一碟美国大杏仁，另外就是一盘自制三明治，里面夹的无非是火腿肠、干酪、西红柿、洋葱的切片……还有一瓶长城干红葡萄酒……怎么只放了两套餐盘、刀叉和两只高脚玻璃酒杯？

“爸，妈，我们吃过啦，你们面对面地享受吧！”女儿微笑着……女婿也恭敬地说：“我们给您们煮咖啡去……我们搞到鲜奶油了……还有特别适合您们的木糖醇！”

“老两口儿”面面相觑。这叫晚餐吗？这能吃饱吗？

女儿仿佛看出了他们的心思，把三枝的银烛台移到餐桌当中，笑吟吟地说：“这叫情调餐，情人节嘛，最要紧的是情话绵绵，对吧？……爸，妈，你们坐下，慢慢地吃吧，吃情调，情调是一种精神营养，人生不可缺啊……”说完同女婿一对眼，两人进女儿那屋去了，还随手关上了门……

“老两口儿”呆呆地站在餐桌前，一个想，还不如冲碗方便面呢，一个想，还是到厨房炒盘豆豉腊肠吧……

清粥小菜

这真是难得的一天！他们全家决定去饭馆打牙祭！

说实在的，像他和妻子这样的工薪族，上有老（岳母与他们同住），下有小（儿子才上高中），平日是没有勇气下馆子的，不要说那些门脸儿珠光宝气的什么“渔村”绝不敢进，就是最一般的门口拉着些瀑布灯的，标榜“家常菜肴，丰俭由人”的小馆子，也是屡过其门而不入。

偏偏最近他们街口新开张了一家川菜馆，门脸儿非常体面，却在晚报上几次刊登出大幅的广告，那广告的最蛊惑人之处，是详细开列出各种冷热菜肴的具体价格，并且申明“不另加收服务费”；当然他仍然不敢百分之一百地信任那广告，但有几位经济状况与他相差无几的邻居去试过以后，回来说那广告上的价格确实没有虚假，并且盛赞其鱼香肉丝、三鲜锅巴不仅色香味俱佳，而且量也不少，这便引动得他终于做出了“这个周末咱们家去打回牙祭”的隆重决定！

呼应最热烈的是儿子。儿子不仅闻之欢呼雀跃，甚至于说：“也是该慰劳慰劳我啦！”竟是面有嘚瑟的模样。儿子言外之意是：我凭自己努力，考上了个重点中学，为你们省了起码两万块的“赞助费”，难道我还不该大快朵颐一回么？

妻子这月的奖金比往常多出了五十元，因此在下回馆子这一点上与他很有共识，但限定这一餐的花费至多不能超过八十元；他于是拿着那晚报上的菜单反复推敲，看点哪些菜才能既经济又实惠；他并且边点边报出菜名来，以寻求支持，也期待争鸣。

岳母的态度最冷静。她说：“依我说，三鲜锅巴太贵，也未必好吃，不如点两客麻婆豆腐，又便宜又下饭……”却立即引起外孙子的反对：“下馆子就是要吃点荤的嘛，干吗总是豆腐豆腐的！”……

最后，终于议定了一个最佳配置的菜单。一家人的欢欣，真是不亚于已进了一回“渔村”。

谁知天有不测之客。就在他们准备开赴那家餐馆之前，忽然钟钟来了。钟钟是他们两口子的老同学，姓钟名钟，进得门来也确实像口座钟。钟钟前几年便开始官运亨通，如今已然是副局级干部了。钟钟在任上，工作很有成绩，并且也确实并没有“人一阔，脸就变”，他这些年只要抽得出空，总愿到老同学这里来打一头；他和妻子，乃至儿子和岳母，都挺喜欢听钟钟讲些官场内外的新鲜事，那真是听来大开眼界！

钟钟落座后，立即言谈极欢。聊了一阵，他便说：“钟钟，一起吃晚饭吧！咱们一起去街口新开的……”钟钟一听便说：“我来你这儿，我还客气什么？……我已经让我那司机把车开走了，也不要他再来接我……正是，咱们一边吃一边还能细聊聊！可是餐馆我是绝对不要去！唉唉唉……这些天连续不断的外事活动，还有什么庆典、招待会，可把我吃怕了！你看你看，我这肚子，是不是又鼓出些来了？像座大笨钟是不是？哈……快别去什么餐馆！嫂夫人，劳您驾，就随便准备点清粥小菜，那比什么山珍海味都强！……昨天他们是安排在‘鱼翅皇’……那一海盘鱼翅啊！整扇的鱼翅，弄熟了都没变形，手艺是真棒，可油浸浸的，谁能吃上几口？……那天在‘潮福楼’，大龙虾刺身倒清爽，可是我一不小心多蘸了些个日本淡绿色儿的芥末，吃了那个难受啊！直到鲍鱼端上来，用鲍鱼压下去，才好受点儿！……可是前两天那个蛇羹，还有烤乳猪，还有那天西餐的红酒牛肉……我现在想起来就餍饫得不行！……唉唉唉，所以我只求你们一碗大米粥，一碟小菜……非要炒菜，那就炒素菜，绿叶子菜！……”

他和妻子听了，面面相觑过后，便只好“恭敬不如从命”。儿子和岳母待在两居室的那个小间里，儿子嘟囔说：“哼，他想吃清粥小菜，我倒想吃山珍海味呢！……今晚倒血霉了！”岳母却说：“也好！省得去那餐馆浪费了！”

他陪着钟钟神侃。妻子去备饭。家里恰好只有面没有米了。妻子本想支儿子下楼买米，可是心里估摸儿子正没好气，好面子的她遂自己下楼去买。

粮店倒是就在楼下不远。可没想已关了门。旁边的自选小超市是营业到很晚的，她进去，忍痛花于她来说是很高的价，买了一袋丝苗米，因为那里面只剩那么一个品种。出了小超市，拐个弯就有菜摊，但凡平庸点的菜，都只剩下一些别人挑剩的次货，不得已，买了一斤符合钟钟要求的“绿叶子菜”——豌豆苗，到付钱的时候才意识到，比到那餐馆点一盘鱼香肉丝贵多了！这还只是原料！……清粥要配小菜，路过朝朝鲜族人卖辣菜的小车，于是又买了些辣桔梗……回家上楼时一心算，这样的投资，其实比上那餐馆，甚或还更昂贵！因为自己一家人，本是想去那里多添些油水的啊，这下只能陪着贵客吃素了！……

那晚钟钟离开他家，在街上叫了辆出租车，坐进去以后，格外地心旷神怡，心里不住地说：“多好的清粥小菜啊！多可爱的普通人家啊！多愉快的周末之夜啊！……”

然而，他家在那一个月内，再无下餐馆的动议。

请来吃晚餐

在一个很不雅的地方与中学同学 M 君邂逅——那是一个收费的公共厕所；但我们还是很高兴，多年不见，一见，当年一块儿往数学老师粉笔匣中放“臭大姐”的情景，蓦地重现眼前，哈哈地畅笑着，我们出得公厕，漫无目的地沿着大街边聊边走；M 君对我的情况虽不能说是了如指掌，却也基本门儿清，特别是近几年有几篇批判我的文章，那他是从标题到那所署的化名一一道来，绝无一丝舛错，令我既尴尬又惊诧；我问到他的情况，他走了好远才终于给我个透明度——他递我一张名片，一看，才知道他开了一家饭馆，他告诉我是他独资开的，生意嘛，“马马虎虎”，那当然也就是相当不错的意思。

我以为他马上会请我去光顾他那家饭馆，没想到他且问我的家庭：“你那……嫂夫人，还是……当年那位吧？”

我笑了：“是何言语？难道你已经换了好几个了？”

他也笑了：“不瞒你说，情人换了好多个，可我还是个没结过婚的独身男子呢！”

我说：“你真伟大！”

他点头：“那是！咱们这个年纪，有几个能像我这样！”

我看看表：“啊呀！我还有事，得分手啦！”

他就很爽快地同我握手告别。

临到他转身走了，我心里头还在纳闷：他怎么就没一句请我去他那餐馆品尝的客套话呢？我的意思不是说想到他那儿白撮，我完全可以像其他顾客那样付款——我是觉得他有些不近人情，总之，怪怪的！

不过，一分手，我也就很快把他忘记了，相信他把我忘得更快。

不记得过了几时，忽一日，我的朋友老V来电话跟我聊天；老V那一阵正跟老婆打离婚，法院把他们调解得死去活来，不过，终于还是离成了，他在电话里跟我说："你猜怎么着？如今这世道，赚钱的人真会见缝插针！也不知他是打哪儿得的消息，打哪儿得的地址——多半是法院和街道办事处有他的'托儿'——我今天接着一封信，是个饭馆老板寄来的，啊，其实算不上信，算是请柬吧，也算不上请柬，因为真正的请柬是不收费的，这上头却开着三种价格，任我选择——是请我和我原来的老婆去他那个饭馆吃'好散餐'，就是离婚餐，你听听他想出来的那些个菜名：'忆旧无怨'，后面注明是'酒酿方茄'；'以礼相待'，后面注明是'香菜里脊'；'还是朋友'，后面注明是'铁板牛柳'；'互祝幸福'，后面注明是'腐竹香菇'；'一路平安'，后面注明是'一品火锅'……上面还用金字印着：请你们二人同来吃晚餐！你说你说，生意做到这个份儿上，让我们说什么好呢？……"

我听得目瞪口呆，本能地问："这饭馆在哪儿？叫什么名字？"

V君就念出了那地址牌号以及经理的名字。

"啊！他呀！"我忍不住叫了起来。

"怎么？你认识？你……是你告诉他我的事儿，我的地址的？"朋友在那边大吃一惊。

我费了九牛二虎之力才把自己择清。

"原来这样……我猛一听，还以为你也是他的'托儿'呢！"

我好懊丧。

那以后有一天我决定去那"离婚餐厅"吃一顿晚餐，当然，是自己一个人去，并且不配合他那个营业宗旨。

到了那儿才发现，那餐馆不仅所在的街区本已属于偏僻，而那门面的具体位置就更吃亏——处于一个死角，不是特别往那儿去的人，一般的路人，几乎都不大可能从它门前经过；怪不得我那老同学要挖空心思来招徕顾客了。

我进到餐馆，马上有一位穿连衣裙号服的小姐满面春风地迎上来问："先生是预约好的吗？"

我故意点点头，煞有介事地“唔”了一声。

那小姐又问：“您定的是蔚蓝厅还是霞光厅？”

敢情那饭馆面积不大，名堂还不小。

我说：“都行呀！随便吧！”

小姐先是一愣，后来就为难地说：“先生您……您带我们给您寄的约柬了吗？”

我后来才知道，那约柬有蔚蓝、粉红两种颜色。

我想，到你这儿来吃饭，哪个厅还不是一样？难道价格有所不同？一边是中餐，一边是西餐？一边想，我就一边拿脚往粉红色的霞光厅里走，小姐忙抢到前面为我领座；那厅也就二十几平方米，座位布置得倒很别致，大都是双人座，也有四人座，也有一张大圆桌；我进去时大约有两对中年男女已在进餐。

我在一处紧挨橡皮树的双人座那儿坐下，小姐问：“您夫人随后就到吗？”

我笑了：“你这称呼不妥！我们既然离了，她怎么还是我夫人？”

小姐脸上的笑容枯萎了，她很困惑：“您……您不是来复婚的？您……您是来吃离婚餐的？那……那我们一般给安排在蔚蓝厅呀！”

见鬼！哪儿来的那么多花样！

我就干脆说：“你们经理呢？我是他老同学，你给我把他请出来！”

小姐这才松了一口气：“您原来并没预约吧？啊，不要紧，您先坐，没预约的随便坐……经理他平时并不来，不过，我可以马上打电话跟他联系……您能告诉我贵姓吗？”

……过了一小会儿，小姐就请我去接电话，是经理打来的，他在那边说：“恕罪恕罪，事情缠身，实在赶不过来……你该早打过招呼！我已经跟他们交代了，所有的好菜都给你端一份，酒水你也敞开喝……完全免费！你多指导，不吝赐教！……改日再亲陪你痛撮！……”

我说：“你可真有花点子！掏人家离婚男女的钱包还不过瘾，又打人家复婚男女的主意！天下人的钱，都让你算计了才好吧！”

他在那边说：“嗨，我这也是急中生智，原来光做那蔚蓝色生意，从年初开始，发现他妈的如今又时髦上了复婚，所以又隔出来了个霞光厅不是……也邪乎了，有了线索，寄去约柬，复婚宴的生意挺火！你老兄无论是离是复是不离不复，今后想撮，你就尽管到我这馆子里来！”

我说：“别逗了！你当我是馋疯啦？我不过是想见识见识如今的买卖都做到什么份儿上罢了……”

跟他通完话，我就出了那饭馆，一边走远，一边不禁摇摇头，笑笑，摇摇头，笑笑。

秋千座

走到过街天桥前头，她提醒自己：怎么还是那么快？不是特意要享受慢的乐趣吗？

于是，她款款登上天桥引梯，缓缓迈到天桥上面，顺着护栏悠闲前行，到达天桥正中，她停步转身朝前望去，啊，原来站在此处可以看到大街笔直通向那么远的地方，车流仿佛两条逆向飘拂的彩带，延伸得那么神气，而城市那个方向的天际轮廓线，令她感到无比新奇，特别是，她认出了自己加盟的那家公司的写字楼，她虽然经常从这座天桥穿行，却从未停步朝那个方向观望过。

她痴痴地站在天桥上，望了许久。

手机铃声响了。出门前她已经改换了铃声，是一首慢歌。接听，阿瑟从机场打来，还是那么急促的语速，她笑了，特意放慢语速回应："你好容易歇下来去旅游，为什么还是那么忙忙慌慌的呢？消停点不好吗？我在做什么？我——正在——城楼——看——风景……"阿瑟并没什么要紧的话，只不过是等候登机无聊，打发无聊，为什么也不能慢下来呢？

阿瑟是和她的男朋友去韩国济州岛作深度游。那还是她给出的主意。深度游的精髓是什么？就是慢慢悠悠。看来阿瑟根本抓不住这个要领。孺子不可教也！

她把手机关闭，溜溜达达往天桥那边移动。心里有点乱，像一间好久没有打扫的房间。整理一番吗？急什么？房间乱，把窗帘合拢，不开灯，坐到沙发上，不，躺到沙发上，房间也就无所谓乱不乱了。她合拢心帘，再不深想，缓缓走下天桥那边的引梯。

她是一个典型的白领。丽人不敢说。年龄不堪问。十年前刚上大学，看一部电影，剧情全忘，却记得那些街景——几乎所有的人都脚步匆匆，那是一部西方电影，当时很羡慕，现代化么，速度就是X，这个X可以理解成业绩、财富、活力、机遇……“我们什么时候能够过上这样的高速生活？”毕业后经过几次跳槽，终于基本稳定在这家大公司，参与高速运转，工资不菲，贷款买了房买了车，月月还贷月月累，天天缺觉天天撑，就连第一次恋爱，也是高速度的，破裂分手，舐尽感情伤痕，也都匆匆忙忙。孝敬老人也是速度第一，进商场匆匆买一样东西，停下车小跑上楼，进了门急忙先宣告：“爸！妈！我回来啦！”爸妈问长问短，她的手机铃声不断，频频跑到阳台上接电话，好容易坐下来同吃一餐，节奏快得二老瞪眼相劝，而在用餐巾纸揩嘴唇的时候，就一边道保重一边到玄关换鞋，“拜拜”声则被一溜烟跑下楼梯的鞋跟声淹没……

这就是她的生存状态。这次长假前聚餐会上，大家互吐衷肠：最向往什么？答案基本一致：痛睡三天！有的说世界上最奢侈的事物就是任兴酣睡！她却产生了一个想法，她没有向大家宣布，她对自己强调了：受够了快，现在她要利用假期，痛痛快快地享受一番慢！这才意识到，人类社会最奢侈的事物，应该是任兴地慢慢悠悠……

她下了那过街天桥，顺街道朝一家茶餐厅慢步而去。那家茶餐厅临街的大玻璃窗内，设置了一些秋千座。她路过很多次，产生过多次坐在那秋千座上，眯着眼，慢悠悠摇晃，把心态调整到介乎什么都想和什么都不想之间，彻底放松，痛快享受，却一直被这样那样的事情驱使于快速之中，不得实现。

此刻，她的全部人生愿望，凝聚在秋千座上的慢悠悠，慢——悠——悠……

不知不觉，已经来到了那家茶餐厅外面。她意态怡然地刹住脚，缓缓抬眼朝窗里望去。一连四组秋千座全坐了人。起初有点扫兴，问自己：急什么呢？平静下来。细观，发现有一对白发老人，两位各坐一架秋千，两架秋千全微微晃动着，二老对望，喁喁闲谈，他们之间的茶桌，小银炉上，是透明玻璃壶沏的水果茶，氤氲出缕缕淡淡的水汽……

因为总是太快，她忽略了多少生活中那些平凡而琐细的美人美事啊！今后她该快时肯定还得快，但可以不必快时，她就一定要自觉地享受慢的赐予。

她站在那里，生命在慢赏中，得大欢喜……

取消悬赏

单元楼的电梯口旁贴着一张用电脑打出来的告示，是楼里老张贴的，上面写着："本人不慎将一个小记事本丢失，该记事本约一般扑克牌大小，封面深咖啡色，不厚，里面已有约一半的篇页记了一些资料，但该记事本上未写本人姓名；因所记资料对本人至关重要，故恳请拾到者将此物送还本人；因本人有时不在，故亦可将所拾此物交电梯班人员转赐；对拾物赐还者，本人定有重谢！……"

这几天不但老张自己一进电梯便问："有吗？"楼里的邻居们有的也爱问上一句："老张的记事本找着了吗？"开电梯的姑娘们总是笑着摇头。有时候大家挤在电梯里，跟老张比较熟的邻居还跟他开玩笑："嘿，你那记事本就在我兜里啦！你给什么谢礼呀？"

"你先说说你那奖赏高到什么份儿上吧！重赏之下必有勇夫！你真给重奖，我就真给你当一回福尔摩斯！"也有的邻居劝他："算了吧！也许你是丢在大街上啦！哪儿还找得着呀！是个通讯录吧？是呀，要是没副本，一旦丢了，想全给恢复起来，谈何容易！光那些个电话号码，就且得重新搜罗一气……误事啊！不过，吃一堑，长一智，以后你那记事本上的资料，一定要留个备份！……"

电梯班的人员——一色的娘子军——对老张的这件事挺重视，班长是里头年岁最大的，其实也不过三十出头，其他的小姑娘小媳妇都管她叫嫂子；这天嫂子在班组会上就说："按说，这不是咱们分内的事，可是为人民服务，学雷锋做好事，以高标准要求咱们自己，那就不能再分什么分内分外！……"小齐听了，发言说："咳，只要有人给送来，咱们转交他，那费什么事儿？怎么说来着？对了，那叫‘举手之劳’……”小玲子跟着说：“上回七楼的‘空姐’在楼道里捡了一本书，叫什么‘预测学’，不就交给我了吗？嗨，其实就是七楼老苗丢的……没过一个钟头，他带着旅行拉箱一进电梯，自己就认出那书来了……嘻嘻，可是真逗，他说那是他的书，可他又不拿走，说是他要去飞机场，书先留我这儿……”小齐咯咯笑，补充说：“我知道我知道……老苗出差回来那天是我值班……他跟我说，他是捏着鼻子去上的飞机，又是炸着头皮坐飞机回来的……敢情他那本书，让他不敢坐飞机哩！……”其他姑娘就问她和小玲子究竟怎么回事儿，嫂子拿起个不锈钢饭勺敲搪瓷饭盆，严厉地说：“谁让你们说故事啦？现在可是开会！”……

也真巧，几天以后，正当小齐和小玲子交接班的时候，楼里一个中学生交来一个小本子，说是往地下室自行车库放车的时候，在旮旯里捡到的。中学生出电梯回家以后，暂时无人呼叫，小齐和小玲子便翻开那小本本检验起来；小本本已经弄得很脏，里头有一半的篇幅记着些……小齐拿给小玲子看：“这是通讯录吗？”小玲子歪头看，也不懂：“这是怎么回事呀？名儿也不全……这些个数字也不像电话号码呀！……”有人呼叫了，她们也便合起那个小本本。

小齐休息去了，小玲子开电梯，她一直盼着老张回楼，那天老张却回来得非常之晚。

小玲子在一楼一见老张走进电梯，便高兴地告诉他：“哎……您的记事本……是您的吧？……”老张接过记事本，翻了翻，对着某一页，仔细地看了看……小齐本以为他会喜出望外，没想到，老张脸上的表情很古怪，紧抿着嘴，瞪着那记事本上的某一页，牙筋直颤……小齐虽然吃惊，还是把早准备好的话说了出来：“是十二楼上中学的小明，在地下室存车处捡着的……您打算怎么奖励他呀？”

“哼！……奖励！……奖励个屁！……”老张气急败坏地说，“我先不回家！你再开下去！下去！下去！”

小齐莫名其妙。只好且再把电梯往下开。电梯又停在一楼，门一开，老张便冲了出去，把等在门外的几个邻居吓了一跳。他们问小齐：“他怎么啦？”小齐委屈地说：“人家帮他找着了他那个小记事本……可他……就跟人家犯了什么错误似的……谁知道呢！”

是的，谁也弄不懂。只有老张自己清楚。原来，他那个小本本上，有他辛辛苦苦搜集来的资料：王书记的生日，其爱人的生日，其孙子的生日，其母亲的生日……汪主任及其爱人的银婚纪念日，其1979年彻底平反从监狱里出来、重新得到任命的纪念日，其母亲的祭日……藤总的生日，其第一篇文章见报的日子，其机要秘书赵小姐的生日……冯司长的生日，其动大手术切除胆结石的日子，其宝贝闺女赴美的日子，其家中那只名叫“拳拳”的板凳狗的生日等等，等等。这些资料派什么用场？都是些“战略资料”，并非“战术资料”啊！……不是马上都拿来用，有的只是“以备不时之需”……然而，从已利用过的来看，那真是“立奏奇效”啊！那都算不得什么重礼，简直谈不到是贿赂，而且，他往往并不当面提及任何比如说关于职务、职称、理事头衔、发表文章、出国安排……一类的公事与“俗务”，只是与人家促促膝，谈谈心，提提关于那个日子的联想、感慨……谁能拒绝温情、同情、多情、细腻而周到的感情呢？……你看你看，平日勤于浇水施肥，一朝花开果熟，能不落我怀中？……

谁知正在非常关键的时刻，他那小小而宝贵的记事本竟不翼而飞！真后悔没留下个备份！……然而他的有关“工作”仍需继续进行！这天下午，他便去了王书记家，送上了一大束黄白各半的菊花；王书记不在（他有意在其不在时造访），他将那花和一封短信，留给了保姆；那信上绝不提最近增补理事的事，只是说，想起了“王妈妈”的慈容，不胜怀念……

然而，当他做完这件事，回到自己所住的楼，迈进电梯，与那失去的记事本重逢后，一翻查，才惊悚地发现，他凭着记忆，竟把王书记和汪主任的资料搞混了！这天该是“汪妈妈”的祭日而非“王妈妈”的祭日！王书记的母亲分明还活着！只是这一阵可能住到别的子女家去了！天哪！

……

却步

他骑车出了胡同，骑到地铁车站，存好车，下到地铁，坐了五站地铁，出地铁，过马路，等候招手即停的小巴，小巴过来，停下时，他问了两遍："过雅皇花园吗？"得到肯定回答后，他上了车，小巴一直开出了四环路……约二十多分钟后，他断定马路边就是雅皇花园，叫停，车刚一停，他便灵巧地跳下……

他找入口，一时没能找到，忽然发现那卷花的铁栅栏里，草坪中有个标识，啊，里面不是雅皇花园……他想起唐莉说过，雅皇在这个山庄的北边……这个叫山庄的别墅区，里面的那些小楼已经让他觉得非常地豪华，可是他想起唐莉提起这个山庄时的表情，轻蔑得鼻子上都起皱："……那里头尽是些连体楼，楼距小得吓死人……"现在他走在山庄铁栅外，所望到的那些连体楼非常可爱，楼间的距离并不算太小，他没有被吓死，而是羡慕死了……

他步行了五六分钟，才走出了那个山庄的范围，于是雅皇花园开始显现，确实，头一眼便让他感到气度不凡，围墙半遮半露，那石料和镀铜栅栏构筑的围墙令人想到佛罗伦萨，记得当年徐志摩把这个意大利古城的名字翻译成翡冷翠，啊，这译名多好，三个方块字里充溢着丰沛的意象……

大门豁然在前，又让他联想到从荧屏上看到过的凡尔赛宫……这叫什么风格来着？洛可可式？

……他走过去，有穿制服的保安员在站岗，腰上吊着电警棒，他对保安说，他要进去找人，保安客客气气地问："先生，您的车呢？"

他老老实实地回答："我坐小巴过来的。"

保安上下打量他，对他说："这个门只进汽车。"

他想争论，忍住了，问："那我该从哪儿进？"

保安和气地跟他解释："请您走西门。那儿有传达室。"

他只好去西门。西门离这座凡尔赛宫式的大门挺远，他走了好半天。

西门比较小，果然有传达室。

他说，找唐莉。传达室里，一位画眉涂唇的半老徐娘问他："预约了吗？"

没有预约。他跟唐莉很熟。她亲自把地址告诉他的，并且，就在前天，他们两个在红狮西餐厅消磨时，唐莉双眼闪闪的，在烛光映照下恍若两颗宝石，亲昵地对他说："……你是例外……你随时可以来……无论什么时候，我都会像今晚一样，满心满意地愿意跟你待在一起！……"

他说："要不，我现在给她打一个？"

传达室的徐娘满脸微笑，告诉他："您尽管打。我们雅皇花园，任何时候都会在'全球通'的网络覆盖下……"说完，便等着他掏出"大哥大"来。他并没有手机。他说想借传达室的电话打进去。徐娘听了双眉微颤，但稍愣了一下后，同意了。

电话通了，出来的声音是事先录好的，而且绝非唐莉的声气："……请您听完一段音乐后，留言，或留下您的电话号码……我们会尽快地同您取得联系……"

他很扫兴。但是唐莉给他留下的电话号码不止一个。他试着拨另一个号码。这一回那边居然传来唐莉的声音："……哪一位？"

他很高兴："我呀！……就在你们西门呢！……"

唐莉似乎比他还高兴："……哗！你真坏！让我好惊喜！……！快来快来……你别往喷泉那边走，要穿过小凯旋门，明白吗？……"

……他往里走。不去喷泉那边，尽管那有天使雕像的喷泉非常地诱人。他望见了花坛簇拥的小凯旋门……

他张望着……有一辆宝马车从他身旁飕地驶过……确实，这雅皇花园里的空间感，非那个什么山庄可比……但是，很显然，一多半造型别致的小楼都还空置着……是些什么样的"成功人士"，入住在了这个花园中呢？……

……尽管他和唐莉在一家公司共事三个来月，可是直到前天唐莉辞职不干，他们约着到红狮西餐厅，AA 制地共进晚餐以前，他还并不清楚唐莉的家庭状况……

在吃西冷牛排的时候，他问她："你说你并不是跳槽，那你干吗辞职？老板好像并没有炒你鱿鱼的苗头啊！你也没必要炒他鱿鱼呀！现在找这么个公司的白领窝儿，难道容易吗？你以后怎么谋生？"

唐莉只顾笑，笑得险些噎住。于是他忽然想起，电视里播过一部意大利肥皂剧，剧中一个角色问另一个角色："那位女士怎么谋生？"被问者彬彬有礼地回答说："先生，那位女士很富有，她不用谋生！"……

……他穿过小凯旋门，抬头间，忽然一愣——他发现那凯旋门镂花的顶檐下，安置有小巧的摄像机，显然是整个花园闭路监视系统的一部分……他的心往下一沉。

……是的。唐莉家，属于"先富起来"的那一部分……可她家究竟是怎么样地先富起来，以至富成这个样子的呢？

他在那小凯旋门下，默然站立了好一阵。

后来，他转身，急速地返回那西门，几乎是小跑着，出了雅皇花园……

热情似火

火车没停稳，便看见接站的人群簇拥在我们这节车厢前的站台上。我们一行十多人鱼贯而下，每一位甫下车，手中的行李便被热情地接了过去。我的全部行李只是一个小型旅行袋，分量颇轻，可是我刚迈下车厢踏板，一位小伙子便迎过来，死活要帮我提旅行袋，我抓住提手不放，他强盗般跟我抢夺起来，那火一样的热情，令我只好松手。

大家随着人流进入地下通道，拥向出站口。我们一行人都空着手，迎接一方则除了两位头脑，其余的都双手无闲。迎方的头脑与我方的头脑并肩而行，说些走在后面的听不见却可以想到的客气话。我则与一位迎方的人员恰巧走在一处，他殷勤地问我累不累，我详细地询问该地的天气，最高温度，最低温度，一周来的降雨量，常刮东南风还是西南风等等，并且不时与我们所来处的天气做些对比……这样不知不觉地出了站。我用眼搜索自己的旅行袋，不在身边这位手上，在……？竟始终未能搜索到。而在这过程中却又已被引到了站外停车场。

迎方热情地请我们上车。这时我忽然看到了我那旅行袋，它可怜巴巴地被放在了中巴的一侧，我觉得那被烈日炙烤的地面很脏，不由自主地迈腿去救我的旅行袋，然而同时我的一只胳膊被火辣辣地攥住，并且耳边响起了锣鼓般的邀请声，原来是热情的迎方非要我上头脑们坐的一辆奥迪，我忙推辞，说自己坐中巴就很好，但攥住我胳膊的那手以不容抗拒的牵引力，硬是将我塞进了小轿车里，我不由嚷了一声："我的行李！……"我那旅行袋当然并没有被遗弃，我从小轿车的车窗望见，它很快被迎接的人提上了那辆中巴。

与双方头脑同车使我十分地局促。迎方头脑客气地询问我所毕业的大学，我方头脑代我作答，答错了，我不知该不该纠正，正犹豫，好在他们已聊起了与我无关的话题，这时我的思想非常地猥琐，就是嘱咐自己，一会儿到了住地，无论如何要尽快与自己的手提包团圆。

到了我们下榻的名为培训中心，其实比宾馆还更宾馆的所在地，也是车没刹住，便见有人已迎于转门之外……下车便要握很多张手，说很多句道谢并且声明绝不疲乏的话……又不知不觉地便进了转门，来到大堂……坐中巴的人也都进来了，迎方很多人提着很多行李，一瞥之间，见到我那旅行袋，然而我的团圆梦，跟着也就破灭——又有火烫的手，把我胳膊攥住，引向电梯，说是“快进房间休息”……于是上得五层，也不知我们一行是否都安排在五层，便被极热情地带进了房间，并听到“抓紧洗一把，一会儿下楼，给你们接风……”的嘱咐，跟着引我进房的人显然是忙着招呼别的人，飘然引去了……我去看门上，没有名签……走廊里有几间屋敞着门，朝里探头，是同行者，忙进去问：“有我的包吗？”得到的回答是“你看这是不是你的？我的还不知道在哪儿呢！”还有一位跟我开玩笑：“急什么？里头藏着啥宝贝？”……我只好回到房间，走进卫生间，不敢贸然用那里面的毛巾，便以手掬水，洗了洗脸……T恤已汗湿紧贴在身子上，想换一件而不能，正焦躁中，迎方又有人来招呼下楼……到得大堂，才知接风宴并不在这培训中心那其实也蛮堂皇的对外餐厅进行，需再乘汽车到一个什么“渔村”去……

……那“渔村”实际上是一座奢华得没有道理的宫殿。冷气非常足，可是这令我那被汗湿的T恤箍身的肌肤格外难受。我像思念恋人般地思念我那旅行袋，那里面有我可以洗浴的毛巾和干净柔和的T恤……然而那接风宴不仅有“南非鳄鱼煲”“澳洲鸵鸟羹”等骇人听闻的菜式，还穿插着没完没了的卡拉OK，直到果盘里只剩下用胡萝卜刻的凤凰了，主方与客方的头脑们还在轮流“卡拉”《爱江山更爱美人》，以及逼哄着在场女士与他们合唱《夫妻双双把家还》……这可真不OK！

我实在按捺不住，离席去另桌对引我进房间的那个人说：“对不起，我不舒服……能不能让我先回住处……不用送，只要告诉我地址，我自己打

‘的’……”他立刻站起来说：“我送您回去！”我想，这也好，还可以让他帮我找到我的旅行袋……然而，一石激起千层浪，我的动向，马上被双方的头脑所知，主方头脑便立即部署：把我送往市里最好的医院！我连说并不要紧，我旅行包里有自带的小药……可一片热情的火焰裹住了我，我身不由己地被那火热的云朵裹往医院……我在临出包间时听见我们的头头正在大声地说：“唉……现在的年轻人，真比我们还娇气……对不起对不起，头一天就给你们添麻烦！……”

认错人

小芸是在电梯里跟波娃邂逅的，原来电梯里只有小芸一个人，波娃是从 3 层进入的，见到小芸表情那个丰富啊，至今小芸都消化不了。在小芸到达 22 层要出去之前，波娃不仅完成了自我介绍，而且递给了她一张自称是“有编号的哟手写的哟”只有芳名和手机号码的毛边名片。

后来小芸知道，波娃为了跟自己结识，那天是看到小芸在大堂电梯口跟正要出去办事的部门领导做简短交谈，故意从楼梯跑上 3 层，再进入电梯的，而且，波娃工作的那个部门其实在 17 层，根本无须随小芸升至 22 层，当然，小芸出电梯时波娃摆手跟她“拜拜”，使小芸觉得她是要到 22 层以上去办什么事情。

小芸虽然保留了那张毛边名片，却并没有给波娃打电话，而波娃偏掌握了她手机号码并发来短信，“恳求抽暇到星巴克一晤赐教”，小芸也就在那不久后的某一天跟波娃在星巴克喝摩卡咖啡聊天。

“同是本科生，求职共尝艰，虽然成白领，合同有期限，续签或不难，发展如登山，小车凑合买，房贷压双肩，工作太忙碌，常有透支叹，却又难割舍，夜夜暗盘算，人际最关键，结交添机缘，但愿能长久，步步得高攀，假日海外游，人前有颜面……”机构里某帅哥的顺口溜，自然成为她们的首选谈资。但波娃斜睨着小芸说：“我可知道，你本是不在其内的！”小芸问：“那为什么？”波娃狡黠地点着下巴说：“你的秘密我全知道。你原来并不叫这个名字，对不？”小芸说：“现在中途改名字的人本来不少嘛。”波娃哪来那么一种极其戏剧性的表情，而且故意用蹩脚舞台腔，道出一串所知道的机密来：她的爷爷常年住在海滨，她哥哥在加拿大温哥华，她妈妈钟爱的狗狗叫奔奔，她最喜欢的歌星是波切俐，她曾经和一个天蝎座的帅哥好过又分了手……而且断定，她所最关心的国际新闻，是英国哈里王子在军队服役的种种情况！

天哪！小芸惊叹，尽管波娃没有完全说对，但小芸从未与外人道及的这些方面里，说对的已经有好几条。“你应该去当侦探！在咱们大楼里你屈才了！”她们两个笑成一团。

那以后波娃对小芸更加亲密。她当然没主动说，波娃却不知从哪里知道了她的生日，送给她一个价格不菲造型优雅的八音盒。有天上班，到达自己那个格子里面，一眼看见工作台面的电脑旁多了一小盆碧绿养眼的蕨草，盆底斜压着一张纸条，以娟秀的笔迹抄录了一个警句，原来是波娃一大早搁上的，她原以为波娃会赠她西哲的慧语，因为波娃跟她说过，其父母都崇拜萨特和波伏娃，这也是波娃这个名字的来历，但那天那字条上却抄录的是一句“当代猛人”的豪言。

本来机构各部门的人员是不能串工作面的，也不允许在办公桌面上放小摆设，但没想到部门领导却破例允许她保留那盆蕨草，不过扫过她身上的目光有点怪怪的。

更怪的事情不久就发生了。她先在电梯里，波娃从 5 层进来，她热情地招呼：“你这几天怎么回事？打你手机总不接。”波娃表情淡淡，话也淡淡：“我手机改号了。”

她期待波娃递她一张新的“有编号的哟手写的哟”毛边名片，但是，没有，到 17 层，电梯门刚一开，波娃就挺直脊背走了出去。

没多久部门领导把她约到玻璃隔音门的小办公室谈话，大意是她并没什么问题，而是别的部门的波娃说认错人了，原以为她有某种背景，敢情不是。让她别在乎波娃的冷淡。“哪个地方哪个人群里都会遇到这类的事。你就当是上了人性的一课吧！”不待部门领导嘱咐，她把那盆蕨草扔进了楼梯间的垃圾桶。

回到家她大哭一场。哭畅快以后，她平静下来。是的，认错人了。她爷爷是海滨的普通退休职工，她哥哥技术移民温哥华以后一直没有找到理想工作只是一个蓝领，她父母养的狗狗叫笨笨听去接近奔奔，她最喜欢的歌星是维塔斯，她没有跟什么天蝎座帅哥拍拖，更没有去关注什么有关哈里王子的新闻！

她和波娃又一次迎面相遇，这次波娃干脆节约表情达于极致，仿佛从未认识过她，擦肩而过。她遍体清凉。这人生的一课很宝贵。从此她不仅要防止别人错认，更要磨炼出认准人的处世真功夫！

日本娘

那是一次表彰大会，轮到给 K 女士发奖，K 女士上得台去，未走到发奖的首长前，先转身向着台下，高举两臂，使劲朝台下挥动，这做派让台下的人大吃一惊；及至她领了镶镜框的奖状，又高捧那镜框，跑到台口，向台下展示，在台右展示毕，又游动到台左展示，台底下就给她鼓掌，还发出阵阵笑声，那时别的领奖人早都下台去了，独她留在台上，司仪眼看要宣布下一个项目了，她却又跑到主席台前，从第一位开始，逐个跟人家握手，那些首长虽觉惊讶，却也只好被动地又一一站起来跟她握一遍手，台底下一些小伙子就使劲拍巴掌，分明是有点起哄的意思……K 女士的这一系列做派，成为那次表彰会人们经久不忘的花絮。

且说那次表彰会驻会期间，一次在食堂吃饭的时候，会议的一位工作人员——年龄跟她相近的 Z 女士——坐在她身边，等着服务员上菜，也是没话找话，望望她说："你这眉眼，挺像真由美哩！"真由美是日本电影《追捕》里的女主角，那演员叫中野良子，用这样的话搭讪，自然不会惹人不快，谁知 K 女士想了想，满脸不高兴起来，Z 女士不得其解，还是 K 女士自己说了出来："我确实有日本血统……我娘现在还在日本哩……也不知道母女何时才能相见……"Z 女士才知失言，忙道歉，K 女士倒也宽宏大量，菜来了，且吃菜，后来笑笑，胃口显然没倒，香酥鸡上来，她吃了好大一只鸡腿。

会散了，Z 女士回到机关，午休的时候，偶然提起这件事，她的同事，一位负责那次表彰会表格资料的人就说："她跟你开玩笑吧！我记得她填的表里没这么个内容啊！"说完也就完了，因为 K 女士的母亲是不是日本人，对他们来说都无所谓。

但不久就有个日本的什么访问团来访问，因为有这么个话茬儿，Z 女士他们机关就决定在宴请访问团时，请 K 女士来作陪，又责成 Z 女士去接 K 女士赴宴。

Z 女士那天按响了 K 女士家的门铃，门开了，开门的是一个老太太，穿着很陈旧的衣服，不消说，应是她家的保姆；但在一照面间，Z 女士产生了一个强烈的印象，于是进去以后，待 K 女士迎出来，老太太退进厨房，Z 女士就笑说："刚才开门的……我以为就是你妈呢，你们俩眉眼儿真像！" K 女士一皱眉，不接这话茬儿，又一展眉，顿着脚说："你看我这裙子，怎么样？真丝的，三百多块，在昆仑饭店里买的哩！" Z 女士便看那裙子，忙说："当冤大头了不是！一模一样的，外头几十块就能买着。" K 女士乐呵呵地转动身子，把那裙子转成一朵花，说："我就爱当冤大头嘛！"

那天宴会上，K 女士很活跃，提起她的日本娘，眼泪汪汪，就有日本客人问，她娘现住日本何处？她说早就离散，失去联系，如果这么多年没大挪动，应该还在京都……都跟她说现在两国关系很好，又已进入电脑时代，其实不难查寻，她感动地点头。

后来有一天 Z 女士给 K 女士打电话，说关于她和日本生母至今尚未团圆的事，引起了普遍关注，有关部门希望她提供详细线索，以便帮她寻找联络；又有报纸记者想采访她，都找到 Z 女士他们单位，所以给她打电话，约个时间，Z 女士愿陪记者前往，并取材料，代转有关部门。K 女士在电话那边，一个劲地表示感谢，但又说她最近实在太忙，要到外地转一大圈，所以这些事，都以后再说。Z 女士就打趣地说："你娘是不是日本的啊？你别跟大家闹着玩啊！" K 女士在电话那边大怒，说了句"废话！"便摔了电话。

谁知没过多久，Z 女士接到 K 女士一个电话，从招呼的声音听得出，K 女士心情非常愉快，Z 女士就问："咦，你不是到外地转去了吗？这么一小会儿就转完一大圈啦？" K 女士在那边说："哎呀！你为我高兴吧！我娘从日本看我来啦！……" 这消息把 Z 女士弄蒙了，她也没听清 K 女士又讲了几句什么，脑袋瓜里转了几个弯儿，便一愣神，说："那太好啦！祝贺你们母女团圆！我一会儿就去你家,见见日本阿姨,分享你们的快乐！”K女士在那边忙说:“不用啦！不用啦！我们白天要旅游，我得带我娘各处看看呀！”Z女士就说:“那我晚上去你家吧！”K女士接上去说:“哎呀！你糊涂！我妈她住北京饭店呀……”Z女士紧追不舍:“几号房间呀？我给送花去，是个意思嘛……”K女士水来土挡:“哪儿能让你破费呀！不用啦不用啦……我娘她这回来，好多的事，特忙……她后天就回日本啦！”Z女士还不罢休:“怎么这么快就走啦？后天什么时候走呀？我去送行吧！”这回K女士倒挺痛快:“后天下午的飞机，一点离开饭店，你来，真不敢当，我跟我娘先谢谢你啦！咱们一点以前大堂见面吧！”

那天下午一点以前，Z女士真去了北京饭店，花二十块钱买了一束石竹花，可是她在大堂里转来转去，直到一点半了，也没见到K女士的影儿，心中正为自己的某种猜测被证实而产生出一丝快意，忽见K女士急匆匆朝她快步走来，一到她跟前就主动从她手里取过那束石竹花，连连道歉:“真对不起真对不起……我娘的机票改成上午的了，也来不及事先通知你……瞧，我怕你在这儿傻等，所以送完她就往这儿赶……”

Z女士目瞪口呆。

三室九床

退休后，他教的几个拉小提琴的小学生里，数力力最让他吃惊。他问过她，既然是女孩子，为什么那名字写出来不是丽丽、莉莉、俐俐什么的，而是这么两个字？她回答说："妈妈喜欢这两个字。"

别的几个孩子，每天总有家长接送，或母亲或父亲，有的间或还由祖辈或姑姨陪同，对他极为热情，嘘寒问暖，送些小礼品，他却总报之以不咸不淡的温开水般的回应；而且，他一开始就立下规矩：琴盒一定要让孩子自己背来，如果让他看见是家长替背来的，则不但那家长会遭他白眼，对那学生也会格外严厉；他教授时，严禁家长在场，甚至站在窗外聆听让他发现了，也会惹得他停止授课，直到那家长知趣躲开。起初，教完后家长总缠着他问："我们孩子进步大吗？"他总淡淡地回答："您回家自己听，如果听不出所以然来，我说了就算数吗？"

家长们后来都不再问，因为随着课时的积累，回家一听孩子练琴，最迟钝的耳朵也能感觉到，那琴声不仅愈见优美，里头还一点一滴地渗入了让人感动，而又难以说出来的那么一种音韵。都传说这位教授退休后不在自己家里收徒，也不在自己任过教的那所学校开设的业余班授课，非跑到离其居所颇远的这个民营学校来担任课程，是出于一种很纯净而浪漫的原因，但究竟是怎么回事，传说的版本不一，谁又敢去直接问他呢？关键是都知道他教得好，其门下的桃李，获得过各种奖项的，已不下十个。

虽然学生不多，他却记不大清他们各自的家长。尽管有的家长给他留下了颇深的印象，比如一位母亲身上总是老远就冒出一股浓烈的香水味，一位父亲跟人离近了说话时，总是很优雅地用手挡住嘴里的呵气……但他们究竟是哪位学生的母亲和父亲，至今还是有点拿不准。力力让他吃惊，也是因为有一天他忽然问她："你妈妈呢？"力力说："没来。""她为什么不来？"问题一出口，对视中，他感到力力在吃惊，他自己其实也吃惊，他不是一直在强调"你们不是为家长而学琴，你们是为自己的灵魂而亲近音乐"吗？

"她来不了。她……在医院，在病房里……"力力这样解释，他不由得再问了一句："很久了吗？"力力回答："好久了，一直在……"她说出那医院的名字，并且更具体地说："内科病房，三室九床。"他就对力力充满了同情，他想，这孩子只提妈妈，不提爸爸，估计是父母离异了，而她妈妈又长期住院，她能坚持自己来学琴，也算难能可贵了。那次问答后，他对她的指点，比对其他学生，就略多些略细些。

那天他去医院探视一位老友，探视完心里觉得软软的，有柔曼的琴音，他款款走出那长长的走廊，都走到前面的圆厅了，忽然，他想起来，这也就是力力告诉他的那所医院啊，而内科病房的标识，就指向另一侧的廊道，瞬间他做出一个决定，他往那方向走去，去往三号病房，去跟那位长期卧在九床的母亲说，她的女儿现在不仅指法、弓法都趋娴熟，而且，丝丝缕缕的灵气，开始从弦上旋出……也许，他的出现，他的报告，不啻灵丹妙药，能够大大促进她的康复？

他找到了三号病房，三个床位，七床和八床的病人大概还能走动，去花园里散步去了，九床上是个一下子看不清面目的妇女，一位护工正在谨慎地帮她翻身。

他努力地想从那病人身上发现出力力的哪怕是很淡的影子，那侧身的病人似乎发现了他，并对他微笑，他觉得心中的琴音和诗意戛然中止，但既然来了，也就还是报告吧，他就告诉她力力最近琴艺确有长足的进步……但他刚把话说完，就立即觉得不对头，那床上病人脸上的微笑，细看竟是一种病态的懵然，而且，其年龄作为力力的母亲，似乎也过大，更让他没想到的是，忽然一声欢叫响在了耳边："力力真有那么好吗？谢谢老师，谢谢啊！"他偏头一看，惊呼热衷肠的，是那位护工！那是一位黑红粗壮的妇女，但眉眼间，分明有与力力相通的韵味！

这些天，他的心弦一直颤动着。他知道了，医院里的护工，百分之九十五左右全是外地人，但力力的母亲，却是那属于极少数的本地下岗职工，作为护工，他们的工作极为辛苦，特别是接屎尿洗便盆和为病人擦身按摩对付褥疮，全天候地侍候，晚上只能支个折叠床，在病房里眯瞪一时，侍候到病人出院或者去世，才能回家暂歇一时，但也焦急地等待着医院的通知，好再去侍候一位挣到点钱……

他一直在构思一阕小提琴曲，原来乐思只在小时候记忆深刻的那首儿歌的素材里转悠，现在，他觉得仿佛泉水涌出了泉眼，那些活生生的蝌蚪，跳跃在了他谱纸的五条线上……

沙锅豆腐

附近的这座公园上不了旅游手册，可在老王夫妇心目当中，它简直就是他们生命的一个组成部分。在公园西北角的松树林中，他们头一回紧紧地依偎在一起——那时他们都才刚刚出师；婚后他们推着婴儿车来湖边散步，得意地把儿子王抒展示给人们；王抒长大了，他们常把孩子带到这公园来，一人牵着王抒一只手；后来王抒上了小学，有一回他们一起来公园，王抒用小罐头瓶捞上了一只小虾米，简直像玻璃做成的，完全透明，带回家，过两天虾米死掉了，王抒哭得好伤心！

一眨眼二十几年过去了！老王当上副厂长，爱人成了劳资科的“老前辈”，儿子大学毕业分配在一个科研部门，整天跟电脑打交道。

这个星期日，一大早儿子忽然建议说：“爸，妈，咱们上公园转转去吧！”

声音又熟悉又陌生。

熟悉，是因为打小他就总有这么个要求。陌生，是因为小时候他总用一种稚气的口吻：“爸，妈，带我去公园吧！”可今天听去，那口气倒像是：“爸，妈，我带你们去公园吧！”

老王细一想，这两年来忙来忙去，确实没怎么上公园了。当妈的尽管有时还去练练气功，但说实在的，也早淡薄了当年那种到公园玩的心境。

去吧！三个人到了公园门口，王抒很自然地去打票。尽管一张票只要五分钱，可老王夫妇望着一身笔挺西服的宽肩膀儿子，心里都不禁一震：人生中的那样一个转换时刻，终于来到了！

这公园太熟悉了！可又仿佛是头一回来——是的，是头一回。王抒带着他们转悠，自自然然地成为了他们的照看者和施爱者，转悠得兴正浓，王抒说："该吃点东西了。还去门口那家吧。新装修了，据说是粤厨主理、丰俭随意哩！"

到餐馆里坐下，服务员递上菜单，王抒自然而然地接了过去，一边打开看着，一边问："爸，您想吃点什么？妈呢？啊！还有沙锅豆腐，好！总算没有'全盘粤化'。您二位不是最喜欢吃沙锅豆腐吗？……"

老王夫妇对望一眼，心里漾出了幸福的涟漪。王抒小时候，总是他们打开菜单，边看边问他："想吃什么？"因为点过一次沙锅豆腐，小王抒吃得津津有味，所以从前每回进来他们才总点沙锅豆腐啊！

美美地吃过一餐，王抒招呼服务员过来，从西服里兜取出一只漂亮的钱夹，自自然然地准备付账，这时，当妈的忽然别过头去，老王小声问她："你怎么啦？"她用一种异样的鼻音回答："没什么，没什么……我高兴哩！"

山溪听蝉

书法家萧宽先后接到两位大姐电话，都跟他要字。先说孟大姐，她要的是“山溪听蝉”四个字。萧宽知道她住的那个楼盘内外并无河渠溪流，夏天虽有蝉鸣，在她那 15 层的高度恐怕也难听见。因为欠缺，所以向往，乃人之常情。再说邝大姐，要的是“在于争取”四个字。乍听真不知何所立意。两位丧偶大姐都退休数年了，都搬进了那新楼盘的宽敞新居里，儿女均有成，虽另居自过，也都能像那歌里唱的一样，开着小车“常回家看看”。难道是邝大姐欲开二度梅花？也不好意思细问。萧宽就认真地给二位挥起毫来。

写好了，分别送上门去。两位老大姐楼号楼层不同。先去的孟大姐家。开门就看见两个人。一位自然是孟大姐，另一位富态谢顶的男士，孟大姐大方地介绍：“我对象，叫他许先生吧。”萧宽展开裱好的横幅，两位退休者歪头欣赏，都赞好道谢。坐下喝茶，萧宽问：“敢情是你们俩合要这四个字呀，是不是跟你们的恋爱史有关，要留个纪念呀？是在哪儿的山溪听的蝉鸣？樱桃沟？白龙潭？”孟大姐笑，说：“你再猜不到！你知道，自从住进这楼，别的都满意，只有一样，这起居室和卧室的阳台窗户，全对着楼下那边的小学跟幼儿园，年轻的业主反正一早就进城上班做生意，晚上才开车回来，双休日学校幼儿园也放假，所以他们无所谓，可我们老年人呢，且不说那小学课间的喧哗，每天十来点钟的课间操，放送的音乐声，还有体育老师的口令声，我有一阵真烦透了，那段时间得把所有窗户全关严实，要么就用那段时间下楼出门去超市买东西，可人家还有体育课呀，也掌握不好人家的课程表，以为能安静会儿，窗户一开，一、二、三、四……人家正跑步吼号呢！学校还经常在下午把全体学生集中到操场上开大会，搞活动，要么是麦克风里呜哇呜哇地传送校长老师讲话的声音，要么是学生在念什么发言稿，有时候更搞歌咏比赛诗歌朗诵什么的，也听不真切，只觉得呜里哇啦锯耳膜！好不容易小学生入课堂了，那幼儿园老师却带着孩子到院子里玩滑梯转椅做游戏了，嘻嘻哈哈闹嚷嚷！就算我把所有窗玻璃都换成特别贵的高级隔音玻璃，那我也不能不开窗透气呀！你知道我心肺没什么大毛病，但是需氧量比一般人大很多，就拿坐车子来说，越是高级的小轿车，我越觉着闷，倒是大面包车坐着觉得挺舒服……”许先生两眼弯成翘角豆荚，说：“离题了不是？”孟大姐就说：“那你切入正题！”许先生却又摆手：“我那是无意栽花，你是有心绽放，还得你来说。”萧宽觉得他俩挺有趣，然而一时还是不得要领。

忽然电话铃响。是邝大姐打来的，措辞虽客气，其实是催萧宽快些去她那里。孟大姐就说：“你赶紧去吧。我们是真退休，凡事喜欢退一步，而且现在觉得人生忙碌了半辈子，难得如今能休息、休养。”许先生一旁颔首。

萧宽就告辞孟家赶往邝家。一进去吃了一惊。哪里像个退休老人的居所，那客堂简直就是个办公室。长桌上有电脑、电话、传真机，连茶几以至沙发上都搁着些卷宗、报纸、刊物、打印的纸张什么的。邝大姐可不像孟大姐那样穿宽松的休闲服，而是一身中规中矩的白领妇女的套装，头发在脑后扎成一束再绾起盘住，仿佛正在上班。萧宽展开写好的字请她验收，不禁问：“您究竟是要争取什么呢？”邝大姐就推开一扇窗户，外面幼儿园孩子嬉闹的声音飘了进来。邝大姐指指楼下说：“这还算小打小闹。等一会儿小学在操场开会，那就足能让人太阳筋疼！”萧宽小心翼翼地劝道：“一个楼区嘛，有幼儿园、小学那不是好事吗？倘若您的孩子现在还小，那对您不是挺方便吗？”邝大姐说：“第一，以既成事实而论，这样的配套设施，不应该离居民楼如此之近；第二，经查明，我们这几栋楼的地皮上，原来在规划上是建会所和带池塘的花园，但是开发商捣了鬼，会所、花园全没建，却造了公寓楼往外卖；第三，我们这些业主，在购房时全上了广告的当，按那广告上画的比例，这几栋楼与那学校、幼儿园之间，有八十米的绿地，而且学校操场是在尽那边，学校、幼儿园是我们搬进一年后才盖起来的嘛，现在你看，这跟广告上的宣传差得有多远？……”大概邝大姐还要列举第四、第五以至更多的道理，但电话铃响了，从旁听来，那仿佛公务电话，邝大姐严肃地“唔”“唔”接听，又威严地回应：“那不行。如果那样，也不怕，咱们奉陪到底！”又指示：“发个电子邮件来，我要详细资料。”萧宽后来终于明白，这几年里，邝大姐联合一些业主，先是跟开发商直接对阵，闹僵后，到有关部门投诉，又向媒体反映，光电视台就来录过几次像，最近发展到对簿公堂，她全身心地投入，乐此不疲，但听那要求，开始竟要求学校和幼儿园搬迁，后来又提出改建学校，将操场移到教学楼后面，再后来综合各业主的总体利益，提出所有被噪音干扰的业主家的窗户一律由开发商出资改装高级隔音玻璃，并给予这些业主一定额度的房价赔偿和精神赔偿。萧宽这才理解“在于争取”四个字的分量。邝大姐听说孟大姐要的四个字竟是“山溪听蝉”，冷笑道：“逃避主义，在咱们中国也算个老传统了。应该懂得：自己的公民权益，不能等待恩赐，必须行动起来，据理力争！跟你求这四个字，正是为了挂在这面墙上，激励我自己，以及联名起诉的业主们，挺起脊梁做真正的公民！”

回到自己书房不久，萧宽接到孟大姐电话，再次感谢他的字，又告诉他，并不是因为跟许先生在什么山溪的流水声与蝉声里定的情，是头一回约许先生来家，过了约定时间竟还没门铃响，不禁往楼下望，只见人家坐在那幼儿园的栅栏外的长椅上，也不靠着椅背，双手放在膝盖上，出神地看那些闹麻了的娃娃们嬉戏呢！后来大概猛然想起，看了下手表，才赶快往楼里来，来了问起他，他的感想是：“你这居室太好了，时不时地就能听见活泼的山溪水在潺潺流动，这可都是些最稚嫩最鲜活的生命之声啊！”孟大姐就跟他说：“你听见那小学里的喧哗，就不这么形容了，有时候那可是瀑布一样吵人！”正好小学操场上有一堂体育课，跑步的吼号声一阵阵传来，许先生居然不烦，还走到阳台窗户那里俯身观望倾听，还说：“这好比夏日蝉鸣，是生命成长的天籁，为什么要烦他们呢？”又让孟大姐跟他一起侧耳细听，竟隐约听见了音乐教室里的风琴声和孩子们的合唱声，在许先生的启发下，孟大姐渐渐也就不觉得那些声音全是噪音，甚至还渐渐喜欢起其中的许多声音来，“是的，有时我听着，就仿佛回到了学生时代，又想起了当年到学校给孩子开家长会的情景……人们就是在相互容忍，相互磨合的过程里，凝结出被叫作生活的露珠的啊……”萧宽问孟大姐参与邝大姐带头的争取权益的官司没有，回答是，非常钦佩邝大姐，希望他们能胜诉，但自己并没有参与联名，萧宽就以自己的身份提出质疑："您这是不是逃避主义呢？"孟大姐说："不是逃避，而是化解。解除焦虑大体有两种办法，一个是向外，一个是向内。我和许先生的性格比较适合于取第二种。"萧宽默然。

萧宽在书案前，一边回想着孟、邝二位大姐的神情言谈，一边不知不觉地又提笔在宣纸上顺手写起那两组字来，当然不是写大横幅，而是中楷游动，或直或竖，或左起或右行，也不知那么沉吟了几多时，等到他回过神来，忽见那八个字在纸上一处竟连缀成了"取蝉在山于溪争听"，他一个激灵，落身沙发，心中仿佛亮了一盏灯，那是无法用语言文字表达的一种禅悟。

山寨小球星

一对中年夫妇开车往家走，沿路想找个餐馆或酒吧进去边吃边喝边看世界杯。从车窗朝外望，中意的餐馆和酒吧门外都没停车位了。有的地方出现露天啤酒座，摆放的大液晶屏幕艳丽诱人，但是根本没有空位。他们一路听关于世界杯赛事的广播，一位名嘴正伶牙俐齿地评论昨天那场最惹人眼的比赛。

"真好像世界杯在咱们这儿举行似的。"男的说。"是呀，我们同事，一个个球队球员的名字，说起来满嘴滚珠，就跟是他们家亲戚似的。"女的说。

还是回家靠在沙发上喝着啤酒果汁吃着零食看球吧！他们的车进了小区，刚在车位上停住，人还没下车，"砰"，一个球蹦到了前盖上，把他们吓了一跳。

男的马上下车，捡起那落到地下的球，拿起来一看，居然是个"普天同庆"！女的也下车凑过去，"谁干的？"呼啦跑来好几个孩子。这对夫妇属于"丁克家庭"，对孩子素来嫌闹腾。男的看清楚了那球，原来是用普通的足球画出来的南非杯赛球，掉颜色，忙扔到地下。"你们是哪号楼谁家的？"几个孩子居然这样自报家门："我是梅西！""我是鲁尼！""我是卡卡！""我是 C 罗！"女的就责备："怎么能在小区里踢球？"男的就说："不在家里写作业，瞎闹什么？把车砸坏了怎么办？砸着人更不得了！"几个孩子满无所谓，一个嚷："好容易全考完了！"一个叫："我们脚痒痒！"说着拿着那球蹦跳着呼啸而去，又往小区那面积有限的健身区模拟杯赛去了。

男的就用手机给物业打电话。女的就跟旁边几位路过观望的业主说明情况:“亏得没砸到玻璃上。车玻璃也好，窗玻璃也好，砸碎了都是麻烦事对不？”女的先提着东西往楼里走，男的站在那里跟物业反映情况，要求他们马上出面禁止这几个孩子那“危险的游戏”。

那天傍晚，小区庭院里、甬路上、楼厅和电梯里，都有关于小学生在院里踢球一事的议论。反对的声音当然占了上风。但也有同情的议论。

有的说:“眼下咱们这儿,表面上确实是足球热。可是都热在眼球上、口水上。据说中国看世界杯的人数好几亿。可咱们这儿究竟有多少孩子、青年人平日在踢球？”

有的说:“是呀。听那侃球的，怎么发挥的都有，又是什么哲学高度，什么东方西方文化对比，什么民族性问题，还有扯到基因上的。可是，就缺说说怎么开展群众性足球运动的。”

有的跟上去议论:“我家老爷子，五十多年前，不过是百货公司售货员，他们那个系统，就有水平很高的业余足球队，休息日练球、比赛，他踢前锋，不是吹，一年的正式比赛里，就灌进过五个球！”更有帮腔的:“二十八年前，我那时候是车工，业余也踢球。那时候城里能踢球的地方比较多。”也有尖酸刻薄的:“现在有那么块地面，没等你抱着球去，开发商早盖楼去了。”有的就问:“学校里不都有操场吗？孩子们踢球为什么不到他们学校操场上去？”有的就自以为是地说:“如今学校放学就锁门，讲究校园安全。”……

那几个踢着山寨版“普天同庆”的山寨“梅西”“鲁尼”“卡卡”“C 罗”被物业工作人员厉声制止了。“梅西”说:“我们就练练盘球不射门。”“卡卡”哀求:“我们就在这儿颠颠球还不行吗？”“C 罗”说:“我妈放假就让我报这个班那个班，可我就喜欢踢球。”“鲁尼”说:“我家也一样，报的是以后能加分的特长班。”

可是，物业威胁如果他们再“乱来”就会找他们家长去，几个山寨“球星”只好悻悻抱球而去。

那对“丁克夫妇”坐在沙发上看电视里主持人和嘉宾侃球,女的说:“你听听，比那些在南非的参赛队的教练们都高明！可中国足球怎么还那么低能呢？”男的想起那些被他告发到物业的孩子,叹口气说:“足球水平不是靠嘴巴侃出来的，也不是靠博客文章就能提升的，一句话，足球足球，你脚得沾球，用脚发威……哎，看来市场化也不灵，最重要的是，你得有脚沾球的数量庞大的后备军啊！”他心里多少有些后悔：对那踢山寨版“普天同庆”的“球星”们，是否态度过于严厉了？

赏花时

他教中学，她教小学，每晚对坐在各自书桌的台灯下备课。他一抬眼，发现她正托腮望着书桌一角的文竹出神，竟是一副懊丧的表情。

“怎么啦？”

“这两天陈艳丽有点不对头。”

他自然知道陈艳丽，她总提，得意门生嘛。他问：“怎么不对头？”“躲着我。不高兴。我自然问了她，不舒服？家里出了什么事儿？都摇头……现在我忽然悟出来，都怪我！”

“怎么？”

“星期一我给他们讲了个俄罗斯民间故事，讲巫婆怎么骑着大扫帚飞来飞去……”

“这有什么！整个欧洲的民间传说里巫婆大都有这么一手……丰富点他们的知识和想象力有什么不好呢？”

“是呀……可是今天中午放学，我在河沿绿地边遇上了陈艳丽她妈，她妈是清洁工，天天头上戴个草帽，两只胳膊上套着红黄两色的统一标志，肩上背个箱式簸箕，手里握着一把大竹枝扫帚……”

“那又怎么样？”

“我们俩站在那儿说话，这时候，我们班上两个调皮的男生打边上走过，我发现他们盯着陈艳丽她妈手里的大扫帚看，还用手捂着嘴笑，完了还互相挤眼睛……”

“啊！”他也恍然大悟，“瞧你！副作用！”

“这可怎么好呢？”她使劲地一耸肩膀，眉毛尖直打战。

“是呀……”他搁下手里的笔，搓着双手替她盘算：“公开批评那几个男生不合适，正面解释又只能增加心理暗示……”他也一筹莫展。

她重重地叹了口气，勉强地继续批改作业。他却一直在搓手寻思。

“有了！”他猛地一拍手，“咱们求救于《红楼梦》！”

他是个业余“红学家”，思路一撒开总跑到《红楼梦》的辙道里，对此她并不感到惊奇，但这回，面对一班小学生，难道能讲《红楼梦》？她望着他发愣。

“六十三回，《寿怡红群芳开夜宴》，芳官给宝玉祝寿，刚唱了一句‘寿筵开处风光好’，众人都道：‘快打回去……’于是芳官就唱了一支《邯郸记》里的《赏花时》：‘翠凤毛翎扎帚叉，闲踏天门扫落花’，说的是何仙姑在蓬莱山门扫花……”

他如数家珍地引用着。

“噢！”她一点就透，双眼放光。

第二天两人又对坐备课时，她进一步求教：“中国仙女的故事讲了，我故意把拿大扫帚扫地的形象描绘得很美：明天我想借另外一个故事说明，有的东西好人坏人都能用，所以不要光凭穿着打扮和所拿的东西就瞎联系瞎判断……”

“咦呀，这你可得有技巧，讲得太直容易产生心理抗拒。必须讲得不露痕迹，自自然然……”他们切磋着。窗外的月光洒进清辉，为这一对园丁助兴。

生日无照片

几乎每回有客人来家，爸爸妈妈总要拿出那个织锦封面的照相册来，主动翻开，指点着跟人家炫耀："我们小昆，从零岁开始，年年生日拍照片，看，看呀……多逗！多皮！……长得多快……变化不小吧？……"

很多父母都发过这样的宏愿：一定要在孩子的每个生日给他拍一张"正式的生日照"，这样一年年积累下来，一张张的照片，便构成了孩子的"生命画册"，是多么有意义呀！

可是，发愿的父母当中，能够认真地坚持到十年以上的，并不多。且不说这期间可能会有婚变；可能恰巧在孩子生日那天，有某种难以避免的干扰出现；可能忽然派生出技术上的问题……就是什么条件都具备，也很可能因为心情欠佳，因为觉得"咳，过两天再拍有什么关系"，而终于漏拍。

小昆的爸爸妈妈却一直坚持着给小昆拍生日照。头两年，是专门请搞摄影的朋友来拍。后来有几年是到最好的照相馆里去拍。生活日渐富裕，家里置了照相机以后，便由爸爸来给小昆拍。这样一直拍到了去年。

今年的这一天到了。恰逢星期五。小昆的爸爸妈妈全都赶早回了家。两人回家时都以为小昆已经到家，头一声都唤："小昆哪！"都为儿子居然并未回家而遗憾。

小昆爸爸正给照相机装胶卷。小昆妈妈就说："还是到照相馆拍吧！十一岁了，这回拍个低调的，显得成熟点儿！"

小昆爸爸说："双管齐下吧！你说得对，过了十岁，上了个坎儿了，是别光拍成个乖娃娃的形象了！"

两人不禁都望了望壁上的挂钟。五点半了。

小昆爸爸说："如今我们有了双休日，当学生的明天倒还得上学……"

小昆妈妈跟他心有灵犀一点通，知道他这样说是为了平息心中泛起的焦虑：小昆应该回来了，当然不可能是出了什么问题，例如因为犯错误被班主任留下（笑话！他们的小昆？从来只有被表扬的份儿！）……或者，过马路的时候（岂有此理！什么假设！）……

小昆爸爸忽然义愤起来："现在的老师，就知道加重学生负担！"

小昆妈妈也埋怨："……恐怕又是补课！你平时教得好，还用得着这么疲劳轰炸么？"

快六点了。两口子也没细商量，便急如星火地赶往了学校。

校园里静悄悄。那气氛很恐怖。小昆他们班主任已经离校，找到一位已经推上自行车的年级主任，她听了小昆父母焦急的问询，笑着安慰他们说："也许是到同学家里玩去了……都十一岁了，难道孩子不能有他一点儿自己的社交活动吗？……啊，是过生日，要先照相，再跟你们一块儿吃麦当劳去啊……那他倒是该早点回家，不过，会不会现在他倒在家里等你们呢？"

他们不得要领，只好再找别人问。传达室的老大爷说："放学以后，有群男孩子吵吵着出的校门，提着装足球的网兜，兴许是去那边大学操场赛足球去了吧……"

两口子赶紧往那地方去。那是一个圈在大学校园外的足球场，常有中小学生放学后跑去玩。

找到那儿时已经天擦黑了。一群土猴模样的小男孩正拎着书包散伙。两口子大叫小昆，没人应，倒有人笑。仔细认，都不是小昆。一个小男孩意识到他们是谁后，挨近他们说："叔叔阿姨，大昆先走一步啦！"

怎么会是"大昆"？也来不及细问，知道是回了家就好。

急匆匆赶回家。小昆却并不在家！

两口子真成了热锅上的蚂蚁。都差点往公安局打电话。

小昆终于回来了，进门就先检讨："我知道你们准得着急……我跟你们道对不起！可是我今天真开心！……他们选我当了足球队队长，都管我叫'大昆’！……我们跟五年级的赛，愣灌了他们个二比零！……我说好玩完了去二牛家给他讲讲数学题，所以才回来！”

妈妈责备说：“你忘了今天是什么日子啦？”

爸爸责备说：“照相馆早关门啦！你不照生日相啦！”

小昆轻松地说：“今天我特别有长大了的感觉！我特高兴呀！照相，爸你就用你那相机给我照不结啦！麦当劳也甭去了，咱们一块儿吃康师傅碗面，不也挺好的吗？我还能给你们炒盘鸡蛋腊肠呢！”

倒也是。一家三口热热闹闹地吃上了寿面。当然不是方便面。妈妈变戏法似的变出了非常可口的打卤面。小昆确实炒出了一盘鸡蛋腊肠。

吃完面，吃早准备好的黑森林蛋糕。小昆吹蜡烛的时候，爸爸照相。然后是分别和爸爸妈妈照，又用了三脚架，照全家福。

但是第二天一早，小昆爸爸就发现，头天他装胶片没装好，小昆的生日照片全落空。

小昆爸爸简直是痛不欲生。

小昆妈妈只觉得太不吉利。

倒是小昆满不在乎。临上学前，他问爸爸妈妈：“世界上，哪个有出息的人，他年年生日都留下照片呢？”

两口子面面相觑。还真想不出。

剩花

她出生那年，有部电影《小花》演得红火，电影里有首插曲《绒花》，爱看这部电影的父母就给她取名绒花，小名绒绒。绒绒在蜜窝里长大，上学一路顺风，大本毕业后读研，获博士学位后，求职过程有些曲折，但终于成了白领，从事矮格子里电脑前的案头工作，工资待遇不菲，按说父母可以不必为她操心了，谁知却比以往更为焦虑——绒绒不善交际，岁数到了不便说出口的地步了，却还待字闺中。

公司白领确实体面，但那活动空间仿佛水族箱，堂皇有余接触面狭窄，同人诸男皆已有妇，绒绒虽因性格安静被誉为"公司睡莲"，这非绒制的真花却无人采摘，三年前父母就亲自出马，还动员起诸亲友，为绒绒张罗对象，到前些时总算找到一位，个头相貌虽然弱了一点儿，年龄还略小一些，但难得的也是白领，且性格也属内向，牵线后两人见过数次，彼此还都愿发展，这不是形势大好吗，谁知那天绒绒家掀起了轩然大波。

那天是绒绒姥姥生日，舅舅舅妈三个姨妈一位姨父全来祝贺，到饭馆订了个单间，济济一堂，亲情浓酽，祝寿之余，话题渐转，绒绒婚事，终成主题。二姨爆了个冷："绒绒大概也还不知道，你那对象每次见你，必送一把鲜花，那把花总不是单一品种，总由几种花拼凑——那是怎么回事，知道吗？你那对象，总去那家花店，每次总要女老板把各个品种的剩花给他凑成一把，这样便宜不是吗？……"大姨听了赞："有经济头脑啊，勤俭持家，会过日子啊！"三姨却尖叫起来："他算个什么人啊？拿剩花糊弄咱们绒绒！那不是等于骂咱们的绒绒是剩下的姑娘吗？真跟他好了，那以后的日子怎么过？他不得总压人一头？”妈妈听了着急：“那可怎么好啊？好不容易才有这么个愿意回回送花的！”舅舅问二姨：“你是侦探呀？你怎么打探出来的？你跟踪人家呀？”二姨很激动：“绒绒的事情你们谁真舍得投入呀？打从他们第一回见面，哪回不是我近处远处满张罗？我倒想跟踪那小子，我有那么多闲工夫吗？还不是因为去买花，好看望那刚动完手术的同事，看见那小子背影，才跟那花店女老板套出那么个底细来吗？”舅妈发表看法：“这其实不算什么问题，花儿漂亮，有香味就好嘛。”二姨父问绒绒：“他送你花，你感觉怎么样？”爸爸特别专注地望着绒绒，大家都等她回答，她却低头一脸羞涩，姥姥耳背，听不清众人争议些什么，只是说：“倒是那豉汁鲴鱼味道还成！”

那天从饭馆回到家里，绒绒耳边还是充满了对她的婚事关心到极点的种种议论，焦点还是关于对象买剩花送她究竟该怎么看，可怜她连续读书十九年，博士头衔在身，却觉得解答这个问题比求证“哥德巴赫猜想”更难。

那夜绒绒失眠。亲友们的嘈杂议论里，筛下两句，杵着她的心，一句是舅舅说的：“你究竟爱不爱他？”一句是妈妈说的：“你可千万不能真成了剩花呀！”她知道舅舅那话，实际意思是“如果你爱他那么他送你什么花你都开心还管那花是怎么来的”，可是，她真的不能确定，也许渐渐地会爱上……她觉得妈妈哀怨的眼神整夜滞留在她心上，难道，她搞对象结婚，到头来是为了满足妈妈爸爸的心愿？……后来许多往事丛聚心头：爸爸妈妈从她上小学起就不准她跟同学有“超常来往”，比如应邀去同学家或把同学邀到自家来；中学时有个男同学帮她把坏掉的自行车推去修理，被妈妈知道盘问了她许久；甚至在大学本科时期，她每次回到家里，妈妈还坦然地帮她“整理”背包，而爸爸对她上网调看其实已经很老旧的好莱坞言情片，也还要规劝：“时间最好都利用到考研上。”都读硕了，假期跟几个同学去看海，不仅爸爸妈妈不放心，二姨认为“男女混杂不合适”，舅妈嘱咐“天天要往家里打电话报平安”，有天去玩把手机忘在宾馆房间，家里人跟她联系不上，竟报 110 异地寻找……

绒绒又跟对象在公园见面，人家把花束递给她，她满心杂念，竟没有及时接过，人家跟她说话，她竟只是低头沉思……

吹了！三姨那天说："咱们不是剩花！去他的，才不可惜呢！"

最新消息：那小伙子跟那花店未婚的女老板对上象了！

手绢传奇

“你现在怎么还在用手帕？”这是我常遇到的善意询问。我总是回答：“打小随身带手绢，习惯啦！”

半个多世纪以前，上小学，老师每天要检查学生带没带三样东西，一样是手绢，一样是茶缸子，一样是口罩。手绢，这是当时我们习惯的叫法，不叫手帕。“丢手绢，丢手绢，悄悄地丢在小朋友的后面，大家不要告诉他……”那时有“唱游课”，“丢手绢”和“老鹰捉小鸡”是进行次数最多的“唱游”，记忆里形象最鲜明的，一位是“小脸老师”，一位是同桌的“方子”。

“小脸老师”，自然是因为同学们觉得她脸小，给她取的绰号，她听见我们背后低声那么窃叫，并不生气，有时甚至还会闻声回头，微微一笑。那时候开展“爱国卫生运动”，不走过场，非常认真。老师就要求我们上学时除了书包课本文具外，一定还要带手绢、茶缸和口罩，每天头一堂课，先检查这三样。

手绢和口罩，那时候真正用它们的时候，并不多。到教室外走廊里的开水桶接水喝，一天总得好几次。我妈给我买了一只很漂亮的搪瓷把缸，还给缝了个蓝布套子，我用起来很得意。但是“方子”——北京话发音是“方扎”，他姓方，个头跟我差不多，宽度却几乎比我阔半倍——头一次让老师检查时，拿出的却是一只吃饭的粗瓷碗，我带头笑，惹得全班哄堂，可是“小脸老师”却没笑，她和蔼地跟“方子”说：“很好。洗干净用。也该配个布套儿。”其实更惹笑的应该是“方子”的那方手绢，可惜大家看不见，我是看真切了的，那根本就不是买来的正经手绢，而是不知从哪件旧衣服上裁下来的一块灰布。不过“方子”的口罩让人无法挑剔，比我们任何一个同学买来的都大都好，后来知道，

"方子"他爸是水泥厂的工人,那口罩叫作"劳动保护用品",厂里一发就是半打。

我和"方子"都很爱国,都极愿意听老师的话讲卫生,我们真的不随地吐痰、擤鼻涕、打喷嚏,放学排队离校时乖乖戴上口罩,偶尔因为玩弹球、拍"洋画儿"口渴难忍,就近在自来水龙头对嘴儿喝了凉水,被多事的女生告状,我们就在"小脸老师"跟前认真地检讨,现在回忆起来,有点奇怪,"小脸老师"怎么从来没有批评我们男生玩弹球、拍"洋画儿"不卫生呢?她自己有时还跟女生一起玩"拽包"、抓(发音是 chuǎ)羊拐呢,她只是强调玩完了洗手而已。

有一次"小脸老师"出作文题《我的妈妈》,大家都埋头在写,"方子"却只是发愣,"小脸老师"就走到他身边,弯下腰,嘴离他耳朵很近,跟他说悄悄话,但是我听见了,当时非常惊讶,因为"小脸老师"说的是:"对不起……我考虑不周到……你不用写这个题目,你自由命题吧。"

忽然"小脸老师"不给我们上课了,来了个代课的男老师,他的脸未必大,却被我们叫作"大脸老师",他一来就给"方子"一个"下马威",说"方子"的茶缸不合格,还拎起"方子"的手绢让全班看:"这是手绢吗?这是擦脚布!"他和我们没想到"方子"的反抗是那么强烈,"方子"当即跳起来,抢回那块"小脸老师"从没奚落过,甚至还表扬过他洗得干净的手绢,大声骂出了一句最难听的话。

"方子"要被记大过。"小脸老师"出现了,她的脸小,面子却很大,不知道她怎么跟校长说的,反正"方子"免予处分,换了另一位女老师来代课,她其实也挺好,但是没办法,我们还是要给她一个绰号,"中脸老师",这绰号当然是太古怪了。"小脸老师"不在的时候,男生们总在为"她丈夫是干什么的"打赌,女生们总在私下嘀咕"什么是坐月子"。

后来我转学,小学毕业后上中学……形成自己的人生轨迹。那所小学所在的区域早已改造成一片公共建筑。我至今没有跟"小脸老师""方子"邂逅过。但是,近十几年,倒从当年老邻居、老同学那里,听到一些无法确证的传说。"文革"时"小脸老师"被丈夫牵连,也给当"牛鬼蛇神"揪了出来,但是"方子"装作"红卫兵",把她救出藏匿起来,一直供养到"四人帮"倒台。"小脸老师"后来从小学校长的岗位上退休。"方子""顶替"父亲进水泥厂当工人,一直到水泥厂迁往远郊后才退休，现在跟儿子儿媳妇开了一家“方手绢小吃店”，不但供应的品种多味道好，而且，以卫生状况特别好著名。据说，在当年所有的同班同学里，别人早都使用上了各种揩面纸餐巾纸消毒湿手巾，只有两个“老顽固”还一直使用着手绢，一个是“方子”，一个就是我。

手绢现在不大好买了。最新消息，是“方子”已经在一家大商城里，开了一家“方手绢”专卖店。真该抽工夫去那里逛逛，我会喜出望外地遇到“小脸老师”和“方子”吗？

水祸

侄女儿侄女婿两口子开了一个小超市，生意说不上有多红火，却也天天有赚头。当然，人家收入保密，我也不该多问。他们有回来看我，给我提来的水果，是从美国进口的布朗，开头我还不大懂得布朗是什么东西，只见个子肥大，紫色薄皮，咬一口，汁丰味美，才知是美国大李子。有天我逛大商场，在卖进口水果的柜台那儿看到了布朗，标出的价格吓了我一跳：合八块钱一个！前些日子他们又来看我，带的水果是从泰国进口的红毛丹。交谈时，我看小两口一脸疲惫，便劝他们说："赚得差不多就行啦！别太玩命儿！"

谁知我所担心的事儿，今天果然发生了！

那是我刚吃完晚饭的时候，忽然接到侄女儿的电话，带着哭音说："姑妈！羊子出事啦！……"我一听心就乱了，眼睛直发黑。

侄女儿跟我说，羊子，就是侄女婿，大约五点多钟——马路上车流量处于最高峰时——开着他们的小运货车去取货，在一个路口，跟另一辆车撞上了……

她说得我一颗心堵到了嗓子眼儿。忙问人怎么样？她说送医院了，没生命危险，可损失极其惨重……我这才喘出一口气来；忙再问是哪个医院，说我这就打个"的"过去；侄女儿却说："您先不用去医院……其实我本不想把这事告诉您……给您打电话，是因为，新光中学的王校长，他不是您当年师范大学的同学吗？您能不能跟他联系一下？……"这话真让我丈二和尚摸不着头脑了，羊子出了车祸，跟那王校长有什么关系？

我问侄女儿："你们平时不都是躲过高峰期开车进货吗？这回怎么非挑这么个时候？就算有哪样货一时售缺，请顾客到别处去买不就结啦？非赚那个钱干吗？羊子他急个什么呀？你也不劝劝！”

侄女儿说，昨天她下午整个儿不在买卖上，她是六点左右才到他们那个超市去的，刚一去挺高兴，因为店里店外顾客很多，这是平日那个钟点少见的情景；后来她发现顾客大都是在等着羊子取货回来；她们店里雇了两个安徽农村来的姑娘，一个监理货架，一个当收银员；她正想跟两位雇员问个清楚，电话铃忽然响了，是从医院打来的，她一听撂下话筒便直奔医院，医生不让她进急救室，她冲了进去，听见羊子昏迷中在喃喃地说：“……新光中学……王校长……”现在医生护士把她劝了出来，她猛然想起，接到医院电话之前，那些在他们店里等货的顾客，有的也在叨唠新光中学和王校长，口气很不满意似的；她打电话回店里，雇员告诉她顾客已经散尽，大概是到别处买东西去了；雇员也跟她说，听到顾客里有埋怨王校长的……

咦，真可谓咄咄怪事！我百思不得一解。想了想我问：“羊子那么急着出车拉货，他是要拉什么货？”侄女儿告诉我，是去拉矿泉水、纯净水。这可就更怪了！因为前些时校庆日返校，我见着了王校长，聊起来，他还特别提到从不喝矿泉水、纯净水什么的……

侄女儿不能跟我说得更多，她面临的善后事宜实在棘手。她只求我尽快跟王校长联络，帮她搞清楚究竟是怎么一回事儿。

我马上给王校长挂电话，他听了好一阵儿才听明白我所表达的意思，他说，这才知道离他们学校不远的那个小超市，是我侄女儿两口子开的，但他并不认识我侄女婿，因此对我侄女婿出车祸昏迷中会提到他，亦惊诧莫名……但他说容他仔细想一想，并且做些调查研究，再尽快给我回电话。

大约晚上九点多钟，王校长给我来了电话。真相大白。

原来，他们新光中学，第二天要组织初中二年级的学生下乡参观当年抗日战争的地道遗迹，这事其实好几天以前就布置了，但这天傍晚不知是哪几位家长忽然担起心来，怕自己的孩子到了农村没干净的水喝，在那里也买不到矿泉水什么的，于是便到超市去买矿泉水和纯净水，他们中学是就近入学，我侄女儿两口子的小超市恰是那些家长们经常光顾的地方，而且口碑不错；学生们都是邻居，家长们都是熟人，这个买了，那个看见，一想也该买；有的家长开头还说，现在农村也有卖的，可有的家长一撇嘴：那儿尽是灌井水的假货！于是惹得更多的家长担心，便使得我侄女儿他们的小超市一时爆棚；有的家长一买买一箱，说是不光要带去喝，那地道里多脏，出来进去，饭前厕后，还得用来洗脸洗手呀！这样，很快便把小超市里所有的瓶装水都买尽了，我侄女婿见有这样好的生意，岂能放过，便马上开车去进货……有的家长们一边抢购一边埋怨新光中学，特别是王校长，认为不该让孩子们去钻那个地道，有的更埋怨他"隐瞒了那里没有清洁水的真相"……而在一片埋怨声里，我侄女婿却哼着小调："新光中学……王校长……财神爷……真叫棒！……"

我听了发愣。可怎么跟我侄女儿说？

朔望澡

自搬进楼里以后，这家人就为洗澡的事争论不休。当然不是争论要不要洗澡，而是争论安装个什么家什便于洗澡。儿子主张安电热器，他是这家的“电气化”先锋，刮胡子、刷西服不消说早用上了电动剃须刀和微型吸尘器，还力主集资买红外线电烤箱，说赶明儿除了烧开水就甭开煤气了，省得增加屋内的污染度。儿媳妇却最怕触电。头一回把用干电池带动的放音机耳机套到脑袋上，还紧张得直缩脖子。她力主安煤气热水器。她到同事家里参观过，觉得人家那煤气热水器真是爱煞人儿。儿子跟她争论时吓唬她说，煤气热水器安装不妥会造成一氧化碳中毒,危险性远远高于用电。当婆婆的听了这话可两头为难，向着儿子不合适，同意媳妇又怕真的惹出祸来——以往住大杂院时可真见着过让煤气熏死的邻居，想起来怪瘆得慌的。公公一听他们争论就浑身刺痒，自打搬进这楼以后，三个月里没洗过一回澡，光拿湿毛巾擦过身子，算是怎么一回事儿！公公倒也不是没见识，他建议说：“搞个射流吧！我见人家安得有那个，一边水龙头，一边搁壶热水，接起来凑着巧劲儿，倒也哗哗的挺温和，电不着也熏不死，凑合着冲冲不结了！”

到头来还是“鹿死”儿子之手。安了个东门子牌的电热水器。用的时候采取预热的方法，热好了就拔下插销，这样就绝无触电之虞。但儿媳妇抱怨说水流太细，浇花也犯不上那么秀气，预热一次根本就不够她洗一个头的，常常凑合着洗完了还要叨唠半天，说人家用煤气热水器哗哗地享受，怎没听说谁熏着过找醋喝？老太太一贯知足常乐，儿子或儿媳妇替她预热好了，试好温度，她坐在个木凳上享受着细雨般的暖流，觉得也算是自己一贯的好心得到了好报。

老头多年形成每逢农历初一、十五必洗澡的习惯，自称洗朔望澡。自打安上电热水器以后，儿子儿媳妇搭上才五岁的孙子，逢朔逢望都孝顺地为他预热洗澡水，在地漏边铺防滑垫，还特为他拿出“紫禁城”牌高级老人皂，但他洗完以后，却总有点闷闷不乐，儿子问他是不是嫌没有池子泡，他说知道淋浴更加卫生；儿媳妇问他是不是嫌水流太细，他说秃脑壳儿倒更喜欢“润物细无声”；孙子问他是不是胳肢窝痒痒，他摸摸孙子头不言声。

有一天上街回来，老头儿忽然满脸喜气，说是楼区的浴池开张了。第二天逢望，老头儿拣出换洗衣物，要去浴池，全家都上前阻拦，他却毫不动摇地说：“自打搬到这块儿以后，一直想去澡堂子洗澡，以往没去，是合计着来回换四趟车，洗净的汗一挤又给捂了出来，等于白洗，所以忍了。如今咱们这儿有了澡堂子，我能不去？你们要问我图个什么？我不惯一个人独闷着洗澡，我喜欢澡堂子的热闹。”说完竟昂首挺胸而去。儿子发愣，媳妇捂嘴窃笑，孙子只顾摆弄“变形金刚”，只有老太太追上去，把一小扁盒茉莉花茶叶塞进他的尼龙提兜。

苏俐电话

电话铃响，我拿起听筒，里面是一种漱口般的声音，找我爱人。

自然又是苏俐，她每天必打电话来，一个电话，打得很长，爱人对她的来电，有时极为欢迎，有时接起来勉为其难；比如前些时电视里正播《唐明皇》，爱人就很盼她来电话，她们在电话里絮絮不休地议论头天所看到的几集，并对晚报上的那些小豆腐块的评论文章或不以为然，或竟耿耿于怀；当然，还有许多的议论，是创作者和评论家听见，一定会认为乃匪夷所思的，如她们慨叹，林芳兵固然不错，但何不请日本的山口百惠来演杨贵妃？因为小报上曾有花絮文章，说山口女士乃杨贵妃的后代……爱人有时正在做饭，苏俐也挂来电话，爱人提着锅铲去接，苏俐会申明："就一句话……"但其实也不是一句：她刚从广播里听来，有一种新型的灭蚊器，叫什么什么，看来我们都应该去买……爱人慌慌地应着，直怕锅里的油燃开；爱人放下电话，我和儿子就说："她怎么这样不懂事？像这时候就不该来电话！"但如果她还不懂事，如在我们正用餐时来电，我和儿子先接听了，我们也还是做不出请她"过一会儿再来"的决断，少不得把听筒递给我爱人："苏俐！"爱人便使劲咽下一口饭，且跟她对话。

苏俐是个病人，她年龄比爱人还小一点儿，不到五十岁，却得了一种怪病，据说是一只耳朵后面的血管出了问题，医生无法给予解决，只能采取保守疗法，这样她就成了一个有行为障碍的人，有一回我们在街上遇见她，是她爱人陪她去医院看病回来，她那情景儿，真让人惨不忍睹——她不是一般偏瘫病人那样，移动时吃力，需别人从旁搀扶，她可以独立行走，但她的一只胳膊，却不能抑制地要来回狂舞，这样她也就不能保持直线前进，需得爱人帮助她把握"航向"；

她打来电话时总是强烈的漱口声，也就不奇怪了。

苏俐不是我们的亲戚，她也不是爱人的同学或同事，她住在我们那个楼区，算是邻居吧。我也没闹清苏俐怎么跟爱人熟识的，苏俐病后自然无法来串门，爱人也难得去登门看她，她们就是通电话，一天起码一回，有时好几回。

她们通话的内容，大半是关于猫的。我家养了两只猫，苏俐家养了一只。爱人自病退回家后，喂养这两只猫的精神头大了，严格相比，对我和儿子的“饲养”，还不如对它们那样精心。苏俐的爱人白天还要上班，晚上才回来，他临出门前，要为苏俐准备好中午饭，就放在苏俐座席前的桌上，桌上有个电烤箱，苏俐到时候自己给饭菜加热。一般也就用那饭拨出一些喂猫，但另外也准备了进口的猫饼干——苏俐和爱人都是“清水衙门”里的科技人员，苏俐又遭了这么个怪病，经济上自然拮据，但听说在国贸大厦、燕莎中心一类的超级市场里卖二十几元一盒的美国“伟奇”牌猫饼干，苏俐便一定要爱人去买，每天除了与猫共享正餐之外，抓一点猫饼干给猫吃，是她极大的快乐，往往那也就是她打电话过来的时候。她和我爱人絮絮地在电话两边介绍各自那猫的身体状况、食欲，特别是种种憨态乃至于抓破打坏东西的“可爱过失”，不时咯咯发笑，若是哪家的猫蔫了病了，那就会互致慰问，还提出许多的建议——有的听来亦匪夷所思，如给猫灌白萝卜汁等等。

“苏俐她活着，有什么意思啊！”对儿子有时随口发出的这种残酷之论，我虽同爱人一起厉声将其喝退，心里却也不免酸楚。

苏俐却有滋有味地继续打电话来，最近的一次电话，是告诉我爱人：“你说我多逗！今天我把碗掉地下了！我这手它连这点指挥都不听了！这不是闹无政府主义了吗？哈哈哈哈……”又说：“还有逗哏的啦，我坐到窗前，看咱们外头的那条护城河，你猜怎么着，大夏天的我看见有人在河上溜冰哩……”原来，她的眼睛，已经复视到了如此地步——她把在岸上行走的人，看成在河里溜冰了！我们听了都为她悲哀，而她给我爱人来电话，却实实在在只是当作一桩趣闻！

今天中午我一个人在家吃“康师傅”方便面，她又来电话，我告诉她我爱人不在，她说：“就一句话，我那块电子表，又走上了——昨天掉恭桶里，捡出来以为不能用了，没想到搁窗台上晾干了，它又好了……就这个事儿，她回来，你告诉她……”

她说话那漱口般的声音，更严重了，但为一块表的复活，充满了那样强烈的喜悦，没得说，这样一桩大事，爱人一到家，我便要对她郑重宣布！

碎

又是那一对，手里又已经拎着大包和小包，那女的又满脸欢喜，那男的又把领带松开了……

淑芸默默地注视着他们，心里说不清是什么滋味。

在这个大商厦二楼一隅，淑芸被雇为某种品牌女装的售货员。就这么个岗位，她还是从几十个竞争者里面脱颖而出的。那女老板是个《红楼梦》迷，《红楼梦》里曾把四个美女形容为"一把子四根水葱儿"，当女老板从应聘的姑娘里淘汰到只剩下四个时，就这么说来着："这一把子四根水葱儿，可让我把哪三根拔去啊……"淑芸当时就说："那您就都留下不好吗？"结果，就因为她这句话，女老板把她留下，把那三位打发走了。为此淑芸内疚了好久。

这种女装虽说还算不上大名牌，却也小有名气，不少逛商厦的女士是专门冲着这品牌来的，淑芸总是耐心地接待她们，百试不厌，百问不烦，这样的顾客，一般总会终于买下标价不菲的应季女装；当然顺便逛到这个区域的顾客也不少，淑芸对这样的顾客一般采取退避策略，就是任她们观看、摩挲、比较、忖度，直到有的考虑购买，拿眼睛寻找售货员时，她才主动笑脸相迎，这样的办法，比人家刚走过来就缠着去介绍、推销，效果好多了，往往是本来犹豫再三，最后却慨然买下。

女顾客常常由男士陪着。接待多了，淑芸总能精确地判断出来，哪些是"老夫老妻"，哪些是新婚不久，哪些是情夫情妇，哪些还只是在"对象"阶段……当然，绝大多数对她来说都不过是过眼烟云，相逢开口笑，过后不思量；但那一对，自从那回以后，却让她一直忘不了……

那一回，那一对游动到她那一隅，那女的毛手毛脚，挑选新到的翠绿色春装时，把一件掉在了地板上，偏又没站稳，一只高跟鞋踩了上去，那天商厦外下雨，鞋跟把污迹明显地印在了那春装上，她还没反应过来，那女的先叫喊起来：“你们这儿这么滑！崴了我脚脖子你们要负责任的！”她拾起那春装，心里正乱着，只听那男的对她说：“小姐，不要紧，我们买下。”那女的反对：“买下？怎么穿？”那男的却贴近她说：“小姐，我看清了，你们这样的款式一共来了两件，我们都买下。现在你只需要告诉我，这楼里什么地方能干洗这件弄脏的衣服？”那女的还在那里嘟囔，那男的就对那女的说：“一切图的是个高兴，对不对？什么责任不责任的，别误了咱们下一步计划，不是还要赶四点一刻的那场《幸福时光》吗？完了去吃日本料理，恰可胃口好！”真跟做梦似的，晚上打烊前，女老板来视察，她报告说两件款式最潮最贵的春装一次卖了出去，女老板笑逐颜开，说：“年年月月都如此才好！”

那一回后，在过往的人流里，只要那一对出现，别的人就都仿佛模糊成了影影绰绰的一片，那一对则凸现为清晰鲜明的形象。她暗中羡慕那女的，甚至于嫉妒，一个女人，能有那样一个男人娶她，幸福两个字，还用得着再解释吗？

今天，拎着大包小包的那一对，又转悠到她这儿来了，她笑吟吟地迎上去。忽然，那女的喊了声：“咦，我的手套呢？”不等那男的答话，把手里拎的装商品的纸包搁在地板上，对那男的说：“你等着，我去咖啡厅找回来！”转身就疾步而去。那男的也就把自己手里拎的几个包搁拢一起，恰好都放在了她那一隅的展示架下，那展示架上端放着一玻璃钵仿真的百合花，下面三层是叠放着套头衫的梯形平台。她对那男的笑笑，那男的也对她笑。

她弯腰去整理被前面顾客弄乱的套头衫。那男的一直在看她。她弯腰时，饱满的胸部线条凸现。水葱儿正茁壮地拔节，氤氲出天然的青春气息。那男的伸出手，仿佛是要取一件套头衫看，却把手背重重地摩擦了她乳房一下，虽然隔着衣服，但衣服很薄，使她仿佛被灼了一下，她直起身，抬头惊异地望着那男的，那男的两眼却只是直勾勾地盯着她起伏的胸部。她猛地转过身，试图去整理前面衣架上新到的裙装，却手臂发抖。那块地方本不大，她拂了拂裙装，转回身，那男的还在盯着她的胸部。她听见那男的问：“小姐外地来的吧？府上哪里？”她脸上僵着一个淡笑，不去看那男的，站到展示架前，张望别处。那男的却又凑到她跟前，在她右耳边小声说：“明天你下班时候，我一个人来，请你去明树园咖啡厅坐坐，好吗？”她大惊，身子本能地一躲，重重地碰着了展示架，顶端的花钵砸到地板上，跌得粉碎。

这时那女的找回手套走过来，对男的喊：“快走快走！她这地方怎么总这么晦气！难道这回咱们还成全她吗？走！”那一对于是拎起那些包很快消失了。

那晚淑芸跟女老板辞工。女老板说：“碎了个玻璃钵算不了什么呀！”淑芸心里说：碎的是报告不出来的东西啊……

胎网

表妹来电话说："我要把孩子生到你那儿！"

吓了我一大跳。

表妹从来不跟我乱开玩笑。何况，玩笑也没这么个开法。

"嘿，你说话呀！"表妹在电话那边催我表态，"这个忙你还不帮吗？"

我说不出话来。我爱人，也就是她表嫂，正好出差在外；否则我把电话耳机转移到她表嫂手里，让她们俩对话去，也就算了；可此刻我却无可逃遁。

"哎呀，其实我基本上把网子都织好啦……也不过只是要你有个态度罢咧！……"

什么网子基本上都织好了？

我知道表妹他们从青蛙实验一呈阳性，就开始为小生命准备一切能够想象到的东西，从最高档的婴儿车，到成套的婴儿服、四季被褥、成摞的"胎教"磁带、尿不湿、进口奶瓶与奶嘴、"伴睡"的玩偶、德国婴儿洗浴液、美国婴儿爽身粉、法国婴儿防蚊水……乃至于赫然抬进他们育婴室中的钢琴，并且还附有琴谱与节拍器。

至于医院、病房、接生的大夫、护士长，等等，他们也都事先该联系的联系，该联络的联络……甚至于到时候农贸市场的活鸡，也跟那儿的常年鸡贩子打好了招呼，月子里要每天一只不轻不重刚好六斤的母鸡——那是他们从一本什么杂志上的文章里看到的，据说过瘦与过肥的鸡都不适宜用来为产妇炖汤。

"哎呀，怎么求你丁点儿事，这么难呀！"表妹像真是生气了。

"不，不是……我是，还没弄明白啦……我哪儿会不为你效劳呀！"我赶忙表态。

“有什么难明白的呀？那个……托儿所，不就在你马路对面吗？……”

表妹层层剥笋地给我说明：我家马路对面的那个托儿所，他们调查过，也跟另外两三个原来考虑过的托儿所比较过，现在有了最终结论——确实好！不仅“硬件”好,“软件”,就是所里的阿姨,大都是幼儿师范的科班出身,也好……就是有条规定，孩子户口得在我们这个街道办事处辖区内；当然，户口在“外头”的，非想进，也成，那就至少得掏两万块“赞助费”……所以，他们打算把孩子的户口，先在我这儿“过渡”一下；至于技术上如何完成“过渡”，完全用不着我操心，他们“自有办法”，对我们两口子的要求只是:一，同意;二，有人问起来，“口径要统一”……

我听了还是头大。依我想，他们一个在进出口公司，光年终奖金，那数目就比我两年的薪金总和还大；另一个在外资公司，开出来的工资全是外币；要进我们这儿的托儿所，就赞助人家两万块不结啦？……表妹在电话里教诲我说：“有钱也不能乱用,每分钱都要用到刀刃上才是啊！……再说,现在他们要两万，等我们宝宝该上的时候，指不定又涨到几万了呢！”

我还是觉得表妹他们的思路有些个离奇。我说：“怎么你们现在就想着几年以后的事情了？难道说，现在就要为你们的宝贝儿准备好最好的小学和中学了吗？”

谁知表妹很坦然地说:“可不现在就得为他把网织好么！能织多大织多大，能织多远织多远……对了，那个……附小，最好的，你不是认识他们校长吗？”

我说:“是呀，怎么，你要我提前七年就把他织进你那网里去吗？”

表妹便很认真地问:“他今年多大岁数？”

我说:“五十五六吧！”

表妹“啊”了一声，表态说:“那就算啦！那时候他退休啦……”

……

烫金

老鲁当上“一把手”以后一再地给我来电话，让我到他“寒舍”小叙，我一推再推，春节将近，他又来电话热情邀请，作为大学时睡上下铺的老同学，再不去似太绝情，于是坐上他派来接我的奥迪车，到了他那“寒舍”。说实在的，跟“下海”发了财的老同学们相比，他那四室两厅的单元房确实显得素净。我俩坐在沙发上以后，没叙上几句旧，他就骂上了腐败现象，其激昂程度令我感动。我相信他那都是真情实感。老鲁从来都是个中规中矩的人。他现在虽然比一般工薪族住得宽，出门天天有轿车，宴请顿顿有海鲜，但都是依照有关规定，从不超标，就是一年起码要出一次国，也都有经得起推敲的由头，他不仅绝无把公家钱往家里搬的劣迹，还常常有意识地为公家节省开支，比如，最近总务部门打上来的为会议室租摆凤尾竹的报告，他就没批准。我说：“老鲁，你确实是个挺不错的大公务员！”老鲁笑了，拍着我肩膀说：“你呀！还是老脾气！吃硬饭，拉硬屎，连挺不错的大公务员你也不联络！你每天除了敲电脑，都跟什么人来往？心里头还梗着个‘底层情结’么？……”我只嘿嘿笑，不想跟他抬杠。我眼光晃到茶几上，那满茶几的请柬都是艳红烫金的，顺手拿起一张打开看，是我家旁边那个公园春节庙会的请柬，持柬者可一柬三人在开幕式上到贵宾席就座，并在整个庙会期间可当通票使用。老鲁说：“你随便拿，都拿走才好！”我接着翻看，还有好几种联欢会、联谊会、茶话会，以及演出、展览、展销、首发式、开业典礼……的请柬，一时烫金的字儿满眼跳动，我眨眨眼，望向老鲁，他笑眯了，脸上放着光。是啊，他过的是一种烫金生活。这是他多年奋斗的应有所得。我不羡慕，也不觉得应该鄙夷。

门铃响，有人来给老鲁送果篮，果篮上别着卡片，上头也烫着金字。老鲁家阳台上已然有了三个果篮，跟这个果篮一样，都绝非不正当的馈赠品。老鲁除了本职以外，还兼有好几个完全不违反规定的社会性职务，这些机构春节时以送果篮表示拜年，实际上已是革除了往昔豪华宴聚的从简新风。老鲁一定要我拿走一只有火龙果、红毛丹、山竹、布朗的大果篮，我坚辞不受。

和老鲁又闲扯了一会儿，我告辞，老鲁不坚留，叹口气说："本该请你吃饭，可是晚上有个招待会不能不去……唉，不好干呀！现在真是越来越不好应付方方面面啦！"他又让我拿果篮，还有那些烫金字的请柬，盛情实在难却，我便揣了两张我家旁边那个公园的春节庙会请柬在衣兜里。

老鲁的司机用奥迪车送我回我们那座居民楼。到了我们楼下，车还没停稳，我便隔着车窗看见了老韩。老韩是绿化队的临时工，我们楼下的小花园归他管理。他来自四川农村，我们成为朋友已经半年多了，跟他在一起用家乡话聊天是非常快乐的事。我跟老鲁的司机道完谢下了车，老韩一把拉住我，高兴地说："哎呀，你总算转来啦！"看来他在我们楼门口等候我多时了。我问："你唧个不上楼到我家等我？"他说："传达室的老魏说，你出去了……"我知道他一向不大愿进我们楼，传达室老魏知道我们的关系后，对他还客气，电梯工有时为了楼内住户安全，尽责盘问他，他便觉得极不自在，所以他总是被动地在楼下小公园或他们宿舍里等我找他"摆龙门阵"。我想起来，这天他该休息，我们也没约好，怎么在这儿候我？问他："是不是有什么急事，要我帮忙？"他两眼笑成两弯新月，望去跟刚刚告别的老鲁那笑容竟既形似也神似，有种"烫金"的意味；他说："哪儿有总让你帮忙的道理！这回，是我要给你一样东西哩！"说着，便把手伸进贴身衣兜，曲曲折折掏出一张纸片，递给了我。那是一张窄长的门票，我细看，是我们旁边那个公园春节庙会的入场券，背面有"赠券"的印章；明白了，一定是他们绿化队发的；他在寒风中久候我多时，为的就是要把他的这张赠券送给我啊！我忙说："你留着自己去逛逛嘛！你们每人发一张……"他叫起来："每人一张？你想得好安逸！我们八个人才五张，抓阄儿，我这手好香啊，一抓就抓着了！一张四块钱哩！……我可是巴巴地给你送来……"当时，我一瞬间差点犯了天大的错误——我衣兜里就装着得来全不费功夫的两张烫金的请柬啊，凭那请柬不仅可以在开幕式时坐前排看表演，还可以免费进入一切入园后一般门票不能通用、需另购票的场所，例如入场费三十元的茶座（内有苏州评弹、京韵大鼓轮番演出）、参观费十元的“恐龙世界”、入门费五元的“热带植物大棚”等等;我掏出一张,甚至把两张请柬都送给老韩，岂不是他还可以另带两个人甚至五个人到庙会去尽兴游玩么？——我与老韩对视着，我从他眼里看到的是，他因终于等到了我，而能圆满地将那张来之不易的“福利券”递拢我的手中，而心中充溢着牺牲自我、给予朋友的极乐，我怎能以烫金请柬粉碎他对那张普通赠券的无限珍爱，辜负、亵渎他的一腔美意？于是忙向他热烈地致谢……

庙会开幕了，家里谁都懒得去“吃灰”“挨挤”，过了初六，我决定还是要去逛逛，我当然没拿那请柬去，而是用了老韩给我的那张普通赠券，当收票员撕去一角时，我感到有一种无价的金光射进了我的心中……

替课阿姊

那天小时工阿芝又来为我住处打扫卫生，我说起临街嫌吵，想加装一层隔音窗的事，她扬起头说："那还不简单，让我弟弟阿虎来给你装好啦，保你满意，价钱公道！"我们就约定一周后的今天下午，她跟她弟弟一起来给我的窗户量尺寸。

阿芝按时来了，她弟弟却没有一起来，阿芝说她弟弟生意很好，现在正在另一家安装，很快就完活，半个钟头后一定到我这边来。阿芝一边收拾屋子，我一边跟她闲聊。说起她弟弟阿虎，有文化，念到高中毕业呢，所以到北京发展得很好，先是给人家当制作安装塑钢窗的小工，现在自己当小老板，租了门面房，生意很红火；阿虎闲了就读书，口碑好，装了这家介绍到那家，家家满意。谁知说着说着，阿芝挺直腰肢略事休息，却叹口气说："哎，那时候啊，我总盼他得病，盼他腿摔断了一百天才好净！"这让我大吃一惊。

正想跟阿芝问个究竟，门铃响，阿虎到。一位虎虎有生气的小伙子，出现在眼前。

阿虎细心地量完了尺寸，跟我商定好价格和上门安装的时间，阿芝也把卫生打扫完了。我就说，如果他们下面没有事情等着急办，请坐下，大家剥橘子吃，稍微聊一会儿。我说看他们姐弟二人很友好的样子，可是阿芝的话却古怪，说什么盼弟弟生病，甚至盼弟弟腿摔断了养一百天……阿虎说："是呀，那时候，我愿意为阿姊得病，愿意爬树再摔断腿，好让阿姊高兴！"这对姐弟，让我彻底糊涂了。

后来姐弟俩一五一十跟我讲起二十几年前的事，我才明白。他们家乡，按大区域论，绝非穷乡僻壤，但是具体到某些边边角角的地方，比如他们那个村，直到现在，也还比较穷。阿芝所以叫阿芝，其实是长到六七岁，家里大人还没给她取名字，她懂事以后，就听父母叫她姊姊，意思跟招弟差不多，她也果然招来了弟弟，村里有位老爷爷，据说最有学问，能读古书，知道古书里最重要的四个字是“之乎者也”，就来给他们姐弟都取了名字，姐姐叫董之，弟弟叫董乎，如果再有超生的，则可以叫董者、董也。有了儿子，父母也就不再生育。上户口的时候，户籍警建议，姐姐叫董芝，弟弟叫董虎，当然同意，因为他们乡里管姐姐都叫作姊姊，董芝就是董家姊姊的意思嘛，而董虎确实属虎。那时乡里有很多人家不让女孩子上学，只让男孩子去上学。董芝到了上学的年龄，就正式帮父母干农活了。董虎却满了六岁就去了学堂。那时候，学校有个约定俗成的规矩，就是如果有哪个学生病了，那么，容许他们家里别的孩子，去替他上课。一般替人上课的，多是姊姊，因此，替课阿姊，也就成了他们那个乡里人人听到无须解释的一种角色。阿芝回忆，她第一次当替课阿姊，是阿虎上三年级的时候，因为贪吃山豆——就是野生的无柄樱桃——拉了两天肚子，她背上阿虎的书包，去了学校，坐到阿虎的座位上，她用手摸那坑凹不齐的课桌桌面，心里仿佛揣了块热糕，老师讲的她一点儿也听不懂，可是她努力地含着一包眼泪听呀听……到董虎上五年级的时候，因为爬到老高的杨树上去掏鸟窝，下来时候不小心摔得小腿骨折，伤筋动骨一百天不能上学，阿芝就去当了足足一百天的替课阿姊！那是替课的第九十三天，老师提问，阿芝第一次高高地举起了胳膊，老师和全体同学的眼光都集中到她的身上，老师迟疑了一下，让她起立回答，她大声地答了出来——错了，可是老师、同学谁也没有笑话她……讲到这个细节，我眼前的阿芝低眉微笑，阿虎的眼睛却湿润了，赶忙把头别向一边……

两姐弟告辞走了。想到他们说起，现在他们那里发生了很多好的变化，但是替课阿姊仍未绝迹，仍有新的文盲、半文盲出现，心里有些发堵。但是又想起阿芝说起，她和进城的农民工丈夫，把自己的女儿送进了大学，如今不止她一个替课阿姊，发誓要让下一代女娃儿受好的教育……当阿虎说出一句“现在大学毕业工作不好找”时，阿芝望他的那个眼神，更深深地撞击着我的心扉，那眼神里意味太多，应是当年她作为替课阿姊，在课堂里高举胳膊的那种迎向命运的勇敢与自信的延伸吧……想到这些，我又心臆大畅。

替嫂

冯奶奶过春节有三怕：怕常年保姆回乡团聚找不到顶替；怕电话；怕花炮。

常年保姆香香，十年前来的时候还是个小姑娘，现在却已经是有三岁儿子的小媳妇了，以往香香或者春节就跟冯奶奶一起过，或者回乡也不过十来天，这回因为老家事多，告了一个月的假，冯奶奶虽然答应了她，心里却发慌，提前就给各个家政服务公司打电话，都告诉她没有现成的，让她留下电话等待消息。

冯奶奶怕电话，是因为有烦有盼，而总是越烦越来、越盼越无。接近年关，就有来电话拜早年的，人家当然是好意，冯奶奶却最烦以“听出来我是谁了吗”起始的电话，那边一出此语，她应一声“听不出来”立刻挂断。盼的是远在海外的儿子来电，却总是满以为那个时间铃声响，是儿子算准时差打了过来，拿起话筒却还是些不咸不淡的多余来电。香香就要走了，她盼家政服务公司来电话，却总无音信。烦！

到头来，还是香香给她找了个顶替，冯奶奶问姓什么，笑答是跟《沙家浜》里那“态度不阴又不阳”的参谋长同姓，冯奶奶就拐杖杵地板：“那我怎么叫？叫刁嫂吗？哼，我就叫她替嫂吧！”

替嫂来了，四十多了，胖胖的，眯缝眼。冯奶奶上下打量她一番，问：“你怎么不回老家过年呢？”其实香香走前跟冯奶奶说过了，替嫂丈夫在建筑工地干活，是个钢筋工，替嫂是建筑队厨房的帮厨，原来也是要回乡的，偏她丈夫前些时伤了脚，他们两口子就跟一个留守的工友做伴，丈夫养伤，她正好来顶替香香挣份外快。替嫂汇报完，拿出身份证，冯奶奶摆手：“你那个姓，不看也罢。”

替嫂就爽朗大笑。

因为替嫂丈夫脚伤，还需要她照顾，冯奶奶就让她每天午后来，打扫完屋子，或洗完衣服，做晚饭，陪冯奶奶吃完，归置完，再把第二天早、午饭给冯奶奶事先准备好，就回去。几天过去，冯奶奶表扬一句："替嫂还行。"替嫂笑说："你家就您一口，事情好做啊。"冯奶奶恼怒："什么？一口？还有杠杠呀！"杠杠是冯奶奶的宠物，黑白相间的花狸猫，白天陪冯奶奶在沙发上看电视，晚上在被窝里给冯奶奶暖脚，香香跟替嫂交代过，给杠杠加猫粮饮水、换猫砂，要跟照顾冯奶奶一样周到，替嫂其实做得都到位，只是还不习惯把杠杠也当一口子。

三十那天，替嫂送来冯奶奶头天让买的东西，打扫完卫生，冯奶奶就让她回工棚去跟丈夫团聚，说自己能煮饺子吃。替嫂说您那速冻饺子有什么好味道！我来给你包鲜的！我陪你吃完，再回去跟我那背时的家伙聚去！冯奶奶说大过年的，你怎么能那样说你丈夫，替嫂就仰脖大笑，笑完说我每天村他，他那腿伤好得才快呢！

替嫂捏的饺子确实可口。窗外花炮声渐多。冯奶奶让替嫂关紧窗户拉满窗帘。替嫂嘴里说好听好看着哩，手脚却麻利地执行冯奶奶命令。电话铃响，杠杠先跳过去，冯奶奶就坐过去接，这回果然是儿子，"背时的"，冯奶奶不由得在心里一声爱骂，她挥手让替嫂回避，替嫂去厨房了，她就跟儿子在电话里抬上了杠。

香香熟悉冯奶奶的性格，她对一个人的爱，往往会体现在找个话茬抬杠上，宠物猫取名杠杠，真正的原因也是出于爱。她有时候觉得香香尽责可爱，就会忽然跟香香抬杠，香香呢，也就故意跟她杠上一阵。

替嫂看冯奶奶握住电话说个没完，腿上没盖毯子，就过去把毯子给她盖上，冯奶奶瞪了替嫂几眼，替嫂就摆摆头，指指自己两边耳朵，原来她懂得主人电话不能偷听，事先在两边耳朵眼里塞了两瓣大蒜。

十五那天晚上，吃完汤圆，替嫂说炮仗声是讨厌，可是烟花实在好看啊，就扶冯奶奶到阳台，先往冯奶奶两边耳朵塞蒜瓣，再拉开窗帘，给冯奶奶指点各处升起绽放的烟花，冯奶奶其实听不见替嫂的形容，却偏高声抬杠："哪里像菊花！真是少见识，那样的花形叫龙爪兰！……”

香香回来了，春节成为记忆，问起替嫂，冯奶奶说：“快别提，笑着跟我杠，哼，就她，能杠得过我吗？”香香就知道，她必须更加尽心，否则，将来谁顶替谁，可就说不准了。

天梯之声

樊美的职业有点怪，她在一家典当行当部门经理。这天她开着奥拓车往近郊榆香园小区的路上，脑子里一直盘算着那台佳能相机的事儿。

榆香园人气颇旺。有两根爱奥尼亚式柱子的大门旁，戴贝雷帽的保安见她车子开来便举手行礼。她把车子停在保安身前，摇开车窗问："小王你值班啊？小祁，祁佳运他是哪一班？"小王回答她："祁佳运前天辞工啦，跳了个好槽儿，他还保密，我们都不知道他现在在哪儿哩！"樊美一听，眉毛一跳，把车开进小区，且不回自己那座楼，开到潘姨住的那座楼前，下了车就到门前按响潘姨家的对讲机。

榆香园的业主们一般不互相来往。樊美是在晨练时认识潘姨的，三个月前她每周去潘姨家两次，让潘姨辅导她英语，她要按课时付钱，潘姨执意不肯，说自己原来是大学英语专业的优等生，但毕业以后学非所用，分配的工作根本用不上英语，直到改革开放以后才有机会重操专业，现在已经退休，正怕再次撂生，能跟小樊教学相长，很是高兴，收什么报酬！

本非约定的学英语时间，这回是不速之客，潘姨迎进樊美，却毫不介意，照例热情招待。

樊美还没在沙发上坐定就问："小祁把您那台佳能相机还给您了吗？"

潘姨似乎没听懂樊美的问题，只是笑吟吟地递上一杯香茶。

樊美心里直为潘姨揪心。这天她在典当行的库房里，看到一台新典进来的佳能相机，循例复验，发现后背盖左侧，有道小小的划痕，不禁一惊。那是潘姨的相机啊，而那划痕，正是她有一回自己的相机拿去修理，借用时不慎弄出来的，还相机时特别跟潘姨说明，还表示要予以赔偿，潘姨哪里在意？说又不妨碍拍照，有个特殊标记倒也有趣嘛！前几天，樊美正在潘姨家学英语，保安小祁来了，是潘姨约他来的，原来，潘姨在花园里遛弯时，跟正倒休的小祁闲聊，小祁说自己从家乡来到北京，投靠在这里当保安队长的表哥，第一天晚上从西客站下了车，直接奔这榆香园来，第二天就参加昼夜三班倒的值勤，根本就没休息日，工资还常拖欠，只是管吃管住算个好处；到北京都一年多了，人就没离开过这么个榆香园，北京究竟什么样子？根本没亲眼见过，简直跟没到过北京一样！真想到城里看一看，特别是看看天安门，在那里照张相！保安队里，像他这样的来北京很久却没见到真天安门的，不止一个呢！潘姨就建议他约上队友，请个假，去趟天安门。小祁就说请假根本不可能，只是每回倒成全夜值班时，有个 28 小时的空当，除去 8 小时睡眠时间，还有 20 个小时可用，也许利用那空当，能去看趟天安门。潘姨就支持小祁去看天安门。约小祁来，樊美一旁看得发呆，潘姨在一张纸上画了路线图，怎么坐长途汽车进城，怎么换乘地铁，在地铁里怎么从环线转乘 1 号线，在哪个站下车，看了天安门以后怎么步行到王府井商业街，从那里又怎么到景山公园，登到景山公园顶上怎么朝四面欣赏北京，出了景山怎么回到地铁……解释完那张图，又拿出 100 元，说是赞助的游览费，更拿出那台镜头能伸缩的佳能高级傻瓜机，说是已经装好了新胶卷，耐心地教给小祁怎么使用，告诉他若当天没拍完就且不忙送还，这还不算，最后还给了小祁一张 IC 卡，嘱咐他在城里迷了路，或是遇到什么问题，可以随时使用街头公用电话打过来，她能及时给予指点。当时小祁满脸感动，告辞的时候结结巴巴地说："潘奶奶，我，我都不知道该，该怎么着……"潘姨只是笑，挥挥手说："该好好看看天安门！"

这天樊美忍不住埋怨："您呀您呀，怎么也想不到吧？那小祁把您的相机押到我们典当行啦！典票的底子上，有他大名，还有他身份证的号码，他倒是不怕追查啊！也许，他这名字，这身份证，根本就全是假的！……"樊美替潘姨痛心，抓起电话就往物业保安部查询，结果更令人吃惊，小祁表哥一周前已经离职，那天去天安门小祁也根本没约别的人，樊美就要他们往公安局报案，潘姨一听马上过去阻止了樊美，取过话筒告诉物业情况还不太清楚，以后再与他们联系。

樊美和潘姨四目相对，一时双方都看不懂对方的眼神。

樊美问:“潘姨，您就不后悔吗?”潘姨摇头。樊美进一步问:“您就没意识到，人性有时候是多么黑暗吗?”潘姨沉吟片时，缓缓地说:“也许，小祁是实在没有别的办法可想……也许某一天，他会把那相机赎出来，送还给我……当然，还也许，他就从此消失了……我这人不善形而上，我总是很感性的，在我的生命历程里，曾经听到过一种声音，我把它称作天梯之声，这声音，至今没被岁月消退丝毫，一温习这声音，遇到这样的事，我就不后悔，真的不后悔!……”潘姨就望着窗外的天光，讲起那段往事:“我跟你这么个岁数那阵，单位里新分配来个女大学生，我叫她小芸，刚满 23 岁，她从外地分来北京的，那一年国庆节，单位领导让我们两个值班，国庆之夜，天安门放礼花了，我们那个小单位离天安门不算太远，能听见传过来的礼花爆裂声，能感觉到天安门那个方向的天空，一闪一闪的，但就是一点儿看不到礼花。小芸强烈地表现出来，希望能看到灿烂的礼花，哪怕只看上一眼!她说她原来只从新闻纪录片里看到过，现在人已经到了北京，赶上国庆节，却偏看不见真的，给家里人写信，都不知道该怎么措辞!每当传来礼花升空爆裂的声音，她的肩膀就禁不住因向往而发抖……我那时灵魂里就充溢着一个想法：要让她看见礼花!我那时也很瘦弱，力气本不大，胆子更小，但情急之下，我就去扛来一架木梯，靠在我们单位院里最高的那所平顶房的屋檐上，鼓励小芸爬上去，站到那屋顶上亲眼感受国庆礼花。要知道，那时候北京楼房很少，我们单位跟天安门之间没什么高大建筑物遮挡，提升到那样的高度，肯定就能看到礼花了。我对小芸说，万一明天领导知道了，责任完全由我承担，而且你一人上去，没多少分量，根本不会有损屋顶，你看够了，下来，我们一起把梯子放回原处就是了……一阵更清晰的礼花声随风而至，小芸就像松鼠一般登梯而上了，那登梯声里，有梯子杈的嘎吱，更有从小芸胸臆里喷溢而出的欣喜若狂的心音，那声音万分美妙，是极乐之声……那算不上什么助人为乐，但后来我每每想起，就为自己那样急切地希望别人快乐，而且因为目睹了别人的快乐，自己也被快乐充溢于灵魂，而深深感动，我觉得，我活着，这是非常重要的一个支点……我一生能力有限，胆识也不值一提，没有真正从大处帮助过什么人，比如这里物业拖欠保安维修人员的工资，我就无力帮助兑现工资，更没能力帮他们跳槽到好的机构，但是，在我力所能及的程度内，给予他们一些快乐，我是心甘情愿的！那天小祁在城里用 IC 卡给我打来电话，背景是王府井步行街的市声，他告诉我已经看过天安门，正打算进东安市场，那是非常快乐的声音，我就仿佛是又听到了天梯之声，再一次感受到极度的快乐，真有飘飘欲仙的感觉！……”

樊美听呆了。潘姨把目光转移到她脸上，现出一个甜蜜而掺有苦涩的微笑，平静地接着说：“人性深不可测吗？人性有时令人战栗地显露出黑暗吗？小樊啊，我经过的事比你多，这方面感受何尝少？就是那个小芸，后来对我很绝情，固然那时有那时的客观情况，但她人性中的阴暗面，何尝不令我莫名惊诧！但我却永不为那个国庆之夜，为她搬梯子、扶梯子而后悔，因为毕竟那天梯之声，注入了我的灵魂，至今仍滋养着我的生命……”

樊美忍不住一把抓过潘姨的双手，紧紧握在自己双手里……

退羞

“的哥”青岭一眼认出了那老先生，忙过去打开后门，还把一只手掌搁在门楣，标准的护驾姿势，请老先生进车，谁知这回那老先生却笑着自己打开前门，坐进了副驾驶座位。

启动前，两个人目光一对接，都大笑起来。

“您还记得我？”青岭问。

“一年多了，你还记得我，我能忘了你吗？”老先生意态悠闲地倚在靠背上，嘱咐青岭：“老地方。”

“还是别停得离大门太近吗？”

“坏小子！记性就那么好！”老先生命令，“这回要开进院里去！”

青岭开车启程，说：“我看您呀，真不是恭维，越活越年轻啦！”

“哪里哟，年轻不了啦，不过，我现在是真的‘退羞’啦！”

“难道去年那是假退休？”

“傻小子，我这‘退羞’二字，‘羞’是‘害羞’的‘羞’啊！”

青岭不傻，略琢磨几秒钟，又笑起来：“这回，您大摇大摆啦！”

一年前，“的哥”青岭偶然接待了这位老先生。老先生那时从局级职务上退休已经好几个月了。老先生真是不愿意退啊。多盼望继续发光发热呀！但是，到头来一退到底。这一退，别的先不说，用车就不方便了。虽说名义上是“待遇不变”，但机构的奥迪 A6 就那么一辆，继任的当然每天要用，他打电话用车，开头多半只给他派来帕萨特，渐渐地帕萨特也来不了，说他可以打“的”报销，他第一次打“的”，就遇上的青岭，招手停车后，青岭等他自动上车，他却站着等青岭开车门，青岭打开前门，他脸色铁青，青岭打开后门，他也不马上进去，青岭觉得他怪，他也觉得青岭怪，后来青岭才觉悟，他是等青岭弯腰伸臂用一只手掌给他护头……终于坐进去以后，青岭问："您去哪儿？"他挺直腰板说："回家。"

见车不动，他很惊诧："怎么不开？"青岭也很惊诧："往哪儿开？您家在哪儿呀？"他才恍然大悟，此车非奥迪，此司机非彼司机，不得已，道出地址，车子开动了，他浑身不自在，问："怎么没窗帘？玻璃上也没保密膜？"……车子快到目的地，他忽然急促地命令："停！"青岭把车靠边停了，给他打好发票，扭头递给他，他却不接，缩在后座中央不下车，直到车门外两个站着说闲话的人移动远了，这才付款，青岭去给他开车门，他头伸出车门两边望望，见无熟人，这才下车，一溜烟往那边楼区而去。他害羞，怕被邻居看见他没了奥迪接送，竟然寒酸到打"的"的地步。

那天回到家，稍事休息，他就练起书法来，一连好多天，他用草书抄写唐朝李适之的五绝："避贤初罢相，乐圣且衔杯。为问门前客，今朝几个来？"总不满意，以至纸篓里堆满揉成团的废墨。忽然喉咙痒咳嗽数声。想起了枇杷，对，不是枇杷露，而是鲜枇杷。那时在位，会议上咳嗽了几声，当晚就有人送来鲜枇杷，说是下班后跑遍全市几大鲜果批发市场，才找到那种地道的白沙枇杷……于是在不久以后一次名额有限的评定中，几位报上来的都够条件，他选择了送鲜枇杷的那位，这算得问题么？说起同僚中有的胆大妄为者，他也气得哆嗦啊，他觉得，一篓鲜枇杷所起到的微妙作用，实在是人之常情范围内的效应，无可责人责己啊。这就是在位的乐趣——即使那是含有实用主义因素的人际温暖，也总比当下这纯洁的无人问津强啊。

他渐渐习惯了从坐主席台中间，往两边挪移；观赏位从第三排变成第十三排；宴请席位从第一桌挪到第五桌……终于到根本没有了请柬，连雨伞也得亲自撑打……他羞、羞、羞！

"你是怎么从'羞'里退出来的呀？"青岭问。

"这过程大概有半年吧。你猜我刚才在那公园里干吗了？……对啦，跟一伙老哥儿们打门球呀！都是退下来的，有位副部级呢，可也有工程师，有副教授，有会计，有编辑，有车工，有售货员，有原来杂技团里驯兽的……混熟了，才悟出了许多……平头百姓最自在啊！我那些个‘羞’，折射出官场弊病，不光是清官贪官的问题啊，整个儿值得反思，价值观问题啊！……”

到达后，青岭给老先生留下手机号码：“以后您多坐我的车，咱们爷俩多聊，兴许，能更彻底地‘退羞’，身心更加健康！”

托花所

母亲去世多年，父亲早已鳏居。原来父亲白天去机关上班，只是晚上寂寞，头年父亲退休回家以后，他那寂寞可就深厚浑黑了。我们住得离父亲不近，工作忙，小家庭的琐碎事又多，因此不能经常去看望父亲，好容易全家三口去一趟，我总是给父亲带去一些《天龙八部》那样的书，爱人总是一去就卷起袖子下厨房给他弄上一桌好菜，父亲抱着小孙孙也总是抿着嘴笑，但吃完团圆饭，父亲却总是催我们快点回去，我就小心翼翼地对他说："爸，您一个人，该多寂寞啊。我们多待一会儿吧……"父亲却往往不通人情地说："我有我自己的生活……你们去吧！我需要你们的时候，会打电话或者写信给你们的……"每当这时候，我就更痛切地感受到父亲的寂寞——已经达到了他不愿意承认的地步！

父亲也到公园里参加过气功班的操练，也买了些纸笔墨帖弄过书法，除了《天龙八部》也看些别的书，也有几个老朋友来来往往，但我心里明白，这些都填不满父亲心灵中出现的那一片空白。

有天忽然算出来已经有两个多月没去看望父亲了，忙给他打电话。父亲居室并无电话，得让楼下的公用电话去传，接电话的辛大妈说："他出楼快半拉多钟头了，没见他回来哩；往外走的时候提着个药吊子……"撂下电话我心还直往嗓子眼撞，来不及通知爱人，一个人蹬上自行车就往父亲那儿去了。

父亲打开门，我见他满面红光挺精神，这才吁出一口气来，父亲却惊讶地问我："你这是怎么啦？出事了吗？"进屋一细看，父亲屋里增添了不少盆花，书桌上还有一个挺雅致的盆景，我不由得说："啊呀，这盆景挺贵的吧？不过您喜欢它那就贵点也值得！"父亲笑了："根本不是我的！是人家托在我这儿的！”

原来，起初由于偶然，出差的邻居把两盆心爱的植物拿到父亲这里来，托他代管，因为管得叶绿花旺，楼里楼外有了口碑，引得附近几座楼里的出差人员都把盆花盆景拿到父亲这里来托管，这显然大大改善了父亲的心境，他书桌、茶几、床头柜上净是关于养花的书；他一边用药吊子往盆景山石上轻轻淋水一边内行地对我说："这是我专门去龙潭湖提回来的，养这个不能用自来水，盛水也不宜用塑料或钢种的器皿……"

一年以后，父亲的“托花所”已然全居民区闻名。甚至有那出差回来时也不把所托的花全取回去，他们说宁愿得便的时候到父亲那儿观览观览；父亲的居室如今分为“喜阳区”“半阳区”“喜阴区”，有四季轮流开放的观花植物，更有冬夏常青的观叶植物，他甚至开始自己配制花肥，说起什么 pH 值、希勒尔营养液、图腾柱架养……如数家珍。

父亲有一天打电话来："哎呀，真寂寞，你们全家来看花吧！”我不由得笑了。

挽留

因为小健期中考试成绩提高不多，他妈妈决定辞掉来家教的大学生王郦。那天下午是王郦来进行最后一次辅导——分析期中考试的各科试卷。

小健和妈妈去了趟附近商厦，回楼时刚好和王郦相遇在街角。他们互相打招呼时，街角那儿有个突发事件——一辆运送果品的带斗汽车在拐弯时，因为上面堆码的纸箱没有固定好，最高处一只纸箱跌落了下来，并且立刻裂开，滚出了许多猕猴桃来；开车的司机没有发现，车子飞快地驶远了，这时就有一些过路人去捡拾那些猕猴桃，有个骑自行车的男子，捡了不少抱在胸前，摇晃着身子，去往自行车前面的铁筐里装，那自行车就停在小健身旁的马路边。小健驻足观望，妈妈拽着他胳臂拉他回家。后来母子俩和王郦一起进了家门。

王郦和小健在那边屋里，小健妈在厨房里准备晚饭。这是最后一课，事前已经在电话里跟王郦挑明。小健妈跟出差在外的小健爸通电话时，他对她说："现在愿意家教的大学生有的是，物美价廉，任咱们挑选，王郦既然没能给小健提高几分，好说好散就是。"是呀，散是散定了，一会儿怎么个好说，且打打腹稿。小健妈到厅里餐桌边坐下拆菜，耳朵里捕捉着那边屋里的声息。王郦正在给小健分析语文试卷。只听小健说："……你跟我说这个干什么？卷子上又没有……"是不是因为反正就要撤退了，王郦在胡乱敷衍？小健妈把身子侧得更厉害些，拆菜叶的动作仿佛电影里的慢镜头。

王郦在说："……刚才楼下，街角那儿，那个捡猕猴桃的人，离咱们好近，是吧？你注意到他的肢体语言了吗？肩膀左右晃悠，头也一扭一扭的……要知道，人的修养，品格，不仅体现在话语上，也不仅体现在面部表情上，有时候会更多地体现在肢体语言上，那是很微妙的，你从小就应该懂得观察、分析人的肢体语言……你说，他那肢体语言，加上那脸上的表情，是在传达着怎样的意思？……”

“我知道，他是在说：今天真捞着了呀！他高兴得了不得！是呀，买彩票得大奖，总还掏了点钱呀，他那些猕猴桃可是白来的啊！”

“你对他的这种精神状态，做怎样的评价？”

“嗨，他不对呗，这谁不知道？怎么，要我就这事儿写篇小作文么？考都考完了，还模拟什么！”

“……我只是想跟你交流一下内心的感受。你知道我看见他那肢体语言，很受刺激。过去上语文课，老师也给我们解释过这些词语：卑微、卑下、卑贱……那个人也许并不是非常糟糕，社会上一些人比他更污糟，不是还有刑事犯罪的吗？我是想，我们这样家庭的学生，一般对刑事犯罪是深恶痛绝的，但是对人格的自我把握，有时候就不那么自觉，比如看到这样一个捡猕猴桃的人，呈现出那样一种‘咦呀，今天可让我捞着啦’的肢体语言，如果只是觉得有趣，或者竟麻木不仁，那就不好了……我觉得应该从心底里生发出一种鄙夷，那个人真是太卑下了！……”

“他不过是捡了些猕猴桃罢了，没偷没抢，警察来了又能把他怎么样？”

“……可是我觉得触目惊心。这种事不能做，更不该有这样卑下的心理活动和情感表达……”

“那你又能把他怎么样？抓起来么？狠批一顿么？当时，你不也没去干涉他么？人家骑上车，一溜烟远了去……现在，肯定在他家吃那些猕猴桃呢！”

“是的，我也没能站出来制止他……为这事确实也犯不上去抓他，但是，我心里当时咯噔一声，现在到了你家还想跟你交流交流……我不仅为他的卑下感到羞耻，而且，不知道你能不能懂，我还为他的卑微感到心酸……我知道自己很渺小，连这样一个家教的事情也不能取得明显的好效果，但是我已经决定，一旦走上社会，我不仅要干预卑鄙的行为，更要努力去教化卑下的灵魂，那是上个世纪初，鲁迅先生就开始努力去做的事情……而且，我也相信，在这个过程里，自己的灵魂也会得到净化……哎，对不起，我说这些，你听着吃力吧？”

“我听不大懂，可是很好听……”

“你愿意听我很高兴。其实，怎么才能提高作文水平？对生活，对人，像今天的事情，对那样的肢体语言，能在心里头引出比较多也比较深的、动感情的思考，是第一位的，写作技巧当然也重要，但那只是个技术性问题……”

小健先把目光移向门边，王郦随之也扭头望去。是小健妈系着围裙，一手扶着门框，一手下垂，眼里有湿润的光。

那回没成为最后一课。王郦走后小健妈跟小健爸通电话时说:“我挽留了她。你回来我跟你详谈。”

望林石

年轻画家在那块山顶的大岩石上，遇见了那位老人。画家支着画架子，正在写生。老人爬上山顶，就在大岩石上的一块自然凸起的地方坐了下来。老的问少的："我妨碍你吗？"少的说："您来得正好，尽管坐在那儿赏景吧，我这画面上正好缺个有意思的近景，我把您画上去，您不介意吧？"老少二人后来就都不作声，各自沉入自己的内心世界。

周围全是青山。山底下是翠谷。翠谷里有闪着光斑的小河蜿蜒。鸟雀声声，却不见它们飞翔。唯独这块山顶岩石，除了缝隙里蹿出些杂草，是蓝天与绿山之间的一片赭色。虫鸣山更幽，是什么虫躲在石缝里断续地吟唱？它们也有喜乐忧伤吗？

老人把拐杖放在双腿当中，双手叠放在拐杖头上，望着远近满山的树木，眼里闪出了泪光。画家在画面一角勾勒着他的轮廓，不禁问道："您为什么难过？"老人缓缓地说："是难过，也是高兴。难过，是我在这个地方做过很多错事。高兴，是我在这地方做对过一件事情。"年轻画家问："您是个老干部吧？"老人点头："算是吧。不过这里的人，包括今天的干部，都不认识我了。这回我是从千里以外来。""看朋友？""看这周围满山的树林。"两个人就都暂停交谈。一片云柔柔地飘过，山林明暗转换，很高的天际，现出鹰的剪影。

老人在那望林石上，回顾自己的生涯。他曾有过许多当年光彩，现在除了履历表上留有痕迹，连对儿孙也绝不提起的褪色乃至可疑的职衔，如反右运动简报组副组长、四清工作组代组长、县革命委员会副主任什么的，当然，也有一些现在依然属于光彩范畴的职衔。往事究竟如烟，还是并不如烟？在他来说，是仿佛水幕电影，似烟如雾而又分明呈现出某些清晰的画面。真诚地做过错事，半信半疑地跟着做过错事，违心地将错就错过……但上世纪70年代初期，他就只专心做一件事，那就是狠抓实干地在全县开展植树造林，也曾阻力重重，甚至被指斥为“以种树干扰批林批孔”，进入80年代，又出现另外的困难，没同僚说你是干扰政治大方向了，却有大量村民入林盗树只为换点现钱，他以权谋树，以超前于上面即将出台的土政策稳住了局面……他从调至这个县到离开这个县，正好三十年，做对的一件事，就是种树。现在他坐在那望林石上，觉得人生的意义其实就是坚持去做一件对的事情。社会的复杂因素会让一个人做错许多的事，却很难完全断绝一个人做一件对事的机会，关键在于你究竟能不能在某一天认定不放、排除万难、锲而不舍地去做那一件事。

老人的心思，是在年轻画家画完那幅画，拿过去给他看，两个人面对面坐在一起，闲聊起来，才让对方大体上理解的。年轻人说他很少使用对和错的概念来思考问题。他没觉得自己做错过什么事需要懊悔，也没觉得一定要做对什么事情来获得心理满足。不光是对错，像美丑、善恶、雅俗等二元对立的思维模式，他也都很少进入，他对老人说，不要因此就以为我们这些年轻人荒唐，我们懂事后社会就已经多元化了，两极的事物当然好辨其是非、美丑、善恶、雅俗、高低……但在两极之间还有非常广阔的中间地带，那里面的事物都是复杂甚至暧昧的，我徜徉其中，凭借直觉，依着个性，撷取能让自己快乐的因素，当然，我要注意，自己快乐，不能令别人痛苦，所以要遵守公共契约。年轻人对老人说，感谢您为这地方出现这么壮观秀媚的山林谷，付出过那么多心血，我爱这些山林，我也会亲身参与植树与护林，但这对我来说不是什么别做错事要做好事的问题，这是我生命存在的必然逻辑。画家就又让老人看他画的画。老人原来很不习惯他那带有印象派特点的画风，看不出好来，听了他一番言论，拿起那画仔细端详，尽管仍有些隔膜，却也渐渐生出一些憬悟，最后胸臆里旋出许多的欣慰。年轻画家呢，歪头对画自我欣赏，只觉得画里画外的人物都是天赐的精灵，令他本已摇曳多姿的人生平添了许多的意趣。

风吹过来，山林轻柔地起伏，把那一派翠绿的波澜直浸入两个偶然相逢的一老一少的心中。

望门挑眉

大葵是个消防队员，跟我是棋友。我住在一栋二十层的高楼的十四层。我们那楼的形态，雅称是“西班牙式三杈楼”，俗称是“大裤衩”——从空中鸟瞰，据说是怎么瞅怎么像。

大葵跟我下棋，每到他那方形势危急时，就会陡地挑起左眉，而且那挑起的眉毛还会微微抖动，十分有趣。跟我下完棋，他总是不坐电梯走着下楼，而且还往往动员我跟他一起走着下楼，说是我尤其应该活动筋骨，多到楼下接接地气。

这天大葵又拉着我一块儿走着下楼，他那个职业习惯呀，根深蒂固，每经过一层，眼光总要盯一下里头有消防栓的那个玻璃柜，其实我们楼落成十多年来，从没报过火警，消防栓外头的玻璃也总没砸破过。有的楼层过道里，堆着些杂物，他眉毛还没往上挑，我马上跟他说：“人家暂时放一放，很快会从电梯运下去的。我们楼里的住户都挺文明，没人长期把杂物搁楼道。”我们这座楼每层楼道里都有公用阳台，那阳台还有双开门封住，住户就把它当作公用储藏间，我开头也以为设计这楼时，就是为的弄个公共储藏间，是大葵跟我说明，这样的楼房因为下面只有一个出口，万一上面着了火，逃生的都往下跑不方便，救火的从下面往上跑更不方便，那公用阳台，是供消防队把救火天梯伸过去，当作进出口使用的，所以，他对有的楼层住户把许多高大粗夯的杂物堆满公用阳台，提出过多次警告，说是这样一旦发生火情，消防队的天梯即使靠在了阳台上，也不能沟通内外，非常有害！后来我们居委会接受这个警告，多方劝导疏散，公用阳台的状况才有所改进。这天消防栓、楼道、公用阳台的面貌既然都过得去，我以为大葵的眉毛不至于再往上挑了，谁知路过某层时，望着一家的单元门，他的左眉倏地高挑起来。后来往下走，他的眉毛又上挑了几回。

出了楼门，我俩在楼下小花园里溜达，我问他："你那眉毛怎么还落不下来？那几家都是刚装修完的，你看那新型防盗门，多气派！里头更是富丽堂皇！你应该为人家高兴才是，怎么倒挑起眉毛，好像出了什么纰漏似的！"他说："别看你们原来的那个单元门好像不怎么气派，那可是盖楼的时候专门设计定制的，那是防火门，万一单元外发生了火灾，只要把厚被子浸上水堵死门底下的缝儿，那大火短时间内不能烧化单元门，热浪也一时传不进去，有利于坚持等候消防队来救你们。现在他们把原来的防火门拆了，另装上外表挺华美的防盗门，那铁制的防盗门很可能并没有防火的功能，一旦遇到我上面说的那个情况，很可能被烧化，或者传热迅速，引起单元内物品高热燃烧……哎呀，看来，这真是一个问题呀！"

大葵回消防队后，究竟会怎么对待我们楼的这个问题，尚不清楚。但晚上关闭了厨房的煤气闸门，躺到床上以后，眼前还浮动着大葵那高挑的左眉，我吁出一口长气，在空前的安全感里，很快进入了梦乡。

“卫生王子”

鞠老师教他们班，常强调学习代数几何的重要意义之一，是训练逻辑思维的能力，一次发挥这意思时随口说道：“我们的日常生活，都是在一定的逻辑关系里，比如，灶台上不能摆花盆，厕所里不能住人……”没想到说出这句话以后，班上许多同学都情不自禁地扭动脖颈，朝王立民那里望去，王立民虽然望着鞠老师，可表情相当蹊跷……鞠老师莫名其妙，但也没有深究，顿了一下，就继续讲课。

鞠老师没当班主任，因此对班上同学的情况不怎么清楚，一次下课在走廊上，她听见有同学朝王立民喊外号：“卫生王子！”觉得很刺耳。“王子”么，平心而论，王立民还真长得有些白马王子的味道，鞠老师模模糊糊知道他是个借读生，父母都是外地来京的农民工，按说从穷乡僻壤来的孩子，该长得像个土疙瘩，王立民却不仅身材颀长，脸庞还挺秀气，最奇怪的是鼻梁高高的，眼窝深深的，眼睛大大的，睫毛长长的，再长大些，登台演个罗密欧，倒挺合适……鞠老师暗想，王立民的家乡，也许很久以前，有欧洲罗马军团的散兵败将流落到那儿，定居下来，与当地人通婚，所以王立民的遗传基因里，说不定有欧洲人种的成分……但这些顽皮的同班男生，偏在“王子”前头冠以“卫生”两个字，真是岂有此理！一顿胡思乱想，也就穿过走廊回到教研室，坐回自己办公桌边，思绪转入下堂课怎么教。

那天是个星期日，鞠老师骑自行车去串了个门，回家的路上，有点内急，就停在了街边一个公共卫生间外面，锁好了车，往女厕所那边去，忽见女厕所门外支了个黄塑料的“暂停使用”的牌子，未免不快，正犹豫时，在里面打扫完的人拿着拖把走了出来，呀，怎么会是王立民？鞠老师不禁问："你怎么在这儿？"王立民说："我妈病了。""你妈病了你怎么还在这儿义务劳动？"鞠老师知道他们班班主任常组织同学参加公益活动，还学美国中学，根据参加的次数和表现给评分……王立民收起"暂停使用"牌，鞠老师进去方便完了，出来看见王立民又拿着大扫帚在打扫公厕门外的地面。王立民暂停打扫，朝鞠老师微微一笑。鞠老师问："你妈去医院了吗？要紧不要紧？"王立民指指公厕男女部分之间的那个位置说："我妈就在那儿。"

这时候鞠老师恍然大悟。如今北京建造了不少这样的新式公共厕所。外观很不错，里面很干净，当中是个宽敞的大门，大门里面有个分流的空间，一边可进入男厕，一边可进入女厕，当中呢，其实还有窗，有门，不过以往鞠老师从未特别注意过那门里窗里是个什么空间……她被王立民引进了那个空间，白布帘子里，居然是个麻雀虽小，却五脏俱全的人家！"妈，这是鞠老师！"王立民妈妈从双人床上坐起来，笑着说："没啥事，就有点发热，身子软……"在那间屋子里，又另有布帘子竖着隔出一个空间，里面是王立民的单人床和小书桌。想起自己在课堂上说过"厕所里不能住人"的"逻辑"，鞠老师有些难为情。

一声"王子！"一位班上的女同学进了屋，原来她是送药来了。那活泼的女孩见到鞠老师一点也没觉得惊诧，只是说："您带来的是什么药？别重复了才好！"王立民妈妈说："原来有病，就硬扛。现在关心的人真多。还有好消息，说是俺们这样的，也要纳入医保哩。"鞠老师坐在床边跟王立民妈妈聊了起来。原来王立民爸爸在绿化队干活，回家吃饭、睡觉，有时候全家一起看看电视，他们的电视机挤放在屋子一角，是被淘汰的制式，也没安有线，但是所能看到的几个频道图像声音都还清晰，他们很知足。

从此鞠老师对王立民刮目相看。觉得这孩子也真不容易。王立民来教研室问问题，她解答得格外耐心、细致。眼看王立民他们初中就要毕业了，那天王立民跟班主任谈完话，又来找鞠老师，说是来告别，鞠老师没理清那个逻辑，有些惊奇："为什么不继续在咱们学校念？你的成绩那么好，中考考本校不成问题呀！"可是没等王立民吱声，鞠老师又恍然大悟——王立民只是个借读生，他回老家去念高中，好在那边考大学。

那天参加了那个班为王立民开的惜别班会，鞠老师回到家中，爱人跟她说，煤气灶盘换了新的，旧的暂搁阳台，她走到阳台去，忽然有了个主意，把两盆花搁到了废灶盘的灶眼上，偏头欣赏，对自己微笑着先摇头，再点头……

无价的鲜花

“秦老师，有人给您送花来了！”

护士小孙一招呼，病房里的八位病人都兴奋起来。

秦老师是一位头发已然花白的中年妇女，她在一所胡同里的小学任教已逾三十年；她这还是头一回住院——严重的胃溃疡，医生们正在研究如何给她开刀；病房里另外的七位妇女或是工人，或是机关办事员，还有两位年近七十的老太太，她们都喜爱、敬重瘦弱文静的秦老师；大家都没想到在这个“非探视时间”会有人给秦老师送鲜花来；这个大众化的病房虽说也总有病人的亲友以及单位的同事、领导来探视，可都只是送些水果、罐头、蛋糕、麦乳精一类东西，没有讲究送鲜花的。

护士小孙递过来的那束鲜花，是用高级玻璃纸裹住一半、扎着金丝带的十多枝艳红的玫瑰花，还点缀着雪白的满天星和翠绿的蕨草叶，大家平素只是在西洋、港台电视剧里见过这种花束，没想到今天如此昂贵华丽的花束竟真的进到了这普通病房，并递到了清苦瘦弱的秦老师手中。

秦老师捧着那束花，只惊未喜，惶惑地问：“小孙，这花真是……给我的吗？”小孙笑着说：“那还有错！外头询问处老李拿进来时，说您这花是您的学生送的！”

“学生？……嗨，这得花多少钱啊！”秦老师嗅着那束花，仍旧猜疑着，几位病友的赞赏、感叹和议论，她都没听进去。

忽然，秦老师“啊”了一声，脸色大变，两位病友立即凑拢她；原来秦老师从花束下方发现了一张插在那里的卡片，那卡片上写着：“张总经理，恭祝您早日康复……”

一位病友赶忙开门去呼喊走远了的小孙，一位病友便拍着秦老师肩膀安慰她：“嗨，这么大的医院，弄错点事儿难免——显见这花是该送到北楼去的……”北楼和他们这间病房所在的西楼是连成一体呈L形的，顺长长的走廊拐过去便可。显然，这束鲜花的得主张总经理是住在那边的……

小孙被叫回来了。她拿走鲜花时直道歉，可也不免叨叨：“老李明明说有束花是送给秦老师的么！”

病房里一时显得异常安静。秦老师倚坐在枕头摞上，闭眼养神。十多分钟后，小孙又回到了这间病房，她手里捧着更大的一束鲜花，直走到秦老师病床前，满脸喜悦地对她说：“瞧，这才是您的啦！都怪老李，是他指派错了，他只当大把的一定是给那什么总经理的，其实大把的才属于您哩！”

秦老师睁开眼，一束比那玫瑰花束大上两倍的艳白的百合花已经贴拢她的胸膛鼻际，百合花中点缀着几枝粉红的鸢尾，下半部也用玻璃纸包着，也有金色的丝带，并且也别着一张卡片，秦老师抽出那卡片，只见上面写着：“秦老师，我们一个人凑了五毛钱，到花店给您买了这一束百合花。花店的同志听说我们是自费送给住院的老师，不能报销，特意多给了我们好几朵。秦老师，您要早点治好病，早点回来给我们讲那个还没讲完的故事啊……”后面是密密麻麻的签名，有她现在教着的两班同学，也有别的班听过她课外辅导课的同学。

秦老师捧住那束艳白芳馥的百合花，头一回当着家人以外的人流出泪来。病友们都来围住她，小孙把那张卡片上的话念给大家听，问她：“您讲的是一个什么故事？”

秦老师任泪水畅快地往下流。她说，讲的是一个童话故事，百合花在里面是非常关键的信物，她曾在讲述中情不自禁地说过：“我最喜欢百合花了……”

是的，她要快点治好病，好把那故事讲下去。

无金日

这是一个典型的 4—2—1 家庭。两对退休的老人，一对中年夫妇，一个他们共同的宝贝疙瘩——初中二年级女生蕊蕊。从去年起，他们在一年的三个黄金周里，总要抽出一天来聚会，并且规定出很独特的主题。比如去年的三次聚会的主题分别是：无车日、无电视日、无电话日。无车日那天，七个人一起步行去美术馆看展览，来回大约八公里，虽然四位老人里有三位笑责蕊蕊步伐太快，窜进到前面扭头笑蹦又倒回来搀扶未免添乱，大家到头来非常开心。无电视日那天坚持不看电视，电脑也不打开，广播也不听，蕊蕊连 MP3 也搁进抽屉，于是有的看书，有的下棋，有的剪纸，有的琢磨食谱，蕊蕊则写成一首诗，晚餐后得意地朗诵给大家听。无电话日那天，最憋闷的是蕊蕊，一直到中午以前，她还不时撅着嘴问：不煲电话粥，发短信也不行吗？第二天，虽然有人来问“昨天你们家电话怎么打不通，手机总关机？”但也真并没耽误了什么事，而蕊蕊第二天读自己头天长长的日记，读到末尾一句“原来人除了跟别人交流，还应该腾出时间来跟自己交流啊”，不禁捧腮良久。

最近这个黄金周的第六天，他们是在蕊蕊姥爷姥姥家聚的，这天被确定为无金日。黄金周，黄金周，人们叫惯了，不以为怪，习以为常。其实，黄金周以外，又有哪天人们避免得了金钱方面的消息呢？聚会前的日子里，蕊蕊的爷爷跟姥爷电话里有所争论，争论是蕊蕊一句话引起的，她问的是“炒股是不是劳动？股民算不算劳动者？劳动节是不是股民的节日？”结果，两位老爷子想法不能统一，一个说“炒股是合法投机”，一个说“好多小股民是退休或下岗的职工，他们付出的身心代价巨大，也是在为国家的经济发展添砖加瓦，本质当然还属于劳动者辛勤劳动”；奶奶、姥姥对两位老头的争论不感兴趣，她们议论的是报纸上刊登的抓捕绑架者的消息，搞绑架的，图的还不就是钱？爸爸妈妈小声计算着什么，蕊蕊走开不听，心里却明白，是在计算自己家的这套房子还贷还差多少，当然，也涉及他们那辆桑塔纳轿车耗油的问题。蕊蕊对大家欢聚“今天不谈金”这一主题非常喜欢。她问：那么，咱们聊什么呀？

爷爷说，建议大家回想，想出咱们之间，那些美丽的瞬间——跟挣钱、花钱无关的瞬间；姥姥说，好好好，像生日送礼呀，一起旅游呀，拍婚纱照呀，都不算，因为里头还是“含金”。妈妈说，我愿意好好想想，可是，我建议，别跟时下电视节目里那样，动不动发射催泪弹，我平日上班太累了，不想流泪，想笑，特别想甜蜜地微笑。

没想到蕊蕊爸爸打了头炮。他说，那时候蕊蕊只有三岁，我记得有一天我们三口子上街，挤公共汽车，我把她和她妈都推上去了，自己却掉在了车外，后来的两辆我也没挤上去，最后我终于挤上去了，也总算摇晃到了咱们要到的那一站，我下了车，就看见蕊蕊她妈正牵着她，在车站后头痴痴地等我，蕊蕊发现了我，她先把一只腿使劲一顿，然后双脚跳起，拍起手来，双眼闪出我没法子形容的光芒，那真是美丽的一瞬——她在许许多多的人里面挑出了我来，表达她那失而复得的一派天真的快乐，哎，就在那一瞬间，我深深地意识到，这两个女人，这一对母女，她们跟我，在这人世间确实建立了一种与众不同的关系，我必须跟她们很好地在人生的路上跋涉下去……

蕊蕊妈妈微笑了，可是她坦诚地说她一点儿也不记得那个瞬间。她说她想到了那一年那一晚，她正洗澡，突然停电，吓坏了，满身肥皂泡没冲掉，极其狼狈，可是，没等她叫出声来，蕊蕊爸爸就冲进了浴室，手里举着飘火苗的打火机，跟她说:“有我呢！你别动，我再去点蜡烛！”她说，那举着打火机的人，那张半明半暗的脸，是刻在她心底里的美丽一瞬。

奶奶说，那次在餐馆吃饭，我也不知道蕊蕊爸妈两口子是为什么，我一瞥之间，正巧看见他们俩互相挤鼻子咧嘴巴，是那种小孩子忘我逗趣的表情，他们都那么大了，当个白领挣的不算少，可每天累得够呛，各自在公司里那社会人际关系也应付得心力交瘁，可是在能松弛下来的时候，呈现出那么样的一派童心，我觉得，那是美丽一瞬！蕊蕊就嚷：咦，我怎么没瞧见呀？

他们还陆续回忆出了更多的与金钱无关的美丽一瞬……

那个“无金日”，蕊蕊躺进被窝以后还在回味。道是无金却有金啊！她后来睡得很甜蜜，因为她意识到自己的幸运——能受到这样的熏陶。

无须探视

别看高楼电梯小，那铁匣子可是个飞短流长的密集地。

这些天先是传出某层某君突发急病住进医院的消息，这类消息原也并不耸听，因为该楼住户老弱居多，不要说因病入院构不成一项重要新闻，就是僵硬着搬将出去的主儿，也不止一例。但这回某层某君因病入院的消息，却在电梯中持续沸扬了好几天，究竟什么病？严重到什么程度？这方面的资讯倒比较模糊，给人印象比较深的，是——

“哎呀！ × 办来电话问过好几回哩！”“可不，× 老派医疗组的医生去会诊好几次了！”“这回他要缓过来，再不让他总往国外飞了！”……

于是就有几位好心的离休大姐，急着打听某君究竟住在哪所医院，哪间病房，她们想去探视，但一直不得要领，难道某君一病，身份待遇就同血压一样，直线上升，已达于国家一级保密状态么？

一位大姐有一天终于在电梯里遇上了某君夫人，夫人面色红润，容光焕发，对于大姐的慰安，极表感谢，但当大姐提出要去医院探望时，她忙摆手说：“不用不用不用……哪好意思呀！放心放心放心……好多了好多了……”偏那大姐心中余热过盛，非要打听出那医院那病房号来，夫人便莞尔一笑，对大姐说：“您非要去，这样吧，下回我去的时候，您一块去——司机小王开那辆‘蓝鸟’来，咱们一块儿坐去，省得您累着……”

后来有一天某君由夫人、司机陪着，从医院凯旋。电梯里，人们不免向某君问长问短，某君白胖得受尽苦难的样子，只现出一个憨笑，倒是夫人话多，唱歌般字正腔圆地报告说：“× 办来电话，让他千万千万别再一赶二、一赶三地整天奔波了；× 老医疗组的王大夫说，他绝对不能再喝酒，可你们给想想办法：净跟那港澳来的、外国来的贵宾打交道，滴酒不沾，你怎么拉到钱？唉唉，下个月他还得带队到意大利去，你们说他这副惨相，能经得住那威尼斯的绵绵细雨吗？……”

于是几位大姐便望某君那副“惨相”，但威尼斯何以必定有绵绵细雨，某君何以经不住一把伞便能挡住的绵绵细雨，她们还是不得要领。

若干天以后，电梯里只有司机小王和开电梯的小媳妇珊珊，两人闲聊起来，小王称他这是最后一次开车送某君回家了，珊珊问为何，小王笑说：“自然是要跳到个肥槽儿里去……再有，我真受不了他跟他那老婆的那一套了，也不过是那么大的个干部，可整天拿出比部长还部长的派头儿来，都什么年月了，满心思还是‘官本位’的价值标准；他那病，不过是一赶二、一赶三地吃公款宴请，动物脂肪和胆固醇都超标罢了；老‘× 办’‘× 办’地挂在嘴上，其实不过是那在‘× 办’当秘书的小李跟他个人有些个交往，他夫人往那边打电话，人家听说随口在电话里问问罢了；不过是他手下有个办事员的哥哥是位大夫，‘× 老医疗组’更不沾边，在那医疗组干过一阵……他住的，也就是一般的干部病房，所以不让外人去探视哩……去意大利本来就没他的事儿，那项业务他又不分管……”

珊珊听了只是咯咯咯咯地笑：“你这人，人一走，茶也不能这么凉呀！实跟你说吧，我就知道跟什么部呀局呀官儿呀一点儿不沾边，病了住的是小洋楼里单独的一层，多少大医院的名医暗地里去给他看病，光病房里的三大瓶鲜花，就每天都得换一次……那自然也是不经允许，绝不能随便去探望的……病着，还想着到国外投资哩，也包括那‘细雨绵绵’的意大利，现在愁的只是人家那边给不给签证……这楼里的人，哪儿懂得外头世界变成了什么样儿！”小王便朝珊珊映限：“他妈的，是你三哥‘大改锥’吧？这小子！”

珊珊笑而不答。电梯又到楼底，门开，小王出去，住户们进来，几位大姐说着些咸咸淡淡的话，珊珊沉默着给他们开梯停梯，心底里强忍着那些住户们绝想象不到的鄙夷。

五斗橱

我是一个五斗橱。你问我的年龄？怪不好意思，不是因为我自比为女性，而是因为，我们家具一族，年龄上的讲究跟你们人类不大一样。年轻的家具，用料做工再好，价值也有限，超过一百年的家具，价值那就昂贵了，如果是三百年以上的明代家具，那就往往无法定价，被视为无价之宝了，近些年我摆放在屋里的位置，恰好斜对着一台电视机，那天从电视里看见，一个清朝乾隆时期的雕花炕橱，在拍卖会上拍出了一百万的价格，惊得我发出咔吧一声，男主人听见了就跟女主人指着我说："又热胀开榫啦，这么个稀里哗啦的破柜子，你怎么还舍不得处理呀？"

你这就知道我的年龄了，我们家具处在三四十岁的年头，是最不让人待见的，基本上都属于"该赶快处理掉"的范畴。感谢女主人，她一直坚持保留我。男主人娶过女主人来时，女主人的父母，也就是把我新崭崭买下的那对老主人，先后去世不久，女主人把我带到新居，说我是个纪念物，男主人那时候对女主人百依百顺，别说把我带到新家，就是把老主人用过的旧笤帚带过来，也不会皱眉头的，

但他的好脸没保持多久，有一回跟女主人闹矛盾，他不砸屋子里别的东西，专拿脚踢我，一边嚷："你就跟这破柜子一样跟不上时代！"女主人哭了，末了他又去搂着她道歉，我长长地叹了口气，心想踢我我就忍了吧，只要别踢女主人就好。

女主人不仅不嫌我"跟不上时代"，还好几次说我是"时代的活见证"。确实如此。我上面的两个小抽屉，都有锁，那里头锁过户口簿、身份证、结婚证、

存折，还有粮票、布票、工业券、外币兑换券什么的，可惜这些票券搬过来的时候基本上全绝迹了，但有一回小主人从抽屉缝里发现了一张布票，那时他已经上到中学，发现那是张一尺的布票，惊喜得跳了起来，女主人说他“抽疯”，男主人却鼓励他拿到一个什么市场去估价，后来估出的价钱是一百块，而且，据说再存它二十年，一千块怕还不止，那小主人就把那张布票夹到他的一个邮票本里了，说那是个小金库，里头所有的小纸片都等着升值呢。“等升值”的观念我确实难以容纳。我记得在我的两个小抽屉里，还存放过红领巾、共青团团徽和入党申请书。我下面的三个大抽屉是装衣服的，当中两个抽屉里的衣服像流水一样，更新得很厉害，最下面的抽屉里的衣服，有的一放就好多年，前些时候有一天男女主人说是要去参加一个什么“派对”，女主人把当中两个抽屉的衣服翻遍了，男主人还帮她把那边新衣橱里挂着的新衣服挑了一溜够，居然就找不出一套够格的，后来男主人就对女主人说：“风水流年转，二十年前的衣服现在也许反成了最时尚的！”女主人就赌气来拉我最下面的抽屉，我想那不是瞎掰嘛，抽屉里只有回忆，哪能有时尚，就咬住抽屉口不让她拉开，她费好大力气才达到目的，头一回生了我的气，她边往外掏旧衣服边埋怨：“这柜子也真是个老倔货啦！”没想到的是，那天深夜他们两口子回来，竟都为女主人穿出去的那套衣服自豪，说是“派对”上有的女士羡慕地问女主人：“这是不是巴黎本季时装呀？哪个专卖店进货这么快呀？”两个人笑得没脱衣服就搂着滚到床上去了……

但是我的命运仍然堪忧。主人的住房要二次装修了，那些比我年轻的家具都面临淘汰，我能继续被保留吗？有一天男主人趁女主人不在家，把一个农村来的收旧家具的汉子带到我面前，跟他说：“随便多少钱吧！”那汉子说：“八块。”男主人耸起眉毛：“什么？它才值八块？”那汉子说：“你这四层楼呢，一层楼算两块很公道啊！”原来那汉子的意思是不仅我一钱不值，他帮男主人把我这个“累赘”搬下楼还要男主人付他八元劳务费！那天我气得吱吱呀呀呻吟了好半天。

终于到了这一天。主人们直到天黑一个都没回来。一个贼不知从哪里钻了进来，他居然要撬开我最上头的两个抽屉。尽管这些年主人的首饰、存折、现金什么的都不再搁在我这里，但我的抽屉里所存放的，实在有比金银财宝更珍贵的，干脆说就是无价的东西，比如男主人还没娶女主人时写给她的一叠情书，女主人把它们都搁在了一只磨漆小匣子里，那里面还有一朵已经干燥却依然散发出香味的玫瑰。这样的一些见证物，我怎么能容忍蟊贼劫去呢？他一边撬，我一边愤怒得发抖，他使出一个大劲，我就用尽全身力气跟他拼了——我不仅砸向他的身体，而且像炸弹般解体倒地，发出巨大的响声，结果惊动了楼下的邻居……最后，警察来了，那贼没能跑掉，给逮住了。

碎掉的我，最后的意识里，氤氲着一种甜蜜，那是我发现，女主人的脸逼近着我的碎片，她眼里的一滴泪水，恰恰落到我心脏的位置……

喜鹊妈

陈老太太原来一天里做两桩大事，近来只剩一桩大事，另一桩，缩减为一周一次了。

先说如今每天还必须做的那桩大事。是要到客厅窗边去做的事。那窗外下边有个空调室外机，陈老太太很少使用空调，炎夏时觉得热了就吹电风扇，那个空调室外机呢，她铺上一块橡胶脚垫，就成了一个饲鸟的平台。一年前，陈老太太去开窗透气，看到有麻雀在空调室外机上觅食，就取来面包，丢些面包屑，结果不但麻雀开心，还有些别的鸟也飞落过来抢食。这些鸟儿本来就不怎么怕人，陈老太太连续开窗喂食以后，有的鸟儿成了常客，就更是落落大方，自从有回她搓了些鸡蛋黄去喂以后，有的那雀儿对她扔下的小米，就大有不稀罕的表现，叽叽喳喳地仿佛在催她"给点更好吃的"。她发现体态大点的鸟儿，主要是黑白花喜鹊和灰喜鹊，需要喂大粒些的食物，就煮玉米，掰玉米粒撒下去，又煮红薯搓成跟玉米粒等大的小球去喂。渐渐地，每天除了偶然参与进来的过路鸟，许多鸟儿成了陈老太太的常客。有一只大喜鹊，一天带着三只小喜鹊飞来，那三只小喜鹊显然是刚学会飞翔，尾巴还没长足，鸟喙颜色淡而且单薄，勉强跟着大喜鹊落到了空调室外机顶的垫子上，自己还不习惯啄食，仰着脖子张开粉洞般的嘴巴等大喜鹊去喂，那大喜鹊想必是妈妈，耐心地把食物衔起喂到孩子嘴里。陈老太太对那几只小喜鹊甚为怜惜，后来就专门为它们准备了用玉米糊蛋黄和肉泥糅合成的小丸子，一旦喜鹊妈带了孩子过来，就拿出来让它们专享，当然也难免有别的鸟儿眼尖嘴快，一口抢去的，陈老太太见了就呵呵训斥："抢什么！你们吃这个，就不怕得痛风！"

陈老太太生活非常有规律，但偶尔也会小小的乱套，那晚是老伴仙去三周年的忌日，虽说一直提醒自己不能伤感必须达观，究竟还是禁不住往事烟云氤氲心头，夜里没睡好，早上起迟了，睁开眼，就觉得耳边十分聒噪，起来朝窗外一望，对面楼上，正对自己的那个楼层分界檐上，密密匝匝地站满鸟儿，都在朝自己住室这边鸣叫。她不得不先放弃洗漱，从冰箱里取出储备的鸟粮，打开客厅窗户，往那喂食台上布食，鸟儿们就蓬蓬地展翅冲上来抢食。

陈老太太原来也是每天必做，而现在减缩为一周一次的事情，则是为孙女儿小莺煲靓汤。小莺从小跟着爷爷奶奶长大。虽说一直有小时工每天下午五点来先打扫卫生或洗衣服再做饭，陈老太太别的事都放心让小时工去做，煲汤却总坚持亲力亲为，而且她有一册专讲煲汤的书，已经翻得蜷曲油渍了，却还奉为经典，根据节气，变换着照那书上指示煲汤来保养她的宝贝孙女儿。今年小莺考上了大学，住校攻读，周末才回奶奶这里，于小莺来说，摆脱了奶奶每天催喝靓汤的溺爱，乃是一件舒心之事，可是对于陈老太太来说，每当与外派中亚的小莺父母通电话时总要频频哀叹："你们在那里搞工程，没靓汤喝也倒罢了，可怜小莺还在发育期，那食堂伙食我试过一次就难受了三天，她现在一周才能喝我一次汤，长此以往，可怎么得了啊！"

这个周六晚上小莺没回来，直到周日上午奶奶喂鸟的时候才回来，陈老太太听见小莺动静本应立即回身，把头晚的一腔埋怨和奉献靓汤的满心欢喜倾泻出来，可是，那室外机顶上的一幕，却使她惊诧莫名，愣住了。她认出了那只喜鹊妈，前些天她就发现跟随喜鹊妈的小喜鹊少了两只，现在跟着来的一只，身量尽管小，尾巴却已经长长的了，喙也颜色深了厚实了，可是，这只小喜鹊挤在喜鹊妈身边，还是张大嘴巴，希望喜鹊妈把上好的食物喂到它嘴里，喜鹊妈呢，却不但不衔食喂它，还生气地啄它的脖颈，甚至用自己的身体，拼命地把那小喜鹊往平台边上挤，一直把那小喜鹊挤得掉了出去，最后只能勉强展翅朝远处飞去……

陈老太太感觉小莺搂住了她一边肩膀，显然孙女儿也看到了那惊人的一幕。她听见小莺柔声地跟她建议："奶奶，您换两桩事做吧。这样喂雀儿，它们渐渐都不会自己去捉虫儿了。我喝了您十几年的靓汤，足够了，您也该放手让我自己去生存了，就像这喜鹊妈对待它的孩子一样……"

夏威夷黑珍珠

姚老师每周三下午来教老伴弹钢琴。她虽然上过音乐学院，但主修的是声乐，毕业后分配在乐团合唱队，一唱几十年，六十岁以后，在合唱队排练时兼任钢琴伴奏。老伴弹琴只为自娱，姚老师指导她非常得法，两个人很合得来，两年多下来，她已经成了我们共同的朋友。

我从美国讲《红楼梦》回来，带回一些纪念品，其中最贵重的是三件首饰，全是在夏威夷买的，一件是绿宝石坠链，给了老伴；一件是黑珍珠坠链，送给了姚老师。姚老师开头不收，我就解释说，夏威夷有三宝，一是火山熔岩里开采出的绿宝石，老伴最喜欢绿颜色，几件最常穿的衣服，跟这绿宝石坠链很般配；夏威夷的第二宝是黑珍珠，姚老师爱穿灰黄调子的休闲服，配黑珍珠更显高雅；第三宝是红珊瑚，我买回一个珊瑚须尖串成的手链，留给儿媳妇。我如实报出购买的价格，让姚老师知道那由一颗黑珍珠构成的坠链绝不昂贵，实在只是为了感谢她两年来给我们家带来的欢乐，她听了觉得我确实是把她当作亲人了，也就道谢收下。

我和老伴都希望姚老师接受礼物后，能马上戴到颈上，她却收进了提包，而且，下一个周三来我家，虽然还穿着一袭灰黄相间的服装，却并没有戴我送她的那黑珍珠坠链，而是戴了一串白珍珠的项链，我和老伴交换了个眼色，没说什么，心里都有点疑惑。难道她忌讳黑色？

姚老师指导老伴练了约一小时琴，大家就坐到餐桌边喝下午茶。我注意到，她那串白珍珠项链，品相一般。三个人闲聊，不知怎么就聊到了一位仍在电视上露面的著名资深歌唱家，老伴就感叹，说那么多唱歌的，能有几个达到那样的知名度啊！姚老师就说，那是她大学同学，毕业以后跟她一起分到合唱团，是一个声部的。老伴就直率地问姚老师：您是不是挺羡慕她呀？姚老师说："为她高兴。一点儿不羡慕。"讲起当年情况，来了外国专家，让合唱团的人一人独唱一曲，合唱团几十个人，足足唱了三天，专家也听了三天。本来，这样做是为了把合唱水平提得更高，没想到专家却从中发现了一个男中音和两个女高音，认为是三颗珍珠，值得培养为独唱演员，那两个女高音，一个就是姚老师，另一个就是现在的著名资深歌唱艺术家。我和老伴只是听，没提问题。姚老师就笑了。

又喝了一阵茶，姚老师主动接续忆旧，说那时候其实专家对她的潜力更看好，但是，她就是想站在队列里唱合唱，不喜欢站到乐队前领唱或独唱，她把自己的这种想法说出来，大家都感到惊讶，专家通过翻译跟她交谈后，说理解了她，还说，很难得，有这样的歌唱者，从灵魂深处体味到了合唱这种艺术形式的真谛，的确，大合唱是人类走向亲和的一种途径。姚老师说，从那以后她就一直留在合唱队，虽然永远不可能出名，却无怨无悔。"我不想做一颗单独闪光的珍珠，我总觉得，一颗珍珠还是跟别的许多颗珍珠串成链条，更有意思。"

在姚老师再一次来教琴前，我和老伴多次放送她赠我们的 CD 盘听，那是她参与的合唱演出的录音，我们原来提不起兴致听，现在却如闻天籁。

姚老师再来时，戴了一条完全由黑珍珠串成的项链，我送她的那一颗，串在正中间。她没问我们好看不好看。我们也没用语言去评论。确实，我们理解了，有的珍珠，是永远喜欢跟别的珍珠串在一起的。

小短腿

和楼区里的小伙伴们在绿地里追跑打闹自然不是头一回，可是，这天当他截住了洪蓓蓓从那边甩过来的飞盘，使身后的邢大雷落了个空以后，邢大雷先是毫不犹豫地给了他脊背一拳，然后就要抢他手中的飞盘，他拔腿便跑，以为邢大雷会猛追不舍，可是当他扭头回望时，却发现邢大雷满脸从没露过的怒容，并且恶狠狠地指着他大叫："小短腿！喔喔，你是个小短腿！"

小短腿！可从来没有人这么叫过他！

光是邢大雷急红了眼，这么怪叫倒也罢了，他一扭头，看见洪蓓蓓她们几个小姑娘都笑弯了腰，有的还重复着："小短腿！哈……"

他觉得有个什么尖东西刺了他一下，恰刺在心口上。他扔下飞盘，头也不回朝家里跑去。

上楼的时候，他望着自己的运动鞋和洗水裤的裤腿。运动鞋是"十佳"牌的，挺棒；洗水裤是妈妈替他从个体摊上买来的，挺贵；可是——"小短腿"！真的，你瞧，裤腿让妈妈给挽上了一截，而且这也不是头一回了——难道……

回到家里，他冲到穿衣镜前，气喘吁吁地察看自己。

在人生的旅途上，他头一回意识到自己长相上有着一种突出的缺陷，12岁的他心慌意乱了……

这天爸爸妈妈下班回家以后，他以一种异样的目光，不时打量着他们的身材。

以往他总觉得自己的爹妈自然是好看的，这天，他头一回痛楚地意识到，爸爸不仅没有个头，而且腰身以下的双腿的确是显得粗大短小，妈妈也完全没有比如说邢大雷、洪蓓蓓他们妈妈那种细腰长腿的身材……他想起了从科学读物上读到的关于遗传的道理，顿时觉得眼前的一切都变得灰乎乎的了……

心中的灰云隐忍了好几天，星期六晚上同妈妈一起吃饭的时候，他忽然问出一个问题："妈，你跟爸，怎么一双高跟的鞋也没有呢？"

爸爸出差去了。妈妈停住筷子，惊诧地看着他。母子眼光对视了两三秒钟，分开后，就都又埋头吃饭。

过了几分钟，喝汤之前，妈妈仿佛悟出了什么，微笑着对他说："小汇，你一天天大了。你该听说过，如今男女找对象，你爸那号个头的得算'半残废'哩！我个头也不行啊！可我们俩都觉得，我们的个头、长相，第一都最适合我们自己；第二都最适合我们彼此，所以我们不想用穿高跟鞋那样的办法来修饰我们的自然状态……你爸这回去参加的那个学术讨论会，还有人高马大的西洋人参加哩，你爸爸站到前头宣读论文，质量高人家还不是得给他鼓掌……不过，你长大了，你要觉得个头不过瘾，你净穿高跟皮鞋也行啊。如今男式高跟挺流行哩！"

"谁穿那个？！"小汇快活地抗议，"谁穿那个！小短腿万岁！"

妈妈先是一愣，然后忍不住笑得把嘴里含的汤饭都喷了出来。

小玉米

在美国访问期间，人们问我最多的是国内职工下岗的问题，我只能笼统地回答说，这大概是社会转型期不可避免的现象吧，说实在的，我不懂经济，满心里装的只是具体的人和他们的命运，提及下岗，我既说不出数字，也道不出解决这一问题的良策，只是倏地想到我亲友邻里中那些活生生的下岗者，比如说，我便多次想到小玉米。

小玉米大名叫米玉，不过她一度改名叫过米红宇，据她一次偶然提起，在东北兵团的时候，曾与现在红极一时的某“知青作家”，同被团部表扬过，戴大红花的照片，贴在了同一个布告栏里，但她却从未读过这位作家的任何一部作品，主要是因为她没有读小说的时间，自她回城后，落实户口、争取顶替父亲的岗位、找对象、结婚、生孩子带孩子、补文化课考级定级、争取分房、操持家务、接送孩子上学、为老人送终……一桩桩生活中的紧迫课题，容不得她悠然消闲，而更不幸的是，她的爱人又在头年得癌症英年早逝了！按说像她这么个情况，是不该让她下岗的吧，但她所在的那个厂子，不是部分职工下岗，而是整个儿发不出工资，正等待别的经济实体来收购呢！

小玉米就住在我们楼下一个一居室的单元里。我赴美那天，在楼门口遇上了她，她个头矮小，圆脸庞，细眼睛，耳朵上戴着大红的塑料耳饰，衣着虽看得出是廉价的，样式却颇为新潮，见到我，笑着打招呼，却并不打听拖着拉箱的我要去什么地方，只是踩着坡跟厚得出奇的杂牌鞋，管自匆忙地一溜烟远去了。等出租车时，我和几位在楼前绿地活动筋骨的老大哥老大姐闲聊，他们说起小玉米，同情中也有微词，说是她下岗这么多日子了，也不见她急着找个新岗位，除了接送儿子上学，只看见她满大街逛，甚至在离我们这楼很远的商厦里，也遇上过她，竟是在那儿不买光看，这样闲散下去，坐吃山空，可怎么得了啊！

在美国，看电影时吃浇热黄油的爆玉米花，逛公园时啃烤熟的甜玉米，我心中会飘过这样的念头：回国后，无妨建议小玉米以经营爆玉米花或烤玉米来自力更生！

我得承认，在美国接受了五花八门的新鲜刺激，回国的飞机上又疲惫感骤聚，到家后一顿闷睡，我好多天里完全忘记了小玉米这个邻居。

美国朋友送给我的礼物里，有一个彩色镶嵌玻璃的小挂件，这种挂件需要用吸盘钩子挂到窗玻璃上，我找遍家中各处也找不出吸盘钩子来，到附近的大商场小商店超市地摊也都买不到，令我很败兴。有天我在电梯里偶然提起这件事，电梯里的邻居们异口同声地对我说："你为什么不找找小玉米呢？"

我便去拜访小玉米。她家贫而不寒，比如说，廉价的假花非常抢眼。我本想跟她说说她们那一茬的大多数运气是多么不好，共和国的灾害难处全让他们赶上了；又想把经营烤玉米之类的建议奉献给她；可是她一边招呼儿子做算术作业一边接待我，全然没有吸纳我同情的需求，更不想跟我务虚，几句爽利的话引我直奔主题——想得到吸盘钩子，她拿出一个用旧挂历裁钉成的记事本，记下我的需求，同时以一种充满尊严的语调对我说："这东西我知道哪儿有。您急不急？急，明天帮您买到；不急，三天送上门。不管什么商品，我代买一律收商品码洋 5% 的跑腿费；二十四小时内加急，收 10%……"

第二天下午，小玉米便给我送来了吸盘钩子，那东西只值两块钱，她收我两块二，我给她三块，她硬找回我八毛，跟我说：

"我这代买业务刚开张，得建立信誉；您要的这钩子码洋低，10% 不起眼，可我为 7 号楼万家代买的吹气床垫，10% 可就是十七块……到今天刚巧一个月，算下来我的劳务收入还不足八百……要是下个月我业务好，兴许就该去交税了吧……当然啦，再发展下去，我恐怕得挂靠在居委会，注册一家代购公司了……"细聊起来，我才知道她下岗后的跑远处逛商店，是细心记下了许多我们附近的缺门商品，而许多像我这样的人，有时确实需要代购者帮忙啊……

临告别前，小玉米在我的书桌上发现了那位当红作家的著作，她指着封面上那位名人的照片说："当年，我们俩的照片贴在一个光荣榜上！"满脸满眼充溢着自豪。

丢弃的笑脸

小翠在一家扩印社当营业员。老板很赏识她，顾客来送卷、取相，她的态度总是那么好，有的顾客甚至说，爱到这家扩印社来，除了扩印质量好，小翠的服务态度也是一个因素。老板不断扩大生意，门脸越租越大，柜台营业员从小翠一个增加到三个，新来的两个也是“外来妹”，老板让她们向小翠学习，说小翠经手的胶卷、照片从没出过错误，计价准确，一些特别挑剔的顾客本来气势汹汹，可是到头来都会在小翠的笑脸、软语面前，把拉长的脸还原。

小翠对新来的姐妹说：“来扩印的，都特别在乎他们的底片和照片，一定不能给错。”可是，月底清理货架，发现有一包底片和照片，老早可以取走，却一直没人来取。小翠寻思，会不会把别人的照片给了这人？那他就该来退，而且，这一错，也必会牵扯到另一包照片……可是，这么多天没动静，可见我们没弄错，也许，是照片的主人出差了，顾不上来取吧。但是，几个月过去了，这包照片还是没人来取。老板也奇怪了。大家把那包照片拿出来细看，三十六张胶片，有十张或者光线太暗或者拍摄时晃荡得太厉害，只给扩印了二十六张，那些照片上，基本上是两个人，很显然，有的是他给她照，有的是她给他照，少数的，是俩人的合影，合影估计是请生人照的，都没单人照成功。老板说那是蜜月照。两人都很年轻，比小翠大不了几岁。张张照片上都是笑脸，那幸福、满足的笑容，比他们鲜亮时髦的衣衫和背景上的名胜古迹更抢眼，让人联想起节日夜晚升空的焰火，灿烂辉煌。

过了一年，那包照片仍然没有人来取。老板说，就还搁在架子上吧，单摆到最里边那格，好好存着；也许，人家是出国，干大事业、发大财去了，说不定哪天突然回来，取这照片，我问他们要高额保管费，给你们发奖金！可是，有一天老板提起那包照片，忽然紧张起来，说别是什么犯了事儿的野鸳鸯的照片吧，若是警察来调查，咱们还算立了一功，要是他们黑吃黑，找到咱们门上，那可不得了！他就让小翠把那些底片、照片剪碎了，当垃圾扔掉，他说，咱们给顾客装东西的纸袋上印着呢，咱们的责任期就是一年，头天来卷第二天取相，你过了一年不取，那就算自动放弃，闹到法院也是咱们有理！

小翠头一回对老板阳奉阴违，她没把那包照片销毁，而是带回了自己的住处。她租了一个地下室的小房间，那里头除了一副铺板，只有个小床头柜，平时她除了睡觉，简直不想待在那里头，自从拿回了那包照片，在昏暗的灯光下细细地看过一两遍后，对那照片上的两张笑脸，特别是女方的那张比胀圆的玫瑰花还光艳照人的笑脸，竟渐渐地着了迷，每晚临睡前，不一张张温习一遍，简直就没法入睡，而入睡后，一贯无梦的她，竟几乎夜夜来梦，有一回梦见是她在给他俩拍合影，他俩的笑脸从镜头掉进了她心里，她就捂着心口不撒手……早晨醒来，她常迷迷瞪瞪地想：那姐姐笑得多甜啊，人们常说幸福、幸福，那就是幸福吧？可谁会来跟我，拍那样的照片呢？……

小翠每晚看那一摞照片看上了瘾。她把照片上的人唤作姐姐、姐夫。那一天，她忽然隔着玻璃窗，一瞥之中，发现姐姐正从外面走过，顾不得许多，她冲了出去，在姐姐和姐夫身后大声喊："喂——"姐姐扭回了头，啊，绝不会错，肯定是！小翠跑到姐姐身前，告诉他们那些照片还在，二十六张一张也没少……那女的仿佛遇上了鬼，尖叫着说："什么什么？没有的事儿！"那男的耸起眉毛，望望她，望望那女的……女的挽过男的胳臂，躲避瘟疫似的，匆匆地走了。小翠的心仿佛被溅上了玻璃碴……她绝没认错，姐姐脸上的那颗痣，还有那副很特别的耳坠……她也绝不会看错，那男的不是照片上那个……

接连几天，老板都发现小翠没了笑脸，几次问她："不舒服吗？"她只是摇头。

新豆汁记

杜雨生是我们商场的售货员，来商场五年，工作没得挑！可他业余钻研一门名目绕嘴的学问，报考科学院研究生，一家伙考上了！

眼看快下班了，杜雨生有点神秘地凑拢我说："老赵，我求您帮点忙，当个见证人！"

这可把我弄蒙了。见证人？！见证个啥呢？恰好这时候下班铃响了，杜雨生边挽着我胳膊往外走边说："吃饭的时候，我跟您细说！"

他把我带进了一家专卖豆汁的小吃店！

见他一趟趟地端来了豆汁、辣咸菜丝、火烧和焦圈，我采取主动了："你卖的什么关子？你不从实招来，我一口不吃。"他呷了一口热豆汁，一本正经地说："老赵哇，我那女朋友怕我变心，这几天跟我闹别扭呢，我得跟她起誓呀！"我心里顿时不高兴："敢情你早交上女朋友了，怎么这时候才跟我坦白！"他诚恳地说："不怪您官僚主义，是我一直跟您'封锁消息'——她呀，认识您。她见我考上研究生了，这几天总说什么：'我可配不上科学家。'我琢磨了好几天，才想出这么个法子，我在您面前起个誓，您给做证，她就放心了！"

我觉得好笑，心里琢磨："她是我们商场哪个部门的呢？"

杜雨生只催我吃东西，这小子还有更绝的："快吃吧，完了您跟我看戏去！"

六点五十分，我被杜雨生拉到了吉祥戏院门前，刚站定，就见他请过一位姑娘来——可不，她一准认识我，我倒真有点不敢认她了！

姑娘满脸通红，转身要跑，被他一把拽住了，只听他心急火燎地对姑娘说："丽霞，你别生气——我当着他给你起誓，就是我真的成了科学家，你一辈子是电车上的售票员，我也不变心！我这个心你要是信不过，你就问他：刚才我特意去咱们头回约会的地方喝了豆汁，这会儿又特意请你们来看《豆汁记》，就是为了把心掏给你——我要成了莫稽，你们就拿铁棒子打我好啦！”

我发话了：“丽霞，我看雨生是变不了心。不过你和雨生的约会，我怎么就一直没发现过呢？”

丽霞绯红的脸庞上，一双水杏眼闪着幸福的光芒，她操起拳头就往杜雨生背上擂：“你坏死了，坏死了！谁让你暴露的？谁让你暴露的？”

杜雨生愉快地嘿嘿嘿乐着，从兜里掏出三张票来，请我跟他们一块进去。

“爸，您回家吧，没您的份儿！”丽霞冲我满脸娇嗔地说。

我让他们进去了。不过望望戏院门前的广告，心里不无遗憾，孙毓敏主演的荀派名剧《豆汁记》，那可是出充满人情味的好戏啊！

选项

老崔红光满面，儿孙们围绕着他。十年前，也是这样，只是那阵还有老伴在座，有的孙辈还被抱在怀里。十年前，老崔花甲，从铁路机关退了下来，退而不想休，决心下海经商，儿孙们围着他，帮他选项。有主张开小饭馆的，有建议到商场里租摊位卖服装的，有鼓吹他承包建筑队的……后来都被否决，而是开了一爿小小的文具精品店。跟老伴通力合作经营了五年，已经进入了良性循环，流动资金再不紧缺；老伴去世后的五年，虽说没什么大发展，但每月刨去纳税、缴费、房租、水电、一位外地打工妹的工资及杂项开支，净利润稳定在三千元上下，足够他过一种自得其乐的生活。

现在老崔年到古稀，虽说身板仍很硬朗，却不想再侍弄那爿精品店了。寿宴后，他向儿孙们宣布了第二次退休，儿孙们都很孝顺，一片赞成他安享清福的清脆声音。那爿精品店，他连同流动资金，完整地赠给了二儿子一家；大儿子自己有服装店，小儿子留学取得博士学位回国在大学任教，闺女是外资公司的白领，对此都没有意见。二儿子和二儿媳妇都是残疾人，一直在一家纸盒厂当工人，如今那纸盒厂被一家大企业收编，面临转产，很可能搞跟微电子技术有关的项目，虽说企业不会让他们二位下岗，但今后他们也只能是被以低薪养着；老崔把精品店交给他们，他们一家的生活可望有所提升。二儿子二儿媳妇都说一定尽快把作为流动资金的本金还给父亲，每年的净利润里，也该各家分红；老崔还没答话，大哥、小弟、小妹，还有大侄子什么的，就都一窝蜂地说那着什么急，我们也不要分红，给了你们就好好经营，别荡光了就好。

一屋子人，个个都觉得挺幸福，挺自豪。像这样既达到小康又相处和谐的家庭，未必很多啊！

大儿子带头，说要为耄耋之年的老崔，选个最好的消磨项目。虽说消磨的方式不必单一，可以几种项目花插着进行，但他认为老爷子现在应该专攻钓鱼，钓鱼不仅旺神健心、修身养性，而且根本就是一种高雅文化……小弟就说你别形而上了，咱们立刻落实，我给买一套最好的德国鱼竿；小妹就说我给订全年的钓鱼杂志；大孙子说我有了空就开车拉爷爷去远处最好的天然水域钓鱼；小外孙女说爷爷钓的鱼，我给涂墨往纸上留印子，编号保存……二儿媳妇见老崔脸上没添笑纹，就说老爷子兴许更喜欢集邮，我认识月坛邮市的人，能弄到清朝大龙票；二儿子说集邮意思不大，还是养鸟吧，我给老爷子买只画眉再买只八哥，挑最好的有铜配件的乌竹笼子装上；小弟说妈妈在世的时候，还去美国探望过我，老爷子可一直腾不出工夫到海外观光，从今年起，应该每年一次出国游，先去新马泰……小妹就说秋天我有年假，我陪老爷子去，我付款！大儿子又提出来为老爷子置备文房四宝，练字画画儿；孙女儿则建议去她工作的那家高级俱乐部打桥牌，说桥牌这个项目最值得爷爷全身心投入……

任凭儿孙们叽叽呱呱抛满几箩筐的项目，老崔只在那里管自出神。于是儿孙们便纷纷问他，究竟心里选的是什么项目？老崔环顾儿孙们一匝，嗽嗽喉咙，跟他们说："你们给选的项，都好，都可以花插着享用，但是，我自己定下的主要项目，是——我要结婚。"话音一落，儿孙们顿时哑然。原来幸福、和谐得发黏的空气，仿佛一下子被炸成了稀薄的东西——可疑的、古怪的、令人不快甚至让人感到窒息的一些游丝、一些粉尘。

"才五年啊……"大儿子牙缝里挤出一声。

"她是谁呀？"小妹问，"我见过吗？"

"您可得谨慎啊……"二儿子说。

"真没想到。您不是开玩笑吧？"小弟挠着后脑勺。

"是不是每天晨练，总跟您搭伴跳'平四舞'的那位？"孙女儿恍然大悟。

"人家都管她叫孙姨的那位？那可是个老姑娘啊……"二儿媳妇忍不住说，"那么老都没嫁过人……指不定有什么怪毛病呢，光表面上接触觉着好，那可不保险！"

老崔就说："你怎么就知道她光是表面好？"语音虽不严厉，话锋却很锐利。二儿媳妇顿时涨红了脸。小妹马上对父亲反感起来，搂着二嫂肩膀说："爸，有您这么说话的吗？不用我们问，您自己就应该把那一位的情况介绍个清清楚楚！"

孙女儿抢着说："孙姨啊，原来一直在街对面邮局里，我寄信去老瞅见她，眉心有颗黑痣……"

老崔觉得不该让二儿媳妇难堪，却无妨让孙女儿下不来台，便把脸拉长，冲孙女儿说："不喜欢黑痣，你别看！"

爷爷以前从没这样对待过她，孙女儿好委屈，顿时眼泪涌到眼眶里。年纪最小的外孙女儿紧偎在表姐身旁，模模糊糊感觉到生活里发生了某种令人害怕的事情。

大孙子立即声援堂妹："反正，说什么我也不会叫她奶奶！"

小弟出来打圆场："也是。咱们怎么就没想到，老爷子到了这把年纪还有这个要求。这在美国倒是稀松平常的事……"

小弟的话被大哥打断："咱们可是在中国。老爷子七十了！"又望着老崔说，"您每天清早跟她跳一顿'平四舞'，闲了没事约她吃顿馆子，要么一块儿再凑俩人搓搓麻将……难道那还不能得到满足吗？为什么非得……唉，说句真心话您别觉着难听：您这把子年纪，身子骨可受不住搓揉了！"

孙女儿问出个不能算怪的问题："您这家里，奶奶的照片还挂不挂？就算您还愿意挂，她愿意吗？我们来看您，墙上是真奶奶，屋里还有个假奶奶，您就不想想，我们心里好受吗？"

老崔暴躁起来："岂有此理！你们还都是新一代的人呢！你们平时不是最讲究什么'潮'呀'酷'呀，怎么遇到我这个选项，就都变得像是没受过新式教育似的！"

小妹就伶牙俐齿地说："这叫什么逻辑？我们要受的是旧式教育，那对话也就不会是这样了！旧社会七老八十的老太爷娶姨太太，三房四妾的，谁会觉着稀奇啊？"

老崔气得手打哆嗦。儿孙们头一回如此认真地跟他顶撞，令他震惊……

而这时，暮色中，楼区绿地的雪松下，孙姨站在那里，她仰着头，两只眼睛，以及眉间的那粒黑痣，都远远地，瞄准六楼老崔那个单元的窗户……老崔七十岁时，对生命最后阶段的选项，能够像六十岁时选定开精品店那样顺利么？……

寻找地平线

客人走了以后，莉莉大声问爸爸和妈妈："什么是地平线呀？"

妈妈一边收拾茶几上的汽水瓶，一边不经意地说："什么地平线不地平线的，来，帮我把这些运到厨房！"

倒是爸爸认真地同莉莉对话："你怎么想起来问这个？"

莉莉说："我听赵大大说的，他说：'你们住得真高，打你们阳台望出去准能望见地平线！'"

赵大大当时随便那么一说，爸爸并没在意，现在莉莉这么一说，爸爸倒起了兴致，他牵着莉莉上了阳台。

妈妈双手湿淋淋的，跑到阳台上来叫爸爸："你也不帮着收拾收拾，在这儿闲逛荡什么！"莉莉很不满意："爸，哪儿是地平线呀？哪儿呀，你指给我看呀！"

妈妈随手一指："哎呀，你往远处看，天边儿上，那就是嘛！"

爸爸却纠正说："那叫天际轮廓线，天际轮廓线可不就是地平线，你指的那儿是远处楼房的剪影，那个最高的是京广大厦，往南是国际贸易中心，夜里头它们顶上的红灯一闪一灭的，为的是怕万一飞机撞上……"

可莉莉还在不依不饶地问："什么是地平线呀？在哪儿呀？"

爸爸只好回屋里查字典，查到了，他读出来："向水平方向望去，天跟地交界的线。"

妈妈收拾完了茶儿，坐到沙发上感叹起来："咳，咱们在黑龙江生产建设兵团那会儿，天天眼里不都是地平线吗？一垄垄麦苗儿从脚底下直奔远方，消失在地平线上……”

爸爸也回忆上了:“麦子熟了的时候，像一片金色的大海，收割机就像在金海上航行的船，地平线那边挂着镶金边的紫云，一大群大鸟打地平线那边飞过，什么样的景象啊!”

莉莉双脚齐蹦:“我要地平线!要地平线嘛!”

爸爸飞快地过去打开电视:“这里头常有!”可换了各种频道，都没出现那样的镜头。

这晚上全家看电视合算不看别的，专等地平线镜头，可偏净是些个布置得没有自然味儿的棚内演出和城市剧，弄得莉莉直到上床时还喃喃地问:“地平线干吗躲着我呀?”

星期天，爸爸妈妈带着莉莉出去。电梯里的人问:“去哪儿玩呀?”他们就让人家猜，有猜去游乐园的，有猜去动物园的，有猜去逛大栅栏兼吃肯德基家乡鸡的……他们只是得意地摇头。

他们去了南郊——谁也不当作风景点的地方，在那里，他们一家三口坐在田垄边上，痛痛快快地欣赏了既平常又不平常的地平线。莉莉脸儿喷红地回到家中，念念不忘看到的麦田、菜畦、水渠、树林……还有野蓟和芦草，还有羊群和放羊的哥哥……

烟灰缸

她实在是按捺不住了，“我本来根本不在乎，可是，这也太离谱了……”接到报告“最新前沿消息”的电话后，她摔掉听筒，冲出房间，仿佛一片蓄满雷电的乌云，随时会毫不顾忌地在任何地方向任何人倾泻下狂怒的雨鞭……

事关明天就要公布结果的评奖。她不仅列在提名单子上，而且经过几轮淘汰依然入围，名列前茅。是的，亲朋好友的那些忠告：“关键是你的作品是否拥有爱好者，而不在奖杯能否到手。”“别把这场游戏看得那么重要，你的自信就是你的奖杯。”“奖杯确实能够带来实惠，可是如今毕竟跟以前大不一样，也可以跟评奖一类事情了无关系，凭自己努力创造出实惠来——那样的实惠享受起来更心安理得！”当然，说得都很对，直到昨天自己也都点头称是，甚至还对来采访的记者说：“任何评奖其实都是一场游戏，获奖跟中了彩票也没多大区别！”记者马上近逼诘问：“你的意思是评奖很无聊啦？”她知道这种情况下万不可流露出烦躁，于是笑吟吟地回答：“游戏有益健康，博彩只要前提正大——比如为的是繁荣某些事业——那就是抱着无妨一试的想法投入，玩一把，也没坏处呀！”记者寸进刺探：“那你觉得在这场游戏里自己能中彩吗？”她满脸天真：“呀，你也帮我添点运气吧！”这访谈马上刊登在了今天的晨报上，配了她好大一张头像，标题是《不玩白不玩》，还好，比半年前那个《深居何尝简出》的报道，算是客气多了。

应该说，直到中午接到那个该死的报信电话之前，她的心态大体上都没有失衡。尽管流布着个别入围者变相贿赂个别评委的传言，那可能确实会多多少少渗入些不公正的因素，她听了只好比眼里吹进了一粒沙子，揉揉也就罢了。

但现在得到的消息是，在“社会群众参与”的环节里，从昨天半夜开始，有关的网页上突然发生异动，“舆情”对她竟大大不利起来，这显然是有人在背后做了手脚！难道，她竟会因为这一因素被彻底排除？她觉得是一枚大头钉已经楔进了心尖……

她这片“乌云”，迅疾穿过街上稠密的人群，连她自己也搞不懂，怎么突然刹住在地铁口旁的一个商亭前，她下意识地抬起头，正对住一双因为她出现而睁大的眼睛，里面溢出惊喜，接着听见那卖东西的中年妇女呼出她的名字，问：“是您吧？”她抖擞了一下，没有甩出“雨珠”——无论如何，总不能向这样一位表示崇敬的人倾泻愤懑——于是本能地说：“给我来包香烟！”

也不知道怎么就进了地铁，迈进了车厢。车厢里有人指点她，窃议她，她都浑然不觉。但忽然在诸多似有如无的噪音里，有些声音清晰起来并且构成这样明确的意义：“……她原来排在前头，现在是倒数第二了！”正好车停，她冲出了车厢，疾跑出站，一阵冷风扑了过来，她激灵了一下，不禁双臂抱肩。猛抬头，前边是高楼的剪影，无数千篇一律的楼窗——啊，不，有扇窗户很特别，大开着，里面长长的窗帘被风卷了出来，那窗帘是奇怪的紫颜色……

她进了那座楼，乘电梯到了有紫色窗帘的那一层，按响了一个单元的门铃。门开了，她叫了声：“耘姐！”耘姐穿着一身宽松的休闲服，头发刚洗过，大概其地在脑后，见了她并无惊异的表情，让她进屋，随她坐不坐，就像她们每天住在一处似的，平淡地说：“水刚开，我冲冻顶茶去。”耘姐端来茶，她已经坐在了沙发上，耘姐坐到她对面，自己先喝，满足地闭上眼睛。她冷静多了，已经不是“乌云”，但还是云，算愁云吧。耘姐是资深名家，前些时刚访问过台湾，所以有台湾著名的冻顶茶。她是不速之客，耘姐以香茗迎客，却根本不问她从何而来，为何而来。耘姐分明还在名利场上，属于一个圈里的，作品一个接一个地往外推，褒贬之声杂陈，并非金盆洗手者，应该最知道她目前的处境。但耘姐只是问她些不相干的话题，又建议她看一本什么新翻译过来的书，还建议她去看一个什么法国摄影家在上世纪初拍的关于北京风貌的展览……她实在是不耐烦了，掏出买来不久的那包烟，打开抖出两支，递耘姐一支，自己夹起一支；耘姐应该知道她是从不抽烟的，怎么也不问一声她究竟是怎么了？她就主动问耘姐："你真是两耳不闻窗外事么？"耘姐只是淡笑，她就说："别以为我是专门找你来的！这不过是鬼使神差。当然啦……哼，你反正以前得过了……你不知道那些家伙有多龌龊！……"耘姐用打火机点燃了烟，把打火机递给她，她还没点，只见耘姐顺手从茶几下面拿出一个高高的烟灰缸来，搁到茶几上面。那烟灰缸又眼熟却又眼生。耘姐往那烟灰缸里抖烟灰，那缸底里已经积蓄了不少烟灰……呀，她不禁把眼睛睁得溜圆，那哪里是烟灰缸，那分明是当年耘姐得到的那只奖杯啊！

她觉得心弦先是猛地一紧，跟着渐渐松弛。她仰脖大笑起来。忽然又停住笑，盯住耘姐问："你这样……也太不尊重人家的好意了吧？"耘姐缓缓吐出一个烟圈，淡淡地说："怎么能不尊重？有个机构专门收藏这种东西，我捐给了他们，他们就复制了一个给我，呐，就是它……"说着，又往里弹烟灰。她便点燃烟，微笑着跟耘姐闲聊起来，不时往那烟灰缸里，弹些烟灰。

眼泪不是水

我流泪了。真的好感动。想想吧，跨越半个世纪的离乱鸳鸯，饱经沧桑巨变，当他终于跪在她弥留的床前，握住她那枯槁的手腕时，她竟忽然翕动着嘴唇，仿佛在幸福地吟唱……他把耳朵贴到她唇边，脸上渐渐现出悲欣交集的表情……他跟她合唱起来——那正是他们青梅竹马时最喜爱的家乡民谣："小板凳啊，四条足啊，自己走啊，吓死吾啊……"唉唉，那最后一段文字的最后一行，杂志上故意用黑体字印出："就这样，晚风偷走了他们永远的秘密……"我紧紧地握住那本杂志，决定以后不必再到街口摊上去买，而要立即到邮局订阅一年。

可是那天阿珍递给我一本另外名目的杂志，让我看一篇惹出她好多眼泪的文章，那的确也是篇令人鼻酸心颤的纪实佳作，写的是一个社会底层的青年历尽千辛万苦，终于找到了将他遗弃的父母；当年父母是由于极端贫困，不得已遗弃他的；没曾想现在的父母已然成了大富豪，而且未遭遗弃的弟妹们也都属于电视广告里所称颂的那种"成功人士"；一家人大团圆，本是欢天喜地的事，谁知父母疑他有诈，弟妹们怕他分割父母财产，竟将他拒之门外……后来做了遗传基因检查，他的身份得到证实……那最后一幕真真是意味深长：他跪认双亲后，并没有到约定的饭馆去吃团圆饭，而是远走天涯，留下的纸条上写着："我知道自己从哪里来的了，我很高兴；我知道自己该到哪里去了，我很幸福。"唉唉，我对那杂志上印的主人公的照片凝视了很久很久，他究竟走到哪里去了呢？会不会，就默默地潜藏在我们身边？……这本杂志也该长期订阅才是啊！

可是大凤对我和阿珍的感动不以为然。她说："全是编的。"阿珍说："编的也挺不错啊。你倒编一个我听听。”大凤说：“你们注意署名了吗？这些个杂志，这阵子老有这两个人写的东西，有的文摘性报刊还积极给他们转载，肯定挣了不老少钱！你们就只当是小说，读读解解闷吧！”我说：“怎么会是小说？都有真人照片！”大凤笑笑说：“谁知道那些照片是从哪儿找来的！老实跟你们说，就这两个惹得你们流‘自来水’的故事，我觉得就是从以往别人发表过的小说里套过来的，还有那个什么‘板凳走路’的儿歌，我记得就是好有名的作家的小说里，现成的东西……”大凤真能败人兴致，我和阿珍面面相觑，不信大凤吧，都知道她有夜大中文系的文凭；信她吧，可人家卖得那么火的杂志，难道还会以假乱真？

我订的那份杂志上，几乎每期都有那两位作者署名（我知道那一定是笔名，因为都比较古怪）的文章，最近一期上写的是一位美丽的女士，为了鼓舞艾滋病患者战胜疾病、重新生活，主动去和染上了艾滋病的男士谈心、握手，甚至吻他们的面颊，结果至少使得三名患者不仅克服了消极情绪，还改变了原来的同性恋倾向……这篇文章倒确实让我觉得真有些个像小说，除了个别细节让我眼睛猛地有点潮湿，总的来说没那么槌心锥肺的……可文章里分明印着那女士和某几位艾滋病患者的照片，我能不信吗？

唉唉，也真是巧上加巧，那天我在快餐店吃晚饭，店里生意好得出奇，本来互相不认识的顾客也不得不在一张小桌两边共进晚餐，哎呀，我对面那个青年，怎么那么眼熟……实在忍不住，我就招呼他：“你不就是……吗？”他听了吃了一惊，吐出嘴里的鸡骨，两眼望着我，仿佛我得罪他了似的；我就问他：“你好不容易找到了亲生父母，为什么又非要离开呢？……”他愣了一阵，忽然哈哈大笑，笑得眼泪都出来了，倒把我吓了一跳……

我跟那青年的谈话不堪回忆。原来，是他的表姐表姐夫，两口子如今整天闷在家里，今天编一个弱女子寻匪报仇的传奇，明天攒一篇跛脚父万里觅爱女的故事，大都以赚取阅读者眼泪为目的……为什么不拿到文学杂志当小说发表？因为有的构思、情节乃至细节根本就是从人家小说里偷来的，这样的稿子人家文学杂志的编辑会觉得不够水平，很难发表，再说文学杂志稿费很低……如今满大街的消费者，最爱看真实的奇人异事秘闻内幕……瞎编的怎么让人相信？配“真实照片”是一大技巧，或从旧书报上找素材，或找亲友帮忙充当模特，再用扫描器将图像输入电脑，进行加工……杂志社知道么？反正“文责自负”，杂志关心的是吸引消费者、扩大发行量、增加广告收入……那晚我彳亍街头，不断路过花花绿绿的书报摊，那份我正订阅着，并频频被它勾出眼泪的杂志，正推出新的一期，封面上的提要最粗大的一行是：八十岁老翁湖畔殉情……

我心里很乱，眼睛发涩……我想说：请尊重我的眼泪，它不是廉价的水！

眼净

那天我坐在绿地柳荫下的长椅东头，有个老头儿坐在西头。开头我倚着长椅靠背眯眼养神，没大理会他的存在。可是他的声音忽然传进我的耳中：“考考你……三个木念什么？三个土……三个火……三个石呢？三个水？……那，三个牛呢？……三个马？三个羊？不知道了吧？一个念标，一个念山；三个犬，也念标……唉，现在倒是三个金不用考，差不多人人都认识！……”跟他对答的，是个姑娘的声音。我睁开眼，斜睨过去，看出那姑娘是个刚放学的中学生，站在他对面，趴在支稳的山地车车把上，一副亲昵顽皮的模样。显然，那该是他的孙女儿。我有一搭没一搭地听着，心想亏这老头儿问得出来，也亏那姑娘能答对那么多……

忽然，老头儿的一个新问题冲进了我耳朵眼：“……再问你，犬字边一个更加的更，念什么？”那姑娘说：“吆，不敢乱念，您再告诉我！”老头儿说：“我告诉不了！”姑娘便说：“那有什么难的！我回家查字典不结了！要不，明儿个问语文老师！”老头儿说：“只怕你查不出也问不出！”听到这儿我忍不住了，睁眼凑过去，也不怕唐突，跟那老头儿说：“老教授！您告诉我吧！这个字，我在好几本翻译小说里见着，可一直不知道该怎么念……”老头儿却并不在乎我这个斜刺里杀出的程咬金，跟我点点头，直视着我的眼睛，脸上表情颇有“相逢何必曾相识”的意味，兴奋地说：“您也见过这个字吧？查过字典？查得出吗？不但《新华字典》《现代汉语词典》里没这个字的踪影，你就是查新版《辞海》，查它的《语词增补本》，也还是没有！……”我呼应说：“是呀！可印出来的书里，偏有这个字，说是有种狗，叫……”他马上接茬儿说：

“《简明不列颠百科全书》中文版第七册里，你可以查到，有种苏格兰狗；确实奇怪,《辞海》里没这个字,那怎么用这个字来翻译人家的狗呢？”我问:“那您说这字该怎么念？念耕还是念耿？”他说:“一字之音,不敢率念……”我说:“您到底是教授,严谨得很啊！”他说:“我不是教授……”他孙女一旁笑说:“我爷爷比教授还棒！”说完，骑上车走了，骑出一段扭回头嚷：“爷爷！别待忒久……”

可我跟这位比教授还棒的老爷子在那柳荫下待了好久,越聊越欢。我说:“您看的书真多啊！”他说：“你信不信？我看的书，老厚老厚的书，一个字一个字地读过去，多了去！可好多看过的书，我对它里头的那些个意思，竟是一点儿印象没有！有的，简直是对其不知所云！”这让我吃惊不小，有这样的教授么？他终于告诉我，他退休前所干的那一行，是专业校对。当时像他那样的校对，校书时讲究尽量不要进入意义联想，因为一旦进入了“意阅”，便很容易把个别与原稿不同的铅字，放任过去；他说，像巳、已、己等字，还有木字边的梢和禾木边的稍，那时候如果书印出来以后，有一个错排的未能由他校出，他能一整天吃不下饭去……他叹息说：“如今我们这一行，快绝啦！现在时兴编校合一，漫说为了经济效益，往往是‘萝卜多了不洗泥’，就是认真的责编，因为他对那稿子的意思太清楚，也就反而会漏过别字……本不是一种活计嘛！唉唉，所以现在有‘无错不成书’之说呀！”还说，“也有的出版社，把我们这样的老校对请去把关，我也真是尽心尽力地给他们一直弄妥到三校对红，可你想得到吗？书印出来，有时错得更让人目瞪口呆！为什么？因为现在讲究用电脑照排，那电脑操纵员，他倒是照我最后一校标出的错，在那电脑上改，比如我校出有个泰字应改正为秦，他肯定是销了泰敲了个秦，可他也没想到，他那个软件里，凡敲秦，一律‘联想’为‘秦始皇’，所以，比如说人家说的是秦怡，出软片，印成书，便成了‘秦始皇怡’！……”

他说得我哈哈大笑，笑完，心里挺不是滋味。

临分手，我改换个话题说：“您光在这绿地散心，不到那边街上逛逛？”他一听直摆手:“不爱去不爱去！……现在街上该校过来的字太多！你像那个‘萍果专卖店’，它的商标明明画着个苹果，却偏要写成‘萍果’！据说人家就是这么注册的，你还改不了它！啧啧……我不去，眼不见为净！”

回到家，我还一直想着他的话。我的眼，是不是太容得下不洁净的汉字了呢？

眼砂

那一天本是风和日丽，他的情绪更算得上是心旷神怡；他哼着歌，顺着人行道往前溜达；那不是个公休日，他却偏能“浮生又得一日闲”，而且他上街一不为采购，二不为赴约会，三不为某项特定的娱乐……总之，他只不过是随便走走，真叫优哉游哉！

那天街心上虽说是车水马龙，人行道上却并不拥挤，而且越往前走，越显得步行者的数目是恰到好处——再多，则令人心为之烦；再少呢，又未免令人感到冷清……他意态雍然地朝前踱去，真是胜似闲庭信步啊！他把往常工作中的烦恼、人际上的纠葛，统统暂抛到了爪哇国……

一阵小风卷过来，他觉得通体欢畅。近来天旱少雨，风过，鼻息里竟有些个湿润的气味，难道是甘霖将至了么？他的心花从含苞待放，竟绽开得如香伞一般了！……定睛一看，前面是一家花店，有些大盆的观叶植物，就摆在了店门外，店主正用喷壶，给那些植株洒水呢；再抬头看看天，灰蒙蒙的，并无丝毫云影，找不到太阳的位置，却四处泛射着白光……原来仍是无雨的旱象！但他心情仍然不错，因为毕竟这是一个安谧的晴天……

忽然又刮来一阵风，是那种最讨厌的小旋风，挟带着一些小纸片什么的……小旋风偏旋向了他，并越过他朝他身后旋去；他本能地扭身，抬起一只胳膊护着自己的脸，但风吹过去以后，他立刻感觉到，右眼中嵌进了一粒砂子！

一粒眼砂，大概是很小的一粒，倘若取出放在手心，甚至会混同于手纹，根本无足道哉；然而它嵌进眼皮——是右眼的上眼皮里，摩擦着眼皮里的黏膜，却构成了他生命史的那一刻中天大的痛苦！他的整个心境，顿时陡变。他先是站在那里，试图用手揉或手帕擦拭来解除这一突然降临的灾难，可是那不仅不能解决问题，甚至反而更糟！他右眼只能闭起，但闭得紧了，便更刺疼；眼睛本身似乎比他自己更急于排异，已然分泌出了许多的泪水，然而还是不能让那粒砂子逸出眼外……

他倏地意识到，在这种情形下，唯一行之有效的办法，是求另一个人，来翻开他的眼皮，尖起双唇，给他狠狠地一吹……这要是在家里，或正好有亲人在身边，那这段砂粒入眼的痛苦史，便能很快地翻过去，使他重获欢欣……然而，他现在是举目无亲啊！

他狼狈地朝前走，他想试着求路人来给他吹掉那粒眼砂……迎面来了一对年轻的情侣，显然不是合宜的救援者……来了一对中年夫妻，他赶忙凑过去，捂着右眼，开始请求："……对不起，我迷眼了……您们能不能帮帮我？……"他的左眼看到，那位丈夫似乎有进一步倾听他诉求的表情，可是那妻子却一脸的冷漠，使劲地一拽她丈夫，先跟他说了句："我们不认识你！"等拽着那丈夫走到他身背后，又显然是故意放大声音让他听见，说道："……现在的社会治安！……谁知道他是想干什么？！……"

他只好另求别人。那边有个报摊，他走过去……卖报的是个长相猥琐的老头，露出一嘴黄牙……倘若吹出一口气来，必是一口秽气……不过只要能帮他吹出那粒砂子，也便是个恩人……他捂着右眼，急迫地冲到报摊前……老头问他："您买什么报？"他说："我不是买报，我是……"老头听明白了他的意思，嘻着一嘴黄牙说："那倒不难！可我要是给你吹出来了，你给我多少钱呢？"他一阵恶心，转身就离开了那报摊……

他发现他是在往回走，他的左眼中映入了一些才喷过水的绿色植株，那是大叶绿萝吧，肥硕的叶片碧得滴翠……难道我的右眼竟会因此而失却这样的感受力了么？他心上涌出恐怖的悲哀……

他冲进那家花店，不待那店主发问，便一口气不停地说："我这只眼里进砂子了！求您帮我给吹出来吧！我可以付钱！……可以买您好多的花！……"那店主是个文质彬彬的男士，穿着一身中规中矩的条纹西服，而且一口雪白而整齐的牙齿……是的，如果付费，那他宁愿付给这位男士的猛力一吹！……

那店主态度蔼然可亲，甚至于移近他身边，观察他缩开手露出的闭住的右眼……然而却决然不拟给他吹那眼砂，只是极热心地指引他说："这事儿您可千万不能掉以轻心！您现在应该立刻去医院！……是呀，这附近还没医院……您到街边拦辆出租车，让司机开到人民医院去……那是最近的！那儿的眼科挺有名的！……"

他失望地走出了花店，他移到马路边，准备叫车……这才意识到，不管怎么说，该对花店老板道声谢，而他竟苦着一张脸径自跑了出来……

那边来了一辆空的出租车，他一手捂着右眼，一手挥动着叫停的手势……出租车明显地是朝他慢驶过来了,可又忽然划出一个离去的弧线,加速而去……啊，明白了，一定是那司机觉得他形迹可疑……我捂着的并不是一只脱出来的眼球啊！我只不过是眼里嵌进了一粒小小的眼砂！……

他无奈地坐到了马路牙子上。他不再捂着右眼。他掏出手帕轻轻揩着右眼，特别是溢出的那些泪水……忽然他有一种异样的感觉！……他简直不敢相信！……他眨眨右眼，再眨眨，睁大，眯起，再睁大……啊！那粒眼砂，竟消失了！一定是终于被泪水带出来了！他激动地检查手帕，哪儿找得出那小小的一粒砂！……

他生命史上这短暂的痛苦一页翻过去了。他站起来，几乎雀跃。

依然可以说是风和日丽。回想起来，也不能说刚才所遭遇的人，怎么样地对不起自己。然而他却从中获得了一个宝贵的启示……

他急迫地回到家里，家人都不在，他坐到书桌前，在日记上写下这样的话："我的家人，我爱你们！因为当我一旦眼里嵌进了砂粒时，唯有你们会毫不犹豫地尖起双唇，用爱的气力来吹掉我的眼砂！……"

遥远的雍和宫

记得刚搬到那座雅称是“人字形”俗称是“大裤衩”的高层住宅楼时，小K站到阳台上一望，一站之遥的地方，一片金碧的古式屋顶在阳光下闪着光芒，他不禁跳起脚嚷：“哎呀！怎么故宫搬咱们家这边来啦！”爸爸妈妈全笑了，爸爸便告诉他：“那不是故宫，那是雍和宫，当年雍正皇帝登基以前住的地方——雍王府……后来成了个喇嘛庙，那最后一个殿堂里，有个大佛，整个儿用一株白檀木雕成，那法相别提多庄严了……赶明儿咱们得空就走过去看看！”

可是小K一直没进雍和宫。先是学校功课紧，不光平时每天一大堆作业要应付到晚上十一二点，就是星期天也还得再到学校上辅导课——谁让他上的是重点中学，又摽着要考上重点大学呢！那一段全家和他都有个口头禅：“咳，急什么！等考上大学，想怎么玩怎么玩呗！”这话也短暂、部分地实现过，小K不负全家和中学老师的期望，考上了重点大学，在那个暑假，他和几个中学同学结伴，去北戴河痛洗了一番海水澡，回来以后，去大学报到的前一天，恰好又在阳台上眺望，雍和宫的黄琉璃瓦顶又在夕阳映照下闪着光芒，他感慨地说：“真逗！这么近的一个雍和宫，我竟然还没进去过啦！”

上了大学，除了应付日常功课，小K就玩儿命地攻英语，为“托福”做准备，这样他就比中学时候还忙还累。有个暑假，那天老K跟小K约定了，去雍和宫散散心，爷俩都快出门了，来了电话，是小K同班的女同学，约他去电影资料馆看一部法国文艺片，结果老K只好单拨儿去朝拜那个大佛。后来小K去考“托福”，考完了自我感觉良好，骑车路过雍和宫门口，潜意识里涌出个念头：何不就此进去，朝拜那大佛，感谢佛“托福”中的福佑，同时恳求佛再施荫庇，让下一步的联系学校、申请奖学金，特别是签证，都能一路顺风……可是他一抬头，雍和宫已关闭大门，原来其每日开放时间比别处名胜都短。

再后来，小 K 已身处美国，有一回参加一个“派对”，他偶然说起：“我在北京时，就住在雍和宫附近……”偏一位美国老太太即刻双手紧握胸前，仰头发出一声怪叹，原来她曾参加一个旅游团，游北京时去过雍和宫，她说那真是妙极了！神秘极了！……但她只能有许多的表情与肢体语言，却不能对雍和宫做出更多的介绍，于是，围住小 K 的美国人，便很自然地要他把“这个奇妙的庙堂”形容一番；咳呀，这可让小 K 尴尬透顶，根据爸爸当年那点子简介，还有自己对喇嘛教、雍正皇帝的一知半解，糊弄出一席话来，倒并不难，可自己其实并没进过雍和宫，这可真是撒谎不欲、实话难说啊！

在美国待上了一年，小 K 所后悔的，就并不只是没进过雍和宫，夜深人静，月光如水，小 K 除了能背出李白的那首“床前明月光……”再想多背一首唐诗宋词，居然没有一首能够背全，“慈母手中线……”背满四句，明知下面还有两句，却怎么也想不出来；“野火烧不尽，春风吹又生”前头是什么，也茫然……光是北京的名胜，就不仅没去过雍和宫，也没亲近过钟鼓楼，没去过妙应寺白塔，没观赏过“银锭观山”，没看过一次故宫绘画馆陈列的古画……他很后悔，其实在北京时也不是绝对没有时间，他和同龄人一起，兴致勃勃地去过肯德基炸鸡店，逛过赛特购物中心，跑到全盘西化的星级咖啡厅去喝过柠檬茶，大老远地去购买过西方歌星的唱片……现在他在西方，西方人把他当东方人看待，友好地希望他哪怕是皮毛地给他们讲讲中国的琴、棋、书、画，包括“在你家阳台上就能看见的雍和宫”……他却胸无根竹，惶惑不堪！

小 K 现在发愿：一旦再回北京，甚至于先不回家，也要先去雍和宫！但一时也还难以实现……雍和宫啊，遥远的雍和宫！小 K 在静夜里为之惊悚：那真是最深刻意义上的“遥远”……他的心，隐隐作痛。

夜半钟停

“哎呀！怎么半夜就停啦！”妻子一早就叫喊起来。

丈夫忙跑过去一看，一个崭新的方形电子钟，停在半夜零点四十五分。

“我说哩，你们局可真新鲜，给先进工作者‘送终’！”妻子一边准备早点一边唠叨，“要送就送个好的呗！显见是个处理品！”

钟还没来得及挂到墙上，是放在饭桌上斜靠着墙壁的。丈夫把钟拿到手里研究着。

“铜娃！还不起！迟到啦！”妻子去叫还在床上的儿子，“不像话！连床一块儿抬到你们教室，让老师同学都看看，怎么样？”

铜娃坐起来揉着眼睛，一边问：“几点啦？”

“半夜哩！十二点四十五！”妻子一阵风地把速溶豆浆、麦胚面包和一碟酱菜豆腐乳端上饭桌，把父子二人一块儿奚落，“你卖了半天的块儿，人家才奖给你个处理品！真是有其父必有其子，铜娃全年级速算比赛得第三，奖品才是个小小的转笔刀！”

“我喜欢那转笔刀。”洗完脸漱完口的铜娃赶到饭桌前说，“妈您没细看，转笔刀又是个小小的魔柱，能帮着人练眼神练脑力……”丈夫搁下钟吃早点，望着铜娃问：“钟半夜里停了。你能想出来它为什么停吗？”

“停了吗？”铜娃望着钟，“我……我没把它弄坏呀！”

丈夫和妻子一对眼，妻子把筷子一搁，冲着铜娃数落起来，“咦呀，原来是你——你怎么半夜里不好好睡觉，起来鼓捣上这钟了！你弄坏的东西还少吗？上回我拿回家的体温表不就是你摔碎的吗？”

铜娃斜眼望了望正蹲在一边用爪子洗脸的花狸猫，他回想起那回用体温表给花狸猫试体温，花狸猫不配合，慌乱中把体温表摔碎了。

“来，你琢磨琢磨，这钟为什么停走了？”丈夫把钟递给了铜娃。

“哎呀，你们还吃不吃了？豆浆凉了，我可不管再热！”妻子不耐烦起来，“他才上三年级，你要他懂多少才行呀？钟坏了拿去修理吧，该着咱们倒霉！”

铜娃把那钟摆弄端详了一阵，突然高兴地叫喊起来：“嘿！瞧我，晚上迷迷瞪瞪的！我把电池正负极搁反了！”他赶紧把电池重新装过，分针立刻移动起来。

丈夫笑了：“钟根本没坏。现在我的表是六点三刻，你会拨大针么？”

“会！”铜娃赶忙用拇指拨动钟背后电池边的一个塑料部件，兴奋地说：“我昨晚研究过了，它的构造挺简单，顶事儿的其实就这一小块地方！”

丈夫望着铜娃，赞赏地点头，满脸是笑。

“可你知道电子钟表的原理吗？”

“嗯——”铜娃睁大了双眼。

“得得得，算我是个劳碌命！”妻子把豆浆锅端往厨房去加热，并暗暗考虑要不要煎两个荷包蛋。

夜的眉

“的士”来到楼前，引得几位热心人，还有几位不冷不热的人，以及站得稍远的几位冷眼人，一齐把目光投注了过来。

“妈，您就甭去机场了。”她晃动着披肩发，轻松愉快地说，“送到什么地方也免不了分手。”

头发稀疏的父亲镇定地站在楼门口。额上皱纹抖动不已的母亲却怎么也掩饰不了又高兴又惆怅的复杂情绪，热心的人们便围上去同她对话。

“今儿个能飞走啦？”

“晚上的班机。”母亲脸上放着光，眼仁里溢出自豪，“一气儿飞过太平洋。东京不停，直飞旧金山哩！”

“人家华侨都管那儿叫三藩市。”一位邻居盯着司机往汽车后舱里塞带走轮的旅行箱，满脸艳羡：“哟，带这么只箱子就够啦？”

“够！”她声音甜脆，仿佛唱歌，“不够到那儿挣去！”

“世界大串联哦！”

母亲朝发出这声音的方向望去，几张脸对着她，或微笑，或嬉笑，或似笑非笑，她一时也难以指认说出这句话的是谁。像有人往心里头撒了撮盐。想起头几个月，女儿的大姨拿着本杂志来，让他们看，还说了好些个泄气的话：“这是赶晚集啰！头些年那边时兴吃得意丸，如今听说吃上后悔药！”

“我还是去机场。”母亲扭头同父亲对了个眼，便抻衣裳角，仿佛上那汽车是一桩非同小可的事。

“也好，随您便！”女儿笑着，她扑过去，搂住父亲肩膀，伸出嘴唇在他脸上响亮地吻了一下,“爸,再见！别为我担心！”随即义无反顾地钻进了车内,并对仍在发愣的母亲招手:“妈！快呀！还得办出关手续哩！”

邻居里有人发出了“啧啧”声，不知是赞叹女儿那恍若已置身三藩市的气派，还是惊叹那父亲的毫无表情和母亲的表情丰富。

“再见！”“再见！”车里车外的声音都不怎么热烈，零零落落的。车子一拐即刻无影无踪，人们倏忽分散不知东西。

父亲不知自己怎么回到的单元，又怎么站立到阳台。天黑得早，空中一眉新月。父亲惊异地望着它。女儿还上着中学,就七竿子八竿子为她在美国找“经济担保人”;毛毛雨里,打着伞轮流为女儿排队领一个考“托福”的号;终于“万事俱备”了，却又为了得一个签证，三次站在秀水东街的树荫底下，等着女儿出来:“又说我有‘移民倾向’，隔着门缝看人！”心蓄五味地同女儿走向建国门地铁站……第四次没有陪着去，却突然门“砰”的一声响，女儿一阵旋风似的冲了进来，胜利地喊着:“签了！”当时心里猛地一甜，而现在，却不知为什么，忽然一酸。望着天上的那条亮眉毛，父亲的眉毛开始耸动……

一串红辣椒

小安过完春节从老家回北京，返校前来看望我，带来一串艳亮的红辣椒。我不免责备他:“跟你说过多少次,不要带东西来。何况你也知道,我虽祖籍四川,花甲后已然戒辣。”他笑嘻嘻地说:“不是拿给您吃的。您自己都忘啦？写过一篇《瓜果装饰有奇趣》嘛！您说的，最拙朴的田园果实，跟最现代化的科技产品摆放一起，往往最能在视觉和心理上产生出审美愉悦……”倒也是，我客厅的液晶彩电一侧，秋后总摆放着温榆河那边村友三儿送来的大角瓜，客来无不赞好，小安初见也曾拍手叫妙。小安说着就把那串亮丽的红尖椒，挂在了我书房电脑旁的文件柜上,望去确实别有雅趣。不过我还是坚持自己的诉求:“你知道,我要你带来的，是你看到听到特别是经历到的那些原生态的故事！”对坐喝茶，小安搓搓手说:“是呀！这回，我给您带来了两个关于这红尖椒的故事啊！”

第一个故事，是他爷爷讲给他听的。故事的核心事物，就是一串红辣椒。半个世纪以前，小安爷爷，也就现在小安这么大。那年春节，他爷爷去外村亲戚家拜年，那家招待他爷爷以后，辈分大的，就拿了一串红辣椒当作压岁钱，他爷爷接过，感激得不行，告别出村的一路上，凡看见的，要么出声赞叹，要么就眼神里露出羡慕。小安说，爷爷讲的这前一段，他还能懂。那属于“三年困难时期”嘛，物质匮乏，一串红辣椒，也算得奢侈品了。但是，爷爷讲出的故事的下一段，他听了就疑惑了，他说讲给我听，也是为了验证一下“情节的合理性”。简单地说，就是爷爷翻山回家的一路上，望着手里拎的那串红辣椒，离家越近越发愁。发什么愁？辣椒下饭，催人多吃，但是家里存粮有限，经不起辣椒把喉咙增粗胃肚放大……左思右想以后，在下山的路上，爷爷狠狠心，就闭眼一抡胳膊，把那串红辣椒扔到山谷里了。小安引述完爷爷的故事，直愣愣地望着我，眼珠里喷溢出许多“可能吗”的问号来。我问他：“你爷爷是个善于虚构的人吗？”他说：“打死他他也不会编故事。”我长叹一声：“那就是一段事实。这事实沉默在你家乡的山谷里啊。”

第二个故事，是关于他爸爸的。这个故事不用别人见证，故事发生的时候他已经能满地跑动追鸡捡蛋了。当然，那时候他并不明白为什么爸爸在院子外头挖了那么大一个坑，把那么多红辣椒填到那坑里去，而且，爸爸那张脸气得比辣椒还要红。那一阵，他们家顿顿菜里有辣椒，爸爸倒是不怕家里任何一个人因为吃了辣椒就增大饭量。他上中学时才明白，原来他们家乡并非嗜辣之地，但后来听说辣椒市场行情见涨，就一窝蜂地种植辣椒，有的人图便宜上了黑心种子商的当，种出的秧苗要么不开花，要么结出的辣椒又小又薄，小安爸爸买来的种子倒是不错，许多跟他爸爸一样的农民那年都获得了大丰收，却不曾想堆积如山的辣椒竟卖不动，这才知道市场经济的厉害——产量与收入并不一定构成正比。如今他爸爸经过一段市场经济中的摸爬滚打，精明多了，是在大棚里培育四季旺销的大彩椒，艳红、翠绿、玉黄三种之外，还开发出亮紫、橘红等品种，六成供应高级餐馆，四成供应超市。他家在那边，已堪称先富。但是，他家吃的蔬菜包括辣椒，却都是他妈妈在自家院后小菜园里种的，施的全是有机肥，绝不喷农药，他带给我的那串尖辣椒，就是从自家小菜园里采的，“您愿意吃也行，绝对‘绿色环保食物’！”

小安告别要返校时，我发现他旅行包里竟有一大玻璃罐的自制油辣椒，不免问：“是带去佐餐的？”小安就给我讲了第三个故事：他们舍友里有一位，家乡在更西边，家里还非常贫寒，平时在食堂里经常只买主食不买菜，假期为了节约路费，不回家，也没有手机，还是到校外小店里去给父母打电话，父母要通过传呼，也是到那边的一个小店里，去接听他的电话。这位舍友这回寒假，是到一家咖啡馆打工，估计挣到一些工钱，自己留下一部分，还会寄往家里一些。我说：“明白了，你是给他带的油辣椒！”他却说：“他是不肯接受别人赠予的。但一路上我已编排好了巧计，这回他必定会自自然然地用我妈特制的油辣椒佐餐！至于我是什么妙计，您就且等下回分解吧！”我就等着小安有空再来。

一个晚上，五个电话

他第一个电话打给一位熟人：“……什么？真的吗？你没听岔吧？真要把他换掉吗？都做出正式决定啦？……派谁来呀？还没定准？怎么定不准呀？……一旦定准就宣布他下台？……我早就料定有这一天嘛！……你还不知道，我那一直是敷衍他嘛！他算什么东西！我能当他的‘跟班’！他整个儿一个草包，一个浑蛋嘛！……”

他第二个电话打给一位同僚：“……我觉得我们还是应该及时地向上面反映一下他的问题嘛！……什么？风声？什么风声？我没听到什么风声，你听到了吗？……我们最好是一起去，不要让上面认为是个人间的矛盾……都是些原则性问题嘛！……对了，他那回滥用公款，在会计那儿报销的那个数目，你过过目的吧？是多少？……我知道你当时是敢怒而不敢言……还有那回宴请外宾，他说的那个话，岂止是不得体！你记录还有吧？……我们一起去！竹筒倒豆子！……要有过得硬的材料才行啊！……要一锤子把他砸死！……那件事？唔，不好不好不好，我们不也拿了一点儿吗？让他狗急跳墙反咬一口就不好了！……对对对对……那就是个炮弹！你能马上找她查出个真凭实据吗？……狠了点？鲁迅遗训，痛打落水狗嘛！你犹豫什么？放开胆儿！……”

他第三个电话打给一位几年未通话的人：“……就是问个好问个好没别的没别的……咱们哥儿们，还有什么说的！你最近发在……上的那篇文章，真提气呀！……什么？提谁的气？你骂的也有我？嗨，骂我那还不是白骂！该骂！该！我确实就是那么一种人嘛！……不过‘浪子回头金不换’嘛！你宰相肚里能撑船嘛！……什么？不是宰相？别逗了，都知道了嘛！那浑蛋这就要拿下马了嘛！除了换你老兄，换谁能服众啊！……都说找你谈话了嘛！跟咱们哥儿们还保什么密？……你不感兴趣？……您这是怎么说哩！……好好好,不多打搅，恕罪恕罪！……”

他在屋子里踱来踱去，搓手，咬嘴唇，捋头发，龇牙……这才打出了第四个电话：“……本该到您办公室去，详细面谈，实在是忍无可忍，所以不得不先在电话里反映反映……太不像话了嘛！弄得乌烟瘴气！……您说像这样的人，还能让他当一把手吗？……我早就想向您上面反映嘛，可是，一来是尽量顾全大局……二来，您也知道，其他几位同志，要么是多少跟他有粘连，不那么清爽，要么就光是一团的和气……所以我就做了工作嘛，打算尽快去您那儿，一起反映他的严重问题！……啊，您明天就要到外地考察？……先跟老曹他谈谈？……您月底才回来？……还让他去出席？……我也是为了把工作搞好嘛！……真不好意思，耽误了您这么多宝贵时间！……”

他发了一阵愣，站起来，坐下，又站起来，又坐下……眯眼皱眉，抖动嘴角……终于决定打出第五个电话：“……首长，还没睡啦？不是讽刺！你本来就是大家的首长、我的首长嘛！……他们没给你挂电话吗？我打探？打探个什么劲儿？……有屁放屁？好好好好，有屁有屁！……谣言满天飞嘛！唯恐天下不乱嘛！……还能是谁，头一个积极传谣的当然是他嘛！……什么？你知道你早晚下台？你又不是傻子？说穿了……嗨，实话实说，我担的就是这个心嘛！……你可不能疑神疑鬼！我对你还不算忠心耿耿？挨了多少骂，你也听见过嘛！……少来这套？我说，咱们打开天窗说亮话吧，就算你真要下，第一，我留你留不住，给你使劲儿，让你‘安全着陆’，这也算是跟你一场的情分吧？第二，别让那些个野心家占了你挪出来的坑儿，好赖让我接替你，你下了以后的利益，也有个保障嘛！……什么？我就是野心家？全是屁话？你瞧你，好心当了驴肝肺嘛！……是的是的是的……听你的听你的……骂吧骂吧……那还用说，不用你首长吩咐，你看我不是一有风吹草动，就赶紧给你通风报信嘛！……好好好你睡你睡，我浑蛋我浑蛋……”

一刻钟

下午三点多，忽然接到尼娜电话，问能不能来我家“打扰一下”，虽然吃惊，还是接纳。

尼娜是她在公司的“叫名”，真名是王爱红，她的父亲是我中学同窗，比我大一岁，我和王兄穿越历史烟尘一直保持联系，我是看着尼娜长大的。尼娜从美国留学回来，在一家美国金融机构做事，前年已获中层职衔。偶尔应邀去尼娜家与王兄晤面，开始我也并不多想，但，“老弟，你看京城的万家灯火！”在他们家客厅落地窗前，王兄一拍我的肩膀，我就禁不住有些惭愧了，自己的儿子不过是介乎白领、蓝领之间的打工仔，哪能提供这种“法式情调、英式管理”的空间来让我独自待客！不过回到自己家里，也就自劝：人各有运，知足常乐，他们过得固然极好，我也并不糟，祝福他们，也祝福自己。

尼娜飘然而至。“你要出远门？”她是跟名牌拉箱一起进屋的，我不由得如此发问。还不止拉箱，她还提着一个大纸袋，那样的纸袋本是装名牌服装的，现在鼓鼓囊囊似乎乱塞着一些零碎的物品。“叔叔，我不出门，我一会儿回家去。我想求您——这些东西暂存您家。”我莫名其妙，她却又说：“我先用一下您家卫生间好吗？”当然可以，她匆匆进了卫生间，那临时搁在我家茶几边的纸袋歪倒了，里面有东西滑落出来，我拾起两个小镜框，一个里面是她妈妈的照片，想到王嫂去年仙逝，我一叹；一个里面是尼娜和儿子佳佳的照片，为什么她这个年龄段的白领丽人，多有像她这样成为“单亲母亲”的呢？再一叹。又拾起一个银制小奖杯，上面錾着英文，应该是他们公司为表彰她的业绩颁给她的。我把滑落的东西往纸袋里放妥，尼娜从卫生间出来，又问：“能不能喝杯热茶？”

我知道她是习惯喝咖啡的，就说："我这里虽然没有现磨的喷雾咖啡，不过速溶的品牌是靠得住的……" 我一边冲咖啡一边问她："怎么回事？" 她把自己身体抛进沙发，双手拢拢头发，简捷地说："我刚经历了人生中最恐怖的一刻钟！"

原来，他们那家公司，全球同步裁员，尼娜两点一刻接到通知：她被裁了。当时她还正忙着，也用不着她跟谁交接。公司规定，自接到裁员通知后，一刻钟内必须撤离。她想用座机往外打个电话，她那架电话已经撤销；想再用电脑发封"伊妹儿"，局域网已经不允许她进入；她赶紧收拾私人用品离开办公区；到了走廊，想进入茶水间喝杯咖啡放松一下，发现自己手里的钥匙卡已经无法开启那门；想进入卫生间，也一样；到前台，交回钥匙卡，从此她再也无法进入几年来所熟悉的空间了…… "这太不人道了啊！" 针对我的说法，她惨然一笑："很人道的，我看见医务室的门大开，很显然是为了及时救助无法承受这一刻钟的被裁人士，路过那里我没有停步，但一瞥之间，看见高大的姜森——他比我高一级，金发碧眼，平时很威严，正在那里面一张躺椅上抽泣，周围两个医生也不知是在进行药物治疗还是心理干预……"

我不知道该如何安慰尼娜。但她喝了几口热咖啡后，镇定下来，冷静地对我说："尽管我们早知道公司会有裁员的大动作，也知道所谓'一刻钟撤离'的游戏规则，不过事到临头，还是有些发蒙。" 我问："你下一步怎么办？" 她一时沉吟不答，我就说："如果你有困难，叔叔虽然不特别富裕，总还能……" 她没等我说完，抬起头，笑了："我们这种人，遇到的问题，不是没饭吃，而是今后能不能换个小碗吃饭，可是，一旦过惯了这样的生活，放下身段来，那不是一桩简单的事！" 她告诉我，公司裁员，按合同，会给她这样级别的雇员一定的补偿，但是，"别的不算，光我那房子的月供，一个月就得两万……把大房子换小，从技术上来说是一个系统工程，从心理上说，纵使我承受得了，老爸现在住我那儿，他能马上接受这样的事实吗？他能接受了，佳佳呢？原来开福特接他，他都觉得'没面'，现在如果把本田再换成福特甚至 QQ，不敢想！我只能缓冲一下，把这些东西暂存您这儿，起码一周之内，天天还开车离家作上班状！"

尼娜告别后，我想，于她那样的人士而言，人生中的这一刻钟，是既狼狈而又宝贵的，一切在于今后能不能给生活以更朴实的定位。

一起去看

儿子九岁那年，父亲跟他说："带你去看球！"儿子高兴得跳起来。

到了看台，儿子只顾吃冰棍，吃了冰棍又扭着身子要喝汽水，父亲生气了："你再这么磨人，下回不带你来了！"父亲教给他如何看球，他知道了什么叫角球，什么叫点球。

儿子十六岁了。父亲跟他说："带你去看球。"儿子不吱声。父亲提高嗓门说："带你看球你还哭丧着脸！谁该你二百钱还是怎么的！"儿子晃晃肩膀出门去了。母亲跟父亲说："还记咱们仇呢。那回不让他去电影院看《望乡》。"父亲说："演日本妓女的故事，他看合适吗？"母亲说："后来他不还是跟同学一起去看了。谁让中国演电影不分级呢。能买上票他就能看。"停了停又说，"后来我问他，他说，妈，我能看懂。他白我一眼，说，爸跟你就以为我要看那几个黄镜头。他后来不是又去看了《沙器》？"父亲说："他了得了！《沙器》讲的是儿子杀老子的故事！"停了停说，"都是你惯的！"母亲就叹气："他这阵不知道怎那么大气性。你总恶声恶语训他也不是个事儿。"

父亲独自去了赛场，在门口把多余的票退了。球赛不怎么精彩，双方磨来磨去死不进球。有年轻的球迷乱吹口哨，也不知是跟哪位球员教练裁判置气。中场休息，父亲去洗手间，半道忽然发现了儿子，跟几个同学在一起喝可口可乐，嘻哈议论倒也罢了，肢体没有一刻是正形，手舞足蹈地看着实在扎眼，本想过去吆喝几声，拚力强忍住了。父亲没等散场就回了家。母亲问他谁输了让他脸那么黑，他大嚷："我输了！"儿子很晚才回家，只叫声妈，就回自己那间屋了，还把门关得紧紧的。父亲要冲进去跟儿子算账，母亲拉住他："人家自己去看个球怎么啦？”

儿子上大学了。暑假在家，有天跟父亲说：“爸，我有两张票，咱们一起去看球吧。”母亲就看着父亲，父亲想了想，唔了一声。母亲布出一桌菜，爷俩喝啤酒。母亲听爷俩侃球，开头客客气气，后来抬起了杠，再后来语速加快，互相打岔。母亲心里有点紧张。但是最后爷俩一起去看球，一起回了家，回了家又坐在沙发上喝啤酒，把球场上的角色刻薄了一溜够。晚上母亲见儿子老晚还在弄电脑，就先敲敲半掩的门，儿子说：“妈，快来！”母亲过去，儿子让她看在电脑上画的画。闲聊几句后，母亲问：“你上中学时候，为什么不跟你爸去看球，还老跟他顶牛？”儿子笑了：“妈，我那是少年反叛期啊！尤其要反叛老爸！您记得他怎么造句的吗？——带你去看球！——我觉得自己是大人了，他还把我当成个附属品，可以随随便便地把我带来带去——其实那时候您跟老爸也没多大区别,动不动就‘把手洗干净！’‘怎么把衬衫领子竖起来啦？’……就不懂得，第一，我不是上幼稚园的娃娃了；第二，我要有个性呀！……”母亲也笑了，母子肢体没有拥抱，心是拥抱得紧紧的了。

儿子工作了。有天父亲打他手机：“咱俩一起看球去怎么样？”儿子问是哪场，父亲告诉了他，儿子直言不讳：“他们能赛出什么味道来？整个儿是鸡肋！”父亲就乐呵呵地回应：“弃之可惜不是？”爷俩约定赛场门外不见不散。

父亲年纪不算太老，却坐上了轮椅。那天儿子回来看望。吃罢饭，儿子说：“爸，我带你去看场球吧。”母亲好高兴：“是呀，让你爸再乐和乐和。看电视上的球赛，他总乐和不起来。”父亲却只是淡淡地唔了一声。

那晚儿子开车来接父亲，母亲告诉他：“我拦不住，他自己去了。他说他不要人带去。他说他又不是件东西，凭什么让人带来带去的？我说你不是不方便吗？他说现在到处的设计都考虑到了坐轮椅的人士，他完全可以自己去看球赛。他揣着你留下的那张球票就自己驾着轮椅坐电梯下楼了，还死不让我把他送上出租车。我后来从阳台朝下望，他顺利地从咱们楼门外的轮椅道上到了街边，拦住的出租车司机照顾他坐进了车，轮椅放进了后备厢……”儿子没听完就跑下楼，赶紧去开车奔往比赛场地。

儿子在看台上找到了父亲。看台上有为轮椅人士专设的空间。父子俩都若无其事地微笑着打招呼。

中场休息，儿子过去对父亲说：“一起去洗手间吧。”父亲点头。人们只见老的自己熟练地操纵着轮椅，少的在一旁同行，两人分明对共同支持的球队的表现有所争议，你一句我一句地抬着杠……

一生十几杯

楼区小店的掌柜喜笑颜开，亲自乘电梯往楼上送成箱的啤酒。往日要的多是价格便宜的瓶啤，这几天多有要罐啤的。十一楼的何大妈乐呵呵地跟问到的邻居解释："他们爷俩也就四年这么一个大乐子，我跟儿媳妇都不吝惜，世界杯期间，罐啤一拉就开，他们边喝边看，够多痛快！"七楼的王先生是个文化人，在大门户网站有自己的博客，常以针砭时事的博文赢来高点击率，电梯里有熟人故意问他："王先生，他们沉迷在世界杯里头，算不算玩物丧志啊？"王先生扶扶眼镜，严肃地回答："你错。世界杯是人类共享文明，观赏世界杯与关怀世道公平不但没有矛盾，还有无形的深层联系哩。记得我2002年在西欧，看到那么一个情景：游行示威的队伍散了，拿着卷起的标语旗帜的示威者，停在了街头大屏幕前，凝神观看一场世界杯赛的残局……"他还要讲下去，有人提醒他："您到了。"他点头笑着迈出电梯门。其实人们并不常在电梯里交谈，可是杯赛一来，即使互相不知姓氏的邻居，也有了问答：今夜谁跟谁赛？某球星可会首发？看好谁输谁赢？

普通的居民楼，普通的市民，普通的生存状态，普通的悲欢，普通的牢骚，普通的期盼，普通的日子……但是又逢四年一届的世界足球大力神杯锦标赛，这回是在遥远的南非开锣，中国队无缘参与，但对于这些普通的中国球迷来说，依然是为他们平淡的日子镶上了多彩的花边。

十一楼的何大爷年轻的时候就热爱足球，也常看国内的球赛，在单位也曾踢过后卫，但他是直到改革开放以后的1982年，才知道世界杯这事儿。他说赶上过什么体育比赛都停顿下来的岁月，后来恢复了，强调"友谊第一"，他现在仍然认为比赛不能伤了和气，友谊确实重要，可是他讲出的事情连他儿子何吉顺都不信，就是后来把一个道理推到了极端，篮球、足球比赛时，为了体现“友谊第一”，为了批判“竞争”，讲究“为对方进球”！开头看球的人们大笑，后来笑声高的被点名批评，于是后来人们看球赛就只会鼓掌，不要说不能化装得奇形怪状，不能敲锣打鼓吹喇叭，不能一大堆的肢体语言，更不能连成一波一波的人浪，就是高声喊叫也犯纪律……儿子听他讲撇嘴，他就说：“你不信？一个时候一种命！你要不是生在改革开放以后，我能放心给你取这么个名字？”

二十五年前，何大爷那时候可称爷们还不能称爷，领着七岁的儿子去工人体育场看比赛，那一天是 5 月 19 日。现在回想起来，何大爷还后怕，说要不是吉顺哭，他不能松开吉顺的手，说不定他也拾块砖头砸玻璃，给薅进局子去。可是，也就从那天起，何大爷和许多的中国球迷，开始真正跟全世界的球迷接轨了，并不是说这条轨道就一定好，撞车翻车的事常有发生，但毕竟从此开始有意无意、自觉不自觉、深深浅浅地领悟到了足球文化的真髓。

何大爷退休多年了。吉顺过了“而立”之年，娶妻生子，不满足的，是还不能自购一套房子另住，两代五口共居一个两居室单元，现在第三代还小，但随着他的生长，扩展这个居住空间的必要性便愈加迫切。因此全家都极其关注相关的时政消息。但是，世界杯又来了，饭桌上吉顺主动宣布：“这段日子谁也别提那一时够不着的事儿！”他媳妇先笑了：“你不提就好。就是上班的时候防着瞌睡虫儿。”何大妈心顺气高：“要不要趁这当口换个大液晶？咱们一时买不起装真人的大匣子，买个装小人儿的好电视匣子不也是个乐子？”吉顺就说：“现在这显像管的瞧着挺好，C 罗帅样儿真真的，以后再换吧！再说啦，您就知道液晶的，其实现在有种 LED 上市了，比巴掌还薄，再等等，它降价了，咱们再请进来也不迟嘛！”满桌欢声笑语，真个是平头百姓能自乐。

何吉顺从 2002 年韩日世界杯起开始电视观赛，用他的话说，今年是第三次“痛饮这杯酒”了。他从网上查了世界杯历史，开创于 1930 年的这个世界性体育盛事，在上世纪“二战”中暂停，1950 年才在巴西举办第四届。国际奥林匹克运动、诺贝尔奖的颁发，也都因世界大战而一度暂停。“太平世界才有这杯酒。我能活多少年呢？再活六十年吧，一生也只有十几杯啊！”人生匆匆，欢乐几何？祝愿世界和平，祝愿平头百姓一生至少有十几杯美酒畅饮！

一双真耐克

电梯里遇见他们父子俩，父亲那一身装束，以及身旁的高级拉箱，一望而知是又要出差；儿子背着双肩包，一身校服，脚上一双做工精细的运动鞋，显然是要上学去。

“爸爸要去美国！”儿子兴奋地向我报告。

“考察。”父亲简单地跟我解释。

“爸，你一定要给我买双真耐克啊！”儿子大声地撒娇。想必这要求在得知他父亲要去美国后，就不断地提出过。当着我再一次提醒，既是向我传递一种得意之情，也有让我权当“旁证”再督促他父的意思。

我下意识地望了一下那中学生脚上运动鞋的商标，不禁问：“你这不就是耐克吗？难道是假的？”

父亲抢着回答：“真的，真的。我们家任何人绝不用造假的名牌。”

儿子就晃着肩膀嘟囔：“我不要 Made in China 嘛！不要嘛！你要给我买真的美国耐克！正宗的！”

我说：“Made in China 也是正宗啊。”那儿子也不理我。

电梯落了底，父亲边往外挪边对儿子发誓：“好，一定，正宗！”又跟我微笑，算是告别，还说了声：“这孩子！”

我跟那父亲道“一路顺风”，儿子却已经一溜烟地跑出楼门去了。

几天以后的傍晚，我坐在绿地边的长椅上晒夕阳，浑身暖暖的。那边来了那个中学生，他边往我这边走边打手机，声音很大。其实何必那么大声讲话，难道那边接收信号不好？他走拢我坐的长椅，也许是专心通话没看清我，也不点头招呼我一下，大摇大摆地在我旁边坐下，接着通话。我不想听也不行。就听出来，他是跟他父亲通话呢。

大概他父亲那边要结束通话了，他很不满意：“再说说嘛，再说说嘛……什么贵不贵的，反正又不要咱们家自己花钱！人家莉莉她爸，在巴黎用全球通帮她做作业，连着指导她做了两道几何题呢！……哎，再说说嘛！真耐克，忘了吗？你可千万别买双 made in China 回来啊！……”大概那边还是挂断了电话，他也就嘟噜着嘴把手机关了。这才看清身旁是我，也不先叫声伯伯什么的，忽然指着我夹克的胸口部位问：“你这是真鳄鱼吗？头朝里，唔，让我想想，是法国的还是新加坡的？……”那边有小伙伴招呼他，他也就飞快地跑过去了，一边跑一边嚷：“嘿，知道拉斯维加斯吗？世界头号赌城！我爸从那儿给我来电话啦！……”

不知又过了多少天，在电梯里遇见那父亲，原来他回国好几天了，问他到拉斯维加斯考察什么，他说：“咳，顺便去开开眼罢了，那里的夜光真是恍若仙境啊！我也就是玩玩吃角子机，哪儿敢上那些台面……”问他总体收获如何。他叹口气：“一言难尽，现在同行业有的搞恶性竞争，降价降到荒唐的地步……难怪人家要跟咱们闹反倾销啊！”又顺便问他可给儿子买到了正宗的耐克鞋，他笑说：“真费大劲了！现在那边凡衣帽鞋袜，还有旅游纪念品，看着洋气十足，仔细一检查，咳，多半是 made in China……我费了老大劲，才找到双他要的那种！”

那儿子穿上老子从美国买来的耐克鞋，真的非常得意。那天我照例坐在那绿地边的长椅上晒太阳，一群孩子在不远的空地上踢球玩耍，闹闹嚷嚷的，望过去倒也有趣。忽然孩子们之间似乎发生了什么争执，只见那穿美国耐克鞋的小子气急败坏地推搡着一个胖小子，厉声叫嚷：“你干吗踩我的美国耐克？！”胖小子辩解：“我又不是故意的！你也踩了人家的呀！”其余几个小子有拉架的，有打偏手的，闹腾了一阵，我也没太在意，忽然一群孩子都朝我走来，到了我面前，争着说话，我才明白，他们是让我给裁判一下，裁判什么呢？就是那双鞋。胖小子说那双鞋未必是真的美国鞋，穿鞋的就脱下一只鞋来让大家看标签，上头印的确实不是中国制造，但那制造地究竟是美国的什么地方，穿鞋的也说不清，大家争议起来，有的看见了我，就说来问问我，让我翻译出那个地名来。

鞋主光着一只脚站在我面前，其余孩子在他身旁雁翅排列，都用期待的眼光盯着我。我接过那只鞋，用料、做工、手感都非常好，而且也没有我最害怕的脚汗的秽气挥发出来，不由先说了声："地道，是真耐克！"鞋主马上得意地朝两边玩伴挤眉弄眼。我进一步低头细看鞋里那标签，认明写的是 made in Cambodia，便问那鞋主："你爸爸买回来没跟你翻译过这个制造地的地名吗？"

他说："我爸英文一般，反正他们带翻译去的。您告诉我们吧，这是美国的什么地方？"我只好告诉他们："这地方不在美国。Cambodia 是柬埔寨。这双鞋的制造地是柬埔寨。"

鞋主和其余孩子的反应您自己去想象吧。反正他们散去以后，我坐在那长椅上感慨了许久，直到夕阳完全消敛，晚风拂身有了凉意，才站起来离开。

一赢

春节前，物业公司雇了些农民工给我们这座26层的公寓楼擦玻璃。我一个大午觉醒来，发现卧房外大阳台的玻璃分外明亮，心情大畅。起来活动完身躯，坐到电脑前浏览信息，再起来活动，已是夕阳西下。踱至客厅，忽然发现，那最大的一块窗玻璃，竟然只喷了清洗液，而并未擦拭。赶紧给物业打电话，回答是：擦玻璃的农民工已经撤离，正在结算工钱。我赶到物业，办公室门外，盘放着粗韧的缆绳，还有简陋的吊凳。几个高矮不等的农民工，抽烟等候着什么。我进到办公室，正听见物业管理员跟小包工头说："至少有两户投诉你们漏擦，现在天开始转黑，也没法子补擦了，你们又是明天返乡的车票，我只能是扣你们的工钱……"那小包工头很高的个头，很瘦的身躯，尽管下巴上滋着胡须，面容看上去还年轻，说什么也不愿意被扣工资，宣称："我立个字据，过完春节回来，我一定来给补擦！"我本是去兴师问罪的，见那情形，意识到即使是十块二十块，对于他们农民工来说也非常宝贵，就插进去说："其实不是什么大事，我们自己想办法从侧面窗户够出去，用特制的窗刷子去刷那面大玻璃的外面，也能解决问题。"那小包工头摇头："别别别，那么高，你们太危险！我回来一定给补擦！"他果真立下个字据。他走了，物业管理员笑着把那字据递给我看："其实没什么用。他们原是那边新楼盘的建筑工，现在开盘不见人气，二期工程恐怕上不了马，他们节后回来估计工地没活儿。这字据上虽然有他身份证号码、手机号码、租住房地址，到时候他不来补擦，我们也拿他没办法。"我拿眼一溜，只觉得那最后签署的名字很古怪，姓氏这里隐去，只说那名字：一赢。

春节期间虽有亲友来访，无人注意到客厅那面最大的窗玻璃没擦，吃完元宵，我把这事也忘了。前天，我正在客厅沙发上翻书，忽然发现窗外先是有粗缆绳晃动，然后从上方移下一个吊凳，吊凳上正是一赢，他认真地擦拭着那块节前漏擦的窗玻璃，我走近窗前，他发现了我，咧嘴笑……

他干完活，把他请进家来，费了老大的劲。给他倒热茶，他说习惯只喝白水，也不一定要热的。终于引得他跟我聊起来。他说他不是什么包工头，真正的包工头有的已经在北京买下楼房住了。只是因为他们一起干活的乡亲，在没有大活干的情况下，由他牵头，联系一些类似这种擦玻璃的小活路罢了。我说现在北京光环路上就有多少大写字楼啊，哪座楼不需要定期擦玻璃啊，他没等我说完就摇头，告诉我人家一般都会跟专门的保洁公司联系，而他们也试着去那种公司求职，人家说早满员了。他问我能不能帮他找个比较固定的工作，一月一千就满足。我说没那个能力。他现出失望的表情，但也还能跟我继续往下聊。他说他 1974 年出生的，家乡在南北方交界的山区，他家属于乡里最困难的，他生下来好多年都没有正式取名儿，家里大人就叫他娃来，他四岁就能背几十斤的山草，直到八岁还没去上学。他们那个小村归一个大村管，那八里以外的大村才有一所小学。他没上学，可是非常羡慕能上学的同辈。有回赶集，卖掉一大筐菜，在集上捡回一张报纸，回到家他就自己来读，他先猜出了“一”，后来又猜出了“二”“三”，可是找不到四根杠的他想象的“四”……终于，有一天大村的小学校长找到他家，跟他家大人说他必须接受义务教育，那校长其实也就是老师，那学校一共才五个老师，他们什么课都教。校长姓田，他去学校第一天，把那张旧报纸也带去了，得意地指点着跟田老师说，他认识“一”“二”“三”……田老师很高兴，跟他说：我要教给你笔画更多的字！当时就找出了“赢”字。就这样，他认识的第四个字并不是“四”而是“赢”。田校长知道他还没有正式的名字，就给他取名为“一赢”。但是他上完小学没有再上初中，初中要到二十里以外的镇子去上。他家的情况，还有村里的整个风气，使得他十几岁就外出打工，最近七年他都在北京，参加过奥运场馆的建设。他在离我们楼盘不远的仍遗留在三环与四环之间的村子里，租一间石棉瓦的砖垒房，月租三百元。媳妇在清洁队扫马路。

孩子带到北京，在住地附近的小学借读。我感谢一赢把他的故事讲给我听，他笑："我这算什么故事？"

我从明亮的阔窗往楼下望，一赢正蹬着放妥缆绳吊凳的平板三轮车离去。他与我的生活轨迹难以再次交叉，但我们却同在一个时代的故事中。

一元折

她听爸爸妈妈讲过那个故事，好多回了……那是十五年前，还没她呢，不，有她了，但还藏在妈妈的肚子里，唉，那时候啊，爸爸妈妈根本不懂得胎教，如果那时候哪怕让她每天能听上一段音乐，现在她也不至于让人讥笑为“五音不全”啊！唉，偏她这么个“五音不全”的人儿，如今却成了超级歌迷，最崇拜的歌星，也就是那位在记者面前坦然承认自己“五音不全”，而且不但不认识五线谱，连简谱认着也吃力的……好啦，他红了好几年啦，如今又一次回到家乡省城来开大型个唱会，还要在音像书店为他的新专辑签名售卖，哗，他那新专辑的主打歌，哼起来怎么那么顺口？妈妈说：“那是因为音域窄，旋律简单，所以最适合五音不全的人欣赏。”她懒得跟妈妈辩驳，不过，她倒是还愿意听妈妈再讲一遍那个故事……

那个故事，说简单也真简单。十五年前，那位歌星还只有歌没成星呢，是爸爸妈妈的邻居，年纪虽然比爸爸妈妈小，说话、行事倒挺老成。那是个大夏天，他敲开了门，叫得好亲热。那时候他跟父母一起住。

“大哥！大姐！”他是来借钱的。

父母觉得他考不上大学，也不找个正经工作，整天瞎吼乱唱的，很厌烦他，除了供他吃饭穿衣，基本上不给他零用钱。那时候他父母工资也很有限，他想买录音机、磁带，还想拜什么师，那些个花费也确实供应不起。他偶尔跑到歌厅里，在正经歌手临时不能登台时，给补补缺，挣点小钱，但那些钱到手后，过不了二十四小时，就都会从他手里漏掉。那天他说，实在是需要钱，他决不能失掉一个宝贵的机会，他想买点像样的礼物，去拜见一个可能发现他这匹千里马的伯乐……他是犹豫了半天，才终于求上这门来的。爸爸妈妈都觉得该支持他，可是，家里现金都是计划好了用途的，定期存单又不能动，而唯一的活期存折上，只有二十块钱存款……他听了，马上激动地说：“这二十块钱也许就是我的机遇！”爸爸妈妈把那存折给了他，说你取了用吧，不用还了。没想到，不一会儿，他汗津津地又来了，原来，他到银行取了十九块钱，他还回存折，说：“这样好些，存折还应该保留。”

这故事的“戏眼”，就在那存折上。那个只剩一元钱的存折，体现着一个借钱人的老成持重。没多久，他来还上了十九元钱。几年后，他被伯乐包装推出，很快红火起来。那时她已经懂得听歌，可以说，她是在他，以及跟他差不多年龄的那些歌星的歌声里长大的，近几年有了更年轻的歌星让她着迷，老歌星里，被她从兴趣领域里淘汰掉的很多，唯独他，始终还在她的“崇拜榜”上，那原因，不能说跟那个一元折没有关系。那个存折难道这么多年始终没再往里续存钱款？就凭那一元钱的自动增值，也不该再称之为一元折了吧？事情是这样的，借钱的事过去没多久，她家就搬了，搬完家以后，那个一元折怎么也找不到了，不就一元钱吗？也就没去报失，而且，因为里头有故事，所以提起来，也就仿佛它还存在似的。

奇迹发生了，就在她打算去排队等候他签名售盒带的前一天，爸爸翻晒旧书，从一本书里，抖搂出了那个显得非常古老的一元折！

那签名售盒带的现场秩序很混乱，队伍并不算长，可是加塞儿的很多，一个姑娘手里捏着张报纸，那版面上刊登着歌星新购别墅的豪华内景，仿佛凭那张报纸，就可以优先往前似的，岂有此理！一个男孩没能跟歌星合上影，就千方百计从停车场找到了歌星的本田轿车，倚着那车照了相，他把那相片递给歌星，歌星潇洒地在照片上签了名……她终于挤到了歌星面前，她告诉歌星她是谁谁谁和谁谁谁的女儿，她吐字非常清晰，而歌星的反应只是：“三个人吗？怎么只有一盒带子？”歌星在她买的盒带上签完名，立即就要接待下一个，她赶忙把那一元折打开送到歌星面前，指指封皮内页上妈妈的名字，又指指那最后只剩下一元以及小数点后很小两个数字的提款记录，大声问：“您还记得吗？您那时候取走了十九块钱……”歌星只瞥了一眼，就干脆地告诉她：“我不在乱七八糟的东西上签名的！”于是低头龙飞凤舞地给下两位签名，而她也就被旁边的人挤了出来……

签名售盒带的活动还没结束，在音像书店大门外，人行道边的垃圾桶边，她在风里站着，用手背抹着眼泪……

引以为荣

“是我老同学啊！”他一手展开报纸，一手敲打着那报纸上的照片，对电梯里的人们说：“看，看，一点儿不出老，是不是？”又感叹：“哪像我啊，你们想得到么，同龄啊！瞧瞧人家！”电梯里有的邻居无动于衷，有的看到那篇专访配发的照片，点头：“名人。”开电梯的阿翠很是羡慕，问：“你们常见面吗？”他仿佛受到刁难似的，很不高兴，把报纸夹到胳肢窝，从衣兜里掏出钱包，又从那里面掏出一张名片，递给阿翠说：“这是我新得着的。”阿翠接过去，只觉上头印得密密麻麻的，也看不大明白，倒是她身旁一位凑过去看的先生感叹：“这么多头衔啊……”电梯停了，他那层到了，他从阿翠手里抽回那张名片，临出去时还说：“今晚新闻节目，你们注意看团拜会报道吧，准有他的镜头！”

晚上正点新闻，果然有条关于团拜会的报道，镜头里除了致辞首长的大镜头，还有一些摇拍镜头，展示宴桌旁一些嘉宾的面貌，他急摆手，他吃饭，妻子催说：“快了快了……”妻子就知道是等他那名人老同学出镜，但这回不知道怎么搞的，镜头切换来切换去，硬是没看到那位他引以为荣的老同学的面影……结果晚上饭也吃不香，妻子知道他的心事，就建议：“打个电话过去问候问候，别是病了！”他就正色道：“这时候怎么能去打搅！”

是的，他懂，像那位老同学那样的社会名流，如果自己要给他拜年，一定要在初八以后，那之前往往翻翻报纸，就能知道人家忙得不亦乐乎，在若干报道中排列出的名单里，作为名人，那老同学或者是被领导亲切看望，或者是与领导一起到远郊山区看望别人，又或者是参加茶话会，还要接受记者采访发表新春感言，等等。

初八一早他把电话打过去，嘻，不是让电话留言，真有人接，“是嫂夫人吧？”对方问明他的身份，热情地说：“他在他在，稍等稍等……”几秒钟后就是名人的声音，他问下午去拜望是否方便，对方说欢迎欢迎……下午出门乘电梯下楼，他对阿翠说：“你知道我去哪儿吗？”阿翠看看他说：“去遛弯儿吧？”他说：“遛什么弯儿，我串个门去！”阿翠说：“串门？您空着个手？”他就笑：“你们就知道俗人俗礼啊……”他告诉阿翠去哪家拜年，训诫似的说：“到了他那个层次，物质上什么都不会缺，需要的全是精神上的享受，作为老同学去话旧，对他来说那是最好的礼物啊！”阿翠只是眨眼，俗心依旧。

确实，坐在名人家那宽敞客厅的沙发上，他把许多陈年旧事拿来翻晒，名人听得高兴，只是说实在都不记得了。他又列举近一年来对名人的密切关注，电视报道中的镜头，报纸报道里的名单，还有专访、题词什么的。名人说：“你真关注我，就该读我的著作。”名人已经很有几年没出新书了，以前的书送给过他，都在扉页上签过名，还盖过章，他确实爱若珍宝，放在家里书架上最显著位置，逢有客来，必兴奋展示，但他却一直没有细读——甚至没有粗读，只是大略翻过名人的书。每次来给名人拜年，名人总想问问他的阅读心得，一接触书里的具体内容，他就无从应答。这天亦然。名人对此表面上倒没怎么不悦，心里的不舒服，可想而知。

电话铃不时响起，而且又有客来，他知趣告辞，名人道歉，说不能远送，他把名人往玄关里推，回家路上十分满足。

万没想到，三个月后，那天回家，从信箱里摸出一封讣告信来，名人竟突发心肌梗死，一命呜呼！他的哀戚，用“如丧考妣”来形容，真是十分恰切，阿翠可以做第一证人。

跟名人遗体告别，那是绝对要去的。路上堵车，晚了近半小时，他真是忧心如焚……进了殡仪馆，啊，还好还好，赶上了赶上了……没错没错，认出好多老同学来，这些老同学多年不见，在这样场合见到，也只能是互相微微点个头。他排在一位女士身后，那女士是不是老同学？不大敢认。只听那女同学哽咽地说：“太可惜了……”他立刻泪流满面，却也不忘询问，来的领导，级别最高的是哪位？人家似乎没听清，只泪眼迷蒙地望了他一下……

绕到遗体前，他吃了一惊，人一死，怎么变化会那么大？如今的遗体化妆，不是可以做到栩栩如生么？……疑惑中，走到家属们面前，呀，这一惊更非同小可，都是谁呀？怎么全不认识？机械地跟他们握了手，弯腰点了头，走出灵堂前扭头看那横幅，才发现这根本不是那名人的遗体告别仪式！

原来，名人的遗体告别仪式是在另一灵堂。赶过去，早已结束，工作人员正在收拾花圈。

但也不能说他完全走错了地方。他去告别的那位，确实也是他的一位老同学，只是并非社会名流，所以他早已将其遗忘，当然也就多年全无联系。令他，也令本来是来报道那名人告别式的记者奇怪的是，涌向这个灵堂的人竟是络绎不绝，其中还有许多是孩子，个个捧着自费购买的大束鲜花。记者已经询问过一些人士，感觉这位生前默默奉献的逝者很有报道价值，又有人指出他，说他也是那逝者生前的老同学，记者看他脸上泪痕宛然，便过来采访他，第一个问题便是："对他，您是否一直引以为荣？"

他不记得是怎么回答记者的，也不记得自己是怎么离开那殡仪馆，彳亍在大街上的，单记得当他路过一家书店，那摆到门口的处理货柜上，堆着好多还新崭崭的书籍，正是那位名人的著作，那货柜上竖着的大牌子上，有四个字火辣辣地蹦入他的眼睛：一律五折。

营养盒饭

我和老谢都没想到，在那个学校的校门前邂逅。

互问了近来情况后，自然就互问："大中午的，你怎么到这儿来了？"

我是听人介绍，到附近一个盲人按摩诊所治完腰扭，路过那儿，去地铁站。他呢？那么大岁数，还骑个自行车，来干吗？他说是来"吃盒饭"，我一下子听不懂，他就耐心解释给我听。

原来，他孙子在那学校上学。学校给学生统一订了营养午餐盒饭。孙子说，好多同学，说那盒饭太难吃，根本一口都不吃，领到盒饭，直接扔垃圾桶里，然后跑出学校，到马路两边的小饭馆里去吃。那学校怎么不管他们呢？这是多大的浪费呀！据说学校也一再批评倒饭的同学，要求同学们都吃那盒饭，但是，还是无法控制住局面。那学校为什么不灵活掌握，不愿意吃盒饭的，就别让他们订盒饭呀！但是，召开家长会的时候，班主任跟家长们说了，还是都要订，第一，是根据学生发育需求，科学选材，烹制出的营养午餐；第二，比在饭馆吃饭也经济实惠，每月每人 20 或 21 盒，只收 90 元钱；第三，如果允许有的学生不订，那么，无法保证盒饭的足够数量，供餐的地方也就没法实行优惠，而订餐同学交的钱，就得上涨，这是为孩子订餐的家长们所不能接受的；第四，大家在教室里一起用餐，也可以增进班集体的凝聚力……总之，最后是所有家长都为孩子订了营养盒饭，而许多的家长，又给了孩子中午下饭馆的钱。老谢的孙子呢，坚持了一段，每天中午吃那盒饭，后来，回家就跟父母爷爷说："别老问我好吃不好吃，反正，我也不吃了！"于是，也就只好给他一些钱，由他去吃饭馆。那么，订的盒饭呢？老谢每天中午，就到学校来吃，以免浪费。

跟老谢道别以后，看着他推车进了校门，我站在那里，一时感慨颇多。老谢的老伴去世好几年了，儿子儿媳妇孙子跟他一起住，一家人很和美。但是，老谢的退休金有限，儿子儿媳妇都属于最一般的工薪族，能供应孩子上这样的学校，已很不易。现在的学生之间，经济上看不出多大的差距，家长再困难，对孩子的供应，总还是尽力使其与同学们取平。像老谢这样，每天中午来吃这份营养盒饭的家长，不知道还有多少位。

离开学校，往前走，马路两边，分散着几家饭馆，看那门面，也都只是中等偏下的，果然，有些学生进进出出，透过玻璃窗，也能看到些穿校服的孩子在嘻嘻哈哈地吃着饭。还有些也不知道是吃完了还是没吃的学生，在几家小商店外面买雪糕。

恰巧我也感觉饿了，更多的是出于好奇，我就进了一家饭馆，还剩两张餐桌，我就挑了一张坐下。点了八块钱的鱼香肉丝，一碗米饭，等着端上来的工夫里，我就仔细观察，希望能认出老谢的孙子，但是，显然没有。我旁边一桌的四个男孩子点的几样菜端来了，看样子他们是合着吃、均摊钱，我就问离我最近的一位："小同学，你们这一顿，一个人得花多少钱呀？"他立刻机敏地回答："哎呀！这可是隐私呀！"四个就都笑起来。其中一个笑完说："老伯伯，您别生气！我们算节约的啦！人家有的，上地铁口那边的肯德基吃炸鸡套餐呢！"

吃完饭，我刚走出饭馆，就看见一辆拉泔水的三轮车，从学校里拐出来，我站在马路边，等那泔水车过来了，就跟那拉泔水的汉子打招呼，他很惊异，刹住车，疑惑地看着我。我就跟他说："师傅，您辛苦！我就是问一下，是不是那学校里，好多盒饭没吃就倒啦？"他愣了一下，再拿眼睛上下扫了我一遍，才告诉我："是呀！说实话，我要是贪心，连盒子接过来，不用这车，用辆干净车，拉到那边地铁站，三块钱一盒，再怎么也能白挣个几十块！"我说："你倒老实。可是那么好的盒饭，立马就成了猪食，太可惜啦！"他笑了："可惜什么！手心手背，全是一个人的肉呀！"见我一脸糊涂，他就更大声地说："嗨，算啥秘密！做盒饭的，开这几个小饭馆小卖部的，全是他们学校头头的亲戚呀！"我听了，跟他正色道："你别胡言乱语！这能说着玩吗？"他往地下啐口痰，蹬车就走，还扭过头来嚷："算我没说，您啦！"

有过那次通话吗?

饭局上，有人提到一位中年名家，在座的一位老人忍不住说——我跟他通过一回电话。海外朋友打来越洋电话，代一位汉学家跟我联系，说有那边出版社请他翻译一本中国当代著作。那汉学家也是我的熟人，当面跟我说过:“译书都为稻粱谋。”那边那家颇为有名的出版社，计划里每年只出一本中国当代著作。那一年至少有两三部待选的著作。那汉学家说翻译哪本都无所谓，联系到哪位算哪位。我知道他的作风，他拿到中文著作，往往并不先通读一遍，翻开就照中文在电脑上敲英文，译得飞快。他在那边已经是中译英的名家。

我跟来电话的朋友说，那些待选著作上都有这边出版机构的联系资料，想译哪本找出版机构跟作者联系，搞定授权就可以了嘛。我能起到什么作用呢?朋友就捧我，说那汉学家很在乎我的意见，而那边出版社也很在乎那汉学家的决定，于是，我就在报来的两三个著作里，推荐了一个。朋友就说一事不烦二人，你是不是就帮助联系一下作者。

谁知那位作者当时还不牛。联系起来很费力。我也不知道当时为什么那么着急，仿佛联系不上就犯错误似的。其实也还可以自我表扬，就是心里总觉得能把一位当时外面还不大清楚的中国作者推出去，是做好事吧。绕了好几个弯，我跟那位作者直接通了话，从语音里可以听出，他非常激动。他似乎不通英文，我在电话里把联系那边译者的通讯地址和洋名字一个字母一个字母地念给他听，他记下后我又敦促他核对了两遍。他说他会马上把同意那边翻译出版的委托书寄去。他说了不少感谢我的话，还说他会把自己那个著作签名寄赠我一册。

他没有给我寄来大作。他的著作在那边顺利翻译出版了。那边出版社邀请他去那边访问、推书。不久又有另外的西方文字转译本出现在别的国家。我为他高兴。

后来西方一个国家的图书博览会，邀请一些中国写作者去，我有幸被邀，那位已经开始在西方扬名的人士当然更是被邀的嘉宾。我们是组成一个团去的，当然互相都知道谁是谁。在机场，我们离得很近，他仿佛没有看到我。在那个西方国家，我们下榻于同一酒店，在大堂，我们也离得很近，他还是仿佛没有看到我。我想，他一定性格内向。

那个图书博览会有专门陈列中国作者书籍的展台，我看到展台上有那位作者的书，是相当著名的出版社印行的，而我的呢，则是很小的出版社出版的。我倒也并不惭愧。只是多少觉得有些奇怪——在展台前，他也还是仿佛没有看到我。

后来有个出版商在她家里开派对，邀请了六七个人，我和他都在被邀之列。在那派对上，他似乎含混地跟我点了个头。我希望他多少跟我说两句话，并不需要提及我们曾就他的著作第一次在西方出版通过一回电话，但他宁愿拿着酒杯朝落地窗外看风景，也没有跟我说一句话。

那就算了吧。最好从此不要再见面。但偏偏那以后，我去了南方一个城市，那边一个朋友的朋友，是个商人，说是非常崇敬我（实不敢当），一定要请我吃饭。我和一位忘年交一起去了。没想到走拢席前，那位在西方已有多个译本的作者俨然在座。商人以为我们互不相识，热情地加以介绍。我怎敢说早认识他？他那表情意态，仍仿佛跟我从未有过任何关系。那一餐就我们四个人。我本来就不善交际，那天更如坐针毡。商人问我是不是不舒服，我说确实。于是总算提前退席回到宾馆。我和忘年交分析了一下，懂得那位作者之所以如此对待我，应该是希望我明白，他的著作，是无须我从中架桥，也会在西方打响的。他等于已经几次默默地提醒我，如果我觉得我们曾通过那样一次电话，肯定是我的幻觉。而如果我把这样一种幻觉跟别的人讲出，则是无聊甚至无耻。是呀，人家是实力雄厚的英才，名扬天下势在必然，岂是需要我这么个老朽从中哪怕是打一个电话的？但是，怎么那个商人请客——肯定说了是要招待我——他还要去呢？显然，跟那富商的关系，他是不能舍弃的，而他也谅我不敢主动“造次”，提及当年通过电话的“谣言”。

——饭局上众人听了老人之言，一时无语。老人忙说：“全系虚构，如有雷同，纯属巧合。”

雨水洼

伏天阴晴不定，片云可以致雨。那天傍晚，骤雨过后，天色似古代青瓷，夕阳如鲜花绽放，小区里的绝大部分路面很快变干，但中心区一侧的路面靠东，现出一个不小的雨水洼，业主们就都知道，不到第二天清洁工上班后清除，肯定潴留难干。这说明这段路面的施工有问题，没有彻底找平。因为这雨水洼，还发生过业主间的龃龉：一辆回家的汽车车轮把积水溅起，溅到遛爱犬的老太太那边，狗儿先叫，老太太随即尖声抗议："你停下！溅了我事小，溅了薇薇得了感冒那不得了！"开车的年轻人倒是闻声刹住了车，从车窗里探出头来回应："哪有那么娇气！再说你该找物业去，谁让他们没把路铺平！"双方都有火气，话赶话地弄得很不愉快，有驻足旁观的，有上前婉劝的，更有边走自己路边想或边议论的：是呀，这雨水洼的问题也真该解决一下了！实际上业主委员会也曾召开过会议，将议案交给了物业，所开列的七项需解决的问题里，前几项物业都已解决或正寻求解决办法，但雨水洼问题列在最末一项，物业也确实不大重视，使其一直存留到那天雨后。

雨水洼倒映着蓝天晚霞。其实水洼浅浅，但上下形成的明镜效应，令人望去似乎深邃而神秘。那天是周日，孩子们不上学，也都写完了作业，有的连家长安排的钢琴课美术课什么的也上完了，都到户外活动。也不知道是哪个孩子开的头，用拍平的雪糕包装纸叠成了小船，搁到那雨水洼里，顿时使那片领域具有了勾人想象的因素。渐渐到那雨水洼边的孩子多起来，主意也多起来，只听有的说："别光叠这老古董的小篷船，叠几个皮划艇多好！奥运比赛，中国皮划艇夺得金牌没商量！"有的又说："做几个风帆吧，中国香港选手夺得过帆板冠军！”又听见议论：“哎呀，这比例上不对了呀！”“怕什么？你看见哪个，想象的时候就改变你脑子里的比例呀！”……不知不觉地，那片雨水洼已经成为小区孩子们挥洒想象力的乐园。有的男孩子干脆跑回家取来了积木，在水洼边上搭起了“海滨七星级酒店”；有的抱来了电子军舰模型，搁在雨水洼里说“中国自制的航母下水啦”。

几个小女孩拣来些树叶子和谢落的花瓣，在“海滨度假村”旁布置起“绿化带”，一个小女孩没等她妈妈走近就大声宣布：“别怕我弄脏手，我回去就按画儿上那样洗！”原来那家水池边总挂着洗手如何连指缝也要洗到的连环画。更有孩子拿来些冷饮杯使用的小装饰伞，都是平日吃完了攒下来的，插到那雨水洼边上的“绿化带”旁，说是海滨浴场的“遮阳伞”……高潮呢，是一位大哥哥用废铅丝编了个“鸟巢”的模型，安放在雨水洼北面，而没多久，一位大姐姐很快用带凸出颗粒的泡沫塑料，跟纸壳子结合，完成了“水立方”模型，虽然都不是太像，更存在比例问题，但想象力能把一切融合到最恰切的美好度……孩子们后来更玩起了“奥运比赛”游戏，手持雪糕把片，一会儿拿在手里当花式剑跳跃着互刺，进进退退，一会儿索性搁到雨水洼里当赛艇，手指拨弄着挺进……更有意思的是不知怎么就产生了金银铜牌，模仿起了发奖仪式，嘿，还真符合“同一个世界，同一个梦想”的宗旨，哼哼的虽然有中国国歌，也有美国、俄罗斯国歌的曲调……

孩子们的欢声笑语使雨水洼那里充满了勃勃生气。夕阳久久没有收敛，雨水洼周边连同水中倒影构成一幅绚丽的图画。一些大人微笑着围观。有的父母、老人本来想去阻止儿孙“胡闹”，到头来看到那情景听见那声音却转怒为喜，有的心中暗暗叹息：童年，生活，时光，梦想……就应该这样啊！

本来那片领域形成的雨水洼，使得车辆行驶不便，尤其是双向有车经过时，更必然轮过水溅。但那天虽有车进进出出，却哪辆车也没发躁，都小心翼翼地偏过雨水洼慢驶，望见前面有逆行而来的车，则早早靠边礼让，那天没有任何一辆车的车轮溅起过水花，更没有任何龃龉不快产生。

第二天早晨虽然清洁工把那雨水洼清理得干干净净，但下午物业就收到了业主委员会的书面通知：“雨水洼问题是否按原议案处理，待讨论。”

原价

西边的晚霞把糕饼店的门面镀了金，一些人姿态闲适地立在门口，有的拿着晚报看，有的凑在一起聊天，我慢条斯理地踱过去，正想看看腕上的手表，忽见那些立在门口的人呼啦啦都拥进了店里，我就知道是十八点整了，于是也就随大流跟了进去。

这家糕饼店每天十八点起，所有糕饼一律八折酬宾。它离我家不算远，一天傍晚我散步时发现了它，偶然兴起走了进去，发现正在打八折，生意颇兴隆，也便自选了两个比萨饼，回家放到冰箱，第二天起床后拿出来搁到微波炉里热过，就着咖啡吃，感觉味道很可口。从那以后，我就常去那里买十八点起八折出售的糕饼，不仅比萨不错，像英式三明治、法式牛角面包、丹麦肉松糕、美式热狗什么的也都挺好，家里人第二天吃早餐时都表扬我买到了物美价廉的食物。

糕饼店虽然不大，里面装潢得倒很雅气。糕饼全都陈列在原木风格的货架上，顾客用玫瑰色的托盘与银色的大夹子自选，选妥后到收银小姐那里结账。带走的都会给装在有它徽号的特制纸袋里，外面还套上个有提手的塑料口袋；也可以在店里吃，在临街的大落地窗旁，辟出了一角，安放着小巧的桌椅，甚至还有两对秋千座，顾客买下的糕饼如果需要加热，他们免费服务，当然也顺便卖咖啡、牛奶、可乐、果珍等几种冷热饮。

“全场八折优惠啦！感谢光顾！请您拿好……”游动的服务员和收银台的小姐全都满脸微笑，声音像丹麦曲奇般甜腻香脆。

我挑得很慢。反正权当解闷。我想试试原来没尝过的品种，比如比利时辫子面包、德国松子蛋糕什么的。当我端着托盘去往收银台时，那些经常来享受八折优惠的熟客大都已经满载而去。这时有一个声音清晰地传进我的耳朵——“有没有原价的？”

这当然是一个古怪的问题。收银台里的小姐，收银台外的服务小姐，竟全都给问住了，刹那间微笑冻结，几双眼睛全盯住问问题的人，仿佛那是一个外星来客。

我和另外两三个顾客也不免端着盘子朝那问话者望去。那其实是一位很平常的女性。中等身材，不胖不瘦，穿戴得朴素大方，通体突出着浅咖啡色的调子，发型守旧但梳理考究，年龄估计四十上下。看样子她是偶然路过，顺便走了进来。她一只手里拿了个盘子，另一只手拿着夹子，她还在问：“有原价的吗？”

“我们每天晚上十八点以后全场八折，一律八折……”

“都是今天制作的，还都很新鲜……”

收银小姐和服务小姐脸上的微笑融解了，连连向她说明。其中一位领班模样的，恐怕叫大姐比叫小姐更合适，看来这位大姐经验丰富，知道有的顾客会害怕上当，说是一律八折，弄不好夹到盘子里的糕饼却是仍按原价出售的“例外”，所以还特别这样跟她说：“您放心，我们不会把个别品种还按原价算的，您随便夹取吧，不管哪种都毫不例外地给您打八折……”

但那女士听了这些说明以后，脸上的表情竟更透露出失望，还在喃喃地说：“没有原价的了……”

一位顾客过去让收银小姐结账，瞥了那女士一眼，说：“打折还不好？现在哪个商家不打折？顾客还不都是冲着打折去的！这儿的打折最有道理！”

一对年轻的情侣打算就在店里的秋千座吃东西，头靠头地商量配什么饮料，他们眼睛也不去看那女士，但冒出的对话却分明是说给她和收银员听的：“前边的意大利餐厅不打折，去那儿不结啦！”“咳，她不愿意打折，就按原价卖给她吧！”话音刚落，却又有另外一个小伙子插话说：“前边意大利餐厅的海鲜通心粉也打折！”

这时那女士就近夹了一份鸡蛋三明治搁到盘子里，对收银小姐说：“按原价吧！”

收银小姐脸上的微笑仿佛被一股风刮跑了，愣愣地看着她，然后满脸阴云，有些生气地说："我们有制度有规矩的，多收您的钱，我要担责任的！"

另外的服务小姐跟上去说："您不想买打折的就另去别家！""您以后十八点以前来买！"那位领班大姐原本已经走开，听见又起风波便又过来，一位服务小姐迎上去，朝那女士努嘴，说："她有病！"

我仔细端详那女士，不像是有病。收银员再不搭理她，招呼我："您过来，我给您算！"在我结账的时候，那女士把那三明治又放了回去。当我拿好装糕饼的袋子，转过身时，她已经把盘子和夹子都复归了原位。店里的人或在以鄙夷的眼光打量她，或在交头接耳窃议她。

我的眼光，与她的眼光直接相遇。我们都没马上闪避。她对我淡淡一笑。那淡笑里似乎有几分歉疚。"我走了好长一段路。一直没遇上想吃的东西。恰巧进到这儿……有了食欲，可是……"她为什么要对我做解释？但我从她那疲惫中透着倔强的眼神里，忽然有洞若观火的感悟。她要原价。只求原价。原价买，自然也原价卖。打折，掉价，这已经溶入俗世、嵌入在我们日常生活皮肉里的游戏规则，被她勇敢地否定，并试图随机进行一次小小的，演练式的，象征性的挑战。

我忽然来了灵感，启发她说："这里的饮料并不一律随着打折，咖啡就还是原价。"她的眼睛立刻亮了，以一个粲然的微笑向我表示感谢。

我出了糕饼店。夜幕上缀满霓虹灯的光彩。那女士没有随后出来。我透过落地玻璃窗看见，她坐到了一个空的秋千座一边的秋千上，背后的那个秋千座正坐着那对嗤笑过她的情侣。店里的领班大姐把一杯热咖啡送到她面前，她道谢。然后，她双手握住那杯热咖啡，两眼望着绝对是只有她自己才看得见的什么地方……她在思索什么？

这位已经在人生道路上跋涉过不短历程的中年妇女，我很难猜测出她的来龙，更难预计到她的去脉。但她那天给我留下的印象却墨一般浓。她拒绝打折，我在记忆里给了她一个"原价人"的符号。

远处的霓虹灯

从这家人的楼窗望出去，可以望见好大一片市区。每到夜晚，斜对着他们的那条街道两旁的路灯，构成两串平行的金黄色珠链，还有一些红的、绿的霓虹灯标志或广告，散现在灰紫的背景中。

这是个周末的夜晚，一家人团聚在起居室中，看罢电视，吃罢西瓜，忽然爆发出了一场争论。

起因是奶奶指着窗外说："那一大块色儿灯怎么还亮着！能那么浪费电么！"

大伙儿都朝奶奶指的那个方向望去。夜深了，除了路灯，连远处楼房里的窗灯都少有亮着的，那个安置在楼顶上的大幅霓虹灯广告确实扎眼，在灰紫的夜色中还弥散出一片红色的光晕。

孙女说："啊，我知道，我天天上学骑车路过那儿，那是百货商场顶上安的大广告。"

儿媳妇说："兴许人家就是要开一宵，广告为的就是宣传么！"

"黑更半夜的，给谁宣传呢！纯粹是拿着国家的电瞎耗费，不肝疼！"奶奶纫上了针。

爷爷支持老伴，大手摸着下巴颏说："可能是管这事的人忘记拉闸了。是哪个商场？该打个电话去，提醒他们一下。"

闺女说："算啦！管得清么？这类事儿多了。再说，也许人家开着它有他的道理。"

女婿是出过国的，一旁帮着解解："霓虹灯除了做广告，也有美化城市夜景的作用,人家国外满街的霓虹灯开通宵不算稀奇。我去美国中部的一个小城，发现路灯是二十四小时不关的，好像他们觉得最不必节约的就是电力——”

“中国是那么个国情么！”岳父打断他的话头，严肃地说，“我们现在工业用电还紧张呢，民用上能这么讲排场么！”

“我想，”儿子出来打圆场，“也许这广告位是国外什么公司买下来的，他们规定了开灯的时间，给他们开够时间，好为国家挣到外汇……”

没想到孙女泼一瓢凉水：“什么呀！我天天打那儿过，根本就是个中国自己的广告，蒙你们变小狗！”

比她小两岁的外孙子拿来个望远镜，举到眼前边眺望边报道：“哈！破广告！哪国的也不能这么着呀——”原来霓虹灯“信誉第一”的“第”字坏了，亮着的部分恰像个“不”字；孙女听说忙去抢望远镜。大人们一听各自发出自己的议论，但话音搅成一团，谁也没听清谁的。

“奶奶！爷爷！您们别着急！赶明儿我上大学学发电，让中国的城市全变成不夜城！”外孙子大声地嚷。

“我早就说要学经济管理，”孙女也不示弱，“你发电，我来管！”正说着，那深夜独一份的大霓虹灯广告突然熄灭了。全家也就散开，各自洗漱安息。

炸耳

十年前，我刚出道，虽说心里十分得意，遇到同行间的饭局，脸上少不得挂出八分谦虚。有一回满桌都是前辈，笑语喧哗中，忽听一人高声叫道：“给咱们的启蒙者献上一杯！”我忙举起酒杯随份，生怕那“启蒙者”会觉得我少年得志，对之不恭；可是我眼珠子瞥来瞥去，竟找不准那该向其郑重献酒的“启蒙者”究竟是哪位；于是把眼光盯到高声倡议者脸上，那张脸红涨得像熟透的番茄，正对着我，仿佛心甘情愿让我咬上一口……“番茄”上嵌着两只“黑纽扣”，是他那笑眯的双眼；刹那间，我明白了，敢情“启蒙者”就是我啊！满桌的人都随他起哄，来跟我碰杯，我敢说，那次敬酒干杯的事，别的在场者大约很快就都淡忘了，可是，我忘不了，他当然也不会忘。

那次耳边炸响“启蒙者”的称谓不久，大概是半年以后吧，我接到一位忠厚长者的电话，他就一项任命，提出三位候选者的名字，蔼然地征求我的意见，并且说，我不必马上回应，可以想一想再给他回个电话。可是我却立即表态，说是其中一位我以为最合适，那便是往我耳朵眼里灌入“启蒙者”谥号的老兄；我夸赞他说：“热情，直率，看问题尖锐，敢为人先！”撂下电话，我也曾扪心自问，这是否有点“那个”？可是很快也就释然：举贤不避亲嘛，何况我们俩非亲非故！

当然不是我一个人举贤的效应，那位老兄很快走马上任，上任不久就有他做东的一个饭局，那位忠厚长者坐正位，我也被邀与宴，气氛十分热烈。正当第一道热菜上桌，我耳边忽然响起熟悉的一炸：“给咱们共同的启蒙大师献上一杯！”

我正想跟他说:“别再胡闹!”可是发现他和周围各位的眼光都与我了无关系，定神细观，啊，这才恍然，他老兄这回那番茄脸上嵌着的“黑纽扣”死死地“扣住”了那位忠厚长者!我忙站起身来随份，可是只觉得脊梁上蹿过一道麻痒。

后来我曾在一次又遇到忠厚长者时,提起“番茄”敬酒的事,他笑笑说:“他那个人啊，太夸张!”确实不改忠厚心肠，更具长者风度——两年后，在我们这行当又一次改组时，他竭力推荐“番茄”到更高的位置上“牺牲自己”。

月有阴晴圆缺,人有荣辱浮沉。上上下下,左左右右,手心手背,睁眼闭眼,乃是我们这个行当的家常便饭，不足为奇。头年那位忠厚长者退居二线，我也徐娘珠黄，有一回是个较大的饭局，摆三桌，我们两位都居第二桌，坐在一处闲聊，等着开宴。竟迟迟不能举箸，因为头桌的主客，久等未至。后来主客终于到了,是那位“番茄”陪着进来的。主客见了我身边的退居二线者,趋前寒暄,“番茄”便力邀昔日的“启蒙大师”到主桌去。直到他们离开,我一直被冷落着。可这时的我已然不再为这类事惆怅，便拿起筷子，只管大快朵颐。

照例又要敬酒，又响起“番茄”脆亮的嗓音:“为了我们杰出的领路人，大家干杯!”啊，“启蒙”已然不是时髦的符码，“领路人”虽也未必时髦，却更稳妥，“番茄”更成熟了，嘟噜出的腮帮子几乎一触即破，“黑纽扣”的“扣劲儿”比以往更厉害，“领路人”不消说是那位其实比他年龄还小的主客，我冷眼望去，“领路人”虽连连摇头，满脸推却甚至还夹带着几许的尴尬，但那炸耳的声响落在心里的滋味，我这个过来人可是猜得出有几分的甜蜜几分的陶醉。

此后，“番茄”一定还有更新的敬酒词迭出炸耳，不过因为我已出局，统统不得与闻了。

榛子奶奶

儿子叫他杨哥，我也跟着那么叫。杨哥五十开外了，人高马大，是个服装批发商，热爱摄影，近几年生意都让妻子打理，自己三天两头开着越野面包车，往远处去拍风光照，来我家，没别的话题，就是给我看他拍的照片，讲述拍照中的见闻。有时，儿子休息，杨哥就会拉上他去一起拍照，儿子用数码相机，杨哥坚持用装胶片的相机，“数码无艺术”，这是杨哥的口头禅，儿子也不跟他争论。

儿子告诉我，杨哥现在最大的愿望，不是生意上的发展，妻子埋怨他“哪天破了产，连相机也得拿去抵债”，他只呵呵傻笑。杨哥告诉儿子，现在生意确实难做了，但是保持一定的收益，维护他家小康的生活，由着他性子在摄影上“发烧”，这局面还是稳定的，“小康胜大富”，这也是杨哥的口头禅。

但是，杨哥常有失落感，不仅当着我儿子，在我面前，也扼腕叹息多次。杨哥热心参加许多的摄影比赛活动，通过他，我才知道原来如今有那么多的摄影比赛，大多是某地某机构为开发本地区的旅游事业，或某企业为推广自己的品牌名声，举办的相关活动里，有摄影比赛这一项。杨哥渴望得奖。儿子说，每当送出参赛作品，等待公布得奖名单的那段时间里，杨哥的眼睛就会由红变绿。但是杨哥总不能得奖。有两回得了三等奖外的“鼓励奖”，那能算得了奖吗？有回得了第二名，但那是赞助了三千元的结果，三千元不公开的赞助换回一千元奖金和一张奖状，杨哥自己也觉得可笑，“我都不好意思把那照片拿给您看！”杨哥不给我看，我也就没看，他扬言：“我要得一次真的大奖，我就复制出来，装好镜框，给您挂到墙上！”我就笑：“那何必！其实你们那次拍的榛子林就很棒，挑一张放大给我就行呀！”

那批照片确实很精彩。杨哥和我儿子轮流开车，去了北京版图最北端的一处山村，从带回印出的照片上看，真是世外桃源，植被竟然那么厚密斑斓，山下野花迷眼，山上高树茂密，古老的栗子树、榛子树那么粗壮雄奇，村居村路多用山石砌就，村民男壮女健，就连那些鸡埘猪圈，看上去也古朴悦目，当然，杨哥也不忘拍些具有时代特征的镜头，比如刚刚开业的“榛子林餐旅店”，接收电视信号的“银锅”，挎着双肩背书包的村童……杨哥挑出了三张最得意的，参加了一个严肃杂志举办的摄影大赛，那当然是不要参赛者交赞助费的，评委里有德高望重的摄影界老前辈和艺术界名流，儿子说“杨哥这次最少也是三等奖”，但是，结果却是名落孙山。

那天我留杨哥晚饭，他有点喝闷酒的趋向，我就尽量开他的话匣，控制他的酒量。他说要把几张制作得大小不一的榛子奶奶的照片，给送过去，儿子就有些犹豫，说那地方手机没信号，而且气温降得早，把照片寄过去也就是了，何必再往那么个路况凶险的地方跑？杨哥就跟我儿子说：“你不去我去，寄去，收不到怎么办？”见我听不懂，儿子就解释，榛子奶奶是村里的老寿星，据说过百岁了，山上最粗的那株榛子树，就是她栽的。榛子奶奶直到二十几年前，才头一回离开山村，进了趟北京，在天安门前，照了张相，但是“背篓邮递员”送信翻山的时候，在山溪边滑倒，掉到溪水里转瞬跌崖的几个邮件里，有一个就是人家寄来的照片。我就跟儿子说，你应该陪杨哥把新的照片送到榛子奶奶手里。

他们送照片去，一进村就愣了。全村人正为榛子奶奶办丧事。唢呐吹出高昂的曲调，接着是鞭炮连串响。看到他们带去的照片，不仅榛子奶奶家的高兴，村民们传看完，最大的一张就挂在了“榛子林餐旅店”的堂屋里，住在那里的几个年轻游客也都赞拍出了百岁老人的独特神情。榛子奶奶的重孙子告诉他们，这是喜丧，他们就是天上掉下来的神仙！几个山村壮汉，胳膊交叉，组成了两乘轿子，让他们分别坐上去，随着送葬的队伍，往山顶上走。密密的树林，旋转的落叶，坠落的榛子、栗子、松子落到头上身上，让心窝好痒好甜……在山顶，那棵最古老的榛子树下，人们埋下了骨灰盒，竖起一块石碑。那天杨哥和我儿子成了山村的一员，每一户人家都跟他们称兄道弟，跟他们说常常回来，炕随便睡，馍随便吃，菜随便搛，酒随便喝……村民簇拥到村边，唢呐声声送别，杨哥和我儿子全笑着哭了。

他们回来给我提来一兜大榛子，给我看新拍的照片，我对杨哥说："这次拍的一定得奖。"杨哥说："还要什么别的奖？我已经得了大奖啦！"

蜘蛛脚与翅膀

跟老伴看完《梅兰芳》，从电影院出来，在人行道上缓步前行，议论着观影心得。忽然觉得身后有竹竿点地的声响，一回头，是一位戴墨镜的盲人，立即意识到，不该占住脚下的盲道，让开后，道歉："对不起，真不好意思！"盲人却并不移动，叫出我的名字来。老伴好吃惊。我倒并不以为稀奇。想必他从电视里听过我在《百家讲坛》揭秘《红楼梦》的讲座。一问,果然。于是说:"感谢您听我的讲座，欢迎批评指正啊！"本是一句客气话，没想到他认真地指正起来："你讲得好听，可是，观点另说，你有的发音不对啊。'角色'不该说成'脚色'，该发'决色'的音。刘姥姥，你'姥姥'两个字全发第三声，北方人习俗里是前一字第三声，后一字第一声短读……这还都是小问题，有的可是大错啊，你说史湘云后来'再蘸'，其实应该是'再醮'，那'醮'字发'叫'的音啊。奇怪的是，你明明是认得'醮'字的呀。你前面讲贾府在清虚观打醮，醮'这个字不知道重复了多少次,你都正确地发出'叫'的音啊！寡妇'再醮'，就是她再次进行了祈福仪式，改嫁的意思啊……"

老伴先替我道谢："谢谢啦，就是应该跟淘米似的，每一粒沙子都给他挑拣出来啊！"我非常感动，在这样一个傍晚，这样一个地点，陌生人如此不吝赐教，是我多大的福气啊！

万没想到，他跟着讲出这样一番话来："这世界上，大概只有我单拨一个人，知道你为什么出这么个错儿……那一定是，五十多年前，在钱粮胡同宿舍大院里，你总听见我奶奶说'再蘸''再蘸'的……那是俗人错语呀，词典字典不承认的，你到电视上讲，哪能这么随俗错音呀，应该严格按照正规工具书来啊！”说到这儿，他脸微微移向我老伴，“嫂夫人，您说是不是这个理儿呀？”

我惊喜交集，双手拍向他双肩，大叫：“喜子！是你呀！”

他用左拳击了我一下胸膛：“苟富贵，毋相忘！你还记得我！”

我们进到附近一家餐馆，点几样家常菜，边吃边畅叙起来。

老伴问他：“您怎么只听两句，就认出他来了啊？”喜子笑眯眯地说：“他要没上电视，我也未必听出是他。我们半个多世纪没见过了。当然，我一直记得他那时候的话音。那时候我们都没变声呢。我呀，眼睛长在心上。成年人，只要听见过一声，那么，再出一声，不管隔了多长时间，也不管在什么地点，哪怕很嘈杂，好多声音互相覆盖、干扰，我多半都能‘看见’那个出声的人，一认一个准儿啊！”

我说：“我在明处，你全看见了。可你是怎么过来的？能告诉我吗？”他说：“我从盲人学校毕业以后，到工艺美术工厂，先当工人，后来当技师，现在当然也退休啦。我老伴也是心上长眼的。可我们的闺女跟你们一样。不夸张地说，我差不多把咱们国家出版的盲文书全读过了。现在闺女利用电脑，还在帮我丰富见识。活到老，学到老，咱们这代人，不全有这么个心劲吗？”

我说：“坦白：这些年，我真把你忘了，忘到爪哇国去了……”他说：“人都有自己的命运，分离多年，遇上能想起来就不易。其实我也曾经把你忘了，后来广播里、电视有你出现，我才关注起来。如果不是今天我恰巧也来听《梅兰芳》，也没这次邂逅。闺女问过我：小孩时候，你就觉得这人能成作家吗？我就告诉她，是的，因为，他往墙上给我画过……”

回到家，我给老伴详细讲起半个多世纪以前的往事。那时候，在钱粮胡同宿舍大院，喜子奶奶常叨唠他妈是“寡妇再醮”，给好些气受，其实，对他妈最不满的，是他的姐姐、妹妹都正常，他生下来却双眼失明。那时候他常坐在他家侧墙外的一张紧靠墙的破藤椅上晒太阳。有一次，我们几个淘气的男孩，就拿粉笔，以他为中心，往黑墙上画出蜘蛛脚，还嘎嘎怪笑。我开头也觉得这恶作剧很过瘾，但是，见到他脸上痛苦的表情久久不散，就有点良心发现，过了一阵，别的小朋友散去了，我就过去把那些蜘蛛脚全擦了，另画出了两只大翅膀。说来也怪，我也没告诉他我的修改，喜子却微笑了，那笑脸在艳阳下像一朵盛开的花……

老伴听了说:“做人,你要继续发扬善良。如果你还写得动,那么,画蜘蛛脚,得奔卡夫卡的水平,画翅膀,起码得有鲁迅《药》里头,坟头上花圈那个意味吧!”

止步

秦老师鼻尖上沁出细碎的汗珠，心里有些起急，可还是把说话的声音尽量控制得不慌不忙：“大家原地坐下，休息十分钟，我去找一下曹恺。”有些孩子坐下了，有的却还站着，有的嚷：“秦老师，我跟您一块儿去找他吧！”班长凑到她面前，建议说：“发动同学们从四个方向找吧。”她摇头：“那样更不好集合，说不定找到了曹恺又丢了别人。”她又大声嘱咐了一遍所有的孩子：“一定别离开这里，还有半小时咱们就要登车回城，一个也不能少哇！”说完转身去找曹恺，斜阳的金光裹着她的身影。原地休息的四年级孩子们有的坐在那儿吃剩余的零食，有的站着说笑嬉闹，个别男孩子说着风凉话：“得，咱们该到晚报上登寻人启事啦！”几个女孩子发动周围的同学一起大声呼唤：“曹——恺——！”可是公园的那一角尽是些树丛花草，还有一座苗条的抽象派不锈钢圆雕，引不出丝毫回音。

曹恺这孩子一向稳妥。今天的游园活动里，也体现出了他的这个优点。比如公园里有个区域放养了若干孔雀，有的同学就总想拿些面包饼干甚至冰激凌去逗喂孔雀，曹恺指着公园里设置的告示劝阻他们说：“这儿写着啦：请勿给放养动物喂食。”有片大草坪，不少游人在那上面坐着憩息，曹恺往里头去，有的被他阻止喂孔雀的同学就故意吆喝他：“嘿！请勿践踏草坪！”他笑嘻嘻地说：“这片草坪是允许游人进入的！你们怎么不看那儿的告示牌？”秦老师原来也没注意那告示牌，走近仔细一看，那上面确实写着：“此草坪允许进入。请勿将垃圾遗留在草坪上。”可就是这么一个曹恺，在秦老师宣布自由活动半小时，五点准时回到那不锈钢圆雕旁集合以后，竟一直到五点一刻还没有身影！

秦老师当老师眼看就五年整了。带孩子们春游、秋游也有不下六七次的经验。以前也曾出过一两回集合时找不到个别孩子的事，那都是因为自己组织安排上有纰漏，比如嘱咐孩子们“五点钟一定回到梅花鹿塑像前头集合”，自以为万无一失，却万没想到那公园另一处也有一尊类似的梅花鹿塑像，有个孩子就跑到那儿去集合，没看见老师同学，急得直哭。秦老师越来越深切地认识到，组织孩子们进行游览参观一类活动，实在属于必须事先把每一个细节都设计周到，而且启动后又要有充分的应变能力，那样的一项系统工程。如今家长们对自己的独生子女的金贵程度，原来就有铭心印象，现在自己也有了上幼儿园的女儿，那体会就更加刻骨。她一边往前搜索曹恺，一边检讨自己当天的安排，那个不锈钢的圆雕，进公园时就问了工作人员，整个公园里肯定是独一份的呀；而在宣布自由活动（主要是给孩子们在离园前有充裕的上厕所时间）解散以前，她也特别强调了千万不要跑远了，一定要准时回来的要求；现在孩子们都有手表，她还又嘱咐了他们解散前互相对对表……那为什么曹恺竟失踪了呢？

走近公共厕所，秦老师不顾一切地喊叫：“曹恺——”有点后悔没带个男生来；毫无反应；秦老师朝那边的幽径走去，只听有个声音阻止她：“那边不开放。”她扭过头，见是公园负责人老何，她问：“为什么？没写着游人止步呀！”老何走到一个立柱高过人头的圆形告示牌前，摸了下脑壳说：“怎么干的活儿？给插反了！”原来是他手下的人员粗心，把有“游人止步”字样的那一面朝向幽径里头了；老何便忙道歉解释：“这里边想开发个特殊的休闲区域，昨天才决定暂时禁游的……唉，现在有的临时工是文盲，干出这么可笑的事情来！”秦老师便跟他反映找不见一个男生，老何说那就赶快让广播室广播；俩人正商量着，忽然那边幽径里有个尖锐的声音饱含惊喜地呼叫她：“秦老师！”秦老师望过去，正是汗津津的曹恺，忙招呼他：“你呀你！急死人啦！快过来呀！”曹恺斜了那告示牌一眼，满脸委屈，跑到了曹老师身边……

原来，曹恺上完厕所，看看表还有十分钟时间，就想在附近找找有没有鸡爪枫——他在《课外语文》里看到一篇文章，对那种枫树有很生动的描写——结果他走进了那条幽径，深入了一段没有找到；他往回转时，看到那新漆的告示牌上赫然写着“游人止步”，便以为是记错了来路，往另外方向去找，结果越走越迷……绕到最后，他还是找到了这个部位，恰巧看见了秦老师正和一位叔叔在说话……

带着曹恺往集合地点走，秦老师心里很乱，曹恺这孩子凡事都按社会上的告示行动，应该表扬；可是社会上有时候会出现误导的告示，别说没有处事经验的孩子会上当受骗，就是自己这样的成年人，也难免一时茫然……怎样在严格遵守社会规范和遇事灵活应变之间使道德与功利平衡不悖呢？这可是一辈子也学不尽的功课啊……

终于寄达

他收到一封信。很大，也很厚的一封信。开头他以为寄来的是杂志。打开以后，发现里面还是一封信，只不过比外面的信封略小。

他注意到，里面的那封信，封皮上地址写得不对。显然退回过发信的人，因为还有没撕尽的邮政退信签。那上面写的是他两年前的住址。

他撕开第二封信，吃惊！从那里面落出来的仍是一封未打开的信。信皮上的地址显然是胡扯。他从未住过那个地方。这封信的邮票也盖销了。显然也是退回过原处的。

这才仔细看寄信人地址。这个省这个市会有谁给自己来信呢？那信封右下的地址后缀着寄信人的名字。啊！原来是他！

想起这个人来了！

二十几年没见，也不曾想见……各自的生命轨迹早已离交会点越来越远……现在来什么信？

又发现，那信封左下角写着："地址如不对，敬请退还"。再看套着它的信封，外面的两个，也都标注着同样的"嘱咐"。搞的什么把戏？

既然地址一错再错，信也一退再退，为什么还要固执地一寄再寄？

最后倒真把他现在的地址打听出来，终于把信寄达了。

他捏着那第三个信封，揣测着：为什么给我来信？难道是……问我借钱？如今常有这种事，某些只不过同学一时、同事一阵的人，甚至于只不过有几面乃至一面之缘的人，会突然来信，来电话，甚至于找到门上来，有的曲曲折折，有的直截了当，有的有点脸红，有的脸一点不红……那最后的"主题"，便是借钱，或者叫作“集资”，有的答应给你很高的利息，有的表示合伙后有了赢利会优先给你“分红”……对这样的人，逼近眼前“短兵相接”的最难应付，热线上“交了火”的也不大好打发，可是来信者，那很好对付——撕了扔纸篓便罢！

他实在想不出，这位先生的来信还会是什么内容。他对他从无好感。难道那信瓤上写的会比借钱之类的事更无聊，更让他恶心？他都想马上撕碎了事！

但他感到手中的那封信，里头很坚挺。

寄来的是什么怪东西？莫非……

他小心翼翼地开拆。

乖乖！从那第三个信封里，掉出了另一个信封。也是盖销封！

信封上的地址更不对头。邮票上的邮戳很清楚。呀，是一年前寄出的！

这引出了他检查前几个信封上邮戳的兴趣。第三个信封上的邮戳比第四个信封上的邮戳，时间上晚了大半年。可是第二个信封上的邮戳与头一个信封上的邮戳只差一个星期！显然，那家伙终于打听出了他的正确地址后，便毫不迟疑地又一次寄出了他早在一年前便写好的“退回原址”的“废信”。其实此人对这次投寄也并不抱十分的希望，他也还是在信皮上注明了“地址如不对，敬请退还”嘛！

为什么要如此这般地一寄再寄？追逐所爱的异性，有这样的劲头，已属罕见，何况他们相互间甚至于从无过好感……

最怪的是，此公完全可以每打听到一个新地址，便重写一封信嘛！为什么不？这样地信封套信封，所欲何为？每重寄一次，都要贴超重邮资，何苦！那最后一个大信封，足足贴了十元钱邮票！

他拆开第四个信封。一边拆一边想，哈，一定还是一个信封，只不过更小一点儿罢了！

他竟猜中了。这把戏令他愤慨起来。

那第五个信封很薄。他不想再推敲，立刻拆，脑子里倏地飘过一个念头：“到头来是个空的！”……为什么这样地恶作剧？安的什么心？是种什么寓意？！……

当那第五个信封中滑落出一张折叠的信纸时，他反倒吓了一跳，仿佛那是不该有的东西！

连忙展开信纸。慌乱中险些将信纸撕破。

先看抬头与落款。确是一封他该接到的信。来信者确是三十多年前到二十多年前同在一个单位的那个人。末尾注明的日期是头年秋天一个平常的日子。

信很短。是这样写的："我为三十年前的今天所做的事向你道歉。你不会不记得我写的那份大字报。它贴在当年我们单位食堂的西墙上，其结尾还转到了北墙。我现在决定不用'客观情况'来为自己辩解。我为主观上的恶一度那样发作而自责。我写此信并不是为了求得你的原谅。但我无论如何要设法把这封信寄达你本人。祝好！"

重聚麦当劳

还是“老座位”。他们第一回来——那是两年前，他们还在上大学，而麦当劳美式快餐店也还刚在北京开出头一家店堂——不过，那一回他们要的都是“巨无霸”汉堡包套餐，后来基本上也都如是；而这一回，他们都只要了一包炸薯条、一杯热咖啡；是的，这回没胃口。

他们都工作了。他在一家合资公司，她在一家杂志社。刚刚走向工作岗位时，他们都很兴奋。他们没时间见面，便频频地通电话。那电波里开头充满了喜悦与惊叹，他炫耀地描述他们 OFFICE 先进的桌面办公系统，还有他们总经理所坐的那辆奔驰 600；她则不断扩大着所亲自接触到的名流名单，还有他们如何一得到企业赞助,便“羊毛出在羊身上”地与企业的人一起到名菜馆吃“工作餐”……

三个月过去了，他们这才终于有机会重聚。出于习惯，还是约在麦当劳。那被他们叫作“我们的”座位——在二楼的一隅——没有被别人“侵占”，他们很是欣慰。但是落座以后，环顾四周，他们却几乎是同时感到索然。

是的，工作了，进入社会了，融进复杂而诡谲的生活了，首先发生变化的，是眼睛。眼皮儿杂了，眼眶子大了，眼珠子深了，因此，原来看惯了的东西，忽然变得不顺眼了。

“这儿……真低档……咖啡怎么能用纸杯子喝呢？”原来他可没这么挑剔。原来甚至于觉得进这麦当劳是一种高级享受哩。

“是呀，这儿怎么变得俗不可耐了？”其实，那里一点儿也没变，是她三个月里整天地听编辑部的几个半老头和半老徐娘在那里批判“鄙俗文化”，大唱“严肃高雅”，因此，连店堂里播放的里查德·克莱德曼的浪漫钢琴曲，原来极觉优美的，这时也“可疑”起来，因为，据说真正的音乐是不能用电子震荡器搞出这么一片聒噪的，这分明只能算是“杂耍”，而非艺术。

是的，他们总算懂得什么是真正的高档，什么是真正的高雅了。可是，那为什么都那么忧郁？他们大眼瞪小眼半晌，忽然几乎同时叹出一口气来，这才都勉强笑了一笑。

他带头倾诉起来。原来他给她，只在电话里报喜，现在他报上了忧。他说，他们那公司，工资确实高，一切方面拿眼一望，都确实亮亮堂堂的，人们互相之间，都极有礼貌，可是，比如说上星期，在公司餐厅里，一位文秘小姐突然晕倒在地，而且看样子是休克了，当时好几个部门的经理在场，却没有哪一位及时地走过去采取措施，还是一两位地位最低的办事员把她抬起来，又背到了医务室；他当时不在场，事后听说，简直不能相信，可是跟他很要好的同事告诉他，确实是那么一回事；他现在考问她：“你猜，那些部门经理为什么都不及时站出来抢救？”她皱眉，答不出，他便告诉她：“那是因为，他们都怕自己站出去，会被认为是自己跟那位女士‘有关系’……你明白了吗？”她眉头抖了抖，似乎明白了一点点。他呷了一口咖啡，说：“当学生时候，哪会有这种心眼儿呢？……后来，送医院里一查，果不其然，她流产了……究竟是哪位男士有责任？现在公司里谁也猜不出……可就算我们公司上上下下的经理们，谁也不是‘那一位’，也犯不上为了避嫌疑，就见死不救呀！……”

她是快把咖啡喝完，才终于打开了话匣子，她说，她们一位副主编，她原是很尊重他的，听说他是什么高门槛都迈得进，采访政界、商界、文化界名流的文章，都印成两大本书了，在他手下工作，不是正好能学点子本事吗？自她进了编辑部，那位副主编也真是对她格外器重，格外亲热，有时候，编辑部别的人不在，副主编进来，跟她谈笑风生，兴奋起来，还拍拍她的肩膀、手背什么的，有一回她校稿，他似乎是很自然地把双手扶住她的肩头，帮她复验出了一个舛错，她虽然多少有点不自在，可也没往别处想；上大学时候，男女生一块儿去松山游览，大家疯疯癫癫的，甚至于晚上就和衣在一间大屋子里，各歇一边，熬了一夜，谁也没感到别扭，因为思维定式里，没那根弦儿嘛……再说，那位副主编，论年龄，能当她父亲了，能往别处想么？可是，前两天副主编说要带她一起出差，她当然一听就答应了，没想到一位老大姐把她找到一边，劝她最好别单独跟那副主编一块儿去……她让他猜，老大姐为什么“挡驾”？他把咖啡杯捏瘪了，说：“那不是很明白吗？”她却叹了口气说：“他们有矛盾，我知道……可我又不能不信……没想到，走进社会，随便的一个人，都这么不可测，随便的一件事，都这么不简单……”他点头。

一群小学生在那边聚会，一定是为哪个同学庆贺生日，闹闹嚷嚷，抢蛋糕和冰激凌吃。他们望过去，又羡慕，又伤感。麦当劳不再是他们的乐园，下回他们该到哪儿去呢？而且，最要命的是，失去了往昔的浪漫情怀，交谈的内容越来越沉重，他们还会有浓酽的相聚愿望吗？

整个麦当劳快餐店，弥漫着浓郁的热奶酪气味，正有许多新的汉堡包出炉。

有人点歌

OFFICE 里的白领丽人们，这几天一到午休时间，便一边吃盒饭、喝三合一速溶咖啡，一边议论电台的听众点歌节目，那也正是电台这个节目的惯常播出时间。她们的议论，便以正在播出的点歌节目为“背景”。

之所以这几天的闲聊话题集中到了这点上，是因为上星期的报纸上登了一篇报道，说是有个姑娘，忽然听见广播里有人给她点歌，那点歌人自拟的词儿里说：“为了我们一起度过的美好时光，我要永远地对你说：我爱你！”可是她根本就没答应过那人的求爱，更不可能跟他“一起度过美好时光”；点播播出后，单位里便有人对她背后指点，甚至当面问她：“什么时候吃你们喜糖呀？”她的父母，也责问她怎么那么随便地就跟人去“度过”，她真是跳进黄河洗不清！因为这件事，她不仅苦恼，简直精神都快崩溃了……

阿嫦说：“我还是那个观点：有人爱你、追你，给你点歌，这有什么不好？你不爱他，歌照听嘛！”

菲菲反驳说：“这叫性骚扰，在国外，告到法庭上，管叫那浑小子吃不了兜着走！”

晓丽说：“报上说了，总该想出个办法来，避免这种骚扰才是嘛！”

阿嫦问：“怎么个避免法？你让电台怎么判断？除非取消这种点歌节目！”

波瑞说：“取消也不必，只是，以后不许点歌的人，在前头加那些个肉麻的话。”

阿嫦又马上扭头跟她争：“前头加不加的，没什么要紧，歌里唱的，才是真格的啦！‘我选择了你，你选择了我……’就点这一首，你没选择我，我也还是选择了你，并且满世界都以为我们互相进行了最佳的、永恒的选择……怎么着？禁止得了吗？除非这歌你定它个反动，‘扫黄’把它扫了！”

波瑞不跟她争，只问晓丽：“你那天听着他给你点的那首 Roxette 的歌，是什么感觉？”

晓丽只是微笑。

阿嫦便去搂着晓丽的肩膀，摇晃着说：“那首歌，要真把那些个词儿翻译出来，可够性感的！要让你那古板的老爸老妈弄清楚了，没准再不让你那白马王子上门了呢！”

晓丽便推她，她不躲，对推对挠，“哗！”晓丽跟前的咖啡杯掉地下了，半杯咖啡差点泼到西服裙子上。

“女士们，雅静点，小心经理看见不高兴，炒你们的鱿鱼！”波瑞提醒着。

“哼，经理……他也小心点，指不定谁炒谁的鱿鱼呢！”菲菲仰脖喝干她的咖啡。

波瑞和晓丽对望，用眼神评议，不吱声。

阿嫦依然心直口快，亮声朗气地说：“菲菲，你放心，他要再敢有那个意思，咱们也给他到报纸上曝个光！”

不知清洁工李嫂什么时候已经拿着拖布来收拾她们弄脏的地板，一个个都坐在电脑台前的转椅上，把双腿抬得高高的。

在李嫂拖地的时候，白领丽人们短暂无话，而就在这时，菲菲和阿嫦的小收音机里，都清晰地放送出了节目主持人的报告声：“……为李淑芬女士，点播《选择》……”

阿嫦头一个笑出声来：“哈！又是《选择》！这算是正当求爱，还是性骚扰呀？……”

波瑞笑问：“李嫂李嫂，你是不是叫李淑芬？”

菲菲说：“这样的名字，最容易重啦！”

波瑞说：“是呀，这样的事儿，电台怎么处理呀？明明是有一位绅士，给李淑芬小姐点了这么一首情意绵绵的甜歌……可跟咱们李嫂重名儿了——”

阿嫦抢上去，拉着怪腔：“噫！敢对咱们李嫂进行性骚扰！胆大！妄为！

咱们一起去帮李嫂控告那厮！管叫他吃不了兜着走！”

几个人就都笑，唯独晓丽不笑，她望着李嫂，喝住了同事们：“别笑啦！”

那三位白领丽人就都愣愣地望着她，她也不说什么，只用下巴一指、用眼神一表，三位便都朝门口望去。

李嫂站在门口，背倚门框，手扶拖把棍，用心地听那收音机里的歌，脸上焕发着明白无误的幸福之光……

毋庸求证！竟然真是……四个白领丽人，眼波互递，多少感叹，多少艳羡！……

住女生宿舍的男士

烫过脚正要上床休息，忽然倪君来电话，语气令我觉得怪异，要我马上到附近咖啡馆跟他见面。

其实三小时前我刚跟他见过面。我们共同的一位境外朋友，来京住在酒店，约了我和他，还有另两位北京人士，一起在酒店吃自助餐，畅叙别后情况及国内种种变化，当时他神采奕奕，谈笑风生，我和其他几位都贺他事业有成、家庭幸福。

怎么才过三个小时，他竟仿佛精神濒于崩溃似的？

我匆匆穿好衣服，赶往他指定的那家营业到深夜两点才会打烊的咖啡馆。街上行人车辆稀少，隔着咖啡馆的大玻璃窗，我一眼就看到了许多空座位包围着他的身影，竟是脊背佝偻的一副颓唐相。

我进入咖啡馆坐到他对面，问他："你怎么啦？"他抬起头，长叹一声说："住女生宿舍啊！"我一时摸不着头脑。

倪君五十五，我们认识有十多年了。他以前也曾把自己的苦恼向我倾诉，比如在评职称过程中所遭受到的排挤，还有他两年前，房价还没疯涨的时候，贷款买下了一套面积不算大但格局很适合他家居住的二手房以后，我刚说出恭贺乔迁之喜，他就直率地告诉我："每天早晨一睁眼，立马想起今天欠银行一百块钱，什么滋味啊！"但是，现在他高级职称拿到了，收入增多房贷压力减缓，怎么还如此状态？

他喝一杯卡布奇诺，我只要免费开水。我意识到我的任务既不是问什么更不是劝什么，就默默地啜着热水，倪君也不看着我，而是对着他眼前用小勺搅出旋涡的咖啡，倾诉起来。

他说他现在是住在女生宿舍里。第一位女生就是他的夫人。颇长时间了，他夫人不仅绝不对他亲热更反感他的主动亲热，一小时前厉声呵斥他：“你别碰我！离我远点！”他说，当然，他懂，是他夫人进入更年期了，据说更年期综合征有的反应轻有的反应重，他夫人属于奇重，令他苦闷难堪。如果只有这一位女生倒还罢了。还另有两位女生呢。一位是他的岳母。本是相当慈祥的一位妇人，没想到这两年变得脾气乖戾，如果是患上老年痴呆症倒也罢了，却是痴而不呆，叫作痴疑，最离奇的是总怀疑来打扫卫生的小时工要偷她的钱财，把她自己的一个存折，用一方旧头巾卷起，再系到自己腰上，如今睡觉的时候也不解掉，前些天他夫人给他岳母洗澡，他只不过是把那暂时解下的存折拍平而已，事后岳母却长时间用疑惑的目光望着他，令他十分难过。最难对付的则是第三位女生，名副其实的女学生，他的女儿，如今上到高二；去年暑假女儿和几个同学去北戴河游玩，他和夫人趁机把女儿那间屋彻底清扫一番；不敢改变女儿屋里的格局，比如床边墙上如同门扇那么大的某歌星像，还有印着格瓦拉头像剪影挂在电脑桌上方作为装饰的 T 恤衫，都只是掸去灰尘，并没有加以改变，没想到女儿回家以后大怒，也没跟他们多吵，过几天女儿天不亮就去学校，他们两口子起床时，一眼看见他们卧室门上粘着一条大标语：“与你们的后殖民主义抗争到底！”后来就发现女儿给自己的屋门加了一道他们没有钥匙的锁……是呀，一个进入更年期，一个进入老年痴疑期，一个进入青春反叛期，三个女生三窝蒺藜，难怪倪君场面上光鲜欢畅，回到女生宿舍却难以应对，郁闷至极。本来今天晚上与老朋友欢聚，他是真高兴特舒坦，没想到回到家没进门就听见屋里吵闹声喧，原来是他夫人发现女儿不是在好好复习功课而是在电脑上浏览什么流浪汉“犀利哥”的信息，气得骂女儿“早晚是个宅女剩女啃老女”，女儿就反唇相讥：“谁让你们没能耐让我进一流中学？考上大学又怎么着？考不上又怎么着？你们一群小市民！你们懂得什么叫现代花木兰吗？”而单在一屋的岳母法制节目看得多了，就哆哆嗦嗦地拄着拐棍走到客厅，气喘吁吁地说：“嚷吧嚷吧，把打劫的嚷进来了，可怎么了啊？”……

我正想略回应几句，他手机响了，他用扬声器模式接听，是他夫人平静的声音：“我刚热好银耳百合莲子羹，回来喝吧。”他问：“她们呢？”回答是：“都睡了。一个轻轻打鼾，一个小声说梦话。”他站起来跟我说：“谢谢你来。”

我望着倪君钻进出租车。这个住女生宿舍的男士，他所承受的哀乐不仅属于他个人。我扭身往自己家走，深呼吸着静夜的润气。

兹彼丽女士

小区里有一位女士，身高不足一米五五，大学毕业以后求职，先碰了几次壁，人家也不明说，但她很快悟出，是嫌她个子矮，于是，再一次到公司应聘，面试时没等人家提问，先主动说："我知道你们会嫌我个子矮，而且你们也不是没有你们的道理——既然别的个子高的应聘者跟我别的条件差不多，那何必非录用我呢？但是，"说到这里她站起来，还转了转身，接着说："你们看出来了吗？我是自成比例的，而我的自成比例，还不仅仅体现在保持身材上。"面试她的副总经理被她的自信打动，也没再提什么问题，就定下了她。

试用期里，几件事过手，公司几层领导就都发现，此女为人处事确实自成比例——既可着脑袋做帽子、守着多大碗吃多大饭，却又能润物细无声地使芳草越铺越远——于是，转正留用，一年过去，擢升为部门负责人，矮个子领导了一片高挑靓男倩女。

在小区，此女购得的那套单元，是顶层朝向最差的一套；她开的车，是那种外行看了以为高档的中档货；她到小区花园里健身，静止时会觉得她未免"来自小人国"，一动起来，却令人忘却她的体量，大有黄莺展翅之美。小区里像她那样的白领不少，一来二去，在花园里从相对微笑有了攀谈交往，其中一位高挑身材的女郎跟她最相契，高女郎当然也跟别的业主攀谈，于是高女郎给她取的绰号渐渐不胫而走——兹彼丽女士，其实就是"自成比例"女士的紧缩音。高女郎有一次对遛狗的大妈说："哎呀，原来我嘲笑兹彼丽，说她不会买房也不会买车，现在我才体会到，她是自成比例啊！我呢，每天早上一睁眼，本来亮晃晃的太阳照进来，该开心不是？却马上想到，我今天又欠银行二百五啊！

如果公司倒闭，如果我被炒了鱿鱼，可怎么得了呀！”原来，高女郎虚荣心重，非一步到位买大房还得朝向最好的，买车也绝不愿“让内行看了齿冷”，于是贷款额度都不小，成为很大负担，为保证还贷，常常在装修堂皇的大房子里泡方便面、在高档靓车里吃煎饼，而兹彼丽女士呢，房贷、车贷的利息跟现收入比，根本不成其为“潜在危机”，高女郎也曾应邀去过兹彼丽的那个单元，高女郎自己买下的窗户只朝南和东的“黄金角”单元，虽说方位极好，但每天早出晚归，其实享受“黄金角”优越性的时间并不多，她进入兹彼丽那窗户多数朝西的单元，问：“你怎么忍受得了夏天的西晒啊？”兹彼丽说：“其实夏天也多是很晚才到家……不是说东房冬寒夏热吗？你看我的灯光设计——”于是拉上窗帘演示：她那单元的贴壁灯，夏天能给满墙铺上冷色，冬天则是暖色，“加上有空调、有暖气，那么从实质上和心理上，我四季都很舒服的呀！最重要的是，我的选择自成比例，我在这小区居住，享受到高档的环境和物业服务，却又只付出对我而言是没有多大后顾之忧的还贷数额。”高女郎大佩服，她们成为闺中密友，私房话里，自然会涉及如何寻找“那一半”的议题。

高女郎也曾有几位相貌伟岸的男友，有的还来她那里同居，世道开通，无人侧目訾议，但高女郎如今基本上仍是一人独居，从她嘴角不自觉地有些个微微下弯看来，她的幸福指数，可能偏低。但兹彼丽女士却结婚了！她的夫君跟她一起出发去蜜月旅行，两个人的背影，令小区里一些人发出疑惑之声：“这难道也是自成比例吗？”那伉俪的背影，确实男的显得太高女的实在太低啊！及至转过身来，人们更是惊讶，兹彼丽面容娇俏，而她先生呢，不能说丑陋，却实在属于难看的一类！蜜月旅行回来，有一天高女郎单独与兹彼丽相处，说：“请解释——”兹彼丽笑：“请看我们拍的照片。”从电脑上看那些数码相机拍的旅游照片，居然多是些风景照或花草鸟石的特写照，人像很少，互拍的人像，新娘多是侧影，新郎全是背影，唯一一张请别人拍的双人照，却是黄昏中的剪影。高女郎看完不语。兹彼丽约高女郎留下，待先生回家后一起晚餐。晚餐菜肴全由那先生烹制，色香味俱全，席间夫妻二人与高女郎交谈，唱和幽默分寸恰切。高女郎回到自己住处，一边听音乐一边沉思：把人生剪裁得自成比例，真的就意味着幸福吗？

赠券

他和妻子在走进地铁口时得到了那几张赠券。散发赠券的是个年轻的姑娘。

那姑娘恨不得把赠券塞给每一个出入地铁的人，可是有些人根本就不理她那茬儿，她手里的赠券都挨着人家袖子了，可人家还是漠然地管自走路，眼睛连个余光也不给她。妻子却不仅接过了她递上来的赠券，还装进了提包当中。在地铁站里等车的时候，看到有人把那姑娘塞到手中的赠券随手扔进垃圾桶，妻子叹息说："唉，如今的人啊……白来的东西，就扔了也不觉着可惜！人家印得挺精美的嘛……"

那赠券确实印制得颇为精致。是在某一个展览馆举行的一个名目非常堂皇的生活用品展销会。回到家，他便对妻子说："这样那样名目的展销会你去得还少吗？哪一回不是上当？何况这个展销会离咱们家那么远！"妻子说："谁说我要去啦？我有那么多工夫吗？"但是妻子并没有扔掉那些赠券，而是将它们随手压在了组合柜的西洋美女钟下面，那是她一贯存放电影票戏票之类东西的地方。

几天过去了。两人白天都上班，晚上忙着做完饭刷完碗便一起坐在沙发上看电视，电视里有个节目正在给假冒伪劣商品曝光。丈夫便对妻子说："像那种展销会，十有八九是借机推销假冒伪劣商品……最起码，是打发滞销的过季商品，你可千万不能去上那个当！"妻子附和说："可不是！轻易不能上那个当！"

可是又一个晚上，妻子不知怎地想起来给组合柜掸灰，掸到那西洋美女钟，便又取出那几张赠券来，端详起来……丈夫便知那赠券上的一些词语又在蛊惑她了，便说："别信那'全面打折'的鬼话！晚报上的文章你没看到吗？他们往往是先写个三百元的价签，然后给画个大红叉，另写上个二百一十元什么的……其实他那东西本来顶多卖到一百五！……还有'买一送一'，其实他本来要的就是两个的钱！再说，那些东西，比如大罐的速溶饮料，就算还没过期，你干吗要一次买两大罐呢？……"妻子倒也没说什么，但仍把那几张赠券压到了原处。

眼看又快到周末了。妻子吃晚饭的时候忽然说："……那个姑娘挺憨厚的模样……"丈夫问："谁？哪个姑娘？"妻子眼光忍不住朝组合柜上那西洋美女钟一瞥，丈夫立刻洞察了她的心思："那姑娘可能确实憨厚……她是靠自己的劳动挣一点儿劳务费，无可厚非……可那展销会，我肯定它绝不是个憨厚的展销会！……"妻子没有反驳，却满脸的不高兴……

周末到了，妻子的女友来了个电话，他听见妻子在应答说："……我倒有他们的赠券……是呀，有了赠券，就不用再买那两块钱的入场券了……你说他们会不会蒙人？……对呀对呀，他蒙他的，咱们就是逛逛，权当散步，他还能强迫咱们吗？……你说得对，一个人去有什么意思！多两个人，还能互相提个醒儿……参谋参谋！……嘿，正好！我这儿有好几张呢！……行，约上'小猫'！……你给她打电话还是我给她打？……成，成……那就……"他没听完就叹着气去厨房里抽烟了……

周日妻子竟兴冲冲地拿着那几张赠券，去跟她的女友们逛那展销会去了。他一点儿也不反对妻子约她的朋友逛商场，可她们为什么不到正规的大商场去，却偏偏要跑到贼老远的那么个展销会去？仅仅是为了手里有那么几张赠券？……

已经是傍晚了，他用电饭锅煮上米饭，准备炒的菜也都搁齐在厨房案子上，便坐在电视机前且看体育新闻。

忽然门上钥匙孔响，单元门开了，妻子在过道里换上拖鞋走了进来，手里只有她那平日上班也提着的小包，并且见到他便说："你说得对！……跑那么远去干什么啊！……其实根本就没人买门票，门口也净是发赠券的……唉，真把我累坏了！……"他得意地说："谁让你自己找罪受呢？"妻子却又责怪地盯着他说:“你这人!怎么还坐在那儿!你就一点儿忙也不帮!……”他只茫然了几秒钟,便恍然大悟……他一跃而起,冲到过道门边,果然,那里摞着两大包鼓鼓囊囊的来自展销会的,乐观的说法是“可有可无”,然而更可能是不得不悲观地宣布为“可无”的“便宜货”……

自助餐

闷热的夏季，晚饭后常到楼下的护城河边遛弯儿；在河边，一个偶然的机会，认识了胖师傅。

不是因为他长得胖，才这么叫他；他姓胖，这实在是一个很古怪的姓，我似乎还不算孤陋寡闻之人，但姓这个姓的人，活了半辈子，不仅头一回遇上，也是头一回听说。

护城河边，有个地铁站，站背后的荫凉里，常有些粗人围坐在地上下棋、打扑克，以老头子和半老头子居多，我遛弯时，也常遛到那儿去伸一脖子，瞧个热闹；有一回就看见一位师傅，坐在人堆里，只呆呆地看别人下棋，人家杀完，请他上阵，他不上，就有旁边人说他："您那脚淤着大血包，遛弯儿也遛不了，老跟这儿坐着，也不亮一手儿，倒是看棋能把那血化了怎的？"又有人说："得吃云南白药才成，您那公费医疗的地方，给您开吗？"他只摇头；我朝他右脚望去，那脚大概是被重物撞了，伤口已愈合，但确实淤着血包。

我忽然想到，头年一位云南的朋友，送了我好几盒云南白药，是正宗的茶花牌的，何不拿来给这位师傅救急？于是我返回家中，取出白药，看好说明，便又下楼来到地铁站，不想棋摊那儿已经没他踪影；我便顺护城河去碰，果然发现他正慢慢地在河边走动，于是招呼他，跟他说明原委，把那云南白药给他，又把服法说明讲给他听。我们就这么认识了。

胖师傅的脚，很快复原了。也未必是那云南白药的功效，他的身体，原极壮实，他说打小就没用过什么好药，有时根本不用药，也能扛过去。不过这回的脚伤，使他半拉月没能去上班，如今不上班就不开工资，所以损失惨重。这回也不是工伤，是夜里起来撒尿，因为水泥地板上有水，打了个出溜，右脚一下子猛撞到凸出的墙转角上，出的事儿。

这么一来二去的，我们就熟识了。我下楼遛弯儿时，遇上他，多半一块儿遛遛、侃侃，有时也坐在河边的台阶上闲聊；我因杂事烦冗，有时好几天不能下楼遛弯儿，又得闲下去时，他见了我，很是兴奋，似乎一直在期待我出现；他出来遛弯儿，总带一张旧报纸，为的是坐下时，垫在屁股下面，后来我发现他预备了两张，遇见我时，便递给我一张。

胖师傅是个建筑工人，具体来说，是浇铸模板的工人，那工作的内容，听他讲述，大体是先将钢板或钢筋焊扎在一起，再用水泥浇铸成型，我们如今居住的这些楼房，都离不开胖师傅以及他的伙伴们的辛勤劳作；他们这一行，基本上是露天操作，除了下暴雨，一般的风刀霜剑，都是顶着干的；算来他干了三十多年了，如今已五十有八，这种重体力劳动，对他来说，已极吃力，但他只能撑着再干两年；他说当年规定退休年龄时，没把他们这一行定为可以五十五岁退的那一档，也就是说，当年还没把干这个当成是多么重的体力劳动，但如今哪个年轻人愿意干这个呢？现在跟他一起干的，年轻的全是外省小地方来的农工，他们愿干，却没一个能看图纸——说起看图纸，胖师傅很骄傲，他常常给我讲点有关的事，我听来一头雾水，也不好打断。

我和胖师傅的共同语言，确实不多；问他们那儿有什么改革的新鲜事儿，也就是严格计件计酬，别的也说不出什么来；他对社会上的事儿，不那么上心，所以也不发什么牢骚；物价在涨，但他消费无多，也还过得不是很窘迫；他儿子是电工，儿媳是公共汽车售票员，有个小孙子；老伴在医院做临时工，打扫卫生；他们住一个两居室的旧单元，也不算很拥挤；他星期天也不休息，几十年来从来如此；也不爱看电视，唯一的文娱活动，就是晚饭后到河边遛弯儿；他也并不下棋打牌，那几天是因为伤了脚，活动不便，才在棋摊那儿一坐，让我遇上。

跟胖师傅聊天，好处是可以漫不经心，可以所答非所问，因为他长期干那个，现场又敲又焊，噪音分贝值极高，他的两耳，都近乎半聋。

由于我问了他年轻时候的事儿，他就常回忆年轻时的事，大半是关于吃的，更具体地说，是关于饥饿的回忆，一些很生动的回忆，我听来，似曾相识，因为我年轻时，不断地被组织在“忆苦思甜”的活动中，而且我在“三年困难时期”那会儿已经十七八岁，一个冰凉铁硬的窝头有多香甜，我是有过实践体验的——如今谁还乐于听这些陈芝麻烂谷子呢？我也懒得听，只不过胖师傅的回忆很精粹，而且绝无任何功利目的，又带有他个人的某些特色，所以他怎么说，我也就怎么听，从不打断他。

胖师傅过的，应是一种洁净纯朴的生活。

但不那么洁净更不那么纯朴的事物，一步步逼近到我们跟前，胖师傅亦不例外。在我们那条护城河边上，突然出现了一个夜总会，而且离胖师傅他们住的那座楼只有一箭之地；那夜总会的所在，原是一个卖普通电器的地方，经改造，面目全非，这里不去形容，大家不难想象；胖师傅和四周一些纯朴的居民一样，在夜总会刚开张的那几天里，不禁站在其大门对面，朝里面好奇地张望；那夜总会当然不以附近的居民为服务对象，据说他们是去各大饭店大宾馆拉客，还有就是开私车或打“的”来的大款们；从那落地大玻璃门望进去，只能看见一些绿幽幽的灯光，偶尔有一个半个陪酒女郎的身影，一闪而逝；夜总会门口，有穿着类似外国骠骑兵那样的男青年——该怎么称他们？“波依”？保卫？我也说不清……

那天遛弯见到胖师傅，他头一回对我大发牢骚，原来他头天在那夜总会门外张望时，受到了那“骠骑兵”的轰赶，理由是他赤膊碍眼，“我在我家门口，谁碍谁眼了？”我当然大表同情；他说：“他妈的！豁出去咱们也进去乐乐！不就六十块一张票吗？”我就劝他千万别赌那个气，据我所知，这类地方一进去，绝不是六十块可以对付得了的，六百也不一定出得来，兜里揣六千大概还差不多；他就不言语了，估计在心算，他一年的收入，归里包堆，大概比六千多一点儿吧。

有天我爱人随单位旅游去了，要在旅游地住一夜，我外出吃晚饭，一下楼就遇上了胖师傅，他刚下班，骑车回家，我就顺便约他一起去找个地方吃晚饭；他起初不允，后经我坚邀，也就随我；我灵机一动，提出去个高级点的地方，不要夜总会那么深浅难测，也不要太大众化，我正领了三百块稿费，无妨挥霍一下——我那潜意识里，也有让胖师傅风光一下，从心理上补偿一下“骠骑兵”之辱的用意。

我们就坐地铁去了港澳中心，那是一家四星级大饭店，里面有个自助餐厅，是它所有餐饮部中最便宜的一处；那里面富丽优雅，银制餐具闪闪发光，餐桌上有浆过的餐巾，餐盘是细瓷的，上面有特殊的徽号；桌上还有当天插入的红玫瑰，厅中还布置着若干盆栽的龟背竹和凤尾竹；那是一种不太高档的自助餐，因为没什么海鲜，但有十多种凉菜，近二十种制作精致的冷肉肠片，十几种装在大银球型保温煲里的热菜，其中有法式烩牛肉、意大利式柠檬鱼、葡萄牙式番茄鸡等等，还有五种以上的奶酪，七种以上的小面包，十种以上的甜点心，以及许多种果子羹和冰激凌，总之样样都很勾人口涎。

我们进去坐下以后，我先要了两客扎啤，然后对胖师傅说：“除了饮料，其他的东西，自己随便拿，吃完可以重吃，吃多少都收一样的钱。”他便问我：“一个人多少钱？”我说付人民币，一个人是一百元。他就不再吱声。

没想到那一餐我们吃得很不得劲。胖师傅不怎么去自取，还是我帮他取了给他端去的时候多。我对他说：“这些大房子，哪座能缺了你们模板工的劳动？你干吗不好意思？大大方方吃呀！”他说：“我有啥不好意思？我吃不下嘛！”我劝他吃一种西西里烤肉，他说：“我一向不馋肉。”我又劝他吃炸乳鸽，他尝了一口说：“不怎么样！”

更没想到的是，自吃过那回自助餐后，我下楼遛弯儿时，竟难得遇上胖师傅了；昨天好不容易在地铁站后的棋摊那儿遇上了他，他正坐在弈棋者旁边看棋，就和我们头一回相见时一样；我真有点惊呼热中肠，忙招呼他，约他一块儿遛弯，他也笑着招呼我，却并不站起来，而对我说：“您先遛吧！我这儿看看！”

我怏怏地离开了那儿。

走到那夜总会附近，色彩刺目的霓虹灯一闪一闪。

最佳美容师

承蒙您夸奖。说我是最佳美容师，不敢当。确实，我开的小小美容廊生意挺火。也难怪。我在剧团干了几十年的化妆师，现在人虽退休了，全挂子的本事没退。当然化妆师跟美容师还不是一个概念。化妆师有时候搞的是丑容。比如以前我就有把漂亮的女演员化妆成丑地主婆的能耐，现在你就是要我把“十佳礼仪小姐”当中的首佳丽人化妆成旧社会的坏媒婆，只要她愿意，我是轻车熟路一点儿也不为难，保证让她化好妆走出来连亲娘也认不出。

不过如今我领照开办的这个小小美容廊接的没有一例化丑的活儿，全是增美的活儿。实话说，化丑易，增美难，特别是遇上那号本身素质差却偏求美如渴的主儿。她有大把的钱，你收费再高她也不打哆嗦，只有一条：让你想方设法使她那至多算个中下的容貌化成上上。有人说我挣钱容易，其实个中酸辛有谁知，为了把一位钱多貌差的主儿拾掇得光艳照人，我得脑力劳动、体力劳动一齐上，她倒仪态万方地走出门了，我却往往瘫在椅子上，贴身子的衣服全让汗粘住，得喘上半天才有精神找支花粉田七口服液吸吸。

头年那回有个姑娘，一进门我就知道麻烦来了，只瞧了她三眼，我就判定是个本属囊中羞涩的主儿，一定是为了相亲之类的大事，才揣上几张大票子，咬着牙迈进了美容廊。身材、头发就都不去说了，单说她那脸庞，扁而乏味，五官没有一官是及格的，可她坐下以后，红着脸，居然从提包里掏出了一张从什么画报上剪下来的模特儿相片，哼哼唧唧地对我说：“……人家说要能照这样子弄就好了……”我心里头一边暗笑一边发愁，“人家”不消说是所“对”的那个“象”了，可您这么个基础，可让我怎么着下手，才能调理得跟那相片哪怕只有三分相似呢？

就甭提那天的活儿怎么着让我既劳心又劳力了，而且我一点儿没赚倒亏去好些——也是我赌气要显示显示自己的手艺，给她使的净是些进口的化妆品，比如眼影膏就使的是托明星朋友从巴黎买回来的——可是当她红着脸掏空了钱包跟我说“再没有了”，我只是瘫在椅子上跟她摆手儿，她容光焕发地走出去时，我心里头也漾着酽酽的蜜意。

可你要恭维我是最佳美容师，不是我故意谦虚，本来我也以为我当之无愧，昨天的遭遇却让我甘拜了下风——原来自有那别说是我就是把天下所有美容师都算上，谁都不能不服的最佳美容师存在……

且说昨天下午我路过妇产医院门口时，正巧遇上一位丈夫，还有一位要么是小姑子要么是小姨子的角儿，把一位怀抱婴儿的产妇接回家去，就在他们登上出租汽车以前，我一眼认出来那产妇便是那天把我累得够呛的主儿，当时秋阳铺到她身上，她剪着最朴素的短发，一点儿妆也没化，但她微微低头望着怀抱中襁褓里的小娃娃的那面容、那神情、那韵味、那内涵，倏地让我心里一震，哎呀！她怎么显得那么美呀！

直到现在那我无法形容出的美丽的面容还定格在了我的心上。当然我还将干美容这一行，但我总算真正懂得了那让每一个人真正美起来的具有永恒性的因素，究竟是什么……

最亲爱的

是的，你头一回听李春波唱《一封家书》，那头一句歌词让你觉得真逗:“亲爱的爸爸妈妈……”你原来总觉得,“亲爱的”这个词儿挺那个,在你这个年龄，上中学的时候，能把这词儿挂嘴上吗？头年教师节，小组打伙儿给班主任老师买了一张最大的贺卡，在那上头写祝词的时候，也有女生说，打头写上“亲爱的王老师……”可男生们几乎全都现出难以形容的表情，有的还急了眼，抗议说:“什么呀什么呀！”结果打头写上了“尊敬的王老师……”那位才从师范学院毕业没几天的女老师，接过贺卡时总算没脸红，这都是你们初中年华才有的内心微妙，对不?

你还从没给爸爸妈妈写过“家书”，因为你压根儿就还没离开过家。爸爸是很平常的爸爸，长相平常，职业平常，收入平常，性格嘛，除了有时候脾气上来，像团火球，也很平常；妈妈有点不平常，妈妈挺漂亮，这是真的，不是吹，可妈妈的职业也挺一般，没什么可引以为自豪的。总之，你原来虽然对爸爸妈妈没啥不满意，可心里想起他们来，怎么也安不上“亲爱的……”所以你学唱《一封家书》的时候，那头一句，就总唱得怪腔怪调。

……没想到，那天你又惹得爸爸生气，这本是常有的事，爸爸觉得你不对，呲儿你，你顶撞几句，爸爸更严厉地呲儿你;妈妈并不怎么加入呲儿你的行列，可是她也不轻易出来护着你，那天也如是；也许是那天爸爸喝了两杯酒，加上他在单位里不顺，他呲儿你呲儿得比哪一回都凶，你呢，你在学校里就那么顺么？你还一脑门子官司呢！妈妈当时在厨房里刷锅，爸爸突然爆出邪火，你一句话顶过去，他大吼一声:“你给我滚！”你摇摇肩膀，一跺脚，也不知光是心里想还是嚷了出来："滚就滚！"你也不记得是怎么一个过程，反正，当你清醒过来时，你已经在街头。

"流落街头"，记得语文老师提问过你，问你这个词组里那"流落"两个字怎么讲，你当时张口结舌，后来老师给解答了，你还记在了笔记本上……这回你可是真的流落街头了！夜色茫茫，还下起了霏霏细雨，街上的行人不断在减少，你没穿够衣服，你拱肩缩背地踽踽独行，后来你发现地铁站口，那里面溢出温暖的光晕，你赶快走了进去，地铁站里果然能避寒，但是你总不买票进站，于是就有一个门牙上满是烟渍的男人走到你跟前，叫你"小兄弟"，递你一支烟，还问你"要不要活儿？"你心里怦怦乱跳，你慌忙转身，跳上了往上的楼梯，你回到街头，一个报摊支着塑料棚子，守摊的老头儿还在吆喝，兜售最新的一期《法制与生活》，你听着那声音，心里余悸犹存……

你漫无目的地走动，时间仿佛停滞了，而空间显得迷茫凄清……

你不饿，可是你很渴，你掏兜，你发现自己居然有一块多钱，你想买喝的，可卖小食品和饮料的店铺都关门了，你也看不到还在营业的摊档，你手里捏着钱，咽着唾沫，心里生动地浮现出家里的热茶，还有加了冰块的冻果珍……那只外面画着唐老鸭的大瓷杯，还是几年前过生日的时候，爸爸在游乐园给自己买下的……那天爸爸的脾气该有多好！父子二人还一起坐了"过山车"，你明明跟爸爸说了，你一点儿都不害怕，而且你懂得离心力原理，人在"过山车"的大环圈里，头朝下时是肯定不会摔下来的，可真到了那个时候，爸爸还是紧紧地搂住你的肩，大手把你的肩膀都捏痛了！……

没碰上卖饮料的，却走拢一个卖香烟的塑料棚，每种烟的价格都用大标签标注着，你手里的钱，只够买最次的烟……你都快走过去买了，忽然，你听见一辆汽车刹车的怪声，你扭过头，只见马路的斑马线上，一个瘦长的身影正在舞臂抗议，而司机却从车窗里探出头来，嚷出粗话，后来汽车很快开走，那险些被车轧了的男人过得了马路，他东张西望，一脸的惶急，你躲在电线杆后，探出头来，你看清楚了，那正是你爸爸，他的短发上缀着细细的雨珠，在路灯下闪着怪异的光，你的心"嗡"的一声，仿佛被捶了一下……

你说不清，当你从电线杆后闪出，迎向爸爸时，你是只在心里大叫了他一声，还是爽性嚷了出来，而爸爸是分明地大声叫出了你的小名，那声音里充满了焦虑后的惊喜……

你们一起回到你们居住的那栋高层楼，电梯已经停开，楼道里的灯坏掉了许多，从楼底爬到你们居住的十五层将是一个“苦难的历程”……然而，一束飘曳的光亮，降了下来，那是你妈妈，自从爸爸下楼找你以后，她就一直苦守在面向马路的窗前，当她终于看到了你们的身影，便马上下来迎接你们，她找到了家里的手电筒，偏偏电池已无能量，于是她便举着烛台下来，为防止过道风吹灭蜡焰，她还捏上了一盒火柴……

你们一家人，就那样，在楼里邻居都不知晓的情形下，就着飘曳的烛光，一步步登上楼梯，回到了自己的家中，那是一个平平常常的家，不大的家，没有什么财富和包装的家，然而，从那一天起，你铭心刻骨地懂得了，一个属于自己的家，那无可估量的价值……

是的，从那一天起，从你灵魂深处，悸动着一股暖波，你憬悟，你这一生一世，只有这样一个爸爸，这样一个妈妈，而他们，也只有你这样一个儿子，你们都远不完美，然而你们是互为“亲爱的”，是的，从今以后，你要坦然地放声说出：“亲爱的爸爸妈妈……”并且，当你再唱《一封家书》，那头一句你一定会满溢着真切的情愫吟出，你将不能容忍对这一称呼的轻亵与懵懂……那是一定的，有一天，你将离开爸爸妈妈，独立生活，你也将写家书，那开头，也许与李春波的还有所不同，因为你更愿意写上：“最亲爱的……”

佐餐

一家人就数晚饭时候话多。

近来的话题是发财。

提起报摊上几份报纸都争相刊载的某女明星成了亿万富翁的消息，大家的心情都很难平静。

上职业高中的翠芬夹了块豆腐，搁到饭上，且不吃，挑起眉毛问："上亿？可报上没说清楚，什么货币单位呢？人民币？美元？"

还在上初中的志昂就夹了个肉丸子，一边嚼着一边说："还用问？当然是美元啦！"

刚把鸡蛋汤端上饭桌的母亲便感叹道："那么多钱，可怎么花啊！"

志昂拿起勺儿就舀汤，一边嚷："花还不好花？给我！我保证不出一个月，就全给花光！"又不等别人搭茬，吮干勺里的汤，仿佛那钱真是他的一样，以轻蔑的口吻说："花！你们就知道花！钱是拿来生钱的！人家用那钱办公司，买地皮，玩股票，才叫来劲呢！光个人消费，能花出多少去？又有什么意思？"

奶奶咽完一口豆腐，迷迷瞪瞪地问："一亿是个什么数儿？那票子得有多大？"

志昂撇嘴，刚想冲奶奶甩话，让父亲用眼色制止住了，父亲沉吟地说："我们厂要有一亿，债也还了，新产品也顺利上马了……"

翠芬依旧挑着眉毛："她哪儿来的那么多亿？就算一亿美元，凭她演几个电视剧，能得那么多吗？"

志昂立即反驳："人家是给台湾拍的，好几十集哩！"

翠芬摇头：“就算好几百集吧，那制片人又有多少资产？制片人把自己的资产百分之百全给了她，怕也还顶不上一亿美元……那些个好莱坞的‘奥斯卡皇后’，又有谁趁一亿美元呢？王牌歌星麦当娜也不趁一亿！”

父亲说：“是呀是呀，一个大企业，上千的职工奋斗一年，也难挣出一亿的利润来，我说的还是一亿人民币……”

志昂大叫：“人家报上登的！”

母亲回想起一些往事，扒口饭说：“报上登的……我见多了！”

翠芬却把眉毛复归原处，舍远求近地说：“楼上那个方女士，报上不见一个字儿吧——才叫真富不露相哩，一亿她没有，谁那么吹谁肚皮炸破，可我估摸她怎么也赚了几百万的人民币……”

志昂撇嘴：“那她怎么还住咱们这楼？也没见她买辆奥迪、标致、夏利什么的停咱们窗户外头！”父亲忙说：“她可别买！楼下又没车库，谁帮她看着？半夜让贼撬了，咱们担不起责任！”

母亲冲他斜眼：“咱们担哪门子的责任？就算你会开车，他能疑到你头上来？”谈到这儿不禁感慨，“也就是咱们一点儿门路没有，人家怎么都发了哩！”

志昂紧跟上去：“我们班上，个的个的家长都比咱们阔上不知道多少倍！数学老不及格的‘咪三’，他穿的那件‘斯特法内’羊毛衫，你们猜多少钱买的？八百八！”

奶奶直摇头：“烧包儿！穿上能成仙么？”

翠芬明知那种羊毛衫的价码不到八百八只有三四百元，但不知怎么的心窝儿也痒了起来，因为反正三四百元已经够劲儿了，夸张它个一倍两倍的，算不上离谱，并且，不知为什么，像一种流行性感冒的病毒，大多数人都很难逃脱其传播，更难获得免疫力，你忍不住就加入那由猜测、臆断、狂想组合而成的发泄中：“我们学校有个搞服装设计的老师，一次外活就挣合资公司八十万的酬金！”

志昂质问她：“那他怎么还在你们那个破学校当老师？最不济他也可以自己开一家服装公司了！”

母亲顾不上挑剔姐弟二人角色的迅速对换，喝了勺汤，也叹口气说：“是呀是呀，我们单位一年前退休的孟姐，在医院门口开了个花店，凡去医院看望病人的都跟她那儿买鲜花，听说她去年净赚了一千万，正打算在全国搞鲜花联销店哩！”

轮到父亲沉不住气了，把筷子往桌上一搁，挺起胸脯说：“工厂的活人就都让尿给憋死了吗？三车间的老苟，成天地泡病号，一年多了，敢情人家是在外头倒卖钢材哩，他自己手里并没钢材，光是替别人搭桥，那回扣一拿，少说就是百八十万的……原来非法，所以都瞒着，如今上了明路，人家那也是一种劳动，听说楼都置了两座了！”

奶奶冲儿子白了一眼：“你亲眼见啦？”

都吃完了，吃得挺饱，也挺香，可心里头都不平衡：天上下金雨哩，可怎么光落到别人怀里，自家这里光见影儿光听响儿，却连点味儿也闻不到呢？

临窗的餐桌

湖滨新开了个小饭馆。其实湖滨的饭馆已经够多的了，豪华的就有两家，中档的也不下四五家，偏低档的可谓不计其数，还不算那些大排档性质的。却还有人来开新的。难道人一走到湖滨，胃就会自动张大吗？

他路过那家新开张的小饭馆，不由得止步张望。门面很小，窗很大，装潢得很雅洁。从阔大的玻璃窗望进去，里面没几张餐桌，都空空的。按说已到吃晚餐的时间，竟不上座，不知那老板怎么做的市场预测。

他本来已经都要离开那里了，一瞥之中，却发现那饭馆临窗的餐桌铺着格外雅致的蜡染桌布，并且桌上还放着一个未上釉的陶瓶，瓶中不是插的花，而是普通的两根带绿叶的树枝。这颇令他吃惊。按说这样一家够不上中档的小馆子……

小饭馆里走出一个人来，三十啷当岁的小伙子，笑吟吟地招呼他："您请进……"

他这晚本也打算在外面解决问题。便进去了。那小伙子显然是经理。

他进去便挑那张临窗的餐桌，谁知他还没坐下，经理便搓着手说："啊，您，您请那边吧……随便您坐哪儿！"

经理所指的那几张宝丽板镶面的餐桌虽然也还干净，却既无桌布也无陶瓶。他不愿过去，他说："我就要坐这儿！"

经理竟满面难色。这令他觉得不可思议。他在那临窗的桌子旁坐了下来。他看见服务小姐要走过来开票，经理却朝服务小姐摆手，服务小姐便裹足不前。这就令他极度不快了，他质问道："难道是有人预订了这张桌子？你这样的饭馆，统共才这么几张桌子，客人谁先来谁先挑地方嘛！老实说，我就是在外头看中了这张桌子，才对你这儿有兴趣的！”

经理回答说：“预订是没人预订……”

他更觉离奇：“那你怎么不让顾客使用？”

经理的表情怪怪的，且不答言。这时进来了一对男女，他们倒随便找了张桌子坐下，并很快便开始点菜。

他用强硬的语气说：“拿菜谱来！我要点菜！不然我就改别家了！”

经理微微叹了口气，才仿佛做出多大牺牲似的，点头说：“那好吧！”

经理拿过菜谱，亲自给他写菜单。菜谱上没什么特别的菜式，无非鱼香肉丝、宫保鸡丁、酸辣汤之类，价格看上去还算公道。只是不知味道如何。

等着上炒菜的时候，一边喝着冰镇过的啤酒，一边吃着水煮花生米，一边跟坐在对面的经理对起话来。他又问：“你这张临窗的餐桌，究竟是怎么一回事？神神秘秘的……”经理说：“您猜吧……”他有一搭没一搭地猜了起来。猜来猜去，经理都摇头。后来他就猜道：“……是为了纪念谁吧？您的亲人？……跟这湖有关系的什么人？……”经理像是在点下巴，他酒过一杯，话更多起来，炒菜来了，他又用炒菜下酒，经理让服务小姐再上一瓶啤酒，一盘煮花生米，说是送给他的，他便要经理也喝一杯，经理便与他对喝……

这晚他回到家里，老婆出差上海，他给朋友打电话，其实朋友就住在同一居民区，聊来聊去，聊到吃晚饭时的收获，他告诉朋友，那家小饭馆的老板，倒是个雅人，挺“文化”的，他那临窗的餐桌，竟是为纪念一位过世的著名诗人而设的！那诗人与这片湖水的关系，是写进了文学史的啊！……他建议：“你倒无妨试试这家新开张的……菜也经济实惠！”

那朋友很快便去吃了一餐。没几天，一传十，十传虽不到一百，却也给那家小饭馆引来了不算少的客人。凡听到这个传言而去的，总是要坐那张临窗的餐桌。而那经理也总是先要客人尽量坐其他座位。有的客人也便去坐了别的餐桌。有的便不干，执意要坐那临窗的一张。有一回一个闻讯而去的客人进去时，别的餐桌爆满，只有临窗那一桌空着，经理却仍不乐意让他坐，那客人便气呼呼地嚷了起来：“怎么？你以为我是那吗也不懂的傻老憨么？我读过他的诗，还写过关于他的论文呢！……什么了不起的！我付你额外的座位费就是了！”经理这才让他坐了。

后来，那张临窗的座位便需预订，坐上了，又要加百分之十五的特殊“服务费”。再后来便传说那经理是那诗人的小儿子。到半年以后，那张临窗的餐桌上便多摆了一样东西——是一个雅致的原木镜框，里面是那诗人的遗照。这张像是头一回进去便要坐那张餐桌的先生捐献的。当然，那相片是他用诗人的诗集前面的照片复制出来的。就这样，湖滨的这家小饭馆成了湖滨的一个小小的名胜。有一些大学中文系的师生，一些专业与业余的诗人，甚至还有一些会说中国话的洋人，挺老远地跑到这个饭馆来小聚。饭馆菜单上绝大多数菜式都提了价。那张临窗的热门桌子的服务费竟提升到了百分之二十。不到半年，这家小饭馆的赢利速度已经大大超出了湖滨其他饭馆，纷纷传说它即将扩大，并重新以那诗人的名字命名……

那头一个猜出饭馆临窗餐桌之谜的先生，很是得意。他每次去了，经理要优待他，他总不受，并且他也不一定非要坐那张临窗的桌子。但他坐在别的座位上，看见有些懂行的人在那张特殊的餐桌旁边喝边聊，心里别提有多快活。

有一晚他在那饭馆外边碰见了他中学时的老师，两人站住聊了起来，他便提起那饭馆那临窗的餐桌那诗人和那诗人的儿子也就是那老板……

老师听了很是吃惊：“什么什么？你说他？他也是我的学生，只不过比你低十多届罢咧！他老子是邮局的勤杂工，如今也还没退休嘛……”

他想说：“您一定搞错了！”可说不出来。因为这老师连他这届的同学的种种情况都还记忆不岔，怎会记岔了这位老板的情况……

……他忍不住冲进那饭馆，那张临窗的餐桌恰好还没有客，那经理跟过来，他抓起桌上那张诗人的照片，捂到胸前，愤愤地指责说：“你！你欺世盗名！你搞的什么名堂啊？！”

……经理扶他坐下……当着围过来的人，那经理反问他：“您细想想，什么时候跟我嘴里说出来过，这张桌子，是为那个缘由摆设的？我什么时候自己宣布过，我爸是诗人？就是这张照片，也不是我摆上的呀……非要追根究底，那不都是您给广告出来的吗？”

他冷静下来，发愣。

桂嫂

她管我叫大哥，我管她叫桂嫂。那是因为，福桂比我小三岁，她随福桂叫我，自然得管我叫大哥；可是她本人却又比我大三岁，你说我好意思管她叫弟妹么?

俗话说：女大三，抱金砖；桂嫂比丈夫大六岁，是双倍的三，你说福桂该抱多少金砖?

可是改革开放以前，福桂虽然娶了桂嫂，还是受穷；主要是因为他们家人口太多，福桂的父母去世得早，留下了七个子女，福桂是老大，那时候他在一家工厂烧锅炉，工资能有多少?再说住房紧张，两间小屋子，男的一屋，女的一屋，搭的通铺还不够睡，福桂块头大，更占地方，他就一直睡在地下，因为一条胳膊总当枕头枕，长期遭了地上的湿气，所以今天他那胳膊虽然看去很粗壮，却平伸难直，也不能回够到脖子根，虽说算不上残疾，究竟跟我们正常人有些个区别。当然，那时候虽然穷，粗粮还是大体够吃的，他也没让几个弟妹失学，衣服上补丁多点，倒也干净利索，并且后来他还能给两个大弟弟一个大妹妹置备出被褥卷、木板箱，把他们送去插队；后来有个弟弟被允许留城当了建筑工人，只剩下两个小妹妹上学，这时才结了婚。

改革开放以后，福桂干上了个体，开了个修理自行车的小门市，因为服务态度好，手艺精，又照章纳税，所以连年被评为先进。桂嫂呢，结婚以后继续在街道工厂上班。后来不上了，为什么不上了?并不是因为福桂挣了些钱，富裕了，她就想养尊处优了。

我是因为去修理自行车，跟福桂认识，并逐渐熟悉起来的。我认识他的时候，他插队的弟妹们都回城自立了，留城的弟妹也都各自有了窝，他和桂嫂只生了一个女儿，也大了，在一家大饭店当上了服务员，所以他和桂嫂挣的钱，完全用不着再去负担别人，而且弟妹们和女儿，还时常地给他们钱，他们实在不要，便给他们带来许多吃的用的。福桂不仅修自行车，还修三轮车，虽然累一点儿，收入估计也高不到哪儿去，但他和桂嫂节俭惯了，所以丰衣足食，并且可以从容地满足自己的嗜好，比如福桂爱鸟，他那屋里屋外便挂满了鸟笼；他养的并不是那种必须提着鸟笼子晃来晃去遛来遛去的百灵之类，而主要是各色美丽的文鸟与鹦鹉；桂嫂则酷爱看电视，因此他们早在几年前就购置了市面上屏幕最大最贵的电视机。跟我熟了以后，我去他们那儿，他们总是要拿出许多的水果招待我，记得有一回拿出来的是猕猴桃，最近一次则是杧果，说是弟妹们送来的，他们吃不出好处来，给我吃算是物得其主。

头一回见到桂嫂，说实话，我拿不准她跟福桂是什么关系，曾猜是不是福桂的姐姐。而且桂嫂右眼上总蒙着块纱布，头回去有，二回去还有，什么时候去都有那么块纱布，心想她患的什么眼疾，怎么老也不好？混熟了，知道他们是夫妻，这才开口问，原来桂嫂是八年前在车间里出了工伤事故，一只眼珠毁了，手上还掉了两根半指头，所以她不再上班。不过厂里还发她一份基本工资，如需住院治疗，也还能享受“大病统筹”的待遇。我便说为什么不安个假眼？现在科技很发达，有那儿可乱真的办法，你们又不是没那个条件；桂嫂便揭开纱布让我看，不看不知道，一看吓一跳，还不仅是吓一跳，从实招来吧——一刹那间我竟产生出了一种恐怖与反胃的感觉；原来安假眼的前提是你必须还保留着一个成型的眼眶，而桂嫂在那次事故中不仅丧失了眼珠，连眼眶也撕烂变形；他们告诉我，也曾去医院整形，医生想了许多办法，例如从桂嫂身上取下合适的肉皮，移植到她右眼眶，企图定向培育成可以进一步美容的活肌，然而都失败了，现在弄得倒比原来的情况更狰狞。桂嫂重新挡上纱布后，我才理解，目前这是于她最恰宜的一种藏拙方式。

等桂嫂离开以后，福桂凑拢我，以一种压低然而坚定的声音对我强调说：“她原来漂亮着啦！”

他们夫妻俩的生活似乎形成了一个公式：福桂修车，桂嫂做饭；关板以后，福桂侍弄欣赏他的鸟，桂嫂用那一只没残的左眼盯着大屏幕看《武则天》之类的电视连续剧；逢到周日，停业，他们便一起去逛公园，偶尔也下下馆子，虽然他们有到更高级的场所消费的能力，可是他们只下那种顶多不到十张餐桌的小饭馆；他们从不唱卡拉 OK，福桂顶多喝上一听啤酒，他从不抽烟，桂嫂却要抽上一支薄荷型女烟——有时在家看电视时也这样。他们至今没有出过北京地域，听我说起出差外地乃至外国的种种见闻，兴趣有限，不曾现出艳羡的表情。我到他们那儿,主要的话题还是北京城里普通市民所关心及感兴趣的种种，例如物价，治安，肃贪，赈灾，城区改造，商品展销，怪案奇事，花鸟虫鱼……

我们居住的地区，难得地保留着一道明朝挖出的护城河，两岸绿柳成荫，并且广植灌木，草坪铺得也很好，有时我傍晚到河边散步，会遇上福桂和桂嫂，福桂拿个小铲子小罐子，到护城河边挖蛐逮虫，给他养的那些个鸟儿备餐，桂嫂呢，她一手提个麻袋，一手拿根长棍，她是要干吗呢？头一回遇上时，我很纳闷了一会儿，后来我看见她用那长棍，不时地把一些人乱扔在河岸的废弃物，诸如塑料袋、盒，纸制软包装，易拉罐，冷饮包纸……什么的，粘起来，再投进那麻袋中；那长棍怎么会有那样的法力？后来知道，是福桂在棍端装了一根粗硬而又尖锐的铁针。我曾招呼她：“桂嫂，嗬，了不起，学雷锋，做好事啦！”她用那只好眼望着我，平平淡淡地说：他们也没少收拾，

“这本是清洁队该做的事，可他们前脚走了，就有人后手随扔……我一是心疼这护城河，再，我虽说是一只眼，七根半手指头，我能做的，捎带脚就做了不是？……”她这话，嵌在了我心上。

能跟这两口子交往，我很自豪。我的心灵需要滋养，他们便是一道甘泉。

最后一问

在某场合见到某批评家，他对我颇关切，一连问了我许多的问题，其中第一个问题是可想而知的:“又在写什么呢?”我如实告知，他听了遂有下列若干接踵而来的问题:“你怎么不写点能转载的呢?”“为什么不写点能广播的呢?”“为什么不写点能改编成影视的呢?”“你为什么不跟制片人、导演什么的合作,写影视剧本呢?”“你怎么总闷在家里,很少出来(指参加各种社会活动)呢?”“怎么最近很少有人提起你呢?”……

他提出这些问题，都是出于十二万分的好意，我领情。

当年，他对我那些轰动一时的作品，有过多篇热情洋溢的评论，还曾跟我说，他要追踪研究我的创作，令我受宠若惊。当然，他的批评应普泽天下，怎能让我这样一个不像样的角色专享。他嗣后宣告，要抱定了作家 A 来研究，写大部头的专著。作家 A 在那些年里确有“文章班首”的气象。这位批评家是完成了那大部头专著，还是差一点儿完成了那部鸿篇巨制，我记不真了。但他后来绝口不再提作家 A，据说是，A 一度有些个“敏感”(其实属于流言臆测)。于是在某杂志上看到他两篇《读 B 札记》，似有连续写出积累成书之势;B 是位德高望重且绝不“敏感”的老作家。但再过些时，却再不见他有关于 B 的文章，有回见到他，我提起 B，不等我问起他那札记，他先说起国际上权威人士对中国作家的评价，引用着若干资料，令我听来无比新鲜，据他说，B 在国际上没什么影响。那次见过不久，就看到他关于什么是真正有价值的中国文学的宏文，里面盛赞 C，举为不可颠覆之例;我想起来，C 的某几个作品，正是他那次告诉我的,国际上权威人士所“承认”的,少数“真正有价值”的“文本”。再后来我很少读他的文章，见面机会也不多。只是偶尔在书摊上，看到他为显然是书商操作的，某种意在畅销的，似文学非文学的，急就的新书，写了序；又看到他参与主编的，选题很波俏的，封面颇刺激的什么丛书，也在热卖；倒始终未见到他有关于C的专著面世。不过，前数月，忽然有朋友给我寄来了一纸剪报，是他在报上发表的一篇文章，大意是批评不少当代作家耐不得寂寞，主张作家应当完全不去考虑什么畅销不畅销，流行不流行，轰动不轰动，叫好不叫好……他奉劝作家“沉到生活的深处”，甘于“一箪食，一瓢饮”的清贫生活，并举出曹雪芹为例，说倘若曹雪芹不是“举家食粥酒长赊”地呕心沥血，怎能写出传世名著《红楼梦》？在那篇酣畅淋漓地鞭策当代作家的大文中，他提到了我的名字，作为一个例子，说我沉寂颇久之后，本以为我会有成功的反映现实生活巨大变迁的作品问世，没想到却去写什么《秦可卿之死》，可见我是实在没得可写，又耐不住寂寞，整个儿掉到俗世的陷阱里去了！其言辞十分地痛切。从他文中我感觉到，他不仅对我几年来创作情况并不了解，对其他所提及的某几位跟我接触较多的作家，也并不了解，首先他就并没大体上弄清楚我们这几年里究竟都出版了哪些新著，比如我，《秦可卿之死》只是我旁及性的“业余创作”，我并不是没有发表反映现实社会变化的作品，长篇就有《风过耳》《四牌楼》《栖凤楼》好几部，中篇如《小墩子》等部数更多，还有若干短篇小说，当然可能都不属“成功之作”，但说我“实在没得可写”才去写《秦可卿之死》，毋乃武断乎？而且我那《秦可卿之死》他显然也并没有哪怕用“对角线阅读法”浏览一通，他是“远远一望”，便号脉开方。不过，说实在的，读了朋友寄来的他那文章的剪报，我还是很受触动。就耐得寂寞而言，我虽有耐得的一面，却也有耐不得的一面，若把清贫也当作寂寞的一个内容，我就只是一个劣等生的水平，写作含有“稻粱谋”因素，对稿费版税，总愿意人家多给一点，拖欠得久的，还写信去催要；因为目前还是三代同堂的状态，所以总想住房再宽敞些，等等。再说我虽写了这么多年，出了不少的书，也确实难称成功。难得他在最新的批评文章里提到了我，为自勉，我把那份剪报一直夹在了札记本里。

没想到前两天遇上了他，而在俗世的日常语境里，他蔼然地问到我的，竟是那样一连串的问题。他还跟我交流文化圈里的诸种信息。如某学者在某国际财团在中国的某个分支机构兼职，成天乘飞机飞来飞去，且有了私家轿车（我吃了一惊,因为该学者似有一张“法兰克福脸”,跟跨国财团若做不到不共戴天，至少也应大大地疏离）；又如某作家写一集电视剧能拿一万乃至两万稿酬，而那一集的剧本“不过一个晚上的活儿”；再如前两天跟谁谁，还有谁谁（我心里说，爱谁谁）去什么高级钓鱼俱乐部钓鱼去了，谁谁谁特惨，谁谁谁特狂什么的；又是谁谁上党校了，回来要提成什么什么了；谁谁又有好多的匿名信告；在国外的谁谁的什么作品直接用外语写的，上市后曾一度登了排行榜……

我望着这位批评家，开头，直发愣，后来我的心弦忽然松弛下来，我憬悟，自己不应该把“文如其人”的标准颠倒成“人如其文”来横加乱用；再说，谁是圣贤？自己既然不是，也是不了，怎么就非得要人家去充任？他写那些批评文章，恐怕一是他爱好写作，二是他希望自己所写能持续地发表出来，不要像有的人那样竟然（哪怕是一度）中断,三是他写的时候进入了一种很高的道义、道德境界，写完了，回归于我们大家共浴的人文环境，说点子俗事俗话，有什么奇怪的呢？不过,我在释然之后,还望着他时,却又不知怎的,竟悲从中来——不仅为他，也为我自己，乃至还有另外一些人……

蒙他厚爱，提起我们前后“出道”的若干往事；我后来的境遇，他大体是清楚的，问及我的一些具体的生存状态，我想到那篇夹在我札记本里的剪报，他那谆谆鞭策我耐得寂寞受得清贫的文章，遂不无自豪地向他汇报，告诉他我现在完全不知何谓报销何谓发放福利物品，全靠稿费补助生活也倒怡然自得什么的……我等着他鼓励，谁知他对我的关爱达到我想象不到的程度，他那最后一问清晰地传进了我的耳蜗：“……你混这么多年了，怎么还没找着个给你有单全埋的主儿？”

我站起来，让他觉得是去洗手间，实际上，是落荒而逃，或者简直可以说是抱头鼠窜。

你的儿子呢？

在街心花园，几位晨练中相熟的老人，常常如此发问。

老秦两口子，儿子儿媳妇孙女全家都在美国，说起当年因为调皮常被请到学校里见班主任的往事，老两口就故意互相埋怨，大家便从那笑语里分享到他们养儿终有成的自豪与快乐。至于打四年前儿子儿媳妇把他们请去探亲半年回来后，那边电话渐稀孙女英语倒比中国话流利等等，他们自然不向人们提起，自己也尽量不搁在心里当块石头子儿。

肖大姐听到这一问，则会拍着巴掌把她那儿子最新的趣事形容一番，说到半截，人家还没甚明白，她却先笑弯了腰。其实肖大姐是个老处女，直到如今也还未婚，但她老来有福，住上了宽敞漂亮的新单元，而且五年前养了一只蝴蝶犬，那确实就是她的心肝宝贝儿子，最新的趣事就是她用一种新牌子的宠物洗浴液给儿子洗澡时，那浴液派生出许多肥皂泡，她儿子蝶蝶就一个劲儿伸爪子去抓肥皂泡，弄得溅了当妈的一脸一身的泡沫水儿……肖大姐模仿蝶蝶抓肥皂泡的姿势，活泼而生动，哪里像年过七十的老太婆！

人都称呼为胡总的，奔八十去了，他离开总编辑的岗位十几年了，调理出的有成就的文化人少说有一打，儿子目前也是个名人，既是名编，也兼评论家，而且也写报告文学，晨练的伙伴们常告诉他又看到他儿子在报纸或电视上露面，表情语气都充溢着羡慕赞叹，也常问他儿子又飞哪儿去啦，又出了什么大作，让他证实他儿子确实是某种国家级大奖的评委……胡总应答时不消说很愉快，有时也会替儿子谦虚一番，说咳那算个啥呀还不是瞎忙活罢咧……但胡总心里，有个隐痛，知道他心事的都会回避，那天一位新参加进晨练队伍的不知道，问了他一句："孙子多大啦？"他装没听见，那人竟又问："是孙女呀？"亏得旁边的老秦忙拿话岔开，才免去胡总尴尬的一答；他和老伴盼了好多年，眼下儿子儿媳妇爽性把话挑明了，一不是生育有困难，二也不是让事业绊住了，是自愿、主动，而且坦然、愉快地选择了"丁克家庭"的"美好模式"。胡总如今常这样去想：正像文章有不同风格一样，儿子他们如此编排人生，也算是别具一格吧！

高大姐很喜欢熟人们对她发这么一问，而且，每到春天，她还会主动问人家："要不要从我这儿过继一个呀？"这是怎么回事？原来，她中年丧偶后没有再婚，也没有生下过儿女，她说的儿子，是十几年前出差到四川竹乡，从那里带回的一窝竹子，本以为很难在城里养活，何况她又养在二楼阳台上，谁知头两年在不经意间，那盆栽竹子竟蓬勃生长，形成蓊润的一丛鲜绿，且把口径一尺来长的瓦盆都胀裂了。后来，特别是离休以后，她就把那竹子当作儿子般疼爱呵护起来，年年换盆、拌土、垫肥自不消说，平日勤浇水、常修剪、慎补肥，又不断分盆，使她那阳台上整个儿成了个小竹林，不但她自己乐在其中，也成了亲朋邻居们观赏的一景，而由她那里"过继"出去的盆竹，也陆续都成了那些人家骄人的绿诗。

这群人里，阿姚只有女儿，但她是招赘了女婿，一起住在个复式的大单元里的，所以人们这样问她，也就是把女儿儿子一块儿全问了，阿姚却总是答不清，两口子究竟做的怎样的生意，为什么一会儿高兴得在家里搞"派对"，一会儿又关在楼上卧室里吵得楼下的吊灯都摇晃，她难与人言，多半只含混地答曰"好好好"……但有一天她的回答大有突破，那天她说她要"跳槽"了，也就是今后不再参加这个剑术加扇舞的晨练组，而要去那边公园山亭里去参加一个京剧票友组的活动了，说着说着，她忽然说出这样的话来："咳，跟我最亲的儿子是谁啊？就是唱那么一口啊！"后来她果然越唱越快乐，还在电视上清唱了《锁麟囊》选段。

你的儿子呢？面对这一问，所有上了年纪的人都能有自己的回答，若要避免酸涩苦辣的答案，让心里漾出蜜波，全看能不能超越现实，培育出一个以自持、乐观、宽容、施爱为中轴的心灵空间。

家有成竹

住同楼的不来往。唯一“短兵相接”的机会就是收房费。收房费的那点工夫里好奇心猛蹿芽儿，几分钟里就长成藤蔓，伸出眼睛珠儿四下里攀。

头一样攀的是组合柜。居然没有，那可够寒酸的。有，几秒钟里就定了性：罗马尼亚式的？南斯拉夫式的？夏威夷式的？马德里式的？美国柚木贴面的？香港宝丽板的？中国宫廷豪华型的？

紧接着攀的是家用电器。彩电多少？嗬，平面直角型，21！单制式还是多制式？怎么没配录像机？哪，在那儿呢，索尼的？松下的？原来不过是杂牌儿……音响呢？什么样的唱盘？带激光吗？……怎么还是14的小彩电？单卡录音机，咱们这儿管这牌子叫夏普，人家香港叫声宝，怕都使了十来年了……冰箱几开门的？哟喝，敢情都置上冰柜了……洗衣机是全自动的吗？下排水还是上排水？……

嘴里报的是水钱、电钱、房钱……心里叨念的是上头那么一串。没什么恶意，不过是好奇，走出这家揿那家门铃的间隙里，心里头飘飘悠悠地有几分嫉妒，几分鄙夷，几分惭愧，几分自豪，几分惶惑，几分混乱，都是仅仅几分，好比风中残叶、空中游丝，敛完钱兴许就能复归为一片晴阳。

这家门开了。没有组合柜，没有大彩电，单门小冰箱、单缸洗衣机，一眼看去就知是“完全国货”……可让瞳孔里伸出的那根藤蔓震了，蔓尖儿不知该怎么粘附，颤悠悠直打旋儿。为个什么呢？水泥地露着，没铺炫眼的地毯、板革；墙面雪白，没贴雅致的墙纸……一句话，你想得到的这儿或者没有或者仅仅达到一般水平，可这儿有你想也想不到的——靠着的墙角，好大的一盆竹子，快长到天花板那么高了，竹竿成丛，竹叶青翠，竹影婆娑，满室生绿！

“啊，这是我到南方蹲点搞科研时，从山上挖来的野竹子，已经换了三次盆，分了四次根……好吗？我们也没想到它这么容易活，活得这么来劲儿……这是我们家的一宝啊！”

瞧那眉梢眼角，如果对着自家的25大彩电显摆，也不会发散出那么多的自豪和快乐吧？

一般不打听，这回忍不住：“您是干哪行的？”

“我么，嘿嘿，我这行跟每家每户都有关系，我是搞硅酸盐的……”

出得门来，直发愣。满眼留着绿，满心汪着绿，不知为什么在心里头打着分，好像电视里那些个举着牌牌的裁判，无形的牌牌上竟写着个最高分——串了这么多家，属这家最“阔”！

可心里头又直犯嘀咕：硅酸盐？能当佐料吗？怎么会跟每家每户有关系呢？

空房（待续小说）

他掏出钥匙，熟练地打开了门锁，推开门，刚往里一走，他惊悚地愣住了。

空房里的那个人似乎是闻声回转了身，也满脸惊悚望着他。

他们面面相觑了那么几秒钟。

但他们也都很快地镇静下来。

他想：他在这儿，也不奇怪。

他想：他来这儿，也不奇怪。

这是居民区里的一幢红砖楼。

他们在顶层的中单元里。这单元很小。不知当时为什么要把那单元盖得那么小。大间只有十四平方米，小间只有六平方米，没有过厅。厨房、厕所也小得可怜。如今再盖单元楼，不那么盖了。但当年就那么盖过。这种房子盖起来容易，拆起来难。只好耐心地年复一年地使用下去。

最早，大约在八年前，它是供落实干部政策用的。那时是新房。一位在监狱里关了七年的老干部，同他的老伴，还有一个女儿，刚落实到这个单元里的时候，他们觉得这简直就是宫殿。但两年以后他们就无法容忍这单元的小、高、陋。住够两年半，他们再一次落实政策，搬到后盖起的一种高层楼中，四房一厅，两个卫生间，他们毫无眷念地告别了这个小单元，住进了那据他们说是“还马马虎虎”的新单元中。

第二轮住户，便是上面掏钥匙开门那位的一家。他家四口人（他，他妻子，他女儿和儿子）原来只住一间十三平方米的平房，五年半以前，落实知识分子政策，他们搬进了这个单元。搬进去以前他们重新喷了一次白浆，当他同妻子在喷刷得如同雪洞般的空房中，一边走来走去，一边议论着如何布置时，他们处在一种“知足常乐”的怡愉心境之中。但住到去年他们便已无法忍耐。去年年底他不再是一般业务干部，他升了官儿，于是，前些天他搬走了，搬进了一幢新盖起的预制件灰楼中，不再是最高层，是三房一厅的格局，其余优点也还很多。他本不必再回这单元来，然而，今天他却来了。他知道新分到这个单元的那位，很不满意于这种安排，正提出要求得到更大些更好些的单元，所以，他原以为今天这个时候悄悄地进入这个单元，不至于有人发现。他没想到那并不愿意成为这单元新房主的人，此刻却俨然站在这单元里，以新房主的身份，用诧异的目光盯着他这个闯入者。

新房主的心境，的确不同于前届房主刚分到此房的那般。他年龄虽比第二届房主小六岁，大学毕业、参加工作也相应晚六年，并且工资级别也相应低两级，但他在他那个专业领域中的成绩，目前已远远超过了前房主，可是因为他没有任何行政职务，并且无论是论资还是排辈，他也都只能居前房主之后。所以尽管他的住房困难是几次见诸公开报道和“内参”的，现在特意破格对他照顾，也只能是给他这样一个单元。他闹过情绪，扬言过不领钥匙，跑去越级申诉过，要求给他另分一套哪怕只稍大一点儿的有过厅的两居室单元，但至今无效。他毕竟是一个典型的中国知识分子，终于软弱下来，今天到底还是去领了门钥匙，并且进入了这个空荡荡的单元，很不情愿却又情不自禁地盘算起来：搬来后如何安排？他将带领下列一群人入住：他的妻子，他的岳母，他的两个儿子，现在他们住着一间十五平方米的屋子，是那种筒子楼里的原来供办公用的屋子，搬进这单元以后，他们夫妇与岳母、儿子的床铺之间，不必拉布帘了，许多害羞之事，可以各自心安地隐蔽在墙后办理，做饭、如厕也方便多了。但那小间为何只有六平方米？当年的设计者是怎么想的？这楼虽然是“文革”后起来的，设计图纸却是“文革”末期敲定的，为何把单元设计得这么小？据说为的是“限制资产阶级法权”，此事如今难以考稽、追究，只能是面对现实，冷静地考虑如何分配这虽比原居大，却又并不大得让人痛快的空间；看来，儿子们所用的上下铺铁床，迁来后还得继续使用，而姥姥与他们仍旧只好同处于一个屋顶之下；在何处吃饭呢？只好利用那构不成门厅的狭小过道，要不，就还得用他们夫妇的那间屋，卧室、书房、饭厅仍旧得三位一体……唉！

他虽然觉得他在这空房里出现并不奇怪，但他还是满心的不高兴。他约了个人来这里相会。为什么约到这里来？显然，为的是避开一切人。他跟那人说好，他下午五点钟准时到这空房里来，等着。来人敲门时要先连敲三下，停停，再敲两下，停停，再敲五下。他要求来人最迟五点半钟到，因为五点半钟一过，就会有许多下班的人回这楼来，届时上楼会遇上仍住在楼里的旧邻居们，不方便。他们将在空房里毫无干扰地谈谈。没有任何家具，他们或者站着谈，或者席地而坐，或者倚着暖气、窗台、墙壁，只是不要到阳台上去……他们会谈得投机吗？会谈得愉快吗？他此刻还没有把握。

另一位虽然觉得他突然进入到这空房不足深怪，他原是住在这里的嘛，但心里很快便浮出了不快，这不快并且逐秒逐分地增长着。他不是已迁入新居了么？他应把家中所有的开这旧居门的钥匙，全数交还给房管部门，可是，显然，他留了一手，他起码就还保留了一把。他留着这把钥匙，是抱着怎样的目的？他这时候忽然开门而入，是想干什么？看他那眼神，倒好像是我不该在这屋里，岂有此理！现在这空房是谁的家？“请看今日此单元，竟是谁家之天下”？！

“你怎么——？！”

“啊，我——我回来看看……”

“你有钥匙？”

“啊，还有一把——是昨天才偶然发现的，我们本来一人一把门钥匙，后来，我女儿那把弄丢了，就再去配了一把……谁知道一搬家，一折腾，昨天整理书橱时，这原来丢掉的一把又自动冒出来了……”

“你们家手里还有几把这样的钥匙？”

“再没有了！这把我也是打算交给你……”

“你怎么知道我在这儿？”

“呃，不知道，我怎么知道？我是……恰好路过这儿，不知不觉地，就走上来了……毕竟在这里住了好几年了，有感情了嘛……”

“这单元设计得太蹩脚了！怎么可以设计得这么小呢？这给刚结婚的小青年用还差不多，可是却给了我……”

“是呀，是呀，我们家住进来以后，也是哭不得笑不得；哭吧，人家是给咱们落实政策，从一间平房变成一个独立的楼房单元了，又有‘双气’(暖气、煤气)，能再抱怨吗？笑吧，越住越觉得憋气，心里头怎么也痛快不了……”

“现在轮着我哭笑不得了……”

“忍两年吧，两年后会再给你调整的，像我一样……”

“我一住进来，恐怕就不仅仅是两年三年了；你要不升官儿，你不也还得在这儿忍下去吗？”

“你也当个官儿嘛。你也快了，快了……”

“我可不是当个官的材料……我一辈子不当官儿，我就弄我的业务，搞我的课题！”

“你弄吧，弄吧……说实在的，我羡慕你羡慕得不得了，我这顶乌纱帽儿，就是不给我惹祸，也毁了我的专业前程，我这辈子注定是碌碌无为！”

“可是就分我这么个单元，我的研究，我的课题，不还是没个好的环境来保障吗？你知道搞我这一行，动不动得摆摊儿，得不受干扰，可我的资料今后还是得跟酱油瓶醋瓶油瓶碰在一块儿，我的耳边今后还是少不了聒噪，我的研究条件究竟改善了多少呢？”

“你别着急嘛，过两三年，一定会进一步改善的……”

“可是我自己知道，我这口生物钟的黄金阶段，恰好就是这两三年……”

他们谈不下去了。

他伸腕看看表，五点二十五分。

他伸腕看看表，五点二十八分。

他们当中有一个的表快了。

他望着他，心想：怎么还不走？

他望着他，心想：怎么还不走？

他想：他该把门钥匙给我呀。

他想：这门钥匙我暂时还不能给他。可我该怎么向他解释呢？

他觉得他很奇怪。

他觉得他有些可厌。

他就要开口问他讨那把应当属于他家的门钥匙了。

他当机立断，决定把钥匙交出去，然后赶快走出这空房，到楼梯上去迎那应约而来的人……

可是，这时有人敲响了门。

（欢迎续写）

1985 年 10 月

因为缺个杈

潘老那年七十七。自从退休后，十七年来他一如既往地为他的愿望而奔走。什么愿望？家里的旧物里，有把太师椅，原来也没在意，退休前偶然被一位古玩专家看见，说是难得的明朝紫檀真品，就想高价买下，潘老不卖，古玩专家发现那把太师椅一侧缺了个杈儿，觉得不完美，也就没再强求。自那以后，原来被打粗用的太师椅就成了潘老的心肝宝贝，他把它搬到卧室里，放在躺在床上眼睛也能望清楚的地方。退休后的生活因此变得有了主心骨，他每天的日程竟比上班时还紧张，排得满满当当的，先是去听关于古玩收藏的讲座，后来是泡书店：专找关于讲古家具收藏的图书，有的买回家，有的觉得实在太贵或内容重复，就在书店立读；后来就风雨无阻地去逛文物商店、旧货市场，把观赏明式家具作为活动的重点；这期间，认识了不少有关的人士，特别是跟他志同道合的古玩发烧友。岁数从六十起一年年地增长，潘老却仿佛越活越年轻，脸色日益红润，退休前开始凸出的将军肚很快平复为他自称的列兵肚，身板越挺越直，步履保持轻快，人家称他潘老，他就笑呵呵地说还是叫老潘吧。

潘老对明式家具着了迷，但没有迷到荒唐的地步。他只谨慎地收购了一些小件的东西，花费上跟老伴、子女没有产生矛盾。他说他唯一的心愿，就是要踏破铁鞋，寻觅到一个恰好能配全那把祖传太师椅的杈儿。为此他后来更常去的是那些废旧日用品收购站，那里常会遇到一些旧家具的散件。他的一位古玩发烧友就在那类地方给自己的一个鸡翅木炕屏配上了缺腿儿，这大大鼓舞了他的寻觅兴致，他还一度把自己的搜索范围扩大到北京远郊。家里人都说，自从老爷子的生活有了寻找缺杈的主心骨，脾气也变好了，只要家里人不对他的爱好表示异议，他的脸色绝对大晴，如果家里哪个人能善言善语地问他关于明式家具的事儿，又能耐着性子听他滔滔不绝地讲述，那他会高兴得就跟喝酒喝到微醺时一样，脸上满溢艳阳。

那年他七十七，寿诞一个来月前，他居然就寻到了那么一根杈儿，很便宜地买下来，回家往那把太师椅的缺失处一对榫儿，嘿，难道是物归原主？竟分毫不差！他乐得不停地咧开嘴笑，老伴儿孙也都为他高兴，连续一个来月，家里天天是过节的气氛，到了寿诞那天，儿孙原主张到外头餐馆包个单间，老伴知道他的心思，抢在他前头摇头，说家里如今也宽敞了，就在家里摆宴，让老爷子就坐到那把宝贝太师椅上，受儿孙们轮流跪拜！果真就那么办了七十七大寿。那把太师椅再不让任何人坐，摆到卧房一角，孙女儿给下面铺了块高级小地毯，外孙子给屋顶上装了几个射灯，老爷子晚上睡到床上，也可以欣赏射灯光圈下面的那把价值连城的太师椅。

从此潘老心满意足。他可以一连好多天不下楼，就在家里来回来去地欣赏那把再不残缺的太师椅。老伴劝他还是下楼活动活动，他说："我功德圆满，该消停消停啦！"原来的古玩发烧友打电话约他见面，他婉辞；有的听说他那把太师椅不缺杈了，要来参观，他也设法推脱。偶尔下楼买个东西，他走起路来慢慢悠悠；不愿往远处走，更别提往远郊去了；俩仨月过去，他肚子开始往将军型发展；在家里常常坐在沙发上打盹，老伴劝他看看那些关于古玩的书，他拿起这本觉得了无新意，拿起那本更觉得陈词滥调；一贯对儿孙蔼然可亲的他，那天只因为儿子把紫檀木说成了檀香木，忽然发起火来，儿子顶了句嘴，说那不都是好东西吗？他竟暴跳如雷，跺着脚嚷："你懂个屁！檀香木是灌木，紫檀木是乔木！檀香木也就能制点扇子什么的小玩意儿……不许你污蔑我的紫檀！……"老伴见他脸也成了紫檀色，忙扶他坐下；女儿忙拿电子血压计给他检测，一出结果围着的人全吓了一跳，赶紧送医院，住下全面检查。

医生给老爷子检查的结论是，没大问题，但一定要加强活动，包括用脑。老爷子回家那天却出了件泼天大怪事——有窃贼撬开了二楼窗户的铁栅，钻进屋里偷了些东西，别的损失倒不算大，最惨痛的损失是竟把太师椅上的那根配上去的杈子给拆走了！看来那贼懂得那紫檀木的价值，那根杈儿能劈成十来颗图章料，卖出大价钱啊！邻居熟人们知道这事儿后，有的就禁不住问："这不是索潘老爷子的命嘛！他还不气死了呀！"

潘老是气得够呛，但没就那么气死。配合派出所、居委会，做了许多调查；张罗安装新的防护栅……虽然窃贼难抓，潘老却觉得再去淘澄一根椅子杈也未必就难于登天。从此他又恢复了原来的活力：几乎每天外出，会古玩同好，到各种场所搜索能与他那把太师椅匹配的椅子杈；有关的图书也增加了很多，读起来兴味更浓……七十九那年做八十大寿，他坐在太师椅上受拜，已经上大学的外孙子跪拜完，开玩笑似的问："姥爷，那椅子杈要是我偷的，您是不是平时再疼我，现在也得把我捶扁了？"他乐不可支地拂着留得长长的白髯说："要真是你偷的就好了！我也不用再去找恩人了！孩子们哪，懂得什么是残缺美吗？这把太师椅跟那个维纳斯雕像一样，就这么着也美得很呔！"又说，"当然啦，我还得找那配得上的椅子杈！不过我再也不着急啦，真的，找的工夫里，那乐子比真找着的时候大！"

潘老又找了三年，前些时因心肌梗死去世，享年八十三岁。遗体告别那天，已经办好去国外读硕士学位的外孙子把一根紫檀木椅子杈拿给姥姥和其他亲属们看，坦白说："是我偷的，还布置了个现场，造了假象。为的是姥爷多活几年。目的果然达到了。你们说，是把这椅子杈随他火化，还是安到那把太师椅上去？"

猜猜看，一家子最后做出了怎样的决定？

依偎

小秦比我整小两轮，因为一度喜好文学，所以一度跟我算得上忘年之交，近十几年他对文学越来越疏远，跟我的关系也就越来越冷淡，但我们毕竟藕断丝连，有时候他会忽然来个电话，显然是用“全球通”打来的，又显然因为使用频繁，电池总是处在能量即将耗尽的状态，吱吱呀呀没说上几句话，还没等我问清他是漫游在哪里，便戛然中断。我也会偶尔想起他来，自言自语道：“小秦现在是不是又在飞机上打盹呢？”

前些天小秦竟飘然而至，我惊而不喜，问：“哪阵风把你吹到我这儿来了？”他闷闷地说：“哎，哪阵风我都觉得没劲了，所以就又来你这儿了。”我问起他这些年的状况，他说无非就是飞来飞去，谈生意，吃海鲜，桑拿，按摩……腻味死了。他说忽然来找我，是想让我给他侃侃文学，如今又出了些什么新锐人物？新潮作品？我说：“去你的吧！我是你的清客么？没那个陪聊的义务！”想了想又说，“你的车停在我们楼下吧？还是那辆‘大宇’么？正好，我早想去看看那个海洋世界，七七八八杂事缠身，总逮不着个空子，现在你来了，反正我也干不了别的了，好吧，你拉我去，陪我看！”他说：“呀，看那个干吗？那是哄小孩的！要不，我带你去桑拿、按摩，完了到夜总会喝‘人头马’……”我说：“少废话，海洋世界你去不去？你不去，我自己打‘的’去。”他仿佛要跟我上断头台似的，站起来，一跺脚，一仰脖：“走！”

到了工人体育馆南门的富国海洋世界，那天下午那段时间里，居然仅有我们两位看客。我们在那号称亚洲第一长度的人造海底隧道中，站在自动滑轨上，观览那人造海洋中，众多的真鱼。这海底世界设计得很好，从许多角度望进去，景深都相当阔远，里面布置的珊瑚礁、沉船骸骨恰到好处；只见扇面大的鲷鱼结队游弋，磨盘大的鳐鱼从头顶掠过，颟顸的巨鳗趴伏在礁洞里……而具有环绕立体声效果的设备，把海浪声、鸥鸣声和淡淡的乐音，轻柔地传送到我们耳中，我是很快便陶醉了，身心大畅，飘飘欲仙，几乎忘记了小秦的存在。忽然，耳边传来小秦“呀，呀”的惊叹声，我扭头一看，他正目不转睛地盯着……我顺他眼光朝那“海底”寻觅，啊，是里面的一条大鲨鱼，使得他的面容目光，多少恢复了一些昔日的“文学味儿”。我问：“怎么，鲨鱼利齿，让你联想到弱肉强食了么？”他说：“你这人！这时候别噎我好不好？”又指着那里头说，“看呀，看呀，大鲨鱼身旁，有几条小鲨鱼？”我仔细看，那条大鲨鱼，雍容地漫游着，它的腹下、身旁、背上，一共依偎着七条小鲨鱼，仿佛与它粘连在了一起，由它慈爱地携带着，一起享受着生之乐趣……

我们竟一连在那自动环绕滑轨上，观览了整三圈，才退出到休息厅喝冷饮。

小秦一再地感叹：“依偎，依偎在一起……哎，哎，又想写诗了……”我说：“那算得多么奇特的景象呢？到北京动物园去，你会到处看见依偎的镜头，尤其是哺乳类动物，老小之间，配偶之间，甚至同性之间，互相依偎，实在是最普通不过的生命现象……”他只是沉思，不理我，我就又说：“你的生活里难道就那么缺乏依偎么？你那宅子，虽说未必能称豪宅，但装修得跟五星级宾馆不相上下，你那金屋所藏之娇，难道不跟你依偎么？再说，你那桑拿、按摩、卡拉 OK，还有夜总会里的声光色电里，呷着‘人头马’XO 什么的，你以为我不知道，你们都是什么光景么？哪回不跟‘妈咪’逗贫嘴，不找‘小姐’瞎腻咕？别说依偎，就是搂抱，乃至更进一步的肌肤接触……什么事你们做不出来？……”小秦抬起原本下垂的眼睑，把双眼对着了我，我立刻闭住了嘴，心中暗暗吃惊——那双露出的瞳仁里，显露出久违了的，一度令我们得以建立忘年之交的，梦幻般的，充溢着渴求的，纯真的光芒。

小秦只把冰茶当作了醇酒，仿佛微醺般地向我倾吐起来。他说，表面上，他似乎已是电视广告里所鼓吹的，那种标准的“成功人士”，一般俗众所追求的东西，他都拥有了。可是，今天在那大小鲨鱼依偎的情景前，他仿佛遭到雷轰电击——他发现，他现在实际上是自己无所依偎，也无有依偎自己之物……

他说，不错，他经常能享受到“皮肤滥淫”，但每次总是“事情”一完，立刻索然寡味，那完全不是一种生命互相信任、互相保护、互相滋润的相依相偎……他捶着桌子，痛苦而沮丧地说：“最要命的是，我都不知道，该从哪儿，用什么法子，才能找到那我可以依偎他，或他可以依偎我，我们互相依偎着，从中并不一定会获得什么现实功利，可是，却真能享受到爱情、友情、亲情……那样的对象了！”他问我，“你说，我该怎么办？”

这算什么难题！我听了，不假思索地回答他说：“好办好办——回到文学，对，你回头是岸，岸就是文学！”这显然不是他所企盼的回答，他望着我发呆。我就进一步跟他说，我所说的文学，是那些年里我们一起议论过多次的，在多元格局里，我们所选定的那种文学，那不是拒绝物质丰裕、诅咒成功人士、禁绝俗世俗念的文学，却又是澄澈心灵、同情穷弱、向往高尚慷慨的文学，那不也就是，以超越时代、地域、民族、文字的篱藩，体现出人类依偎亲和之美的，一种富有久远生命力的文学吗？不管你现在有多忙，抽出一些个时间，如同今天到这海洋世界一般，重返我们钟爱的文学元中，徜徉，吟哦，你就不仅能在精神上，而且在实际的人际交往中，获得一份依偎的甜蜜！……

我以为我挺了不起，说动了那在苦海中迷惘的小秦，以为我真恢复了与他的忘年交，似乎从此他就又会经常来跟我讨论“我们的文学”了……谁知在“大宇”奔向我家时，开车的小秦却当头给了我一棒：“哈，现在回想那大鲨鱼和小鲨鱼，我觉得其实那也可能并不是依偎，而是‘傍’（bang）……现在凡想发达的人，不都在‘傍’吗？‘小姐’‘傍’‘大款’，‘大款’‘傍’赃官，赃官他也有一‘傍’……就是所谓的‘文学家’，不也有‘傍’企业家，‘傍’书商，‘傍’传媒的吗？……大家齐努力，找个‘大个儿’‘傍’啊！……”他偏头朝我龇牙笑，我一望他的瞳仁，呀，又十足地“成功人士”味儿了！

小秦把我丢在了家门口。我且把他丢往“爪哇国”。从此再不来往也罢。只是，忘不了那海洋世界里，大小鲨鱼依偎洄游的景象。寂寞中，哪天再去瞻拜？

咸饺子

小阿姨芳芳进来的时候，满脸泛着红光，女主人心里想:这孩子血气真旺!

芳芳一边淘洗买来的韭菜，一边说:“昨天下了班，我一进电梯，小敏就跟我说……”

女主人在一边检查芳芳买来的肉馅，似乎肥了一点儿。她没听清芳芳在说些什么，只是嘱咐说:“一会儿再洗出棵白菜来，拌馅的时候把韭菜跟白菜混在一块儿……”

芳芳每天来这家做一顿晚饭，她根据女主人头天的吩咐，备好需要的原料带来，然后便在厨房中投入工作。芳芳的烹调手艺日渐长进。女主人每天多少总要跟她在厨房里一起操弄一阵。做好饭，芳芳跟主人全家一起围桌进餐。她们处得挺不错。吃完饭，洗刷完，芳芳才回自己的住处去。她租了间小小的平房，一个月的房租要五十元呢。不过芳芳很勤劳，除了固定在这家做晚饭，她还另揽了许多的零活儿，比如上午给人家打扫卫生，下午四点以前给人家去洗衣服什么的，这样加起来一算，她每月的收入也便相当可观。

“……真没想到……我原来以为小敏不跟我好了呢……可是她就跟我说:嘿，你晚上没事儿了？……”

芳芳真盼女主人能听她讲下去，可是女主人只是在那儿看瓦盆里的面发得怎么样，一点儿也没在意……

芳芳这天早上去给一家擦玻璃窗，下午去给一家洗被，她干活的时候，那两家的主人基本上都不在跟前，干完，人家把工钱给她，她便走人了，双方简直说不上几句话。

可芳芳跟这家的关系不一般，尤其跟女主人，常常说不少的话。芳芳觉得这天她要诉的话语很重要，她真希望女主人能仔细听听。“您猜怎么着？小敏举起一张票，问我：‘你想不想看？’我说：‘当然想啦！你真给我？’”“这回的皮儿你要擀薄一点……”女主人心不在焉，她去到阳台上，从挂在一侧的蒜辫子上掰蒜去了。芳芳直到拌馅的时候，还是没法让女主人听她的倾诉。女主人后来干脆到卧室里休息去。女主人身体弱，要不她请阿姨干什么？

芳芳咬着嘴唇，拌馅。她的脸涨得绯红，仿佛就要爆炸的气球。

她来这个楼干活，每次都要乘电梯。得到二十层呢。可是开电梯的小敏，她的同龄人，起头遇上她一个人进电梯，就不怎么乐意为她开那么一趟。有一回她说：“那人家有的楼，根本不要开电梯的，谁进电梯，谁自己开……”小敏扁嘴说：“是什么样的楼？这楼住的全是局级干部，懂吗？”她俩关系从此有些个紧张。可是，昨天，小敏却给了她一张票，那是楼里一家搞艺术的给小敏的，小敏自己当班，不能去，原是想给姐姐的，谁知姐姐也不能去，所以小敏见了芳芳，便把那票给了芳芳。小敏其实有要弄芳芳的意思。那是张音乐会的票，七点一刻开，芳芳进电梯的时候已经过了八点，坐公共汽车赶到剧场，怎么也得八点半开外了……

芳芳开始包饺子。她回忆着头晚的情景。她因为不认路，找到剧场门口已然是九点了！把门的差点不让她进去，可是她毕竟还是进去了！

女主人小憩后，来帮芳芳包饺子。芳芳见女主人过来，兴奋得不得了，她结结巴巴地说：“昨天我听唱歌了！最后三个歌！真好看呀！”女主人只当芳芳说的是从她家电视屏幕上看的，没在意，包了几个饺子，便去打开音响，放送自己爱听的乐曲。芳芳还试图说说昨晚的感受，女主人却双耳只闻音响中的乐音……这样一直包完所有的皮儿馅儿。

煮饺子的时候，芳芳心里很不好受。昨晚她是生平头一回走进那样的剧场，坐在那样的软座椅上，眼睛和耳朵，不，还有整颗心，突然强烈地接收到那样美好的讯息！不错，她曾在电视上看到过许多演出的场面，然而她万没想到，真正的演出现场，会是那么样地让人陶醉！她进去得太晚，只听了最后三首歌，便散场。然而，她激动得在秋风中一路步行回到她那仅容一张小床的小屋躺下以后，闭上眼睛，心上还光艳艳地闪动着舞台上那神奇的美景，脆生生地回响着剧场里那美妙的歌声……她失眠了许久。

她只是想找个人说说，她昨晚享受到了多么美妙的事物。她原以为女主人是能听取她的倾诉的……

头锅饺子熟了。她心里闷得发胀，仿佛有什么东西就要开裂破碎。

女主人尝了一个饺子，惊呼："哎呀，芳芳你是怎么搞的？这饺子咸死人！你放了几勺子盐啊！"

芳芳一惊，跟着，便淌下了两行泪水。

"咦，你怎么……"女主人望着芳芳，大惑不解，你做错了事，说你两句，这算得了什么呀？怎么这样娇气？

芳芳的心，也仿佛咸饺，极不是滋味。

小圆拢子

我家暖气管漏水。给物业打电话，很快秦师傅就来给修理。修理起来挺麻烦。我给他倒好热茶，就去继续忙自己的事。需要把一篇材料打印出来，可是，打到一半，墨盒没墨了。我就去跟秦师傅说，要出去一趟，去给墨盒充墨，小区外头超市里就有这个业务，很方便，我顶多半拉钟头就回来。秦师傅听明白后，先问我，能不能等他修理好以后，我再去给墨盒充墨？我就说等不及。他就说："您家现在就您一个人，您走了，我待在这里不合适，要不，咱们一起出去，您锁上门，我在您家单元门外等您回来。"我笑说："秦师傅，您在物业这么久了，我家麻烦您也不止一回了，我信得过您。"说着，我就拿着墨盒出了家门，秦师傅还是跟着我出来了，还让我把门锁好，我就说："你这人怎么这么矫情？"也没把门合上，就往楼下走。没想到先听到哐当一声响，紧接着是秦师傅追着往我耳朵里灌过来的话音："我把您家的防盗门撞上了啊！"我也没回头，没给他个回应，只在心里说："人与人之间，建立起真正信任的关系，怎么那么难啊！"

灌完墨盒回来，只见秦师傅倚在我家单元门外的楼梯栏杆上，两手指头交错，搬动得骨节咔啦咔啦响。我用钥匙打开防盗门，责备他说："你撞门之前，也不问问我带没带钥匙，要是我没带，你现在还得帮我去联系开锁公司，那手续有多麻烦！"他淡淡一笑，随我进了屋。我去安装好墨盒，继续打印材料。

我把自己的事忙完了，秦师傅的活儿还没收尾，我就走过去给他换热茶，跟他说话。我帮他解释说："是了，是了，电视里的法制节目，天天讲些刑事案件，你是让我提高警惕，虽然你是好人，可是照我这么松心，指不定哪天就会碰上个坏蛋，吃个大亏。"

秦师傅干完了活，坐下来喝茶，跟我聊天。他说，想给我讲个他小时候经历的事情。那太好了，我迫切希望听取。他就说，那还是他上小学三年级的时候，班主任是个女的，那时候挺年轻，住在学校宿舍里，有一套理发的工具，义务给班上的学生理发，当然，不是所有的同学都去找她理发，但是，像他那样家里经济上不富裕的孩子，每隔一段时间，就会去求她给理发。后来，村里大多数人家都脱贫了，同学们也逐渐习惯花钱理发了，只有他和另外少数几个学生，上到五年级了，那女老师也不再是自己那个班的班主任了，还去让她给理发。有一天，他又去麻烦她理发，那天，老师最后用一个小圆拢子——南方人叫梳子，北方叫拢子——给他梳顺头发，那时候他们那个村子刚刚开化，那样半透明的、红得跟红萝卜红樱桃西红柿都不一样的、怪怪的圆圆的立体塑料拢子，让他大开眼界，以至老师给他梳过一遍以后，他求老师再给他梳一遍，老师就再梳，他就快活得咯咯地笑个不停。

第二天发生了一件事。那老师找到他问，是不是拿了那个小圆拢子？老师的表情，现在想起来，很柔和，似乎即使是他偷拿了，只要承认，还回去，也就算了。他说没拿。老师也就没有再盘问。过了许多天，他的头发又长又乱。他妈妈问他：你们老师，不给你理发了吗？他唔了一声。妈妈就说，也是，现在咱们理得起发了；就给了他钱，让他去理发馆理发。他拿了钱，并没去理发馆。于是有一天，那女老师在操场边上叫住他——那时候那老师已经并不教他所在的那一班的课了——问他：你怎么不找我理发了呀？他嘴上说：不用了，我妈说我该花钱去理发了；心里却在嘀咕：我还能去吗？赶明儿您理发推子没了，也来问我吗？……

听到这里，我说好啦好啦，帮你往下讲吧，又过了些时候，那女老师自己把那小圆拢子找着啦，后来她遇见你，就主动跟你报告了这个喜剧的结局，对吧？

秦师傅说，不对。他告诉我，那女老师，后来结婚，搬出学校去住了。等他上初一的时候，那个女老师，已经跟她的丈夫到外省去了。他后来听说，那个小圆拢子，是那女老师的丈夫，当年追求她的时候，送给她的一件礼物。后来大家的生活都多少有一些个提高，塑料立体拢子，算得上什么稀罕玩意儿呢？

就是他家，后来也拆了旧房子，盖起两层的小楼来。村里现在多数人家都住上了那样的小楼。拆旧房子的时候，也必然要淘汰一批旧家具。说到这里，秦师傅问我，能不能抽支烟？我说可以。他吸了几口烟后，告诉我，就在他家淘汰旧家具的时候——那时候他已经即将初中毕业，他惊讶地发现，在他家一只破旧的木板箱里，出现了那个小圆拢子，红得奇怪的，半透明的，塑料立体拢子……

惊心动魄。这是我当时的感受。

秦师傅告别许久了，我还默坐在那里沉思：诚信，人性，防范，契约……

半拉西瓜

搬把小竹椅，坐在书房外，迎着温煦的秋阳，正惬意，村友小甘过来招呼我，关切地建议："您也活动活动！"我告诉他自己正在活动中，他不解，我就请他坐在一旁小马扎上，给他解释起来：活动分两种，一种是肢体的活动，一种是精神的活动，两者都不可偏废。如今还没退休的人，可以说是每天都在劳动，劳动是最有价值的活动，我们一般都将劳动分为体力劳动和脑力劳动，但在这个意义上的劳动，基本上都是些技能的操练，脑力劳动者在专业性工作里，往往也只是知识和技术层面的发挥。换句话说，就是从深刻的意义上分，劳动或者说活动分两种，一种是谋生的，一种是养灵的，我现在退休了，待遇不错，不必再为谋生而劳动，却每天都不能休止养灵的活动。

小甘笑，说您这篇话儿跟绕口令似的！别的我也没听明白，不过我觉着您这么着勤用脑子，预防老年痴呆症的效果肯定好！

我也笑，确实我把一个原本朴素的真理表达得太花哨了。我跟小甘聊起那天在电视上看到的一个纪实节目，讲的是北京安贞医院的大夫们，把一位从临床医学标准上可以界定为死亡的患者，经过三个小时的持续努力，奇迹般地抢救了回来。那位四十五岁的北京市民突发心肌梗死，在救治过程里又添上肺部的问题，心、肺两衰，以至在心电监测器上出现一条直线，给他注射了溶解血管栓塞的药物以后，几位男女大夫就接力般地轮流给他进行物理性按压，试图让他的心脏恢复自泵能力，半小时、四十分钟、一小时、两小时……全然看不到希望，而且，在那种情况下，即使有所恢复，也很可能造成植物人的结果。事后采访大夫的记者问他们：为什么在已经大大超过法定死亡标准的情况下，你们还要那么固执地尝试将患者从死神中抢回来？几位大夫回答的措辞不同，但意思是一样的，就是他们想到患者还那么年轻，是家庭的顶梁柱，从珍惜一个生命的角度，以及关爱一个家庭的角度，只要还有哪怕是游丝般的希望，他们就绝对不能放弃。显然，有一种崇高的、超越医学业绩与其他世俗功利的力量，在支撑和鼓励这些大夫，最后，奇迹果然来临，那位死亡三个小时的男子心脏恢复了搏动，经搭桥手术后，第二天睁开了眼睛，恢复了知觉。

我跟小甘说，这些大夫真太可爱了，从荧屏上的画面可以看到，他们这样的外科大夫，干的是体力、脑力全方位的重劳动，他们既掌握、使用高科技，也全力使用古老的按压法，他们之所以能创造奇迹，患者本身肌体的顽强生命力固然是基础，而他们在工作以外的时间里，肯定会有的精神活动或者说养灵习惯，应该说起到了非常关键的作用。小甘说是呀，他们平时闲了没事，一定也会像您这样，看着以为什么也没干，实际是在进行精神操练呢！我说所谓精神操练，其实就是作为动词的那个思想。珍惜生命、关爱他人，这是我们都值得反复思来想去，并不断加以稳固、提升的命题。

那位在生死间徘徊逾三小时的男子的亲属，特别是他妻子，在整个抢救期间也表现出超俗的精神境界，配合大夫的每一医疗措施，不把自己的痛苦甚至绝望朝大夫和医院方面发泄，也不把自己的期盼甚至幻想施加于大夫让他们感到压力沉重，当她得知采纳注射溶栓剂后有可能造成植物人后果时，她冷静地在使用单上签了字，表示如果丈夫成了植物人，她不怨天，不尤人，愿侍候他一辈子。这说明她是一个不仅有感情也有思想的女性。

从死亡中逃逸出来的那位男子，当他恢复意识以后，第一句话是对妻子说："买个西瓜，半拉也行。"人们问他心脏停搏后的那三个小时里，有没有什么记忆？他说一片空白。但他恢复的意识，却精确地衔接到发病之前，作为支撑一个不富裕家庭的男子汉，他思想里时刻不忘节俭，即使在非常情况下想吃西瓜，他也还是提出不必奢侈，"半拉也行"。可见这位男子平时除了谋生性劳作，也还有很自觉的养灵操练，这也就是我们常说的修养。

我和小甘坐在大柳树旁，一时无话。金风送爽，为我们默默的精神操练轻吟着鼓励的诗句。

村口问路人

我站在村口，为的只是看看雪花飘落田野的景象。

其实田野已经不成其为真正的田野。城市的发展仿佛炽热的岩浆迅猛地朝外流淌，楔入田野的商品楼盘、物流公司仓库把我渴望见到的地平线完全遮蔽住了。但这村外毕竟还有大片的农田，有仍由村民耕种的玉米地，有被南方农民承包的藕田，还有据说是香港一家公司经营的细菜种植区，尽管秋后这些农田就都暂时闲置，旱田由农机平整过，藕田只显露出些与水面平齐的黑枯荷叶，但那种开阔的气派，以及氤氲出的淡淡泥香，都还能令我胸臆大畅。

雪是夜里开始飘落的，润物细无声，而且轻柔地积存下来，到中午已经完全覆盖了整个村落和田野，我午后散步到村口，在那排仿佛由巨大的铅笔画出的大杨树下，痴痴地望着微有起伏的、盖着无缝隙雪被的开阔田野。那些仍在飘落的雪花，使田野产生出一种微妙的颤动感。

我不知道这个村子还能保留多久，我眼前的这些残田还能耕种几时，我只知道这个村和这片田已经处在新修造的五环路与六环路之间，开发商那章鱼般的触手已经多次舔到了这边，而根据城市规划，这里即使限制商品楼盘的膨胀，也多半被设定为非农田的花园式共享空间，会有大型游乐场，汽车旅店，快餐荟萃……我的企盼，却是这里仍能保持村味，能夏天永有青纱帐和荷叶香，而且那淡淡的粪肥味儿，仍总能随风飘进我那设在村里的，命名为“温榆斋”的书房。

村外大杨树护卫的是一条柏油大道，雪后过车不多，偶有过往的车辆，都开得小心翼翼。有辆红色的出租车开了过来，在离我很近的地方停了下来，车里出来一位年轻妇女，她的穿着显得单薄，只有一条又粗又长的，仿佛花蟒蛇般的毛围脖，跟这雪天还相谐；她快步朝我走过来，急促地问我；她有明显的广东口音，我一时听不清，她问了三遍，我才能回答她："对，就是这个村。"

我没想到这个女郎真的来了。我原来以为那只是水李子的夸张之词。我不禁对那女郎说："您是花非花吧？您真找到这儿来啦？"那女郎耸起眉毛歪歪嘴角，瞪着我，大声说："水李子？你的真面目……哇噻！"我忙摆手："别误会！快别误会！我不是！水李子确实是个年轻男子！"我就给她指路：从哪个地方拐进村，再怎么左拐右拐，就可以找到水李子家，我故意在最后添上这么一句："他这会儿可能给人修电去啦，他媳妇多半在家！"但那女郎似乎只要是我并非水李子，就很开心了，她回到出租车里，把我的指点告诉司机，那车很快就开进村里去了。

雪花飘到我唇上，用舌头舔进嘴里，我觉得滋味奇特。望着村外的雪野，我比以往任何时候都更深切地意识到：社会生活演变得实在太快，太出乎意想，我如果不想让自己的精神随身体而衰老，我就必须提升自己对现实的认知程度。

就连这个村子，也被网络这家伙——它一半是天使，一半是魔鬼——闯入了。那天我请村里电工小纪来给我修书房的插板，他一边干活一边跟我聊天，说他现在迷上了电脑，几乎天天要上网找网友聊天，他网上化名很多，最常用的一个是水李子，他家院里有棵水李树，每年初夏结出一树紫红的大水李子，那是市场上买不到的，个个像男孩子拳头那么大，用门牙在皮上嗑个口，用舌头对准破口嘬吧，那果浆就全灌进你嗓子眼了，又甜又爽！说得我都忍不住怪罪他，怎么我来这村几年，互相也脸熟，他怎么就没请我尝上几个？他笑说今年上网更有瘾，夏天那满树的水李子顾不得摘，熟透的水李子噼啪掉到地上，隔窗听见了也没觉得可惜，还是只顾网上聊天。聊天对象当然也常换，但有几个渐渐成了密友，其中一位广东的女士，开头也不知是否真女士，更不知岁数多大，网名叫花非花的，越聊越投机，最近，那花非花就说要来找他，抛开网络面对面！

网络使我们的社会增添了新的人际关系，所谓网友也者，已经具有了非常丰富的内涵，"破网而出"的现象也越来越多。对于我这样的人来说，对此首先有极浓酽的戒备心理。我就忍不住问小纪：你媳妇能容忍你吗？就算勉强能容忍你跟电脑交流，一旦那花非花真的出现在你家，她还能容忍吗？你闺女也上小学了，也懂些事了，家里冒出那么个南方阿姨来，你怎么跟她解释呢？小纪说反正他已经把地址什么的都告诉花非花了，他觉得应该出不了什么事儿，媳妇么，他前些时已经教会了她上网，而且也开始教闺女用电脑，媳妇现在倒不迷进入聊天室聊天，而是迷上了电脑绘画，前些天画的小狗打伞可逗啦，他跟花非花聊天时，就用那幅画儿作桌面，还传过去给花非花看，明说是媳妇画的，花非花评价不低呢！

小纪大概是尽量把媳妇因为他上网交友跟他闹矛盾的一面隐瞒起来，而只向我描述对他容忍的那一面，但我想起这事，还是替他担忧。谁知现在花非花真的来了。在纷扬的雪花中，他家院里，是否已经正演出着我无法判断是喜是悲、是正是闹的活剧？

我在村口大杨树下，望着雪野，思绪旋动。最近传媒上集中进行了对青少年网瘾进行矫治的宣传，还特别介绍了一位大学教授的事迹，他用心理疏导的方式，把许多网瘾极深的少年从困境里引领了出来，也相应地使那些少年的家长从绝望的阴影里回复到光明的希望中。我当然是支持矫治少年沉溺于网瘾的心理病患的，也赞成网吧不向未成年人开放。但成年人的网上活动，其复杂状况几近恒河沙数，利用网络犯罪，因网恋而误入虚妄，因网上交友不慎而失足……这类例子几乎每天都可以从传媒上看到，但是，毕竟也还有更多的正面效应在每日每时地发生着，正如有的网上犯罪和因网沉沦的情况令我们既瞠目结舌又思之难免一样，有的网上交往生发出的趣事善事好事美事，也会令我们觉得真是意料之外、情理之中。在这因网络而变得更有趣也更诡谲的世界上，我们驾驭自己的人性时，能否更自如地抑恶扬善？

我正痴想，忽然又有人来问路，是个骑自行车的人，一看就是农民，而且是从比我们这个村子离城更远的村子过来的。他跟我打听王起家怎么走，我就判断他是找王起来商洽买王起那驾大车的。果然，他朝我指出的方向骑去了。王起是村里最后的一个车把式。1984 年生产队解体，队里把他赶了十多年的那驾车作价转给他个人，所谓一驾，指的是两只牲口——一头青骡一匹枣红马——和一辆胶皮轱辘大车；1994 年前，他还能用这驾车做些农活跑些农业运输挣钱；1995 年以后就渐渐没什么农活干了，主要用来帮人运砖瓦木料什么的盖房子；2000 年以后连盖房一类的活计也少了，而且这一带的马路上不要说牲口拉的车几近绝迹，连手扶拖拉机也稀少起来，五十出头的王起本身也似乎有点像古董了，他在两年前到物流公司当了个管子工，因为对那骡马感情难舍，一直还养着，最近才下决心要出脱掉，前些天他告诉过我，如今只有更远的村里，还有人用这样的大车运输，一个亲戚已经给他牵了线，说那边有个人有兴趣，显然，今天向我问路的，就是那远村来客。

我温榆斋所在的村子，马上就会消失掉最后一驾大车了。而电脑这东西，网络这玩意儿，却已经在那一片片的砖瓦村舍中蔓延开来。

我对村外的雪野做最后的凝视，然后转身慢慢朝村内走去。雪花飞舞，心旌摇曳。回到温榆斋，我会打开电脑，说不定我会找出李仁堂主演的那部 30 年前曾风靡一时的电影《青松岭》的光盘，搁到电脑里去重温；王起对这部电影至今印象深刻，他却不知道二十几年前李仁堂又曾主演过根据我的中篇小说改编的，旨趣与《青松岭》大异甚至相悖的影片《如意》，我也一直没跟他提起过。李仁堂已经仙去，可是我和王起，还有水李子，当然也还有花非花，以及更多的人，还要在我们的人生道路上，经历更多的变化，其中包括急速的转型，会一次又一次地告别“最后的大车”，又一次再一次地遭遇网络之类的新事物，我们在这哀乐人生里，该如何像这雪天一样，以纯洁滋润缺憾，以安谧消融浮躁？

寸移

那个老人是从哪一年开始,定时出现在楼下人行道上的?当然不止一年了,但是,究竟几年了,说不清。开始,是坐在轮椅上,别人推着他;不,或者根本没有过轮椅;记忆里比较可靠的画面,是他驾着双拐,有个小保姆一旁扶着他,很慢很慢地,耐心得可怕地,往前面挪动;往往是,我到很远的一个什么名利场去,活动了很久,回来时,夕阳如红葡萄酒般,把人行道一边篱墙上的常春藤都浸醉了,他和那保姆还在那里,大约统共只挪动了一两米,他额头上满是黏汗,嘴唇哆嗦着,嘴角还泄出些口涎,也未必是小保姆偷懒,不及时给他揩抹干净,显然,侍候他这样一个病人,实在也太淘神了!又不知过了几时,小保姆消失了,他一个人,架着双拐,依然很慢很慢地,在那段人行道上,艰难地挪动着……

这当然是了无新意的事情:一个双腿差不多全然瘫痪了的人,他想通过每日不间断的锻炼,恢复行走的功能。不能说是风雨无阻,雨雪天,他不出来,可是,记得有一天,西北风刮得很劲,他背对西北,仍出来挪动,虽然穿得很厚,戴着能遮耳的厚帽子,并且脖子上围着质量很好的羊毛围巾,可是风把他那紧围着的围巾吹滑落了,带穗子的两端下吊在胸前;他一点儿办法也没有,冷风无情地灌进了他的脖子,他木然地立在那里,大概是在考虑,还要不要继续往前挪动;显然,最后他还是决心继续他的锻炼,他的双臂又极坚定却又格外艰难地把力量施加到双拐上。那一刻我恰巧从楼里出来,一瞥中看清了这一幕。我走过去,默默地给他把滑落的围巾重新围紧,他的嘴唇蠕动着,大概是在道谢,我却头也不回地走了。各人有各人的生活,特别是,有自己的事业。我奔自己的事业去了。这是一个凡从事一种事业，都万万不能不竭力提高速度的时代。

我知道有很多人在为克服自身的困境而奋斗，尤其是，许多的病人，重病人，甚至是患了所谓不治之症的人，他们以顽强的毅力，来求得生命的延续。楼下那个老人，不过是这并不令人格外惊奇的奋斗大军中的一员。

好几年了，这个老人，总在我眼前出现，想避开也避开不了。多少次，看见他那简直可以说是狼狈地，极其极其缓慢地往前，蜗牛般地挪动的形象，我总有一种冲动，就是过去告诉他，这对他来说，其实未必有多大的意义。看他那年纪，该有七十多岁了，他完全可以依赖轮椅来来去去，把这种近于无望的，恢复独立行走的锻炼时间，用来读书写作、练字绘画，那样或许还能创造出新的人生价值。当然我一直并没有这样去做。我没必要楔入他人的生活，正如我不希望他人随意来干预我的生活一样。

记得有一天，我外出回来，心气不顺，忽然他又落入了我的眼帘，不知怎么，那一刻我觉得他特别地碍眼。他似乎始终并没有什么进步，几个小时里，还是仅仅挪动了一两米。我嫌厌地瞪了他一眼，以一个富有特别意味的 C 形轨迹，绕过他那秋叶般颤动着的身躯，嘴角噙上冷笑，到那常春藤篱墙后面的小花园，找了个最僻静的角落坐定，恶意地揣测起他来。他是个离休干部？老知识分子？曾有保姆服侍他，可见经济条件不会差，可是却似乎从未见到过有老伴或儿女模样的人在他身边；是个鳏夫？无儿无女？说实在的，他活着有何意趣？他这样汲汲孳孳地，几乎是一天不停地，带着分明是虚妄的希望，哆哆嗦嗦地往前磨蹭，究竟能创造出什么生命价值？

但也就在那一天，失眠后，清夜扪心，我为傍晚时在小花园里所暗中宣泄的那些个针对他的念头，而惭愧，而忏悔。我悟到，我们现在所置身的这个尘世中，浮躁的情绪极具传染性，无论是走当官的路，走发财的路，想成名，想成家，想得奖，想有车子房子……总而言之，本来利欲熏心已属可鄙，却还恨不得一蹴而就。我们崇尚的是直奔价值，是快步如飞，是无须踏破铁鞋，却能得来全不费工夫。我们津津乐道地传播“昨怜破袄寒，今嫌紫蟒长”“一个点子挣百万”“成功人士，尽情拥有”一类的当代童话，我们也总是尽量把自己和世界上最前沿、最新锐、最时髦的东西联系在一起，我们惧怕平凡，躲避常态，尤其鄙夷芸芸众生和攘攘人世；我们有时标榜“大隐隐于市”，其实却在名利场上锱铢必较，座次必争……我在这种以“我们”引领，而将自身无形中淡化了的思路中，居然渐渐平静下来，结果后半夜睡得很踏实。

但那天以后我还是不大看得惯那老人冥顽不化的身影。我得承认，他终于有了进步，不知是哪一天，我忽然发现他不是使用双拐，而是只拄着一根拐杖了。但他挪动的速度仍极缓慢，充其量只能说是在寸移。确实，他颤颤悠悠，双腿有些弯曲，穿着运动鞋的脚板挪动时只能摩擦着地面，艰苦地往前略蹭进一寸，甚或还不足一寸；一只脚磨蹭完，另一只脚再狠命地跟进。去年夏天，某一个下午，我一出楼又看到他，戴着一顶长檐的、挺时髦的运动帽，身上晃荡着一件色彩鲜丽的T恤，照例不管我们这些快步如飞的人们又有些什么斩获什么损失，又经历了些什么升腾什么失落，管自沉浸在他个人的那个世界里，双腿有些个弯曲地，在那段有常春藤篱墙的人行道上寸移着，我注意到，他一向几乎没有表情的脸上——大概不是他不想有表情，而是他很难运动颜面上的表情肌——浮出了一个难得的，虽然是浅而又浅的，却又分分明明不会令人误会的，微笑。我在一瞥之中并且发现，他手中虽然还有拐杖，可是他却把拐杖握在右手中，使其悬了空；他是在不再凭借外力支撑的情况下，寸移着。我愣了一瞬，仅仅一瞬，便快步从他身边走过。我想感动，我的心却感动不起来。这回我不能再用“我们”说事了，我痛苦地自问：我为什么失却了在平凡的、常态的、含义单纯的事物面前心弦颤动的反应力？我的价值观和情感系统究竟出了什么问题？

去年深秋，有一回我注意到，他的寸移，仍需无时不刻地用拐杖支撑。虽说有“水滴石穿、绳锯木断”的格言，但他历经数年，却并不能创造出某种医学上的奇迹。我自己正处在哀乐中年，不可能总去注意他这样一个存在，有颇长一段时间，我对他又置若罔闻起来。

是昨天，一直处在暖冬状况的北京，终于大风降温，天色擦黑，我从外面回来，因为我们楼下的人行道上没有了别的行人，所以他的身影又很突出地落入了我的眼帘。我发现，他又架上了双拐，原来他不仅没有进步，反而大大地退步了。再一细看，他脖子上的围巾，原来想必是围得好好的，此刻又让西北风给刮得两端徒然地垂落在他身前，而他居然还企图挣扎着寸移！我走过去，帮他把围巾重新围牢，他的嘴唇没有蠕动，显然，他已无法以蠕动来表达谢意。我这许多年来头一回开口跟他讲话。我说："您是不是住那边那个楼？我送您回去！您不要再这么样了……"我试图搀扶着他，引他转过身子，这时，发生了我未曾预料到的事，他那残烛般的身躯，忽然迸发出一股强力，用他的右胳臂肘，将我往旁边一推，我退步，愣在那里，而他，不改其初衷，拼命地，全身颤动着，要恢复他那寸移的能力……

一股热波涌过我的心尖。我意识到，我灵魂中某种退化的因素，起码是往前寸移了……

1999.1.9 绿叶居

大束百合

看芭蕾舞剧《天鹅湖》，用望远镜细观台上，不是紧盯着王子和白天鹅，而是逐个地扫描那些配舞的天鹅，除了“三大天鹅”“四小天鹅”外，还有若干毫不能令观众特别瞩目的“众天鹅”，而在她们当中，当舞姿“凝固”时，也还有排在前列与隐在后面的区别，于是从望远镜中注意到，在最后面，一位天鹅双腿优雅地分立，头颈微偏，双手兰花般交错于翘起的裙裾上，身影与其他天鹅同样地美丽，在耐心地作为暗景中的“绿叶”，以衬托主角王子与白天鹅在追光中的“红花”怒绽。随着舞曲的流动，众天鹅也开始缓缓变换姿势，于是我从望远镜中，清晰地看到了那只排列在最后的天鹅的细部，她的眉目，精心化妆后依然掩饰不了徐娘真龄，转动时，显露出锐瘦的锁骨，以及背后同样“锋利”的肩胛；可是，她虽隐于最后，却也满脸凄恻，浑身是戏……乐音陡变，众天鹅如风中白莲般翕合旋舞，转瞬我已不能再找到那位资深的舞娘……

我的思绪，飘出了《天鹅湖》所设定的故事，只把那乐音，权当作我内心喟叹的回响。我一时所关怀的，不是什么王子与白天鹅的悲欢离合；我在猜想，那位资深舞娘，她有着怎样的个人命运？当年她献身芭蕾这一“残酷的艺术”，不惜脚趾流血、苦练虚脱，一定怀着充当舞台追光下的白天鹅的美梦，她曾圆过这个梦吗？也许，若干年前，她确曾是众星所捧的那个月，可是，时光无情，后生可畏，她渐渐地，先是让出白天鹅这一主角，再让出“三大天鹅”之一的位置，又让出了第三幕中的西班牙舞等短暂“抢眼”的位置，在演出的说明书上，从“挂头牌”，到名字列于后面，到隐入于“本院演员”的模糊概念中……也许，更残酷的是，她竟从未跳过主角，终其一生，也只是充当“绿叶”，并且总在“亮相”时，隐于最后一列，身姿不让主角地，把兰花手交错于翘起的裙裾上……每当那个时刻，她都能化入剧情之中，而不“走神”于自身命运的吟唱么？

给整台演出所献的花篮，固然可以算是也含有她的一份，但那整把的鲜花，是只献给主角的……我心中有个冲动，演出结束后，单给她，这资深的舞娘，献上一大束丰满的百合花……我把望远镜递给旁座的朋友，请他注意那位宛转于舞台暗区的资深舞娘，他先是莫名惊诧：“天哪，看她做甚？”及至看清了，咂舌道：“这老天鹅，还舍不得退出舞台，跳个什么劲儿吆！”我接过他递回的望远镜，觉得透心地凉……不是朋友错了，不能怪他刻薄，甚至于，他那真实的直觉与非功利的直率，恰恰道破了人生、人性、人际的某些的底蕴……可是我想哭，不独为那资深舞娘，也为了天下许许多多诸如此类的人生，当然，也包括我自己……

出了剧场，花亭还在营业，我买下一大束昂贵的百合花，紧紧地拥在自己胸前……

拐弯的手势

离开 Y 君寓所，已是深夜，街上下着雨，寂静的街道像拙劣的舞台布景，给人一种可疑的感觉。他打着伞，在街边等出租车，出租车却久未出现，仿佛同台演出者误了场一样，令他愠怒而焦虑，却又无从发作。于是决定步行回家。在这样的雨夜里，踽踽独行于空空荡荡的街区，倒也别有意趣——他只能做此雅想。路灯在并不平整的马路上所积下的水洼中映出诡奇的光影。偶尔有白天不许进城的大卡车驶过，车篷汗淋淋的，车轮下嗤嗤地掀起薄绸般的水浆，仿佛是某种夜游的怪兽，他完全想象不出它是有一位驾驶员在内中操纵。那么，他想，大卡车瞥见了我，这在伞下移动的物体，它能想象出，是什么在驾驶着使之前进吗?

在雨夜中躜行，他的思绪是有点怪怪的。

他们几个，自认为是文化人的，夸张点说是朋友，其实谁跟谁也就无非那么回事儿，有些个共同话题罢了，实事求是地讲，算是一个社会圈群里的同类吧，也并不经常，但偶尔便在 Y 君独居的寓所小聚一下，很形而下地喝酒，极形而上地神侃。

今天他们吵成一团。掺杂意气，颇伤感情。大体而言，话题涉及俗世的鄙陋堕落，以及达于洁净崇高理想的途径。思路互岔，依据不同，观点轩轾，加以用语混乱，结果是煮成一锅谁也嫌厌的焦粥。因为循着学理的框架无从令别人膺服，仗着酒劲，竟互相揭起了“拐弯之短”来。

“你现在一副对跨国资本深恶痛绝的样子，言必及赛义德的‘后殖民主义’，说到引进美国的那本‘破小说’《廊桥遗梦》更是咬牙切齿……可是你到西方访问，提供你那份钱的基金会，难道不是与跨国资本有着千丝万缕联系吗？而且十年前你近乎癫狂地拥抱西方文化，那阿瑟·黑利的系列畅销小说，你不但每出一种译本必津津乐读，还在报端著文称，中国应该有‘自己的阿瑟·黑利’！……你这样一百八十度地大转弯儿，何以为情？”

“你指称俗世堕落，钻进了钱眼儿，高唱纯洁崇高，可是你那本批俗世、倡崇高的小册子，不正是通过‘二渠道’的书商，从出版社买下书号，用危言耸听的包装与宣传，上书摊，求畅销，其商业功利性，比你小册子所抨击的某些‘不洁’行为，更其露骨吗？你这种作为，不是比‘拐弯儿’更令人齿冷吗？”

“老兄呢，老婆在那边拿着绿卡，自己等着签证，却愤愤然国人在王府井麦当劳快餐店里的‘一副崇美馋相’……你那愤世嫉俗的情绪，怎么就不拐到自家身上去？”

“回过头来说你，口口声声要别人按‘绝对命令’说话行事，驱逐别人去义无反顾地说真话、当烈士，自己却为了落实正处级待遇，拼命地活动着……按你那‘绝对命令’，应当是‘耻食周粟’的，你的言论行为，岂不也是拐到别人那儿是刀，拐到自己那儿却是挠痒痒的‘老头乐’！”

……

正是在这种不堪的语境里，他终于还是酒盖不住脸，率先一气跑了出来。

雨很好。寂静的街道很好。没有出租车更好。尤其是没有那么多形而上的聒噪，简直妙极了！他踩着积水，走着，心弦松弛下来。

渐渐接近他的家了。安安静静地前行，竟可以更容易地接近目的地，这是个浅近的感受，却令他如同嗅到了很鲜嫩的叶芽的气息。

前面就是他住的那条胡同了。他看见，有一个骑自行车的人，身上套着雨披，从他身边不紧不慢地骑了过去。开头他也没有特别注意这个平凡的身影。后来，他也不是特别注意那个远去的背影，只是在近乎偶然的观望中，发现那个骑自行车的人，在拐进也是他所住的那条胡同前，伸出了他的右臂，很明确地打出了一个拐弯的手势。

那个骑自行车的人消失在胡同中。他却停住脚步，仿佛被什么东西，把心弦重重地拨了一下。他不禁自己把心弦绷紧，又自己将它重重地拨了一下。

……那个骑自行车的人，很可能是住在同一条胡同中的邻居，那位邻居，在这个街道上并无别的车辆，而且胡同口左右也绝无行人，当然更不会有交通警察的情况下，当他拐弯时，也许是出于多年来所养成的习惯，坚持打出了一个示意拐弯的手势。

他们那条胡同里，只有一座居民楼，正是他和一些文化人的住所，他们写出文章，末尾常署什么什么斋，或什么什么居，仿佛都是伯夷叔齐的洁净茅庐，其实严格而言，那是按公务员养起来的一群专门人员的宿舍，住在里面的人士，是需要首先听命于“非绝对”的命令的，起码按逻辑应是这样。他和绝大多数楼中人士都很喜欢这个闹中取静的住所。但他和许多楼中人士一样，始终不能喜欢同一胡同里大杂院的小市民们。站在他那个什么什么居的阳台上，朝远处望还好，天际轮廓线不管怎么说总还有点现代化的勃勃生气，可是俯首往低处一望，灰色的瓦顶，陈旧的房屋，狭窄的院落，凌乱的什物，其间更有若许想必是既不能欣赏米罗的绘画，甚至根本没听说过《尤里西斯》，每天单是骑个旧自行车或挤公共交通工具跑老远去上班，为挣个全额工资，更为领取一份奖金，孳孳汲汲地奔忙于俗世的芸芸众生们，那是些什么样的俗物啊！从他们所居的院落，常传来敲破锣般的“卡拉 OK”之声，曲目多是商业大潮里溅冒出的“泡沫歌曲”，或者便是发着霉味的京胡伴奏下的《乌盆记》一类的咿呀之声……可以看到的，还有他们晾晒在院中绳索上的牛仔装和有英文字母的“文化衫”，乃至于纱绸“文胸”与透明丝袜；可以想见的，是他们屋里的电视机打开后多半停留在播“戏说”的频道，如果订报纸，必是登满垃圾专栏的晚报，买回家的杂志，则多半是花花绿绿的软性刊物……更不消说，他们在屋顶下议论得最多的，是如何发财、发大财……唉唉，堕落！堕落！在如此污浊的环境中，唯有我们，一群智者，葆有清醒与高尚的心灵啊！……

那个深夜里骑着自行车、在寂静的雨幕中行进的人，不是自己同楼的邻居，想是住平房杂院的一个下夜班的工人，应是污浊俗世中的一员，本无价值可考，然而，他却在往胡同里去时，非常认真地，打了一个拐弯的手势。这手势不知为什么这样地烫灼了他的心。

他站住，在伞下，呆呆地凝望着那个骑车的俗人打拐弯手势的地方。那地方已是只有雨丝的无人空间,但他却不由得一次次地幻化出那个人与那个手势。

那个手势，标志着一种现代文明。

那是一个自觉的手势。

体现出一种自尊，更体现出一种对哪怕是看不见的他人的默默尊重。

体现出一种行为的连续性、合理性、规范性。

是一种功利理性。

不矫情，不刻板，不敷衍潦草，也不拖泥带水。

并且非常自然。已经融汇在了他的日常行为定式之中。

是的，那一定是个俗世中的标准俗人，在二十多年前的批斗会上，此人不但远非张志新般地我以我血反极左，而且一定跟着举拳头喊“打倒”，乃至于还在班组会上念了不止一篇从报上抄来加以小小改造的批判稿；在十多年前，此人却又依然出现在同一个空间的会场上，听取厂长宣布他们厂与西方某国合资的决定，那决定恰属于此人几年前在班组会上所念的批判稿里宣称“我们坚决不答应”的那个范畴,但此人此时心中所担心的却是:千万不要在合资后的“优化组合”中被排除掉……于是迤迤逦逦到了今天，在这个雨夜里，此人下班骑车回家，背负着以往的人生，为无可逭逃的人文环境的变异所裹挟，继续着其生命行为……可是，在骑进所住的那条胡同时，打出了一个拐弯的手势。

他站在那里，望着胡同口，呆呆地，久久。

Y 君，他，还有此刻大概还在 Y 君居所里的那些人，以及他们引为同道或视作对手的那些人，所谓文化人，智者，社会的良知，人类灵魂的工程师，高雅者，清洁的人，理想的构筑者与坚持者，德高望重者，勇于创新者，高举崇高旗帜的圣战者，大写的人，缔造历史的人，进入永恒的人，他们此刻无情地批判着不洁的俗世与不洁的俗人，可是，他们当中，究竟有几位，真正透视了俗世，理解了俗人，并且究竟有几位真是做到了从不拐弯儿，并且真是做到了对他人和自己都用同一苛刻的标准，而不是使用着拐弯儿的双重标准？特别是，他们在拐弯儿时，有几个能心平气和地，坦率地，与人为善地，自己拐而并不强求别人也拐，并且还顾及自己的拐弯儿不至于妨碍了他人继续直行，一句话，有几个真正超越了自我崇拜自我膨胀自我扩张而形成了一种比如说拐弯儿先打手势的言行习惯?

他望着那胡同口,仿佛那个骑自行车的人,还在拐弯,打着那样的一个手势。他心中有一种超越沧桑的,开始仅是淡淡的,却逐渐地甜蜜起来的感动。是的,那个鄙俗的生命,经历过阶级斗争的弦越绷越紧的岁月,又经历着商品经济越来越生猛鲜活的岁月,不曾为反抗阶级斗争的扩大化而做斗士成烈士,亦不曾挺身而出为抵抗人欲横流拜金主义而举大旗发高论,只是凡庸地随潮顺生,可是,却能在这雨夜里,在无人监督的情况下,自觉地执行骑车人拐弯时以手势示意的人类社会的行为通则,这是超越意识形态的人类共创并共享的一种文明,此人进入了这种文明,这分明昭示着,有一种比他和Y君以及他们一群,以及他们那一群所自以为不可或缺的言论文章呼吁争论更伟峻的力量,在推进着这攘攘俗世与芸芸俗众的进步与演化……

雨丝在伞面上编织着蕴藉的旋律。他平和地进入了一种从未体验过的惭愧。

忽然耳边响起了大约一小时前Y君嘶哑然而响亮的声音:"……够了!别吵了!什么这个那个的!……我看,我们这场争论,既不是什么'圣战',也不是什么学理之争!……说穿了,整个儿是为了争夺话语空间!跟俗世俗人争分商品经济大潮中的利益蛋糕,每人都想把自己操刀切的那一牙,切得尽可能大一点儿,完完全全属于同一种行径!"

当时,Y君的话音刚落,便立即响起了轰然的驳诘之声。是的,这是愤激之言,调侃之言,片面之论,夸张之论,但是,此刻,雨中默望着胡同口的他,却宁愿吞下这枚苦涩烫喉的果子,因为,是的,我们有什么资格审判俗世俗人,而竟忘记了,即使我们有那个资格,我们为什么不首先苛酷地审判我们自己,特别是我,即本人?

是的,也许,从Y君到他,他们那一个社会群体,真正的价值,真正可为之事,实际上也是人类给予他们的职业分工,首先,便是无情而苛酷地解剖自己,审判自己,并将之公开。

这就首先应坦率地承认,工业化社会以后,特别是后工业化社会以后,个体生命几无采取古典的,如陶渊明那样的隐居的生存方式的可能,整个社会都世俗化了,你首先不可能不是一个俗世中的居民,并被组合在种种俗世的人际之中，因之，你欲脱俗，只能是心灵上的，而这就必须首先直面自己所置身的俗世，审视自己在俗念中挣扎的心灵，解析它，破译它，批判它的错失，嘲笑它的狡猾，鞭笞它的阴恶，拯救它的堕落，从而使自己具备下一步去批判俗世他人的资格。倘尚不具备此种资格，并且根本没有意识到应获取此种资格，却在那里拉开架势煞有介事地批判起俗世攻讦起他人来，便是愚蠢，乃至疯狂！

雨下大了。他从思维的快意扩张，忽又转为了沉重的烦厌。我真是个怪东西！他想，思维这样地拐来拐去，便是我个体生命的存在方式么？这是不是一种悲怆的宿命？

他举着伞，朝空旷的胡同口走去。

在转进胡同口时，是出于下意识，还是上意识？他伸出不拿伞的右手臂，打出了一个拐弯的手势。

荷包蛋

在田野里画水彩写生，画完时夕阳斜铺过来，各种植物的综合气息氤氲入鼻，身心大畅。携着画具，慢慢往我书房所在的村子移步。忽然觉得口渴，带来的一瓶茶早已喝完，四周全是绿野，一时也买不到饮料。忽见百米外大片藕田一侧，有间小砖房，坡顶上的烟囱逸出白烟，便朝那里拐去。小屋里是位五十来岁的藕农，问他讨水喝，他笑道："别说水，饭也有得你吃哩！"我边喝他递来的热茶，边跟他聊天。他从南方来，承包了这北京顺义区的百亩湿地，他说原没想到北方也有这样适合种藕的地块，他不仅种藕，还种茭白，夏末秋初挖取出来，城里批发商用大卡车一趟趟运走，经济效益很好。我把画夹子里的画拿给他看，他说："荷花荷叶，其实都没有藕好看！"说着顺手举起一根带嫩芽的五节肥藕让我欣赏。我去时他已在灶上烧好饭准备吃，大钵的白米饭上盖浇清炒藕丁茭白，闻着好馋！他问我要不要吃一碗，我说买一碗吧，他说卖是不卖的，信得过你就吃，我说想吃，他就给我舀了一碗，又到锅上去煎荷包蛋，我说饭吃不了那许多，这菜已经很香，何必再煎蛋？他说藕和茭白吃腻了，只有荷包蛋百吃不厌，你不来我也还是要煎的。他把煎好的蛋往我那碗盖浇好菜的饭上一搁，真像一只荷包，热腾腾，滋滋响，被蛋白裹住的蛋黄微微跳动着，仿佛是他把自己那一颗好客的心，揣在荷包里，奉献给我了。

鸡蛋是全球性食物，到处都有人煎蛋吃，但是，荷包蛋这个称谓，似乎只是我们中国才有。在出国访问时，吃过典型的西式早餐，一份煎蛋端上来，蛋白铺得很开，蛋黄跟没受过火似的裸露着，完全产生不了荷包的联想，吃起来感到半生不熟。中国各地饮食上差异很大，但荷包蛋似乎东西南北，都确实从形象上往荷包上靠，记得小时候看母亲煎蛋，总要用锅铲把边上已经凝固的蛋白，轻轻往当中卷铺过来，把蛋黄裹上；后来自己成家立业，煎蛋时也这样处理。荷包蛋似乎是最稳定的家常食品，又似乎在饭馆菜单上永难出现。记得我头一回离家住校读书，临行前母亲往我的榨菜肉丝面上，又搁了一个热乎乎的荷包蛋，咬开那蛋白形成的“荷包”，里面的蛋黄刚好脱生，不过嫩更不老硬，那味道真是妙极了！

还记得我头一回出国访问归来，妻子也是煎荷包蛋给我吃，她最后的定型不是母亲那种“菱形荷包”，而是“半月形荷包”，传统民俗文化中荷包款式的多样性，也潜移默化地渗透进了普通中国人煎荷包蛋的定型方式里，吃着那香喷喷的荷包蛋，回国回家的感觉，浓酽到眼睛发热的程度。有一回在外地饭馆，我非要点他们菜单上没有的荷包蛋，人家服务态度很好，给我端上来了，但一看吓了一跳，油汪汪的，不像荷包倒像个拳头，也不能怪人家，荷包蛋原是家里小锅小灶的产物，它满溢着太平岁月里小康生活中的温馨亲情，那是所谓仕宦情、商海情、江湖情以至如今颇时髦的网络情、露水情都绝对不可与之相比的。

藕农兄弟跟我说，他儿子去年考上了本省的大学，前些时暑假里还来这里帮他罱泥，他也是常煎荷包蛋给儿子吃，儿子说这荷包蛋真香死人了，他呵呵笑：

“到底大学生，也不忌讳什么，香么该香得人更活泼，怎么嘴里死呀死的哩！”我就说：“等你儿子成了博士，当上 CEO，在这边买栋别墅，把你老伴也从家乡接来，你们住小楼，坐小车到处玩，那可就苦尽甘来啦！”他挑起眉头：“苦？改革开放以前苦过，哪舍得用油煎蛋！现在我真是一点儿不觉得苦！家里盖的楼没有这边的楼神气，上下也有六七间，足够了！老婆守在家里，种果树；我冬天回去，春尽过来，我在这边种这些东西好快活！做自己喜欢做的事，过自己喜欢过的日子，煎自己喜欢的荷包蛋吃，我觉得成了活神仙呢！儿子已经扶他上了路，以后他就是成了你说的那样，或者更加地大富大贵起来，我也不想去沾他的光，他能知道我心里喜欢什么才叫真孝顺！”

从藕农兄弟那小屋道谢出来，消化着那美味的荷包蛋盖浇饭，漫步在田野里，晚风爱抚着我整个身心，引出我缕缕不绝的感悟。莫道藕农不起眼，人微言深耐寻味。小康胜大富，难得是怡然。西边绿野尽头晚霞裹护着落日，恰似一份足够天下百姓共享的荷包蛋，试问熙熙攘攘人世中，有几多能心怀对平凡的敬畏，对纯情的依恋？

花车

秦师傅开出租车，不是开那种满街转悠着找活儿的出租车，他开的是要事先预订的车，车型很好，是美国卡迪拉克牌，加长的，车壳有一部分用真正樱桃木镶嵌，车里还带小冰箱、小电视，只不过，这车不算很新，这样也好，租用它的费用按小时算不是贵得让人听而生畏，一般的老百姓偶尔也租得起——当然啦，租它，是用于特殊的事情，百分之九十五的租用者，是新婚夫妇。

我管秦师傅的这辆车，叫作花车。它出动时，一般总会披红绸、缀鲜花，是的，它那车头、车顶，还有车里面所点缀的花，不是假花，而是真花，以艳红的玫瑰为主，也会搭配些别的花卉，色香俱全、喜气喷溢。秦师傅开花车时总是西服革履，胡子剃得光光的，扎着条纹鲜明的领带，特别是他那一脸真诚的微笑，简直是把暖心的花，栽进你心里去了。

秦师傅已经四十八岁，儿子上大学了，他总是说："我最适合开这花车，夫妻和美，四老康健，儿子有出息，坐我这车，包你幸福快乐！"客户一传十、十传百，打电话到公司订车的，有的竟这么说："不是秦师傅开，你们把那卡迪拉克送给我们，也不稀罕！"

我问秦师傅："开花车，有些什么故事？给我讲讲！"他说："'故事'这两个字你以后再别跟我耳边提——把这两个字反过来，是什么？我们司机最忌讳！"又说，"其实，开了两年多了，坐花车的新人我瞅着都差不多，小伙子都帅，新娘子都美，接亲送亲的都乐乐呵呵，合不拢嘴……没什么稀奇的情节。依我说，这就好，干什么非得有什么……"他笑了，把"故事"两个字，吞进了肚子里。

前天，我又看见秦师傅开的卡迪拉克在街上驶过。那车上虽然装饰的有喜字，但还是缀饰的鲜花最抢眼，我还是坚持不把它称作喜车而唤作花车。一对男女恋爱、结婚，他们会在那个晚上，度过他们人生中的初夜，享受健康性爱的极乐，并且，在某一天，一方的精子会同另一方的卵子融合，大约十个月后，他们又会初尝为父为母之乐……这些人生当中的最普通最正常的情况，难道不是最美的诗，最甜的歌，最值得我们珍惜坚守的吗？是啊，最好不要因为有“故事”而派生出“事故”，愿花常好，月常圆，岁月里纵然会有风雨泥泞、起伏跌宕、波诡云谲、悲欢离合，但乘坐过秦师傅花车的伴侣，最好能终于白头偕老，把“故事”和“事故”从岁月的筛眼里筛落下去，把相敬如宾、矢志不渝、相濡以沫、同甘共苦的平凡与正常，永留在人生的轨迹里。

秦师傅不讲故事，却跟我说起过他开车时的心情：“有一回，那新娘子走过来，我猛地一惊——怎么那么像我那口子，当然，我说的是当年的她，而且，加上想象——如果二十三年前就时兴这种婚纱，她穿上肯定就是那个模样……嘿，那天我开车时候真有点心猿意马，我不停地想，要是我跟我那口子，还跟二十三年前那么年轻，握着手，坐在那后座上，该多好啊！”我心里想，这不就是故事吗？啊，确实，一有故事，也就真得提防出事故呀！我笑对他说：“你们两口子要坐在后座上，谁给你们开车呀？”他望着我，严肃地说：“应该是你呀！”我？二十三年前？我跟我那口子是三十年前结婚的，哪见过这样的花车？……一时不禁百感交集。

橘红色背心

今夏出现了“北热南冷”的异常气象。北京七月初持续了十多日的高温，是半个多世纪来罕有的情况。商店里空调器一时抢手，此前安装了空调的家庭似乎大可自诩颇有远见卓识，然而因装有空调的人家纷纷急迫制冷，却又令电路不胜负担，时不时造成跳闸断电，我们楼便如此，正当一家人蜷缩在有空调的房间中暂避热浪，忽然空调上的指示灯熄灭，于是不仅丧失了凉风，心中的焦虑骤然堆积：冰箱里的储物会不会变质？停电时间再久，我们高层便连带断水，饮水问题倒还不难应付，卫生间恭桶无法冲水，可怎么忍耐？

据说在严寒中人脑因温度过低，会产生幻视幻听，而在酷热中人脑因温度过高，意识里却不再有任何声色幻影，只呈现一派混浊迷茫。那天我们楼又一次断电，在头脑一派烫雾中我冲下了楼。楼外的护城河边有阵阵强风，然而是热风，仿佛天空是一个巨大的炉膛，并炉中仍有添薪加炭的趋势。鼻中袭入河水的腥臭，这倒使我的头脑恢复了一些理智，我才发现自己居然光着膀子跑了出来；我的家庭教养所形成的心理定式，是在家中可以如此，却不能以这般模样摇摆于长街之上，所以不免双手交搓双臂，生出些个羞涩。

但在护城河边的马路旁一边徜徉一边观望，发现大炉膛下的小生命，如我者其实多多。一位也住在河沿边高楼中的学者，我们素常在“场面”上遇到时，他总是西服笔挺、领带灿然，此刻却只穿着汗背心、短裤衩，坐在自备的折叠凳上，在河边垂柳下仰着脖子喘气。我一瞥后，赶忙将眼光移开，朝向别处，于是看到了更多的“人体艺术”，只是能唤起审美愉悦感者甚少。

我要逃避热浪，而热浪从八面逼来，实在是无可逭逃。爽性立定。于是忽然发现，前面有刺目的橘红色，好大一块，在朝我移动。于溽热中见到橘红色，大概与在严寒中见到铁青色一样，心中陡增不耐。

定睛细看，原来，是一位环卫工人，肩背盒状铁簸箕，手持长把扫帚，顺着马路边，清扫过来了。他身上不仅穿着长袖工作服，并且，一丝不苟地套着橘红色大背心，那是为提醒汽车驾驶员礼让，而专为他们配置的。

越来越近了。扫到离我不远处，他从肩上取下簸箕，从容不迫地将扫到一处的垃圾，归拢到那能旋转九十度的簸箕中。他戴着一顶简陋的圆布帽，帽檐下，额上缀满鼓胀的汗珠，帽边呈现着体盐的不规则渍印……有些汗珠从他的下巴坠到他的脖领里去了……

这不是一个机器人。橘红色背心和工作服所裹住的是如我们一般的血肉之躯，这躯体对严寒与酷热的基本感受应与我们等同，然而，为什么我这样一个热衷于写些个关于终极思考的人，却必须在空调机所营造出的适宜环境呵护中，方能继续我的劳作，而他，这橘红色背心所裹住的生命，那驱使他在酷暑中一如既往地挥帚撮秽的意识，倘若均非终极性哲思，那么，他的种种琐屑俗念，该是我能鄙夷、轻亵的吗？

其实，我早该注意到他，他天天在这河沿清扫，只是以往来来去去的人流七彩斑斓，将他淹没，现在酷暑中“水落石出”，他在我眼里是一朵刺目的橘红色大花。

他扫到我脚边，我未躲避，他抬起头来，我对他微笑，他愣了一下，报我一个微笑，那汗渍的笑容很短暂，然后他绕过我，继续清扫，橘红色的大背心晃动着……

我依然感到炎热。不过我开始感谢这半个世纪才君临北京一次的酷热了，因为，我发现了橘红色背心所裹住的，是一个我应接近与探究的厚实生命。他既天天在这河沿劳作，我该能找到一个机会，与他相识、交谈，并成为朋友。对世道人心的终极叩问，这橘红色背心里面，该给我丰沛的启迪。

脐环

午夜电话铃响，电话来自劲松。

劲松是进入改革开放时期，北京的首批居民楼区之一，我在那里居住过九年。电话那边的声音，我一听就知道是小 H，他怎么这时候忽然来电，而且语气急吼吼的。更奇怪的是，接着还传来他媳妇小 S 的声音，竟然是在啜泣。大半夜的，两口子打架，要我给评理？我听了好几分钟才大体上弄明白，他们两口子并没打架，是他们的宝贝儿子新龙出了问题……

新龙究竟出了什么问题呀？午夜仍未归家？跟人打架被拘留了？得了急病？遭了车祸？……

小 H 和小 S 都出生在 1960 年，正赶上食物匮乏的“三年困难时期”，先天发育不足，长相上都显得有些个没舒展开来，但 1988 年他们生下的新龙，一落生就是白胖的大小子。新龙落生不足周岁，我家就搬离了劲松，但每年春节小 H 和小 S 来电话拜年，总要报告新龙茁壮成长的消息：会走路了，会唱歌了，上小学了，上初中了……我最近一次见到新龙，是在街上，小 H 小 S 和新龙从必胜客吃完比萨饼出来，脸上全漾着满足的笑容，新龙竟已经是一米七几的个头，无论五官还是身躯、四肢，该舒展的地方全都舒展开来，新龙主动叫我刘爷爷，我感叹：“快考大学了吧？一般这么大的小伙子，不一定乐意跟爹妈上街了……你们家真幸福呀！”

在转型期的社会里，各种震荡波似乎对小 H 和小 S 他们并没有带来过多的困惑与烦恼。他们都是最安分守己的人。职业稳定，静候加薪；当年分配到住房尽管面积很小，但以很优惠的价格买下归已，精心布置，三口人居住也自得其乐；两口子全有医保，真有大病时可享受统筹待遇，心里踏实。就业、住房、医疗方面无虞，唯一需要操心的是新龙的教育和前途。新龙学习一直是中上状态，高中没能到最牛的学校就读，但所进入的这所区重点中学，升学率也不算低，他们两口子也没有再高的奢望，只要能考上个好专业，毕业后找到个过得去的工作，逐步去发展，也就心满意足。新龙的表现呢，也一直还让他们放心。

但是，这个夜晚使小 H 和小 S 完全失去了平衡。新龙究竟怎么了？他们越急，越让我听不明白。新龙那时候在他那间小屋里呼呼大睡。小 S 还保持着以往的习惯，起夜后去新龙床前探一头，以便把蹾开的被子掩回去，结果，她发现——起先看不清，后来把小 H 喊起来，打开灯，一起辨认——呀！新龙的肚脐眼上，分明戴着一个金属的脐环！那孩子翻个身，继续他的酣睡，两口子如被雷击，跑到小厅里，面面相觑，互相埋怨，又给我拨电话，寻求外援。

我第一步只能劝他们冷静。既然孩子在别的方面并没有什么失常的表现，那就先不忙在他醒来后责问他。无妨两口子先合计好了，再很自然地跟孩子谈心。先要知心才能净心。小 S 冷静不下来，说应该马上翻检新龙书包，又说天亮就去学校反映，一定有个小团伙，把新龙带坏到了这种程度……

男孩子戴耳环、塞鼻珠已经令我和小 H 小 S 辈难以接受，何况戴脐环，又何况是戴在新龙肚脐眼上！七万一平方米的豪宅，上千万的豪车，夜总会，鲍翅席，陪酒女郎，私家侦探……这些转型期社会的光怪陆离，毕竟离我辈很远，但新龙的脐环，是转型社会的诡谲面楔进朴实家庭的尖锥，小 H 小 S 两口的午夜电话，又把那一分痛楚传递到了我的心间。我们别无选择，只能冷静应对。

故事没有结束。谁能授予我们睿智的解决之道？

沙发与轮椅

白领阿吉飘然而至，问哪阵风把他吹过来的，告诉我是受刺激了，问他是不是又遇到了人际摩擦，摇头说不是不是，及至坐下来喝了几口热茶，才喘口气，说这回是受了两样东西的刺激：沙发与轮椅。

这真让我惊奇。阿吉给我一一道来。原来他这个双休日孝心大发，开车去了两种地方，一是家具店，一是养老院，结果事情都没办成，倒深深地受到刺激。阿吉父母跟我算得有世交之谊，虽走动不多，电话还是常有的。我讶怪阿吉不去找父母倾诉，却跑到我跟前来喟叹。听他说完，才明白究竟是怎么回事儿。

阿吉的头一个想法，是给父母换套沙发。他父母居处的那套旧沙发确实应该换一下了，样式古板还在其次，坐着已经让人不舒服，他年终奖金颇丰，开车去了几处卖家具的地方，打算用一半的奖金，给父母订套新沙发，事先不说，为的是怕父母保守，以“还好好的能用”为由拒绝淘汰旧的，而且也知道二老的脾气跟我一样，如果子女非要那么办，就自己付款，不要子女花钱。他说在一处家具城相中了一套布艺沙发，包括茶几的四件套大约三千元就能拿下来，是暖色的，颇雅致，但究竟二老是否喜欢，还需试探后方能确定。他出了那家具城，去停车场取车的半路，忽然看见马路那边有家进口家具专卖店，兴之所至，就从过街天桥溜达过去，跑进去随便看看。那里头陈列的样品不多，有种布艺沙发，也是四件套，颜色是一种日常很少遇到的中间过渡色，他随便问了下售价，刺激就从那售货小姐轻柔的回应中产生：“啊，这一款是刚从意大利运到的名牌，售价是十八万六千元。”

阿吉说他不能把这种沙发的售价告诉父母，告诉给我也希望我别跟他一样受到刺激。我笑了。我说我倒没觉得受刺激。我只是再一次意识到，我们这个社会那些先富起来的人士，其日常消费已经高到了怎样的档次。阿吉说他在那家进口名牌专卖店里，看到一对跟他大概是同龄的夫妻，就正在订购一套价值二十八万元的卧室五件套，听上去他们所关心的并不是价格，而是那样的款式是否运到中国后，在意大利那边已经过气？阿吉年薪已达八万元，在那样的“大巫”面前，却只是抱惭而退的“小巫”。阿吉提出他的困惑：人究竟应该坐到什么价位的沙发上才觉得幸福？

我们讨论起来。我的想法是：贫穷是不幸无福。我绝不唱“过得越穷越苦越幸福”的“高调”。人在日常生活中应该坐卧舒适，沙发作为一种人类共享的物质文明，提供了舒适，构成了个人生活幸福感中的一个虽然琐屑却很重要的因素，人有沙发方面的追求是正当的。但我主张人们尽量把自己的幸福观保持在一种享受“小康”的段位上。“小康胜贫穷”自不待言，“小康胜大富”很多人就不大理解，需要多从这个角度来检测、营造自己的幸福观。“寒冬噎酸齑”固然很惨，“寒冬噎金粉”——有些先富者确实很喜欢在冬日的鲍翅汤里添金粉甚至金屑——其实也很惨，因为那样的“享受”所导致的是健康的损害与性善的迷失。我建议我们的传媒，加大对以“小康”为内容的消费观、幸福观、人生观的宣揄。其实世界上不少的亿万富翁尽管有豪宅名车，但大多数情况下还是选择了小康的生活方式，穿中档便装，吃快餐食品，骑自行车，到乡村度假，他们看重的不是自己个人消费的价位档次，而是自己参与创造的事业的发展，以及在大富以后如何满足自己蓄意已久的行善之心。

阿吉说到他所受到的另一刺激，是他在出了那家进口家具专卖店后，去了一家养老院。他的四位祖辈，现在只有姥姥还在，跟他父母住在一起。考虑到父母也都年过花甲，尽管请了保姆，但父母特别是母亲在照顾姥姥这件事情上已经实在有些力不从心，已经独自另过的他也不可能照顾姥姥，于是他萌生了先到各个养老院去考察一番，再动员父母将姥姥送往条件好的养老院去的念头。我知道他父母对将老人送往养老院的建议，必会产生严重的心理障碍。但社会发展到这一步，家庭养老方式已经很难继续支撑下去，我就已经跟儿子表示，等我再老十几年，我会主动到养老院去颐养天年。

阿吉在养老院受到什么刺激？他说那养老院是从互联网上查到的，确实很不错，庭院宽敞豁亮，房舍整齐洁净，设施齐全，服务到位，收费也合理，接待人员带他在自理区和半自理区转悠，他连连赞好，后来人家问他拟送来的老人是否完全不能自理，他说姥姥再过些时候恐怕也就属于那个状态了，人家就带他到后院，那里是完全不能自理的老人居住区。阿吉说，刚一走进那后院，他就仿佛被雷击了一下。阳光灿烂，照耀着长廊里一大排老人，都坐在轮椅上，那一大排轮椅啊，一辆接一辆，蔚为奇观。他稍微瞥视了一下，触目惊心啊，全是些或痴呆或歪斜着身子的老人。他急速转身逃出了那个后院，嗓子干噎，心里发堵。

我明白，阿吉是被极端形象化的“生老病死”这沉重的意蕴所刺激。古人早有“纵有千年铁门槛，终需一个土馒头”的感叹。将“铁门槛”“土馒头”这两个符码现代化，无论是换成“豪门宅”“骨灰匣”还是别的什么，都足令人顿悟。我们屁股底下坐的沙发只要觉得舒服，那么它究竟是几十万一套还是两三千元以下一套，于我们的生命究竟有什么特别的意义？我和阿吉在讨论中达成了共识：珍惜身体与心灵的健康，把生活享受定位在“小康”，而把对时光的敬畏定位在“只要力所能及，别因善小而不为”。

五花肉

一位年轻的女士来我家做客，偶然看见厨房阳台上挂着一块腊肉，先是惊叫了一声，然后便拍着巴掌大笑起来："啊呀！你吃肥肉……"她是个嫉肥如仇的人，本来并不能算胖，却要每周三次去健康俱乐部花不菲的费用瘦身，这也使得她视吃肥肉为俗，她本是把我引为雅友的，忽然发现了那块腊肉，故有那样的反应。

说实在的，那块腊肉并不能以肥肉呼之，那是一块五花肉，是我的朋友老罗不远几千里，巴巴地从家乡带来送给我的。那猪是他自养自宰的，卖掉了大半只的肉，剩下的都腌制成了腊肉，他给我带来的那块，是精选出来的，最外层的那一圈肥花确实厚了一点儿，不过，老罗对肉的审美观与那位女客的审美观大相径庭，他正是觉得那一层肥花白亮得喜人，才特意提来送我。

那块五花腊肉限于自家条件的限制，腌制得不是很成功，不像北京商场里售卖的那么地道，我们一家虽然都十分感激老罗的真情厚谊，却也很长时间都没有去尝它，主要是不知道究竟该怎么烹饪，就那么一直挂在阳台上任其风干。

年轻女士和我笑谈间，忽然瞥见楼下小花园里有个人在拣拾白色污染物，便随口建议道："咱们城里人谁吃这个？你不如拿下去送给楼下那个拣脏的老头儿！"我朝楼下一看，只觉得仿佛有个宝贵的东西，被人轻率地弄脏了，再也不笑，闷闷地对那位女士说："那正是老罗，这块五花肉就是他送给我的。"女士吐了一下舌头，满脸的歉意。

附近的居民，也大都称老罗为"拣脏的老头"，其实，他并非是个拾些破烂拿去卖钱的人，而是绿化队负责我们小区清洁的合同工；而且他与我同龄，逢到节庆日，也舍得花五毛钱坐到露天理发椅上修理一番门面，穿上他最好的衣服，那时他会显得红光满面，挺拔精壮，看去比我还年轻，哪儿能算老头？

我和老罗从搭话到来往到成为好友，那过程大约有半年。我头一回去他们绿化队集体宿舍，正看见他买回来一块肥膘，切碎了在伙房的大锅里炼大油。他们时兴自己做饭自己吃，伙房的场地、工具轮流使用。开头我疑惑，十好几个人，怎么轮得过来？去了几次，发现他们的饭食真是非常地简单，主食往往是大家先用各自的容器装好米或干粮，在同一口大锅里焖饭、熥干粮；副食呢，讲究时合熬一些处理贱卖的菜，像老罗，为了把每月三百元的工资尽量节省下来汇回家里，往往就是一碗米饭，舀一勺搁好花椒盐巴的大油，就着一碗粗茶，呼噜呼噜地吃进去，我目睹时心里既有些不忍，却又很羡慕——因为他总是吃得很香；而我们，有时面对着满桌的鸡鸭鱼肉，却还总是提不起胃口。

我和老罗为什么投缘？我想我们确实有心灵上的契合点——我们都信奉以诚实的劳动去谋取自身生活的改善。我当然比老罗富裕得多，有时在邮局遇上，他把浸着汗水的钱往家里汇，我拿着汇款单兑稿费，我们就聊起各自的梦想，他想把家里的平房改建成两层小楼，我想攒足了钱买下套商品房专用于写作。我告诉他干我这行有个好处，就是稿费里超过国家法定数额那部分应纳的税金，汇稿费的机构一定都会帮我代缴，拿到的都是心安理得的干净钱。他问我超过多少才需纳个人所得税，我说是一次八百元，他笑了，摸着后脑勺说他怕永远难有那个财运。

但有一天老罗汗津津地来找我，我以为他遭到了什么不测，听他细说，原来他在清理绿地卫生时，拾到了一个公文包，马上拿去交给了派出所；那公文包是被盗后，被盗贼掏走了现金，扔在那儿的，失主虽然丢了现金，却因老罗及时上交，得以重获里面的文件、信用卡、护照和机票，感激得不得了，一定要奖励老罗一千元人民币，老罗执意不要，失主执意要给，最后民警也笑劝老罗收下，老罗这才收下了。但在回宿舍的路上，老罗忽然想起超过八百元的部分要交税的规定，心里不安起来，他来找我，是诉说自己不知到哪儿如何交税的惶恐。我感动地握住老罗粗壮的上臂，一时竟说不出话来。

老罗经跟我商量，自己收下了八百元，那二百元分给了宿舍里的伙伴，他说他们也该得到奖励,因为那绿地是他们共同的工作场所。这样他省得去交税，良心上也安稳，而伙伴们也皆大欢喜。

就是那以后过完春节回来，老罗带来一块五花肉，他从车站径直到我家，送给了我。他并没给自己带一块来，慢慢地用来佐餐。我不能把这块五花肉还给他，更不能转送他人，我应该和家人一起，从中享受人间的一份可贵真情。谁有烹饪这种五花腊肉的绝佳方案？请快快告诉我！

雪地风波

节气还是小雪，却大雪纷飞，漫天白蝶乱舞，该有多少梁山伯和祝英台的精灵在蹁跹吟唱啊。北京人高兴坏了。这些年，北京往往一冬无雪，人们盼雪之心，常被无情的干燥窒噎得无奈。今年这场雪却不仅来得早，而且来得猛，来得酣畅淋漓，来得如醉如痴，倏忽间把北京所有的不洁不雅之处掩饰无余，而又把所有堂皇美丽之处装点得魅力倍增。迎着瑞雪，北京人争先恐后地拥出家门，或扶老携幼，或情侣双双，或独自徜徉，不仅公园里如庙会般热闹，就是住宅间的绿地一带，也笑语喧哗、人气鲜旺，仿佛过节，赛似喜庆。

雪还在恣肆飘舞，人们且不忙扫雪清路，这边在堆雪人，那边在打雪仗，更有小孩子，往积得厚厚的雪毯上张臂扑去，扑出一个活泼泼的人形，家长，以及认识不认识的围观者，都望着敞怀大笑……到处是举着照相机的拍摄者，无论你留神还是不留神，都可能闯进人家的镜头……

我走出楼门，边走边看，边走边听，也不光用眼用耳，更用鼻子亲吻那清爽润泽的雪气，用鞋底感受那新鲜积雪被踩踏的轻柔绵软，甚至还伸出舌头，让大片的雪花落上去，享受它那特殊的味道……

不知不觉间，我走到了护城河边的小公园里，穿过热闹区，迤逦来到较僻静的一隅。那里有些人在忙着拍片子，一时也搞不清是拍电影还是拍电视。是啊，这场大雪，给剧本里规定了雪戏的影视编导们，提供了多大的帮助啊！不仅雪中戏可以真实生动，更能省去多少布景费用啊！记得头年我曾应一位导演邀请，到他们拍摄现场助兴，因为久等大雪不至，只好用大量的食盐模拟积雪，再用鼓风机吹动大量的“米菠萝”（一种化工产品）来营造大雪纷飞的效果，光那一场戏，为置景就投入了两三万元。

我走过去看热闹。只见有人围聚一处争议。也许是摄制组的人士在讨论拍摄方案？这时雪已经停了，一位男士，看样子应是导演，很急迫地宣布："开拍！开拍！"然而一位女士却拦上去，很强硬地说："我就不让你们拍！"于是紧跟着有几个摄制组的人去与那女士周旋，可是，那女士看来也有支持者，围上去与拍片子的人论理……这是怎么一回事啊？

原来，摄制组在那边雪地里布了一个场景，是扫开了一块地面，在其上用一根木棍支起了一个大竹箩，竹箩一边着地，另一边形成一个陷阱——竹箩下面撒着不少谷粒、面包屑什么的；不消说，那支着竹箩的木棍上拴得有长长的绳子……而雪松下的几个小演员，他们要演的，便是捕雀的一场戏。虽然这边人们争论着，可是那边的竹箩下，居然还是有若干麻雀飞落进去，兴致勃勃地啄食竹箩下的诱饵……

摄制组的人士对那些自发的反对者，特别是那位带头的女士，一再耐心地解释，他们不会真把那些扣在竹箩下的鸟雀们捉住不放的，一俟戏拍竣，他们肯定放生……可是那位女士却跟他们说，即便那样，这样的镜头将来一放映，也会对少年儿童形成一种诱导，给他们提供一种模仿的样板，会派生出副作用；现在的文艺工作者，应有以一切手段提升人们，尤其是少年儿童们，爱护野生动物、保护生态环境的社会责任感，而不应去做相反的事……

这场雪地风波，最后怎样收的场？我不知道。我有意赶快从那里走开了。我怕在那里留下去，卷进到风波之中——我会处于两难境地；那位女士及几位支持者是否胶柱鼓瑟？那摄制组所拍的片子里真就不能放弃这场捕鸟的戏？我究竟该站在哪一边呢？或者，扮演一个折中的角色？又怎么折中呢？……

我继续在雪中漫步。心中格外欣悦。雪使这世界更美，而人呢，即使是争论中的人们，也可以使这雪更美啊！

一根牙签

朋友在远郊买了商品房，是两层相通的复式结构，光楼下那个大厅就有三十平方米，真叫气派。因为我们是贫贱之交，多年来维系着至好的关系，又因为有一桩具体的事，他急着和我谋面，所以在他装修完刚搬进去的第二天，就邀我去他新居，热情招待，言谈极欢，更因那里实在离城颇远，而他为买房已几乎用去多年积蓄，暂未购车，无法送我返城，便开启二层的客房，使我有幸成为他那新宅里的头一位留宿客。

朋友的夫人、孩子都还在城里旧宅留守，那晚由他亲自在装备得极其完善的厨房里烹出了丰盛的菜肴，我们坐在餐厅的长条樱桃木餐桌两边，在可以推上拉下、古典风格瓷罩的餐桌灯泻下的柔和光区里，以音响里传出的吉他浪漫曲佐酒就餐。他心头的幸福感，甚至洋溢在了嘴角的翕动中。

餐后我们坐在沙发上聊天时，他在言谈中不时吧唧嘴，仿佛反复地用舌头在牙床上扫动；后来又站起来，先到厨房，后到别处，像是要急于找什么东西；再后他干脆问我带没带的有牙签，我告从未有随身带牙签的习惯，他很失望，叹息说："你刚才说，我这新居武装到了牙齿，唉，你看，什么都想到了，偏偏没买牙签来！"

入夜，我在客房床上倚着高枕，看从他书架上借来的一本列夫·托尔斯泰的《家庭的幸福》，竟不能静下心，进入托翁的那些描述。后来我把书抛到一边，双手枕到脑后，胡思乱想起来。我想，什么是家庭和个人的幸福？什么是生活的乐趣和意义？四十年前，我与这位朋友"总角之交"时，我们从未把个人幸福和这样的生活方式联系起来过；三十年前，那就简直要把这样的房子和这样的起居视为罪恶了……我们生存状态与观念思维的变化，是近二十年才开始发生，而且仿佛加速的列车，越来越迅疾啊……

忽然有人敲门，我本能地道“请进”，朋友推门而进，“这是你的家啊！”他说：“这个空间你在合法单独使用，当然必须尊重你的意志！”我问他有什么事，他说晚餐吃那虫草酱鸭，有块小小的鸭骨嵌在了臼齿缝里，很难过，急需一根牙签……我说这算多大的事！没有牙签，找根随便什么细棍儿，火柴也行，从炕笤帚上撅下根秫秸苗也行……再说，等到明天再去买牙签来解决问题好了，怎么就不能忍耐一时呢？想当年，你哪儿有这么娇贵？他却大言不惭地说：“这关乎我此时此刻的幸福感！”我忍不住，便跟他争了起来。

我很激动，朋友倒颇冷静。他说，他找遍了这所新宅各处，没有火柴，更没有秫秸苗，没有能替代牙签的东西，而他，既然过上了这样的生活，就不想忍耐，他先给二十四小时值班的物业管理人员打了电话求援，对方一时爱莫能助；这小区虽有些邻居，但绝不能为此事去骚扰人家；给城里家人打电话，可能那话筒又让宠物猫碰脱了，爱人孩子都睡了，无法接听——他说如果电话打通，他会动员家人打辆“的士”给他送盒牙签来……我越听越觉得荒唐，他却郑重其事宣告，社会已经发展到了这一步：你为社会提供了聪明才智和诚实劳动，奉公守法，就有理由过高品质的生活，而社会的组织管理者，也就应该以此带动各个生产与服务的行业，来保证人们能方便而舒适地消费，享受幸福生活。他说他刚才给出租汽车公司打电话，要租车到 24 小时营业的便利店去买牙签，可是却没人接电话……

他怎么会变成这样？我一时气得无言以对。

朋友还继续对我说，别看不起他那“此时此刻的幸福”的追求。固然，我们今天所付出的才能和劳作，总体而言，有为明天的社会进步与后代的幸福铺垫积累的意义，但“今天就要享受应有的幸福”，应是更切近的人生动力。他这房子，除了首付款项，办理了二十年的银行按揭，属于提前消费，其合理的心理依据，以及合理的社会伦理道德前提，即根植于这样的幸福观。他希望在夤夜里很方便地得到一根牙签，竟不能实现，说明我们的社会生活还没有组织到发展到十分合理的状态……什么时候这样的烦恼可以简便地迎刃而解，什么时候我们的市场经济也就可以说是成熟了。

见我板着脸咬着唇沉默不语，他说："你大概在想，真叫吃饱了撑的！现在还有好些没解决温饱问题的同胞呢，有下岗职工，有住房还很拥挤的市民……这样想，就好比有人强调普及电脑和因特网的必要性时，你愤懑地告诉他，现在还有很多穷乡僻壤的小学里，连块玻璃黑板，甚至连套像样的木课桌椅都还没有呢！……告诉你吧，那样想，越想越心窄，无助于解决问题！不要把有关联而并不相互对立的事物，赌气般地对立起来……一根牙签和一个人此时此刻的幸福感，这起码可以作为一个虽形而下却又形而上的学术问题，一起来探讨一番吧！"我说："现在我没那个学术兴趣，我要睡觉了！"他便道了声晚安，退了出去。

这事过去好多天了。现在回想起来，我心平气和。记下此事，供大家探讨。

人生一瞬

1

婚宴上，新郎一直心神不定，因为新娘的那位远房红歌星表姐直到上场的时候竟还没有光临……

2

整部电影放映过程中，他都在揣想自己那辆“斯普瑞克”牌自行车究竟锁好了没有。

3

到局长家探病时，他坐在沙发上，嘴里本能地问候着，心里却一直在估算局长家所铺敷的化纤地毯究竟多少钱一米。

4

哀乐鸣响着，他随着与死者家属握手致哀的队伍缓缓前行，激动地想，终于有机会同死者那美丽的儿媳紧紧地握手了！

5

撂下了电话，他上弯的嘴角迅速下撇，并且骂出一句粗话，但又迅即将食指竖在自己唇边。

6

在母校门前，他认出昔日同座的女生脊背微驼牵着孙女儿缓缓前行，泪水涌上了他的眼眶。

7

他的剪报册上，又粘上了一角关于会议的报道，他用红笔将报道末尾开列的一串名单中自己的名字画出来，并郑重地附上编号：八十六。

8

邻居家正往屋里搬为女儿买来的钢琴，他把倚门而望的女儿叫回屋，心里酸酸的，然而没有钢琴的女儿跳起来用双臂搂住了他的脖子，无言中他感受到从女儿双臂传递过无尽的爱……

9

他第三回走到阳台朝下望，心里嘲笑着那些在马路一侧围观良久的人群，但第四回他没在阳台上站多久便本能地朝楼下而去，因为他想知道那小小的场面究竟有什么值得长久围观的。

10

病了，住进医院，盼那个人来看他，来了许多人，许多安慰话，许多罐头与水果，但那个人没来，始终没来，他想说出希望那个人来，也许说出来后真能够来，也许说出来后也不会来，他就没说出希望，却一直希望着。那个人没有来。于是，他死了。

11

她在发廊里把头发染成金黄色，在街上走了一圈，惊讶地发现，在周围人们眼中，她更加不像一个外国人了！

12

他好后悔，不该千方百计混进后台，在她的化妆室中凑拢她的身旁，求她在用她玉照作封面的杂志上签名，因为他这才知道，他的偶像脖子上有好大一片白癜风……

13

他从不把自已曾在国家级球队当球员的事向单位的人们讲述。因为他在那三年里始终是板凳队员，所有比赛中的上场时间加在一起只有十八分钟，他只在一个人静处时，把一生中的那十八分钟一秒秒地反复品味。

14

邮筒前，一只手捏着一封航空信，投进一半，又抽了出来，抖动着又投进去一半，又突然退了出来，捏信的手下垂了，与信封接触的拇指和食指紧紧地相抵，颤抖，蓦地，手又抬起，信被火速塞进了邮筒入口，食指似乎惶乱中要抠进那入口将信封再掏出来，而拇指终于将露出的边缘狠劲往里一推，邮筒则始终默无表情地挺直身板屹立在街角。

15

是的，我跟你说的那位电影明星住同一层楼，但我们除了共用同一个垃圾倾倒口外没有别的关系。

16

当局长从讲稿第四页一下子翻到第六页，并毫不在意地继续往下念时，他真想冲过去提醒，但会场上没有任何人露出惊奇或疑惑的表情，甚至打开笔记本做笔记的人也不动声色，于是他为自己在起草第五页时付出的心血而叹息！

17

一列火车开过去时伴随着一声惨叫，若干人为这惨叫忙碌了一阵，若干时候以后再没有人记得这声惨叫。

18

风把小学校里孩子们课间嬉戏的喧闹声送进窗隙，正淘米的她用湿漉漉的手指掠掠白发，忆起粉笔屑飘飞的那股香味了。

19

不忍心扫去那花瓶的碎片，插第一束花时，他附在她耳边说的那句话，难道也会碎吗？

20

从合影中剪下那人的影像后，愣了半晌，才发现撕碎的竟是自己那一半！

21

在离家很远的大街上，风把一粒沙子吹进了眼睛，用手揉不行，用手帕揩也不行，一筹莫展的当口，才体会到家中亲人撮起嘴唇吹出的一口气有多么金贵！

22

对面阳台上的朱锦牡丹又绽圆了花朵，他在自己的阳台上久久凝望着，惊叹地想，永未遇见过你的主人，你简直是单单为我而开！

23

谁也不会知道，那白发男子进了食品店为什么眼光总避开摆放咖啡伴侣的货架，因为每一种咖啡几乎都有它们的咖啡伴侣相随，而他……

24

来电话了，终于来了，是他，果然是他，他请她原谅，一秒，两秒，三秒，四秒，她心里一万个原谅，嘴里却一万斤沉重。她终于什么也没说，挂上了电话，从此他们再没见过面，再没通过电话，却再也卸不去彼此的悬想。

25

躺在卧铺上，出差的她总想着家里橱柜上的盘子里的那两个桃子，桃尖已经发黑，果肉已开始变质，而丈夫和儿子很可能会抓起来就吃，于是乎拉肚子，于是乎痢疾，于是乎他们找不到家里的痢特灵，于是乎他们发高烧，于是乎……她为自己临行前的这一重大疏忽焦虑而至于阵阵发抖。

26

我去他家收房费，他未及拿钱，却滔滔不绝地告诉我，市政府副秘书长老江刚给他来过电话，新光公司总经理星期六请他去明珠海鲜酒家赴宴，他小舅子快从澳大利亚飞过来了，长城饭店的意大利“比萨”不如香格里拉饭店的地道……可这一切跟我和房费有什么关系呢？

27

在这静夜里，他感谢风把附近哪家夫妻反目的声息，从窗隙频频送达枕畔，使他对人生有更真切细微的把握。

28

到家以后，他才发现包花生米的那一角旧报纸上，正好有三十多年前他发表的第一首诗，他望着那一角发黄的旧报纸，心波汪漾。

29

对面院子门口贴红喜字了，噼噼叭叭放鞭炮了，停满好多小轿车小面包车了，飘过来油腻腻的气味了，不知不觉一天过去了，好多天过去了，推出婴儿车来了，向收废品的卖酒瓶子了，这一次比上一次卖得多了，吵骂声溢出窗外了，有一天好好的暖水瓶掼到院门外了，有人进进出出地去劝了，有人探头探脑地围过去望了，孩子哭得越来越响了，又过去一些日子了，女的抱着孩子走了，院门口似乎静悄悄了，不知不觉又有些日子了，院门口又贴红喜字了，噼噼叭叭又放鞭炮了，又停了很多辆公家的小轿车小面包车了，又飘过来油腻腻的气味了，不知不觉一天又过去了，还有很多日子也过去了，又有很多日子过来了……

30

当闪电亮过，等待雷声来临的那段时间，他惊恐万分地想起自己做过的亏心事，然而当雷声隆隆滚过时，他心安理得了。因为他忽然意识到光速比声速要快许多许多。

31

赴公款宴请的半路上，他的小汽车抛锚在路边，司机下车排除故障去了，他隔窗望见了当年大学的同学，那位老兄正站在快餐车旁，躬身歪头吃着炸羊肉串，他不禁怜悯地想：“五十出头了，还没混到高档宴会的桌子边，唉……”而吃羊肉串的那位，也瞥见了车内的那位，他边津津有味地吃着，边怜悯地想：“仁兄啊，你一天到晚赴公费宴会，恐怕早就不懂得平头百姓街头品尝小吃的乐趣了，唉……”

32

板壁那边传来新婚之夜声息，使她难堪，也使她欣慰：总算把一间房子分成两份，她心甘情愿在那小小的一份中安身；当年儿子只占据她子宫十个月，如今她仿佛缩回了生命的子宫中，愿永远将宽阔和方便奉献给年轻的生命；她在那小小的空间中蜷缩着，在令她难堪的窸窣声中默然地流出甜蜜的泪……

33

窗外磨盘碾动般的西北风，使她从梦中醒来，本能地走到女儿床前，为她盖好掀开的被子、掖紧边角，这才恍然大悟：那逝去的双亲所给予她的最深挚的爱，常是在她灵魂沉睡时降临，她浑然不觉，而他们绝不索报……窗外呼叫不停的风啊，你怎懂得？

34

他在电话里对我说，他绝不是那种人，一见我离休回家无职无权便对我置之不理。他问到我的身体，表示了极度的关怀，又说了许多泛泛的话，但似乎总有句什么要紧的话想说却不能直截了当地说出来。我不得不提醒他我们的时间是一样的宝贵，于是他终于说出那句话，那是一个朴素的问题，就是我一旦用车，还能不能保证坐上小王开的那辆新尼桑？

35

从十楼的阳台望去，远处楼顶的那霓虹灯广告显得神秘而瑰丽，多少个夜晚，当他到阳台上远眺夜景时，都不禁浮出许多的联想，亲切而甜美……他终于购得一架高倍望远镜，这晚他激动地举镜去亲近那远处的霓虹灯，他感到有东西破碎在了心中——望远镜清晰地告知他，那是一种痔疮栓的广告。

36

久无来信的女儿终于从大洋彼岸寄来了让人放心的短简，出差千里外的丈夫刚来过了长途，桌子上是今天下班路上买到的又大又黄的便宜鸭梨，隔壁床上传来孙儿退烧后平缓的鼻息，而窗外是一轮浑圆的月亮，恰恰在这时，全身重量落进沙发的她，突然感到心里格外空虚……原来，牵挂、担忧和不圆满，才是激活心灵的宝物！

37

父母都不在家的时候，他终于侦察明白，爸爸总是一个人悄悄在灯下翻看的，是一本墨迹消退、粘着若干发黄的旧照片的厚皮簿，而妈妈总是一个人偷偷在屋角望着发愣的，是夹在一本旧辞典里的压得扁扁干干的玫瑰花……一颗心从狂跳恢复平静后，他感到自己的童年到此结束。

38

聚会中，在我那布置得富丽堂皇的客厅中，我们这些当年的“兵团战士”，不知是哪位挑的头，突然唱出一句现在不仅绝对没有人再唱按内容也不该再唱的歌子，一下子，我们全体本能地跟上去放开喉咙齐唱起来，震得屋子轰轰响，一口气唱完以后，我们面面相觑……我们当中无人再信奉那歌里所唱，然而，我们被歌斧所伤的灵魂永带着那样的伤疤，这就决定了我们与弟妹一辈的总体差异……

39

谢谢，我不进去了；说实在的，您这防盗门让我心里好别扭，不，不是我产生了自己是窃贼的错觉，恰恰相反，我心里不由得在想，是谁把无辜的人关在这铁栅栏里，仿佛他们是被囚的窃贼？

40

又弹起《致爱丽丝》，又回想起他的钢琴启蒙老师，那位胖胖的中年妇女几乎大他三十岁，后来她得白血病死去了，人们以为他得知她的死讯后的痛哭只不过是对启蒙之恩的感念，谁晓得他是曾经偷偷地爱上了她，这秘密只有《致爱丽丝》的旋律知晓，永远永远，直到他死去并把这个秘密带进火葬场。

41

从报上看到，又有一本新的英语教材出版，心里怦怦猛跳，生怕不能及时买到，以插入家中书架上那一整排英语入门书行列中——但他至今总不能流畅地背诵出 26 个英文字母。

42

“文革”中，他诬陷张三时，却又暗中希望张三成为烈士，将来自己好写一篇被频频转载的悼念文章……这天有人向他提及“文革”中张三受迫害的事，他撇撇嘴，告诉那人他最看不起张三了——因为张三居然在“文革”中忍辱含垢，苟活至今！

43

第一个宴会上，他喝饮料吃风味小菜并散发自己的名片，匆匆赶到第二个宴会上品尝烤乳猪和烹大虾等主菜并凑到主桌上向头面人物敬酒，在第三个宴会开始上点心和水果时他恰好就座，频频致歉的同时下死眼把座中最美丽的女士盯住，并暗暗考虑散席再约她一同散步得以成功的最佳方案。

44

又一次经过那家商店，她发现那件她试穿过许多次的外套仍然挂在那里，心中不禁又一次冲动，忍不住又一次试穿，穿衣镜告拆她，那衣服真仿佛专为她而缝制，但她又一次想到别人都看不乖它，可见它不怎么样，于是宁愿再一次遭到售货员白眼，她仍没有买它。

45

姐姐，外边有个人要见你，说不明白你为什么要在报上登那么个征婚广告……你问他从哪儿得到这个地址的，其实他根本不打听这个地址；你说只让姑妈代收信件和照片，不要人家访问，他说事情坏就坏在总不敢开口说话上……其实你经常在电梯里跟他紧挨在一起嘛，他就是跟咱们住同楼的洪哥……请他进来吗？

46

他坐在凌乱不堪的居室中，一边喝着酒一边看电视上重播那部由他主演并引来如潮好评的电视剧，望着那荧屏上的大特写，他脑子里一片烟雾，不禁惊讶地自问：难道那张脸是我的吗？

47

满脸皱纹的她，一边织着毛线衣一边不停地倾诉，天哪，那全是她内心中的隐秘，从五十年前的初恋到对当年给她刷过大字报的某同事的不可消亡的厌恨……听者默默无言，那是一只趴伏在她腿前的板凳狗。

48

回到宾馆，取房间钥匙的时候，接待处的小姐告诉他，在他外出用餐的短短一小时里，已经有三十多个人闻风而至，来这里要拜会他，并且留下了他们的名片……他大吃一惊。并以为坐在前厅里的那些人都是憋着要见他的，正慌乱中，接待处小姐又告诉他，她发现那些人全弄错了他的身份，把他当作了从境外来的富商……经她说明，那些人都走了……他将那些名片一律收藏。

49

每回走进百货公司，他总忍不住要对着门里的大镜子照上几秒钟，用手指顺顺头发、抻抻衣领，没有人注意他，他却先在转身时感到羞愧……今天走进百货公司，不知不觉中他又在那镜子前驻足，一瞥之中，他发现另外一位与他同样已入中年、同样其貌不扬的男子恰在他一侧对镜拂发自顾……他第一回在转身时感到坦然。

50

晚饭后，她同她在楼下绿地中喁喁窃议，交换着关于七楼那家闹离婚的种种最新信息；夕阳斜铺到她们身上，她们在一种暖烘烘的生理快感中又获得一种麻酥酥的心理满足……

51

交响乐队刚开始演奏第四乐章，他便从座位上站起来，高提着一对汽水瓶笨拙地挤过同排七八位观众的膝盖，往外移动……他是害怕去晚了小卖部就不办理退回押金的手续。

52

几把将那来信撕得粉碎……几分钟后，却又跪在地板上惶急地将那些碎片加以拼合……拼合未完成，又狂乱地将碎片抓起紧揉抛开……难道就这样画下一个青春中的句号？

53

关掉吸尘器，且站在地毯上喘息，蓦地回想起当年那小小的一间屋的家，用半湿的拖把几下便可以把水泥地面擦抹得清清爽爽……环顾这套宽阔的居室，原来它是为地毯、墙纸、百叶窗、组合柜、转角沙发、玻璃茶几、长餐桌、大书案……而存在的，眼光所及，全有该做而做不完的事；叹息中意识到，昔日是小屋子的主人，如今是大居室的奴隶！

54

地震了，惊醒过来的他头一个念头就是痛悔没有到保险公司投保，但再清醒些时发现并不是地震而是楼外在过重型载重卡车，于是至今他仍未去投保。

55

楼上那家人搬走两个多月了，就是每逢周末总约一些人来跳舞，并把舞步声和音响声传到楼下使他不胜其烦的那家人。他曾对之厌恨已极，但近些时他每逢周末心里总空落落的，寂静使他难以忍受，于是这个周末他决定上楼向新邻居建议举办舞会。

56

她们三个不相干的人同在一个站牌下等车，甲像慈蔼的祖母，乙像干练的母亲，丙像聪颖的女儿，她们相互都有这样的感觉，车来后她们上了车，分挤在乘客中，甲、乙为各自女儿的不肖暗暗叹息，丙则幻想自己换了奶奶和妈妈，然而一小时后她们都复位于各自的家庭，把路上的事淡忘。

57

从肯德基炸鸡店与相好的同学们吃完生日套餐，哼着歌子回到家中，劈头遇上刚来家里做事的安徽保姆；妈妈笑着告诉她，保姆小陶今年也是十八岁——两个姑娘对望着，都有些吃惊，都有些不适应，心中都漾起些说不清道不明的细琐波纹……相互点头分开后，小陶洗菜的节奏放慢了，而她坐到书桌前整理一大叠生日贺卡时，总不能收拢散开了的兴致……

58

苍茫夜色中，那个在桥上来回徘徊的纤弱姑娘终于不再徘徊，她伏在桥栏上，望着护城河那晃动着灯影的流水……他没像往常那样，沿护城河跑完一个来回便返回楼里，而是久久地原地甩臂、跳跃，密切注视着那仿佛一片落叶般的娇小身影……姑娘仰天望月，再俯首望水，他觉得有泪光一闪，心头一紧……正当他想过去时，忽然姑娘扑进一位匆匆走上桥头的青年怀中……他边往家跑边在心里微笑。

59

他和她是邻居，在菜市场里相遇；望着提着重重菜篮的他，她心里想：我的男人要是这样的该多好啊……他呢，望着臂挽露出鱼尾和青菜的篮子的她，却暗自庆幸：瞧她那不减肥不做头发不用化妆品不讲究色彩搭配乱穿衣的模样，亏得我的太太不是她。

60

护照、签证、机票总算都弄妥了，心里痒痒的，不知为什么除了至亲好友以外，也总想让久未联系的老同学、旧邻居们都知道一下，就这样给阿芳拨了个电话；挂上这个电话后却又委屈，又气恼，又心寒，又心酸，因为万没想到阿芳的第一句回话是——哎呀，你东借当西求人地忙了一年多……你怎么不去美国呢？

61

聚会中，A 递过通讯录小本请他留下地址，他的习惯是总要装作无意，在提笔前检阅一下通讯录小本上已留的姓名，发现并无什么要人、闻人、熟人的名字，他便在空白处匆匆草签了自己的姓名，并留下了单位的地址；B 递过小记事本请他留下地址，一瞥中他发现已有不少要人、闻人、熟人的笔迹，便先用心地写下了自己的姓名，再耐心地分列出单位、家庭两处地址以及两处的电话号码。

62

爸爸，你不要惊讶——听到王伯伯去世的消息，我哭得这样地伤心……是的，我好多年再没见过他，可我永远忘不了十年前那天，你带我去王伯伯家做客，当时我还是个淘气的小学生，我把他家刚启用的一套景德镇茶具里的一只茶杯碰到地上摔碎了——当时你恰好去了卫生间，所以你一直不知道；现在我要告诉你，王伯伯当时朝王伯母使个眼色说——别跟他爸爸讲……

63

我们又一次同开电梯的小张开玩笑，哄然地说她新烫了头发以后，更像昨晚电视里又亮相的那位歌星了，我们都没想到一向对这个玩笑置之一笑的小张这回却突然严肃地说——她唱歌只算是个二流，我可是个一流电梯工，是她长得像我啊！

64

年轻的父亲扶正眼镜，小心翼翼地填写着每一个栏目；女儿倚在他身边，不时尖声地提醒他老师是如何布置叮嘱的；头发有点蓬乱，腰系围裙、手上沾着面粉的母亲从丈夫另一侧肩后伸颈细望，生怕他那写后即涂改的毛病发作——一份小学生学籍登记表君临了这个只有一间小屋子的家庭。

65

面对镜子，久久地把目光集注到脸颊上的那颗粉刺上，心里浮着“千万不要压挤粉刺”的警告，医生说过，杂志上和报纸副刊上总登这一类的破文章，就连台历上记不得哪页的背后也印着这个教条……可是想到一小时后的约会，考虑来考虑去，从轻抚重摩，到边缘试探——终于还是下决心用双手的食指狠狠地挤了它，而在头一阵痛楚中，也便立即后悔……

66

爸爸妈妈倚在沙发上耐心地看一部乏味的电视连续剧，哥哥嫂嫂不知为什么又在他们屋里拌起嘴来，邻居家传来用冲击钻往墙上钻眼的声响……刚从学校开完毕业联欢会的她，坐在用书柜和衣柜隔出的那属于自己的小小空间里，才越过十八岁的年轻灵魂，为万千思绪的冲撞而战栗，真想放声大哭一场……

67

散会时，那位妇女在门口拦住了他，他站住，微弓着身子，眯着眼倾听她的诉求，绕过他们走出去的与会者都对那情景留下了印象；求诉者最后递给他一份书面材料，他接过那装材料的信封，郑重地放进公文包……他坐进了小轿车，他闭目养神，他下车前向司机道别，他坐电梯升到自己住的那一层，他从公文包里取出那只信封，用力地撕作几段，扔进了垃圾通道……他搓着手指，他想进屋后头一件事便是洗手。

68

春光烂漫，公共汽车站，一对青年男女旁若无人地紧紧偎靠着，男青年吻女青年的面颊，女青年甜笑着眯上双眼……花白头发的他望着这对恋人，又愤慨又羡慕，又鄙夷又嫉妒，又厌恶又忍不住紧盯，又腹诽又禁不住暗叹……风把柳絮吹到他脸上，他用手拂去柳絮，心中一阵酸楚——自己那一代人曾背负着那么多的沉沉耻感。从未这样享受过人生……而青春已一去不返，如何补偿！

69

路过那个服装摊档，她不禁轻轻歪动嘴角；昔日邻居家的阿牛，如今已然“练摊”两年，肯定发了大财，可阿牛这种职业，啧啧啧……她自豪地想到自己那在大学中苦练“托福”的女儿；她的目光与阿牛忽然相接，阿牛热情地招呼她，她走拢摊前……当她拿着阿牛白送她的一套“婆婆衫”离去时，心中仍在鄙夷：这种职业，唉唉……

70

在过街天桥上，他止步扶栏眺望一贯熟悉的街道，那重叠延伸的楼影和流光溢彩的霓虹灯，以及满街满道的车辆行人，突然变得陌生，使他铭心刻骨地体验到“红尘滚滚”这四个字的全部内涵——心中陡然弥漫着一种深深的孤独感，那是在人稀声息的风景地和静夜独处一室时都不曾有过的。

71

最钟爱的二女婿来到病床前，献给他一大束粉红色的康乃馨……他自豪地把二女婿介绍给同室病友：硕士，工程师，合资机构白领，像不像还没播完的那电视连续剧里的男主角……同室病友出去散步了，他才觉得女儿没有一起来多少有点蹊跷，而二女婿的表情也显露出更多的古怪……不待他问，二女婿凑拢他，极为认真地吐出一句话来——您是否该写个遗嘱，把财产分一分了？

72

揭开透明的盒盖，那蛋糕匣中残存的一牙更清晰地显现出来；存放三天了，那奶油花纹上已经现出了浅绿的霉斑……她将那盛着一牙发霉的蛋糕与许多根燃得变形的小蜡烛的圆盒捧往垃圾站……当她回到家中时，她对镜良久……掠掠鬓边白发，她挺直脊背，坐到藤椅上，继续编织那件毛衣——给没来吃蛋糕的人。

73

百货公司里一下子乱了，顾客们都不自觉地朝滚梯那里拥去，连售货员们的头也差不多全如葵花仰日般转向那边……原来是新近走红的一位影视男丑星出现在了滚梯上；仍在柜台前站立着挑选变色镜的他朝那厢一瞥后，不禁黯然心酸！我几年来窝在演员剧团无导演约请无角色可上，都是因为我有一个俊俏得无人要看的外表啊！

74

揿着许久没揿过的那个电话号码，心里急速预测着对方可能会有的反应，揿完后那边传来“喂”的一声，竟把事先设计好的多种应对方案尽数扫荡，忙结结巴巴地申明没有事只是过节问个好问个好……搁下电话后心仍在狂跳，想分析一下刚才听到的声息究竟是否意味着传言中的升迁与对自己的宽宥，却怎样也无法集中思绪……

75

展览会上，孤零零面对着一幅无论如何也看不懂的只有团团色斑和一堆曲线的画幅久久发愣，却不知不觉引来了背后越来越多以至挤靠到两膊的红男绿女，他仍看不懂那画，耳边却传来若干“啧啧”赞叹声……

76

因为默默地爱他爱得发狠,所以故意要在有一天他送自己回家走抵楼下时,佯作冷淡地告诉他自己根本没想到要跟他建立起超出同事间的关系……从此他不再送自己回家不再凑拢聊天不再递过冰淇淋，只偶尔从远处现出一个微笑，而自己仍默默地爱他爱得发狠……多年后痛苦地自问：初恋的花蕾，为什么竟由自己残酷地吹落？

77

车厢里有人在交谈中高声冒出了“巴黎”两个音节，一位中年妇女微闭双眼，心头浮现出高耸的埃菲尔铁塔；一位二十岁的姑娘下意识地摸摸头发，她后悔没去那家莉莉她们一直向她推荐的“小巴黎发廊”；一位黑瘦的男子想到了故乡个大肉粗汁多的巴梨；一位正兜售小报的报贩心里嘀咕：要是卖一张报还像以往那样只挣八厘，谁还干这个……而一位老大爷却默默地想，不，不是笆篱，是篱笆、女人和狗，挺不错的电视剧……

78

他很惊异，为什么这些天妻子总那样冷感，并一再说必须把双人床挪换一个位置……他哪里知道，妻子前几天去隔壁邻居家收房租水电费时，发现那家夫妇的床铺同他们的床铺安放在同一块顶多不过十几厘米厚的预制板两侧，他们双方实际上是在很近很近的距离同时……她心里横梗着这心理障碍，但又没有勇气马上向他说出……这些住在预制板镶嵌的盒子里的人们啊!

79

他的第一本诗集出版了，散发着油墨清香的样书堆放在案头，他在一张纸上开列着拟寄赠的名单，除了至亲、老师、荐引人而外，他头一个想到的，竟是心中最难释恨的那位昔日的意中人——她那对他不屑一顾的神情，她那当众嘲讽他妄想和无才的刺人话语，她那拒他于千里之外的做派，蓦地都活现于心中，令他一把抓起一本诗集，用签字笔重重地在扉页上写下了请她“指正”的字样……

80

十六岁的儿子有一天满脸通红地对他说：爸，我是骗你们的——我其实一回梦也没做过，总听你们说梦呀梦的，电影电视上也净表现人做梦，所以我就撒谎，说也梦见了什么……父亲一把搂过他，抚摸着他的肩膀，一时不知该怎么说，只在心里想：儿子啊，愿你单纯而墨黑的睡眠长久地延续，那是健康的表现；然而梦斧终得劈开混沌，愿你把头一个梦讲给我听……

81

走过坐在街口拉胡琴的那个盲人面前时，没有往他身边的搪瓷茶缸里扔钱；一步步背对盲人走远了，起初有点不自在，后来就想，扔钱的未必高尚，还不是因为迷信想积德……没扔钱的也不止我一个人……我岂在乎一毛两毛的小票子，他是盲流，有碍市容观瞻，更何况也许是假装失明，听说如今有“乞讨万元户”，这说不定便是其中之一……那盲人和琴声使他久久地不痛快……

82

楼里新搬进来的这位影、视、剧三栖明星真令人扫兴——他没有私人小轿车，并不能给我们楼前空地增加光彩；

来接他的汽车也少有小轿车净是小“面包”；

他骑的那辆自行车虽说是新的可根本不是斯普瑞克、普加奇一类的“潮车”；

他并不哼着歌蹦着舞步上下楼；

他浑身上下的名牌货竟然比我还少……

瞧，他跟他老婆走过来了，告诉你吧，丢“份儿”透了——那老婆还是当初的那个老婆……唉！

83

三十年前就看过您演的片子，那纯情少女的印象我总不能忘记……您现在多大岁数……来，我帮您挂这外套……不，您不老，不老，您说“一大把岁数了”，真是的，可“一大把”是多少呢……咦，您怎么挪到那边去……啊！

84

据说宴请后将招待观看一部香港恐怖片，但已然杯盘狼藉的大圆餐桌上，又搁下了一盘油腻腻的热菜，在哄然的拼酒声中，他恐怖地意识到，这顿饭至少还要延续一个小时以上！

85

每晚在餐桌旁饮着二两白酒时，他总满脸溅朱地声讨着巷口那个发了财的家伙，甚至频频警告自己的孩子不得同那家伙的孩子玩耍，但第二天蹬着自行车上班的时候，倘若恰好在巷口遇上那家伙在发动摩托车，他一定跳下车去亲热地招呼，心里揣想着如何才能搭上钩沾点光……

86

把一摞旧书提到楼下去卖给收废纸的乡下人，绳子忽然松开，书本散落一楼梯。正懊悔烦躁中，忽然瞥见一本发黄的再没有人要读的书那抖开的扉页上，赫然显现着头一个恋人留下的题赠字迹，蹲下，捧起那本书，一时间心摇意动，眼眶发痒……

87

儿子打来越洋电话，告知已通过关于高分子研究的博士论文，并已参加过同学们凑钱举办的庆祝“派对”……谈着谈着，儿子声音忽然不大对头，疑惑，惊诧，忙问怎么回事，儿子在那边说：爸爸，我心里忽然非常非常难过，因为今天我猛地意识到，我是一个中国人，却一点儿也不能体会到中国那琴棋书画之美……父亲放下电话，点燃一支烟，坐了许久，忽然有一种欣慰之情从心头渗出……

88

话剧正演到高潮的一幕，舞台上是一个激动人心的群众场面，他不由得目计了一下舞台上演员的人数，随即又转动脖颈目计了一下空空的池座中观众的数目，再望向舞台时，那明明是一个喜剧中最逗人发噱的场面，他却悲从中来，双眼禁不住让酸辛的泪水糊住……

89

因为表哥来自上海，所以就有邻居指着他的背影说他已与表哥在上海炒股发了大财，就有邻居在电梯里笑问他何时买私人小轿车，就有邻居敲门进来讨教关于股票、股市和炒股的知识与玄机，就有邻居出他家后撇嘴摇头说他和他表哥真能装傻充愣真能保密真叫滑头，就有邻居为他和他的表哥究竟赚到了四位数还是五位数展开争鸣，就有邻居在子女提起他和他表哥时皱眉摇头还忍不住申斥训诫，而他表哥虽来自上海却确实尚未成为股民……

90

父亲斜倚在真皮沙发上，红着一张醉脸，用牙签剔着牙，甩着嗓门讲着诸如“我发财容易吗，供你容易吗”之类的话；儿子倚在他对面的沙发上，微眯着眼，专心倾听着——他手里握着超薄型的“沃克曼”，双耳里塞着微型立体声耳机……

91

凝望着书桌一角玻璃鱼缸里摇鳍摆尾张嘴觅食的金鱼——那里面原养着一对，后来因为鱼缸太小而鱼的需氧量增大，如今只剩一条，他忽然觉得，鱼在缸中，犹如他在屋中，而他在屋中犹如楼在街区中，楼在街区中犹如街区在城市中，街区在城市中犹如城市在国土中，城市在国土中犹如国土在地球中，国土在地球中犹如地球在宇宙中……有一种紧迫感，想马上为其“增氧”，哪怕只先做一桩小小的实事！

92

飞扬的雪花中，街角那卖晚报的老头仍用戴大棉手套的手撑着把大伞，缩着脖子轮流跺着双脚，身上背着已然瘪下的帆布报袋，痴痴地凝望着一个方向，几年里那位天天来买报的同龄人从未如此迟到过……在街灯照亮的雪幕中，他望眼欲穿，却全然没有猜到，刚才马路当中那呼啸疾驶而过的急救车中，便躺着那位已不能再来买报并照例同他聊上几句的同龄老头……

93

母亲彻底失眠了，父亲也没睡安稳，两口子的卧室里弥漫着心弦欲断碎梦惊魂的气氛……而他们的宝贝女儿其实就在他们的楼窗下，在那目光穿不透的浓密树冠的阴影里，紧紧地依偎在恋人强健的怀抱中，久久地亲吻着如飞升在天花烂漫的晴空……

94

被儿子儿媳女儿女婿孙子外孙女围住，满桌美酒佳肴还有鲜花蛋糕，满头银丝的老两口满脸的皱纹都高兴得舞动不止，老头子不禁说，今天我要跟你们妈妈奶奶姥姥说句话，这句话这么多年我是实实在在地做到了却一直没说过，这话像我们这把年纪的夫妻子之间从没说过的在中国怕不算少数，你们说我跟你们妈妈奶奶姥姥算是到了“金婚”，我也没有再多的金子给她，以往我是尽其所有都给她了，今天再贴个标签吧，你们都听着——我爱你！

注:《人生一瞬》前30篇载《特区时报》1991年1月25日，后64篇连载于《新民晚报》1991年10月24日至1992年12月28日。

捕捉一瞬

千把字内的小说，大陆叫“微型小说”，台湾称“极短篇”。从去年起，我开始写些“一句话小说”，最长的不过二百来字，最短的也就几十字。是严格意义上的一句话：从语法上，从标点符号上，尽量以一个句子（当然可能结构较为复杂）完成全篇；同时又是严格意义上的小说：有人物、有情节，甚或有心理刻画、有氛围营造……与短小的散文诗、随感录等绝不混同。读者读极短篇，或许是因为在分秒必争的快节奏生活中无暇到长文字中去徜徉流连，而对于我倒并非是灵感只剩短促的一闪或只能“偷闲”写一点儿尽可能简约的文字。我仍在写长东西。但我时常感到在自己和他人的生存中，有一些闪烁的亮点，会突然烛照或灼痛灵魂，激发出我一种特异的灵感跃动，使我有盎然的兴致来尝试这种“一句话小说”的创作，我将它们统称为“人生一瞬”。创作这“一瞬”绝不比创作一部长作品容易，甚或更难。因为要在“一瞬”中照亮人事的微妙、透视人情的底蕴、探测人性的堂奥，那是无处藏拙，而务须精粹的——其中最重要的技巧我以为便是“留白”（即以既有文字勾引出丰满的想象空间），取“尽在不言中”之妙。捕捉“一瞬”，写成“极短”，实在是一种诱使内心与外在相激荡趋于精微超锐的“灵操”，我在其中得大快乐。我认为“极短”不等于极浅，不等于极淡，在漫长而短促、痛苦而欣悦的人生中，该有多少味醇而意深的一瞬可由我们捕捉！

八里长桥一道拱

汽车美容店有个玻璃大棚，是电脑洗车房，管启动和停止阀门的小伙子眼皮下经过太多的红男绿女，一般都只是用手势指挥车辆的进退，很少跟他们过话。但是那天开车来洗的分明是个老太婆，车子外壳洗净后，开出玻璃棚，再打开车门后盖，对内部进行手工净化，几个洗车工，也是小伙子，有的看上去很稚嫩，拿着大抹布，拥上来操作，那个管阀门的小伙子，因为没有新的顾客来，也就拿块抹布参与其中。擦车的小伙子们不禁多看车主几眼，那老太婆满头银发，腰板笔挺，满脸笑容，主动跟小伙子们过话，问他们的工资待遇，听报出的基本工资不低，又提供集体宿舍，管两顿饭，不禁颔首："可以呀！"又问他们都来自哪里？有的是南方很远的省份，有的来自中原，她特别问那个管阀门的："你呢？"那小伙子只说："比他们都近。"有个小伙子问车主："您是我奶奶辈的啦，自己开车不害怕呀？"老太婆乐呵呵："这是退休后一大乐子，常拉一二知己去自驾游，我可稳当啦，坐我车的没有害怕的。"

老太婆自然是买了贵宾卡，这样每次洗车必来此处，一回生，二回熟，她的银发很扎眼，洗车的小伙子们对她也就格外关注，往往她的车还在几十米外，眼尖的就宣布："'老不怕'来啦！"老太婆则对管阀门的小伙子印象最深，他平头大耳小眼睛，身体壮实，看去比那些伙伴们年龄要大，总是很快活的样子，老太婆跟他过话也就比较多。老太婆对小伙子们报出的故乡，总联想起相关的名胜古迹，比如听说是贵州来的就问黄果树大瀑布，听说是河南来的就问洛阳龙门石窟，管阀门的小伙子就告诉她："别细问啦！老家要是那种地方，还跑出几千里打工？"他很不痛快地跟老太婆报出自己家乡的名称，老太婆说：“他们的家乡再美，那么远的自驾游我去不了，你说你老家离这儿也就二三百公里，我倒可以约上两三个朋友去看看，你们那里有什么美景啊？”那小伙子就说：“美景不敢说，奇妙的东西倒真有，跟您说吧，我们家乡有两绝：八里长桥一道拱，东井掉桶西井捞！”老太婆双手一拍：“倒真值得去开开眼啊！”

入冬了，老太婆来洗车，见小伙子们手都跟胡萝卜似的，很心疼。开阀门的小伙子问她：“又自驾去哪儿啦？”她说：“去了深圳，来回坐的飞机。”小伙子就告诉她：“我打的头一道工就在深圳。您是周游列国，我是周游列省。”老太婆说：“现在这份工就是冬天惨点，不过对你来说这份收入待遇也很不错啦。你也该稳定下来了吧？”小伙子笑：“我为什么要满足这个现状？”老太婆说：“你不安分！你上回拿什么瞎话糊弄我来着？哪里来的八里长桥？还只有一道拱？我从网上查了，赵州桥跨度才 37 米，昆明湖南边那桥，150 米，有 17 个拱！不过，东井掉桶西井捞，两个井离得虽远，底下的地下水相通，这倒可能。”小伙子只是笑，老太婆把笑脸一收：“笑什么？我过几天就约朋友一起去看个究竟！”

老太婆洗完车，开出去不远，在一个水果摊那儿停下，买水果。忽见那壮实的小伙子跑过来，气喘吁吁地招呼她，说：“我全是瞎掰。您现在千万别往我们老家那儿逛去。您过两年再去！”说完又跑了回去。

老太婆又一次去洗车，管阀门的换人了，问起原来的，有说“让老板炒了”的，有说“他炒了老板”的，老太婆不禁怅然若失。临离开时，店面里面一个管推销汽车内部饰品的姑娘跑出来，红着脸递给她一样东西，只说了句“您回家再看吧”，就扭身跑了。

老太婆回家细看，是一本翻旧了卷边的书，内容是介绍蔬菜瓜果的，其中有一部分是专门讲紫色蔬果的营养价值，正好在那部分开头夹着一封信，没有抬头也没有签名，只写着：“我们家乡还很穷。没有旅游资源。从镇上到我们村修了公路，一共八里，当中跨过一条小河，路面下有一道桥拱。我们村有口古井，井口大，石盖板上凿了东西两个洞。我打工八年攒了点钱，再借点，要在家乡开辟一个‘紫梦园’，专种植紫色果蔬，争取能让家乡因为有‘紫梦园’

而吸引商人和游客，到时候您一定开车带朋友来我们家乡采摘啊，我还计划种植大面积的薰衣草。”老太婆看完信，久久地坐在沙发上，替那小伙子筹划、担心、祝福……

包你烦

淑娟正看手机新闻，上头说菜蔬涨价，先是有“蒜你狠”，之后有“豆你玩”，如今又来了“向钱葱”……忽听门铃响，开门一看，竟是久违了的索索，索索一身名牌自不消说，人一现，一股特殊的香水气息就辐射出来……

淑娟老公一回家，立刻发现沙发上有个扎眼的异物，淑娟不等他问，就拎起来显摆：“LV 啊！正品啊！”老公吃惊：“哪儿来的？”淑娟就告诉她，是索索送的。索索原是淑娟的闺密，自从跟了个比她大二十岁的男人后，来往就很少了，但是索索又有了最新款的 LV 包，这个去年秋天买的就多余了，开着宝马车路过他们楼下，顺便就上来赠给了淑娟。淑娟告诉老公，人家索索说起巴黎发音是“趴瑞斯”，说起那里的老福爷百货店发音是“拉法耶特”，这包就是在那家店里买的，包里还保存着那天的购物小票，三千欧元啊，合三万人民币哩！淑娟把索索的一番指点学舌给老公：这材料用的是“字母组合帆布”，这缝制是完全手工，这青金铜色的金属扣件是难以仿制的，瞧，包里还附有专门去污橡皮擦和金属扣清洁剂……老公搔着后脑勺道：“你接受丽芬这么贵重的礼物，也太……”淑鹃道：“跟你说人家现在不用王丽芬那个名字了，人家现在就叫索索，她老公喜欢法国女明星苏菲·玛索嘛！”老公撇撇嘴道：“那老头是她老公吗？”淑娟道：“你管索索行二行三哩，反正她对我还是那么好，这包对她来说不是什么贵重物品，倒是个累赘，她说我要不收，她就扔咱们楼外垃圾桶里，她可不是说着玩的！”老公就说：“那你怎么不留人家吃饭？”淑娟道：“人家自然是又有饭局。”老公说出几家高级餐馆的名字，道：“是呀，她一定去那种地方了。”淑娟笑：“我也是那么猜的，索索笑我老土，他们那样的人士哪有去开放式餐馆的？人家都是去会所，没有 VIP 卡是不让进的啊！”

淑娟两口子都是靠一门技术挣工资的科技人员，买了所两居室的二手房，装修得似模似样，又都爱整洁，屋子里总那么清爽，除了不敢贸然生孩子，他们的生活堪称完满小康。按说添了个高级包，他们的日子会更加光亮，但是，当晚就出现了问题：那 LV 包搁哪儿保存呢？就搁沙发上？怎么看怎么是炫富的架势，犯不上。就挂平时挂包的地方？这包又不适合那么挂。这才懂得，有这种包的人家，应该有一个专门的换衣间，换衣间里除了宽大的衣柜，还有鞋柜、帽柜、包柜……淑娟最后决定把包搁到他们俩的书房，老公跟进去说："正如天竺机场 T3 航站楼是世界最大单体建筑一样，现在这个 LV 包是咱们家最贵重的一个单件东西，原来以为咱们的笔记本电脑最值钱，老怕丢，现在重点保护的应该是这个'趴瑞斯拉法耶特'买来的'字母组合帆布包'！”

第二天要不要拎那个包去上班？淑娟略有犹豫，最后觉得“包既来之，何不用之”，就拎着去了，范姐看到笑笑："现在仿真技术越来越高了。”小翠却抚摸细观后尖叫一声："真的吔！”先满脸羡慕，见淑娟从里面拿出一小包擦手纸，却又很快讥讽起来:"这种包哪是让你搁这种东西的哟！”再上下扫扫淑娟："全不配套！这包要配香奈儿丝巾……”又满嘴滚珠地道出一大串与之匹配的名牌，涉及全身服装鞋袜及装饰品，还有化妆品、太阳镜、签字笔……淑娟不理她，范姐朝小翠摇头："偏你都知道，你倒都弄来把自己彻底包装一番好不好？”小翠就笑："我置备不起，就不兴知道么？其实现在有的小说里每段总得写到几个名牌，不用读万卷书，瞄一卷书就齐了！”副主任走了过来，大家赶忙盯着电脑忙碌。

熬到下班，老公开车来接淑娟，俩人吃了快餐就去看电影，买好票刚要往里走，被保安从背后追上，招呼他们让挪车。老公说："我的车停在正经车位上，挪什么？”保安非说是挡了道，别人的车开不出去。边争议边往外走，到了停车场，原来是辆玛莎拉蒂乱停在那里，淑娟指责保安："你怎么诬赖我们啊？”保安指指她拎的包："你拎这包，当然开这样的车啦！”后来终于闹明白他们开来的车不过是辆旧富康，保安只好再去找挡路的车主，临离开又用怀疑的眼光盯了盯淑娟的包……

看完电影回到小区，只见停着警车，问保安，说是有业主报案，有贼入室盗窃，保安盯着淑娟拎的包劝告：“现在贼都知道各家不放很多现金，所以专偷值钱又好拿的东西，要是让贼先盯上那就麻烦了……”回到家，不待老公开口，淑娟就拨索索手机，很快通了，索索非常快乐地道：“我跟他都在巴哈马，住到下月再经巴西、南非回去，你有什么事啊？”老公问：“能退给她吗？”淑娟道：“蒜你狠、豆你玩、向钱葱……那烦恼都比不上眼下的包你烦啊！”

抱草筐的孩子

这个题目,我三十年前在稿纸上用钢笔书写过,因为有别的事打岔,没成文。1981 年，我曾到运河边农村一友人家小住，其间目睹了一群割山草的孩子们之间的小纠纷，那群孩子里，有个孩子割草割得最多，其余的孩子免不了边割边玩，独他只顾割草，往回返的时候，有几个孩子就不乐意了，因为进村的时候，少不了有大人看见他们一行，表扬那孩子勤奋事小，家长知道了责备自己事大，其中个头最高的那个孩子就命令那草筐装得最满的孩子:“我们背回去，你抱回去! ”其余的孩子全都哄然赞同，那孩子就果然抱起草筐，跟那些背着草筐的孩子一起回村。那段路相当远，抱草筐的孩子用力抱着那满筐的草，身子后倾，汗珠子掉地上碎八瓣，脸憋得通红，其余的孩子一会儿赶到他前头说风凉话，一会儿故意落后背着草筐乱吼乱唱。我那天正好在草坡上画完水彩写生，收拾好画夹等物品，随着观察了一路，进村时，那抱草筐的孩子引出村口大人们的称赞，他将草筐放到地下时，我见他一路上牙齿已经快把嘴唇咬破。其余的孩子则一哄而散，各自将不满或仅半筐的草背回家里。我当晚就跟留住的朋友说，我要写篇散文《抱草筐的孩子》，赞颂那孩子的韧性与耐力，而且预言，这孩子今后必定比其余那些孩子出息大，“嚼得菜根，百事可成”，也无妨说成“抱得草筐，百事可成”了。

这篇散文那时未能写成，今天却在电脑上用键盘敲击起来。我三十年来写的小说多是都市生活，这个素材一直没有利用进去。其实三十年的岁月风云，早把我这一记忆消磨得几乎星渣全无。要不是前几天坐出租车，“的哥”主动唤出我的名字，跟我攀谈，也不会终于写出这么个题目的文章。“的哥”当然是从电视讲座节目里跟我先“重逢”的。他提起当年我在运河边画水彩画的情景，那时他们几个割草的孩子还凑到我身边围观，挡住了光线，我让他们散开别来打扰。他说那时他就听学校里的老师提到我的名字，一直记住没有忘，以后在晚报上见到署这个名字的文章，就觉得是“熟人”，愿意“瞜兮瞜兮”（北京土话，看看之意）。他讲起那天一群孩子里只有一个是抱着草筐回村的。我就端详他，难道他就是那抱草筐的孩子？当年十来岁，如今四十郎当岁，不惑之年了啊！他看出我的眼神，笑了：“我不是抱筐的，我是背筐的，是我挑头逼他抱回去的！”我不由叹道：“你就是那个个头最高的坏小子啊！”他嘿嘿地笑：“正是洒家。”我不免问起那抱草筐的孩子，一定大有出息了吧？他叹口气说：“您绝对想不到，我们那一群里，独他混得最糟，前两年陷入传销陷阱，让人勾引到外地差点回不来家，这阵子又赌博成瘾……您想象得到吗？您说，他原来品质比我们都好，怎么长大成人以后，倒混不出个样儿呢？我们这些‘坏小子’，虽说没有当官的、发大财的，总还都有了份比较稳定的营生，过上了比他健康、安全的生活……您学问大，您给解释解释，可别拿‘人都是会变的’那样的淡话来忽悠我啊！”他把我送到目的地，我也答不出来，只是发愣。他留下手机号码，希望我以后还坐他的车。

现在回想，就有三十年前不曾有过的思绪，当年那孩子面临那样的局面，他完全可以抗拒，就算其余孩子对他群殴，他奋力反抗，也无非弄个鼻青脸肿，且不说我可能会及时介入，回村后更会有明理的大人出来主持公道。再说他也可以坚持要求大家一起抱筐回家。他是太容易被人控制了。人在群体中难免要受控，但这控制的“游戏规则”应该是所有参与者共同来制定，而且应该“世法平等”，各人自觉遵守契约，不能强势者例外。这样想来，他成年后为传销的邪魔控制，又在经济困窘中被赌局控制希图一夜暴富，也就并不奇怪了。亏得当年我没有写出那立意为表扬他忍耐力的文章来。我祈盼他的生活尽快归于正轨。我也为三十年过去，我能有对那小小一幕人生场景有新的思考而欣慰。人性深奥，文学应是对人性孜孜不倦的探究。就人性深处的弱点而言，自己有时候是不是也成为了一个“抱草筐的孩子”呢？

叉车叔

如今脱贫的农村，乡里男人见面打招呼，不再是："吃了吗？"而是："喝了吗？"在胶东靠近青岛的地方，这个问候的发音是："哈了没？"

那个村里，有个男子，人们都叫他叉车叔，对面来的人问："哈了没？"他含笑点头："哈了哈了。"问的人跟他擦肩而过后，多半会捂嘴暗笑："他那么个嘎咕人，真哈了么？"有的会扭头朝他背影故意追问："哈了几瓶呀？下蛤蜊哈的么？"他当然不再理会。"嘎咕"在当地方言里等同于吝啬。人家没诬蔑他。叉车哥和他媳妇，在村里从来不"随份子"，是"嘎咕"得出了名的。

叉车叔在镇子里的水果大库开叉车。其实，叉车叔小年青的时候，心气很旺的，也曾随离土赴城打工大潮，闯荡过不少地方，他的人生追求，一步步都是很具体的，也几乎都一一加以了实现，最早，看见小老板腰上别着"蛐蛐机"，就是现在已经绝迹的那种传呼机，有人想跟你通电话，就会发出蛐蛐般的鸣叫声，显示出对方电话号码，你就可以找个公用电话，给对方打过去，自己没当成小老板，但成了工友里头一个置备了"蛐蛐机"的人。后来出现了手机，第一代手机比大号香蕉还粗，傻黑傻黑，羡慕死了，于是从牙缝里省下钱，攒起来，终于到手机只不过扑克牌盒那么大，而且售价也不那么吓人的时候，买到了一部，跟现在的媳妇搞对象，第一回见面，就握着那个手机。媳妇搞定了，就攒钱盖房，因为见识过城里的抽水马桶，盖起的小院里，一角的卫生间，就装了抽水马桶，外面投资建了化粪池，每年请两次抽粪车。之后儿子落生了，两口子决心把他培养成大学生，头些年他外出打工，媳妇在家从鞋厂领来半成品，给鞋编花，每编一只挣两毛钱，每天埋头编九百来只鞋，能挣下三十来块钱，家里母子的嚼用，足够了，他挣的钱，自己只花费很小的部分，其余的，全用来投资孩子的教育，从五年级起，给孩子上最好的寄宿学校，中学到市里上的重点学校。孩子终于考上了外省首府的一所很不错的大学。但就在那一年，媳妇因为常年在炕上埋头编花，颈椎病严重了，再难挣得日常开支，他在外地打工的那家企业转型失策，亏损严重，于是，一为回家照顾媳妇，二为有份相对稳定的工作，就回老家，用积攒的钱买了辆二手摩托车，在镇上水果冷库当上叉车工，每天骑摩托上下班，有时，人们会看到，他骑摩托，媳妇在后座上，搂着他腰，那一定是到城里的大医院，给她媳妇治那颈椎病。

儿子假期回家，常眼睛望着妈，道歉似地说："申请奖学金，通不过。也是，家里比我困难的，好多。"他眼睛也不看儿子，不等媳妇开言，先说："你就别申请了。往你卡上划的款，只会添，不会减。"

儿子还剩一学期就要毕业了，也就开始找工作，假期没有回家，但是快递一个大包裹来，也同步打来手机，打到妈妈那个旧手机上，说从今以后就不要再往他的银行卡上续钱了，那卡上今后由他自己续钱，工作的事情有眉目了，面试情况很好，现在只等以后来通知。目前每天晚上到一家咖啡馆打工，已经能挣钱了，递的包裹里的东西，就是用第一笔工资买的，充气颈椎提升器是给妈的，鸭绒裤是给爸的。那天叉车叔回到家，媳妇先以为儿子也跟他通过电话，他说没接着，媳妇也没觉着诧异，他见到那鸭绒裤，抚摸着，就觉得儿子其实也跟他通了话了。

叉车叔在水果冷库里操作，活计并不太累，难耐的是库内库外的温度差。库里始终保持着零下五度左右，在里面需要穿棉裤、裹棉大衣。棉大衣库方提供，棉裤则需自备，他一直穿着条笨重的廉价棉裤，现在儿子递来轻薄但比棉裤更保暖的鸭绒裤，他试穿后，微笑，脱下，叠起，媳妇看不下去，嗔他："都说俺俩是一对嘎咕，我看你才真嘎咕，咋的？明天去库，还要穿那旧棉裤？"他这才决定以后穿那鸭绒裤。

儿子工作落实，签下很不错的合同，回家来探望。那晚，媳妇睡西屋那铺炕，他和儿子睡东屋那铺炕。打上小学起，除了冬天三口挤在一张暖炕上睡，其余三季都是儿子跟他这么睡。关灯后，父子俩都失眠。叉车叔忽然问儿子："你还记得那晚上，你埋怨我的话吗？”儿子反问：“哪晚上？什么话？”他叹口气说：“十几年前了，那晚墨黑，我本该拉四回灯绳，可是，只拉了两回。”那晚，儿子才十岁，他们睡一铺炕，忽然有蚊子在他耳边叫，他拉开灯绳，找那蚊子，很快找到，一合掌打死，赶快拉灭了灯。后来，儿子唤他：“爸，我要尿尿。”他们的厕所，在院子西南角，屋子和院子黑黢黢，儿子害怕，他却冷冷地说：“你就尿去吧。”儿子磕磕绊绊地摸黑尿完尿，回到炕上，埋怨他说：“你打蚊子舍得开灯，你儿子上厕所你舍不得开灯！”

叉车叔等候儿子回答，儿子迟疑了一阵，轻声回答说：“爸，我偏还记得。”那晚月亮很圆很亮很大，月光照进窗内，炕上仰睡的父子，眼里都微微闪着泪光。

多一事

宛大妈是公园凉亭戏迷聚唱的核心人物。她曾唱一段《贵妃醉酒》的四平调，众人听完不禁面面相觑，怎么跟梅兰芳的唱法大相径庭？她告诉大家，那是荀慧生还用白牡丹艺名时候的唱法，后来这出戏被公认为是梅老板的代表作，荀老板就没再演过这一出了，据她说，荀慧生的唱法，是从更老一辈的旦角名家路三宝的行腔里演化来的。于是有人问她："您是北京京剧团的吧？"她说："我曾是北京市京剧团的龙套，角儿唱杨贵妃，我是八宫女之一。"完了又解释一句，听起来是"多一事不如少一事"，大家糊涂，这什么意思啊？她笑着细掰："四五十年前，北京有两个市一级的京剧团，一个叫北京京剧团，后来成为排演《沙家浜》《杜鹃山》的'样板团'，另一个，叫北京市京剧团，那政治地位、福利待遇，跟'样板团'可就差老鼻子啦，我呢，是在带'市'字的那个团，所以，当时北京戏剧界就流行这么一句话，叫作'多一市不如少一市'。当然啦，改革、开放以后，又合并在一起，叫北京京剧院了。"那以后，有的人背地后就用"多一事"称呼她。

社区居委会有的人，觉得她这个老太婆脾气有些古怪。那年两位居委会女士，抱着捐款箱，按响她那单元的门铃，说是知道社区里有些老人腿脚不便，想给灾区捐钱，却心有余力不足，所有上门来满足其心愿，宛大妈听了却摇头说："我不做隔山打牛的善事。我行善，要面对面，知道我捐的，究竟落在了谁头上。"两位女士已经收到若干捐款，而且许诺将在社区公告栏公布捐款明细表，并会全部转交有关机构，宛大妈的表现，令她们气闷。

有一次宛大妈去医院看病，候诊的时候，见旁边一个外地汉子，给一把旧椅子装上轱辘，推他媳妇来看病，问起来，他媳妇是生了骨瘤，动过手术，今天复查。给媳妇治这个病，快到倾家荡产的地步。他哥哥也在北京来打工，母亲轮流在他们两家住，这个月又轮到住他家，所谓家，就是在几里外，用每月400元租的原来工厂的排房，小小一间，放架底下双人上头单人的高低铺，剩下空间也就放套煤气灶架和一张用来吃饭和孩子做功课的桌子，不过有彩电，屋顶上有“锅”，能看电视。他哥哥的意思，是弟媳妇得了这么个病，母亲就别挪弟弟那儿了，嫂子却不干，认为该轮还要轮，他妈跟那嫂子一向不睦，倒很愿多在他那儿住。他那媳妇衰弱得说话也缺气，一旁管自摇头，好不容易憋出句：“就你话多。”他苦笑，闭嘴前忍不住又来一句：“明天赶紧去工地复工，问工头再支点，要不买米的钱也没了。”宛大妈看完病领完药，在医院外面又遇见他们，就过去跟那汉子说：“让你媳妇等在超市门口，你跟我进去，我帮你把该买的买了。”见那汉子犹豫，就说：“我是真心要帮。你接受了是给我快乐。”汉子就把媳妇坐的轮椅安置在妥善位置，跟宛大妈进了超市，两人各推一辆购物车，宛大妈往汉子的车里装了一袋米、一袋面、一桶玉米油、一大盒鸡蛋、一桶酱油、一桶醋、一包紫菜、一袋虾皮……汉子直说：“谢谢谢谢，够了够了。”她最后还往里添了两罐辣酱。出了超市，她跟汉子说：“我每月五号上午10点必来这个超市。你以后有困难可以按时候到这儿来找我。我不会给你钱。我不会给你买别的。就是给你买这些个最必须的日常嚼用。”汉子和他媳妇连声道谢，问她：“大妈贵姓？”她笑：“莫问我的名和姓，就记住仨字儿吧：多一事。”

“多一事”的趣事很多。那天她来公园，推了个自备的帆布小购物车，里头是两提卫生纸。先没去凉亭唱戏，先推到公厕外的松树下守着，不一会儿，一位大嫂出来了，她迎上去问：“又把厕纸整卷儿全搂走啦？”那大嫂就知道被盯上了，脸上有些个搁不住，嘴里硬撑着：“你多一事不如少一事，对不对？”又有一位胖老头从里头出来，他跟那位妇女一样，也是几乎每天都要来这公厕收集厕纸的，管理人员刚续上，他们就很快整卷搂走，其他游客往往无纸可用，意见很大。宛大妈见二位占便宜的全在眼前，就说：“道理你们也懂，不说了。今天我带了一提10卷的名牌厕纸来，赠你们每人一提。只希望你们从此以后能保障其他游客的权益。”那大嫂不知所措，那胖老头却理直气壮：“你多什么事！我们这算什么问题？你有能耐你逮那些贪官去！”宛大妈说：“大贪要反，小贪也要戒。端正社会风气，大事小事全要做。当年我演不了贵妃，就演好那宫女。如今我还是唱不了主角，干不成大事，可是我还能做点小的好事。我真是想送你们厕纸，好让你们生出点子悔意，赶明儿别再这么贪小啦！”那大嫂和那胖老头灰溜溜地绕开她走了。后来管理员说，白搂厕纸的现象少多了。

凉亭里又响起宛大妈的唱腔，这回唱的是《穆桂英挂帅》：“猛听得金鼓响画角声震，唤起我破天门壮志凌云……我不挂帅谁挂帅？我不领兵谁领兵？”

钢琴小梁

那家人住着好大一幢别墅，女主人为了某种考虑，要把女儿的钢琴从一楼挪到三楼去。搬家公司都有挪钢琴的业务，但是女主人早就知道，有“要想平安换琴房，必得请来钢琴梁”一说，钢琴梁并非艺名梁粱或梁云迪的钢琴演奏家，他是个搬运工，起先受雇于一家搬家公司，他五短身材，膀大腰圆，络腮胡子，超厚嘴唇，堪称大力士，总是负责搬运体积最大、分量最沉的东西，遇到钢琴，总是以他为主，带着另外三四位师傅一起搬运，从未有过闪失，后来音乐学院大搬迁，需要把几百架钢琴从旧琴房挪到新琴房，他带队把任务完成得极为出色，名声大噪，就脱离那家搬运公司，自己注册了一家专门挪移钢琴的小公司，如今城里跨入小康的家庭，多有为独生子女置备钢琴的，富豪家庭更在别墅中摆设三角大钢琴，因此，钢琴梁的生意相当不错，当然，如果不是钢琴，凡特殊的重物，他那个小公司都承揽手工搬运。

那富家太太打通了钢琴梁电话，说当年钢琴进家，就是请他搬运的，第二天调琴师来调琴，说凡钢琴梁搬运的钢琴，不仅没有纹丝磕碰痕迹，而且调起来一定不会遇到异常情况，说明梁师傅不是仅仅靠力气，更多是用脑子，因地制宜地进行挪移，是把钢琴也当作一个生命来呵护的……钢琴梁还能回忆起那次搬运的情况，问明别墅楼梯的结构尺寸，同意接这个活儿，却提出一个附加条件，就是他儿子这几天放假，媳妇在超市上班，怕他也走了，孩子在租借房那边乱跑，因此，他带三个师傅来的同时，还想捎上他的儿子梁勇，希望能给他儿子提供一个做作业的地方，富家太太问他儿子多大，原来，跟她宝贝女儿一边大，都上小学五年级，就爽快地同意了：“就带他来吧，他们俩还能一起学习，挺好的。”

那天钢琴梁带着三位师傅来了，富家太太忘了那孩子的名字，就笑称他钢琴小梁，又唤过女儿薇薇，安排钢琴小梁和薇薇在一楼大客厅落地窗旁的麻将桌那里写作业。

那边富太太给钢琴梁提要求，钢琴梁拿出卷尺，量楼梯的尺寸，拐弯的地方，量了好几次，精确到微米，量完直嘬牙花子，甚至提出：“您干吗非挪楼上去呢？”富太太也不解释，只表示她会多给劳务费。

这边钢琴小梁和薇薇坐在麻将桌边，各自摊开自己的课本作业本，钢琴小梁认真地做算术题，薇薇却尖着耳朵听那边的动静，生怕她妈妈改主意，冲那边大声嚷：“就搬楼上！就要搬嘛！”她想的是，这一搬，还得请调琴师再调音，也还要再调整从音乐学院特聘的钢琴老师来家教的时间，她可以松快好几天了，啊呀，夜里做梦该不再有那些钢琴谱上的“蝌蚪”乱蹦乱跳变成癞蛤蟆的怕人情景了！

薇薇问钢琴小梁上的哪个学校？小梁道出那借读学校的名字，薇薇撇嘴：“连区重点都不是呢！”就告诉小梁自己上的是什么名牌学校，虽然在市中心很远，但每天有雇的司机接送，那车可是宾利啊，听说过吗？小梁不懂什么是宾利，但是也很自豪，他指指窗外：“我爸新买的！”那是一辆国产小面包，薇薇笑了：“那也算是车？”做完三道题，小梁说：“我要玩玩了。”薇薇说：“好呀！我们地下室有游泳池，你想游吗？”小梁说：“爸爸定的规矩，我做完三道题，可以轻松三分钟。”就从衣兜里掏出个木头削的手捻陀螺，在那麻将桌上玩了起来，薇薇也玩，总不能让陀螺久转，就愤愤地问：“你会弹钢琴吗？”小梁摇头，薇薇用手指划脸皮：“还钢琴小梁呢！叫你琴盲小梁还差不离！”这时候就听楼梯那边有钢琴梁号令另外三位师傅的声音，小梁就说：“你家这台琴是奥地利生产的蓓森朵夫吧？比德国产的斯坦威还贵还重。”薇薇双手一拍：“哇噻，你懂钢琴啊！”

那天那时候，薇薇的爷爷先坐在客厅沙发上打瞌睡，后来醒了，招呼薇薇：“宝贝儿，小天使，我的报纸呢？”薇薇很不耐烦：“不就在茶几上吗？”小梁就过去，从茶几上拿起报纸，双手递过去：“爷爷，您看报。”薇薇爷爷接过去，惊讶地望着他，问:“你是哪家的孩子？”薇薇就大声说:“他是钢琴小梁！”又问小梁：“你看他像不像只老了的喜羊羊？”小梁不言语，心想，我爸教我的,对长辈要尊敬。薇薇又告诉他:“爷爷平时不住在这儿。他自己也有大单元。他要过生日了，多少岁呀？不告诉你，你自己猜。”小梁问：“爷爷过生日，你送他什么礼物呀？”薇薇说：“我画张画儿送他，他准特别高兴。”小梁说：“我爸下月过生日。我要买个钥匙链送他。现在保密呢。”薇薇说：“买什么呀！我有好多钥匙链，外国的，我去拿一堆来，你随便挑。”小梁说：“我自己买。”薇薇问：“你哪儿来的钱？”小梁说：“我捡饮料瓶卖废品，攒十来块了。我要买个他最喜欢的。我知道他最喜欢什么样的。”后来他们又写作业，又玩陀螺。

钢琴挪窝成功了。富太太付了钱，一边往外送钢琴梁一边就给调琴师打电话。那辆小面包车开走了，富太太发现薇薇手里捏着个东西，忙问：“那是什么脏东西？扔了洗手去！”那是钢琴小梁送给她的，钢琴梁亲手雕出来的陀螺。薇薇把紧握陀螺的手藏到身后，宣布：“我要跟钢琴小梁做朋友。我会邀请他再来跟我一起做作业！”富太太两条眉毛快飞出脑门，张开嘴巴半天合不拢。

高放的药匣

他头一次把女朋友带回家，那姑娘很乖巧，到厨房去帮助未来的婆婆烧菜，他和父亲坐在厅里看电视转播球赛，忽听厨房里传出“哎哟”一声，女朋友竟不慎烫伤了手指，他母亲心疼得握住那手指头不住地吹气，又大声呼叫他父亲：“快拿獾油来！”他父亲便赶忙去往书房，书房的一排书柜，靠门的那架最高一格只摆了半边书，剩下的那个空间放着一只藤编匣子，那是他家的药箱。

父亲身材高瘦，伸臂熟练地取下了药匣，他接过，麻利地取出獾油，送过去，母亲赶紧给未来的儿媳妇手指抹獾油，他女朋友咯咯笑着说：“难得的体验啊，都说獾油治烫伤特灵，总不信，现在这么一抹，果然药到痛除，是什么原理啊？”母亲埋怨父亲：“药匣子总搁那么高，多少年了，就不能改改你这个陋俗！我早说过獾油应该就放在厨房，谁会弄错了？我能拿獾油煎锅贴给你们吃吗？”

女朋友跟他独处时，问他，爸爸那“陋俗”是怎么形成的？他坦白，是因为他小的时候，不知道怎么搞的，嘴馋得惊人，见着跟糖果、豆子差不多的东西，就抓起来往嘴里送，有次竟把母亲刚买回来的红色圆衣扣也搁嘴里了，父亲看见赶紧设法给掏了出来，从此以后，除了跟他讲道理——不是什么东西都能搁嘴里吃的，就特别注意，不让会误解为糖果的东西再搁在他够得着的地方，尤其药品，他从四岁起，就记得他家的药箱搁在书柜高处，他就是搭着椅子，伸长胳膊，也够不着的。女朋友听了笑麻：“你小时候怎么那么弱智啊！怪不得，是你的‘陋习’，才引出了你家的‘陋俗’。”他点头：“你用了个定语，我很高兴。

也许，正是因为小时候弱智，所以现在我才有那么多的创意！”

有情人终成眷属，女朋友跟公婆熟了，他也跟岳父母熟了。比较起来，他的父亲，算得一个闷人。他坦言，上中学的时候，最怕的作文题目就是《我的父亲》。但是到上了大学，他才渐渐懂得，父亲对他的爱，尽在不言中。总怕他错拿药品当零食，因而把家里药箱一直放到高处，甚至他已经长大成人，也还惯性地那样摆放，母亲和他身体也都不错，很少用药，因此虽然取药时偶有烦言，却也始终没有将家用药匣改换地方摆放，那高放的药匣，已经成为他家伦常之爱的一个特征，住房几次重新装修，书柜也更新几次，靠门的书柜最高一格，总还摆着那只藤匣。

中学的语文教师，也曾在他作文为难时，启发他：“你父亲虽然寡言，总还会有几句暖你心的话语，你要仔细回想，想起来，写出来，你的作文一定不错。”他也曾努力地回想，实在想不出，只好硬编胡诌几句，老师一看就假，给他的评分怎么高得了？但是，现在他很后悔，想不出话语来，难道就想不出那默默的动作吗？他记得，父亲把那藤匣取下来，戴上老花眼镜，耐心地整理里面的药品，凡已经过期或接近过期的，一定淘汰；那些说明书，买来时看过，却还要一一温习；还会在一只干净盘子里，将有的药片用小刀——那小刀先用医用酒精消过毒——剖分为 1/2 或 1/4，再装进同一药品的空瓶里，并在瓶体上贴上一块橡皮膏，又在橡皮膏上写上他的小名，原来是根据说明书上的提示，他作为儿童，药量要减半或再减半，这种做法到他 13 岁以后才中止。

他儿童时代，起初是见了觉得是糖果的东西就盲目地往嘴里放，后来这毛病改掉了，却又有了另一种毛病，就是无论父母还是亲戚朋友送来的礼物，凡能拆卸的，他玩了几次以后，一定会偷偷拿到储藏室里，用改锥等工具拆开，以满足那“它怎么会动呢”的好奇心，常常是拆开了也还是不明白，而且再也装不回去，但也有时候居然弄明白是发条或小电磙子在“作怪”，而且顺利地复原，那就玩得特别开心。长大以后，母亲告诉他，每当他拿着玩具藏起来拆卸时，父亲都跟母亲说：“别惊动他，只当我们不知道。”但是储藏室里那个工具匣里，原来还有锯条、尖锥，父亲怕他使用不当伤了手，都早就取出藏到了别处。

父爱无声。如今他和妻子回家看望，父亲明显衰老了。父亲血压不稳定，需要经常服用相关药品，母亲为了他取用方便，就把藤匣里的两种药瓶，搁在长沙发前的茶几上。那天父亲倚在沙发上养神，见他和妻子来了，慈蔼地点头，嘱咐老伴："还把这药瓶放藤匣里，需要的时候再取出来。"母亲问："为什么？"他下巴朝儿媳妇隆起的肚子那里点点，于是母亲和小两口都懂得，第三代很快来临，要当爷爷的他，仍牢记着许多药品说明书上那句免不了的话："请将本品放在儿童不能接触的地方。"

果袋婶

乡里人都叫她果袋婶。

他们那地方盛产苹果。也产樱桃。樱桃熟了，就该给成千上万的苹果树上挂的青果套袋子了。那是一种内面抹有药粉的纸袋，开口处包有极细的铁丝，套住果子后，用手指将铁丝捏合包紧，别的套袋人一天下来至多套两三千个果子，她却能套五千来个。果子在树上有高有低，需要搬着一架人字梯移动操作，脚下先要快，先登到高处，再挪至半高，再下梯来平地套袋，那些备用的同样规格的纸袋，装在一个布包里面，挂在她脖子上，她在几乎不间歇的套袋作业中，不会因移动不慎而碰落任何一个青果。一整天的套袋劳作，也就午间略微休息一下，坐在果园边的土埂上，吃带来的麻酱花卷，喝些白开水。每套一个袋，挣五分钱，夕阳西下，她会领到二百多块工钱。到苹果长大了，又要一个个地给果子卸下纸袋，刚卸了果袋的苹果青黄色，需要经过一段时间日晒，才能变红。卸果袋她也是能手，一天下来计件工资差不多也是那么多。

果袋婶自家并没有果园。老公是木匠，到大城市里跟着工头搞装修。儿子上到小学四年级了，语文好，算术学不动。那天晚上，儿子看电视上播出一部老电影《我们村里的年轻人》，那是语文老师让看的，看完要求写观后感。电影里有首主题歌，头一句就是“樱桃好吃树难栽”，儿子打算就从那句歌词起笔，她偏过头看见那句子，就说：“写错啦！樱桃树有什么难栽的？该是‘樱桃好吃熟难摘’！”他们乡里，这几年新栽的樱桃树很多，确实，成活率很高，有的樱桃树在他们那里能长到五六米高，挂果期，满树圆珠子，红的透紫放光，黄的晶莹蜡亮，儿子跟着娘摘过樱桃，樱桃熟了，容易脱把儿，摘的时候，要万分小心，满头大汗一大晌，搁樱桃的篮子里也才刚满底儿，可不是“樱桃好吃熟难摘”吗？但是，人家电影里唱的，字幕上打的，听得看得真真的，就是“樱桃好吃树难栽”嘛，这作文可怎么写啊？母子俩抬一阵杠，最后果袋婶败下阵来：“就听他们文化人的吧！我没闲工夫置那个气！”

如今乡里，几乎人人有手机，果袋婶跟他老公时不时手机沟通不消说了，前些日子，老公回来一趟，把老旧的手机给了儿子，自己换了个新手机，说好不许儿子把手机带学校里去，儿子还是忍不住带去显摆，结果上课时候被老师发现，给没收了。儿子回家来不敢隐瞒，果袋婶听了往他屁股上抡了几炕笤帚。忽然学校老师给果袋婶手机来了电话，说是没收他儿子手机只是代管一时，要求以后上学别再带手机了。同时告诉她：“婶子，咱叔手机换号码了吧？镇上冷库给你打手机你关机，打到这个旧手机上，让转告你，约你去套苹果哩！”果袋婶就说：“哇呀，刚才是充电哩！咋谢你好啊，没得你转的信儿，这趟活计不就瞎啦！”老师就在那边笑：“人家说了，愿意包袋的人手有的是，可就愿意找你果袋婶嘛，干活麻利爽脆，质量有保障嘛！”

当地苹果熟了，摘下来存到冷库，有人来要货，就需要临时工来给出库的苹果套上塑料网袋，这些网袋在售卖终端很不受顾客待见，挑选时一定会捋下观察全果色态，上秤时更怕网袋占了分量，那些顾客哪里知道，出库装箱拿去批发零售的苹果身上所套的塑料网袋，正是果袋婶那样的农村留守者辛苦劳作，才得以套住果身起到保护作用的呀！果袋婶一旦坐到冷库外面的彩钢玻璃棚下，她一手取网套，一手取苹果，麻利地套放，就如同一架不会发生故障的机器，唰唰唰唰，除了午间短暂休息，十个小时的连续劳动，她能套出五千个苹果！

那种塑料网套，生产出来原是连着的，一卷 500 米，售价 10 元，一米可套 10 个直径 10 厘米的苹果，那么，一个苹果上的塑料网套，合多少钱呢？果袋婶把这道算术题，出给儿子，但是，更重要的是下一道题：她一天下来，可以套出 5000 个苹果，人家每套一个，给她 2 分钱，那么，她能挣到多少钱？

儿子报出了令她自豪的答案。她奖给儿子一个苹果。那是头年被鸟儿啄过的，在取下套子让果实晒出红颜色的过程里，这种当地人叫作鸦鸠的鸟儿会来捣乱，有了啄孔的苹果，果园主人会留下自食，也会拿些给果袋婶这样的帮工作为奖品，果袋婶会把这些苹果妥善保存，自己舍不得吃，奖给儿子，见儿子啃着很满足的样子，就又说那句儿子听腻了话：“鸦鸠啄过的果子特别甜！”

第二天一早果袋婶就去冷库套苹果了。前些时候老公回来，给她带来一些创可贴和医用胶布，长期地套果袋，她十指最上截的皮肤都磨坏了。她轻易舍不得用创可贴，她扯断些胶布裹住手指，她又将用自己的双手十指，挣来问心无愧的工钱。

喊雁阵

她左手手背上长出两个瘊子。起初比较小，颜色也淡，工作忙，就没太在意。这些天瘊子忽然变大了。忙到网上查相关资料，越看心里越堵。去医院就诊，大夫说的跟网上查到的相符，开的药有化学成分，取回来备用，还是自己按网上查到的太平偏方来治，煮薏米粥，吃醋泡蛋，用香蕉皮擦……

老公为一个项目出长差，儿子期中考试，自己在公司的那份工作，下了班还得在电脑上继续一阵，老板可不算你加班，煮出的冻饺子惨不忍睹，只好再叫一贯讥为“垃圾食品”的外卖，儿子倒还吃得津津有味，吃完还主动来给她按摩肩膀，虽然闹不清穴位，享受着越过十五周岁的小男子汉的呵护，也就觉得轻松许多……

那晚儿子去看电影，起初她不放行，你这次期中考试总成绩从全班第七名降到了第九名啊，见儿子垂眼帘咬嘴唇的模样，才一挥手：“去吧去吧！”自己想听音乐，许久没用过的留声机，搁上当成宝贝的旧黑胶唱片，却放不出音来，给老公打去电话，却“您拨打的电话现在无法接通”，固执地连拨数遍，依然是那无情的声音，好烦！莫非老公他……自己终究是信得过，但公司里有闲言碎语飘进她的耳朵，总还是如同心尖上粘了柳絮……

于是给闺密荣荣打去电话，荣荣说：“也正要给你拨呢！”“心有灵犀一点通”不是？将烦恼倾巢泼出，最后提到手背上的瘊子：“据说大的是公，小的是母，弄不好它们还要自动繁殖，甚至传染他人！烦透！自己按偏方治了半个月了，一点儿不见效！哪敢用西药，人家说明书上就把可能出现的副作用给你挑明了……”荣荣就跟她说：“我有偏方！小时候，在农村，我脸上长了瘊子，你猜我妈怎么给我治的？她教我拍着巴掌喊：‘大雁飞，瘊子追！大雁落，瘊子掉！’注意，‘大雁落’要喊成‘大雁涝’的音，土话才押韵嘛。我妈说，她年轻的时候，脸上就长过瘊子，姥姥就是那么教她的，她见着天上的雁阵，就跑着喊，后来，也没吃药也没搽药，瘊子自己就瘪了掉了，脸上光光生生大美女，所以我爸那大帅哥娶了她嘛……不消说，后来我如法炮制，瘊子也没影了！”她听了忍不住乐：“这偏方！叫‘喊雁阵’吧？好搞怪！我倒真想试试，不过，如今城里头，动不动雾霾罩顶，就是有那雁阵飞过，哪儿见得着？想必大雁也都躲着飞，我到哪儿喊‘大雁飞，瘊子追！大雁落，瘊子掉！’……”

跟荣荣煲电话粥，不知不觉间儿子已经从电影院回来了，儿子是说着电话进门的，到她跟前就喊她：“妈！爸给你打电话总不通，惊惊咋咋的，搞得我也以为惊悚片演在了咱们家！”她这才跟荣荣“拜拜”，彩铃立即爆响，是老公，她不由得先狠甩一句：“干什么惊惊咋咋的？”几分钟后，才平心静气，道出手背上的麻烦，还有荣荣推荐的“喊雁阵”偏方，老公笑了：“现在这个季节，就是蓝天白云，也没有大雁迁徙啊。不过，我出差的这地方不远，有个湿地公园，听说有几十种禽类呢，你们母子俩不如飞这儿来度周末，说不定这儿有小雁阵，够你喊一气的！”她就心疼花钱，又说：“怕你们也感染上，生出一群瘊子来！”老公说：“咱们小康胜大富，不当守财奴，你在网上想必也查出来了，瘊子这类东西，归根结底跟心情有关，‘喊雁阵’恐怕就是一种化解焦虑的心理疗法，心情舒畅，经脉大通，免疫功能必然提升，治什么病也得先从这个入手！至于传染，咱们之间是互相免疫的呀，那可能性几等于零！”

那个周末，他们一家出现在湿地公园，正观赏，荣荣发来彩信，她一看就明白：“闲言碎语－风过耳”“排名跌位－不在一时”“唱机失声－心音未泯”……闺密将她倾诉过的烦恼一一点化，正如翩飞的雁阵，身边有亲人，关怀有好友，她不禁开怀高喊：“大雁飞，瘊子追！大雁落，瘊子掉！”老公和儿子也跟她一起快活地喊……

信不信由你，再一周，她手背上的瘊子果然先瘪后掉。

护食神

“不饿。”

他就知道，儿子必定这样回答。这几乎成了儿子的口头禅。儿子上到大三了，周末也很少回家，两口子对儿子总体上放心，不回家多半是跟一些同学去郊区旅游，那些孩子里似乎没有品质恶劣的，都是独生子女，“为爹妈也得爱惜自己注意安全”，成为他们的共识，出游次数多了，回家让爹妈看手机里的照片视频，野游不冒险，眼神都纯真，也就心安。如果手机通话儿子宣布回家来，当妈的就忙个不停，准备出一大桌美食，儿子刚进门便问：“饿了吧？”儿子那照例的回答，并不扫当妈的兴，她总能以一样儿子想不到的菜肴，终究是勾得儿子胃口大开。

这天当妈的回娘家去了。当爸的自己做晚饭吃。他买来咸带鱼，切成段搁上佐料在锅里焖，一股特殊的气味从厨房弥散到整个单元。如今鲜带鱼不难买，还有几多人爱吃咸带鱼呢？他媳妇如果在家，一定会弄鲜带鱼来吃，他是趁媳妇不在家，才敢让咸带鱼登堂。那跟他童年的记忆有关。记忆里总有那么一股焖咸带鱼的气息，坦率地形容，就是一股臭烘烘的味道。他爱那味道。他童年时，母亲焖咸带鱼，意味着必定配米饭，那是多么美妙的一餐啊！

那天不是周末，儿子却忽然在晚饭前回来，进门他就问儿子饿不饿，儿子的回答一如既往。儿子说是去参观了一个展览，就在附近，所以回家看看。“妈呢？”儿子刚懂事的时候就爱这样问他，其实往往儿子他妈只不过就在卫生间，或者只是到楼道里往垃圾桶扔个东西，那也要问。“爸呢？”这样的询问似乎很少。

他告诉儿子他妈妈看姥姥去了。儿子用手在鼻子底下煽动："什么东西这么臭？"当爸的就告诉他是焖咸带鱼呢。"这么臭的东西能吃？""那你不是还跟你那些同学去吃过炸臭豆腐吗？""那不一样。我可不吃什么咸带鱼。""不知道你回来。你饿了去吃麦当劳吧。跟你说实话，我路过美式快餐店，老远就觉得有股怪味道奔鼻孔里窜，热奶酪的气味吧？我就反胃。"儿子心不在焉，进他那房间去摆弄电脑。趁咸带鱼和电饭锅里的米饭都没焖好，他进儿子屋，说："能跟你讲个故事吗？"儿子笑了，那表情，显然是回想起当年，曾骑在他腿上听故事的情景。一晃，老子就鱼尾纹炸开，儿子就比老子还高了。"好呀！再听个故事也不赖！"他就讲起来：

那一年我六岁，还没上学。你爷爷奶奶，你玉春大爷都还在。你知道玉春大爷并不是我亲哥哥，是远房的一位叔伯哥哥。那一天傍晚，他忽然来了。原来他一直在你爷爷奶奶家不远的地方参加挖水库的劳动，劳动强度非常大，吃的只是窝窝头清水白菜帮子汤，那天工程结束了，他来看望亲戚，他运气好，那天咱们家正焖咸带鱼，也是今天这么个味道，那时是住在农村，平房，正房三间，当中堂屋一边一个灶，这边锅里焖咸带鱼，那边锅里焖米饭，东边西边屋里的炕就都烧得暖暖的了。你爷爷奶奶热情接待，他说："哎呀，这么好吃，我怕得吃十碗饭！"你奶奶就说："供你十碗！你吃够啊！"后来大家坐炕上吃饭，当时还有你大姑、二姑，白米饭焖咸带鱼，大家呼噜呼噜吃得那个香！我当时正学记数，我就记得你玉春大爷他吃了三碗就说饱了，任凭你爷爷奶奶怎么劝怎么让，他搁下扒干净的碗再不吃了……

儿子听了觉得无趣："是不是又在跟我忆苦思甜？"当爹的说："没讲完呢。"就接着讲：

玉春大爷坐一边吸烟袋锅子，我就过去跟他说："大哥您吹牛！您哪能吃十碗呢？我记了数，您才吃了三碗！"他就望着我说："我十碗吃不了八碗总没问题。这屋有护食神，你知道吗？"我好奇了，四处张望："护食神？在哪儿？"他眨眨眼说："小小的。你看不见啊！"他告辞走了以后，我就到处寻找护食神，开头，我觉得应该在灶台前方隔墙上放油灯的那个小龛子里头，后来，我连暖瓶也起疑，觉得也许那护食神就藏在暖瓶盖子里头，我把炕席都掀起来细看……

你二姑就跟奶奶告状，说我搞破坏，我就没敢再折腾，可是，那以后很多天，我都在默默地寻觅那小小的护食神……

儿子的兴致提起来了："护食神？咱们老家有这个民俗讲究呀？爷爷奶奶留下的老东西你不是还留着一箱子吗？能不能找出个有形有态的来？就是土法印的贴画，木板浅雕的也好啊，如果是镏金木雕或者铜胎的，那天在网上偶然看到个财神爷的古董，也不过清末民初的东西，拍卖价好高啊……"当爹的就白儿子一眼，儿子会意，笑了："咱们不财迷！你老说的那话：'小康胜大富。'对！我是想，护食神究竟什么造型？为什么小小的？咱们不说它的经济价值，咱们要肯定它的审美价值……"见父亲的表情严肃里又仿佛有些个感伤，儿子问："当年你怎么不问问奶奶呢？玉春大爷说的那个护食神究竟在哪里呢？"父亲说："后来问了，你奶奶也告诉我了。"儿子望着父亲眼睛，猛然心里有暖流淌过："明白了。玉春大爷说的护食神，就是你。成年人看见眼前有孩子，食物要先尽着孩子吃，自己要克制……人类就是在这种最朴素的想法里，生生不息的啊！爸，我的理解对吗？"当爹的并没有点头。儿子说："爸，一会儿我跟你一起就着焖咸带鱼吃米饭。"

伙食勋章

他二十六岁，大学硕士毕业，当上白领。那天头回被总裁点名，参与一次商务宴请，不慎把鲍鱼汁弄到了恤衫胸口上，席间的尴尬不去说了，回到家里，唉声叹气，母亲在他进门时，第一眼就发现了他的失格，不免唠叨起来。他马上脱下恤衫，母亲立即要去给他清洗，父亲却举着老花镜把那块污渍看个仔细，没有责备，却不禁呵呵地笑起来，道："忙着洗什么？多挂几天才好！这是'伙食勋章'啊！"他一时没听懂，母亲却假装生气捶了父亲胳膊一下，道："什么年头了，还来那一套！"

那件名牌恤衫，是前天他女朋友送他的生日礼物。因此他格外痛心疾首。母亲去清洗，他垂头丧气地坐在沙发上，也顾不得另换件恤衫。父亲说："都怪我！"他抬眼看下父亲，不解何意。父亲解释："是我的遗传。我吃饭打小就总急吼吼的，吃相一贯不好。为这个你爷爷没少教训我。不过这算得多大的问题呢？尽量注意就是了，一时忘了自我约束，松了筷子偏了勺子，席上闹出点小笑话，别人对你的评价，扣不了多少分，关键还是你业务上有没有真本事，能不能创造出价值来！"又问："当时你们老总怎么个反应？"他说："似乎是瞪了我一眼。不过后来也就没特别注意我。散席后还拍着我肩膀嘱咐我一定要把英文文件尽快弄妥当。"父亲再问："客方呢？"他说："他们一定看见了，可是却仿佛根本没看见一样。"父亲感叹说："这也是一种文明。以前看过契诃夫一篇小说，记得里面有个细节，就是宴席上有人不慎打翻了调味瓶，里头汁液流出来脏了桌布，可是有教养的人就仿佛没看见这人的失误，继续低声细语地进行友好的交谈。"父子正聊着，他女朋友来电话了，那天是周末，他们约好一起去看夜场电影的。母亲把恤衫处理完走过来，比他还着急，觉得他应该穿那件生日礼物去才对头，说出实情他女朋友会不高兴，瞒着另穿别的去又恐怕会派生出误会。

女朋友又来电话，改主意了，说听同事说那个片子不值得去电影院看，她弄到一张美国今年奥斯卡新科影后娜塔丽·波特曼主演的《黑天鹅》光盘，要拿到他这里俩人一起在电脑上看，说是里头有大量芭蕾舞场景赏心悦目，对话简短利于提高英语听力。女朋友来他家，他去女朋友家，近半年已经成了家常便饭，两家家长也都乐得，反正两家住处都还宽敞，孩子们有自己的房间，也都懂事不至于乱来。女朋友来之前他梳洗一番，换上件恤衫。她到了，望见他，头一句就是："我送你的那件这么快就脏啦？"他母亲还想打马虎眼："天热汗多，天天洗不稀奇啊。"倒是他父亲依然呵呵笑着说："今天挂上'伙食勋章'了啊！""什么勋章？哈！怎么回事儿？"女朋友问他，他也茫然，父亲就把那"典故"讲给他们听。

他父亲是所谓"老三届"里"老初一"的，在"上山下乡"运动里，去了边疆兵团。那时候生活条件十分艰苦，主食勉强能吃饱，副食油水奇少。那时候穿衣大家千篇一律，男青年多半邋遢。偶尔食堂里有荤菜，男青年伸出筷子抢，有的就把荤油汤溅到衣服上，不管溅到什么部位，所形成的污渍就都约定俗成地被叫作"伙食勋章"。有次上面来了个检查团，为招待他们，也为显示兵团成就，宰了头肥猪，检查团的成员，团里连里的头头脑脑，单在一处吃席，他本来是个最普通的兵团战士，可是，团领导听他管检查团的副团长叫姑妈，立刻对他另眼相看，把他安排到领导们的席上去吃，虽然一般的兵团战士那天也能吃到大块猪肉，但领导席上的供应无论质量和数量都远超他们，他挨着姑妈坐着，大快朵颐，忙不迭地挟肉，有一筷子就没挟稳，把一块油嘟嘟的五花肉掉在了右胸，在衣服上浸出好大好圆好明显的一个"伙食勋章"，"那时候真的很得意，好多天都舍不得洗掉，就穿着有'伙食勋章'的衣服在兵团里晃来晃去的，那也是我'上头有人'的标志啊！其实，你那个姑奶奶是远房的，跟我们家走动很少，你没出生她就去世了……原来我在宣传队里跑龙套，在《红色娘子军》里只跳个南霸天的团丁，检查团走了以后，结果团里就让我跳上了男一号洪常青！”他父亲对两个年轻人说：“这就是我们一代人经历过的一些细微的事情，正是这些细微的事情合起来，构成了真实的历史。”

那晚他和女朋友没看《黑天鹅》，他们听父亲，后来母亲也补充着，讲那些岁月里的琐事，他们心里都在说：我们想知道，我们该知道。

鸡怕鸽破脸

如今京郊农村嫁闺女，出阁头天还是要在自家宴请宾客。六叔家聘闺女，他去随份子。那第二天就要被婆家迎娶的堂妹，比他小两轮。因为天冷了，六叔家没在院子里搭棚子，亲友们全挤在几间北房里，围着大桌子吃喝。他进屋，先跟六叔六婶堂妹贺喜，一眼瞥见六奶奶，少不得趋前特别致意。那六奶奶是家族里最能争风拔尖的女性，有着许多的故事。六奶奶见他来了，高兴得合不拢嘴，抓过他的手，握住不放，罩着蛛网般皱纹的脸上，漾出真诚的笑容，高声让六叔六婶给他夹鱼夹肉，又让堂妹给他剥喜糖香蕉。听起来六奶奶的声音还跟敲空缸似的，洪亮刚劲不减当年。

但是，这位六奶奶，多年前，那时他还是个半大孩子，跟他娘可没少磕碰，有一次，在村口，不知怎么起的头，六奶奶扬声晃臂，斥责他娘，娘不示弱，伶俐还嘴，两个人越吵越厉害，最后连脏话也冒出来了，围一群人在那儿，有真是劝架的，有阴阳怪气，明为劝解实际是火上浇油的，直到六叔跟他爹闻声赶过来，两头说好话，才算将二人分别劝回家去。从那以后，他娘跟六奶奶虽说迎头遇上避不过时，也还能勉强含混招呼一下，基本上断绝来往，互相的恶感，直到他娘患病去世，始终未见消失。

那次村口六奶奶对他娘不善，给他很强的刺激。娘被爹劝回家后，他听爹说："六奶奶是老辈儿，她再横也得让她几分才是。鸡怕鸽破脸，人怕扯断皮……"

他只记住了"鸡怕鸽破脸"，忽然想起，六奶奶最疼她家的鸡，她家的母鸡跟公鸡是按八配一放养的，那两只公鸡一只雪花毛，一只红金尾，鸡冠耸得好高，那小二十只母鸡一半纯白一半芦花毛，听说那群母鸡天天能下蛋，临年关孵出的小鸡仔出壳都比别家的胖。第二天他上学心不在焉，放了学就往六奶奶家奔，临近了，跟电影上的侦察兵似的，躲榆树后四面张望，左近没有人影，他就从兜里掏出准备好的大玉米粒，故意先往六奶奶家篱墙外的白公鸡身前扔去，白公鸡发现了好生高兴，立刻啄进一粒，听见动静，那只红金尾过来了，他就故意把一个玉米粒抛到两只公鸡之间，两只公鸡就抢起来，几只母鸡也往这边凑，他发现，抢到玉米粒的红金尾自己并不吞掉那玉米粒，而是衔到一只母鸡身旁，吐在地上，却又不马上让母鸡啄到，自己啄起吐出，反复两三次，再让那母鸡啄进口，母鸡快乐地吞玉米粒，红金尾就趁机趴到母鸡身上扇翅膀，他等红金尾从母鸡身上下来，就又故意往两只公鸡之间丢玉米粒，这次雪花毛抢得快，眼看要衔进喙里，那红金尾便耸起全身彩毛，跳起来跟雪花毛争夺，两只公鸡就那么恶斗起来，眼看这只鸽破了那只鸡冠，那只鸽破了这只眼皮，还鸽散许多鸡毛，母鸡们吓得各自躲得远远……忽听院子里有人声，想是六奶奶家的人觉得窗外的鸡叫声不对头，就要出屋观望，他忙一溜烟跑回家了。那晚吃饭，他问："鸡怕鸽破脸，是说它们脸上出了血就活不成么？"爹娘先都望着他，又互望一眼，娘就说："咱们家哪只鸡鸽破脸啦？刚才我拾蛋还好好的。"爹就说："这小子心思不用在功课上，瞎积攒些个杂碎。"他就在心里反驳："这杂碎不就是您说的吗？"

再一天放学，他又故意路过六奶奶家，发现六奶奶家篱内西边猪圈边起出的粪堆上，有两堆还在冒热气的鸡毛，一堆是白的，一堆是彩色的。他就想，鸡怕鸽破脸是真的啊，现在离过年还早得很呢，关于腊月的歌谣里有一句："二十七，杀公鸡。"村里各家都是邻近那时候才会先把公鸡先关在笼子里几天，叫"蹲鸡"，到二十七才割喉烫身褪毛，煮来当作年下一道佳肴。六奶奶家这么早就把公鸡杀了，既破财也不吉利啊！那天夜里，他想到自己为向着娘，报复六奶奶，竟把两只公鸡给害了，小小的心，阵阵发紧。

多年来，害死六奶奶家大公鸡的事，他一直没有对任何人讲起过，自己也终于淡忘。但是，在家族为送堂妹出嫁的聚会上，他意外地被六奶奶紧紧地握住手，六奶奶眼里的慈祥，是无论如何假装不出来的。蓦地忆起，爹说过的那话，后一句是“人怕扯断皮”，人与人啊，特别是普通人之间，又特别是有血缘关系的族人之间，哪来那么多深仇大恨？鸽破脸不好，扯断皮不好，忘却前嫌，真诚和解，人生此刻，在被什么样的吉光照亮？

柳木菜墩

他在小区外面的人行道上，看到一个推自行车的游商，显然来自郊区农村，那自行车后架两边的土布兜里，竖放着几个木质菜墩。那人边推车走边仰脖吆喝:“菜墩子！柳木菜墩！有买的请啊！”小区临街楼上的业主，有的最烦游商吆喝，他也住临街的单元，却恰恰喜欢这类吆喝声。有个常来的磨刀师傅，吆喝时甩着铁片串成的“唤头”，每次听到，他都有些陶醉。最近还总有一个骑电摩托的人，边慢驶边播放录好的吆喝:“收长头发！有长头发的我买！”他虽已是提前退休的谢顶准老头，听了却觉得十分有趣，意识到如今社会生活的多元与杂驳。

他买了一个柳木菜墩，抱着，没有马上拐进楼盘，而是慢悠悠地顺那人行道彳亍。往事在心头萦回。四十几年前，他是个中学生，工宣队带领师生下乡参加麦收，进了村，为体现“阶级斗争是一门主课”，行李还背在身上，便立即在场院召开了批斗大会，押上来被批斗的，有村里唯一一户富农，不仅那富农本身被一顿狠斗，他的媳妇和儿子也拉出来陪斗，那儿子跟他们那些学生差不多大，低头站在那里任批斗者羞辱，他看在眼里，毫不同情，只为自己出身为城市贫民家庭而自豪。他和几个同学被安置在一户贫农家里住。天黑了，他去上厕所，那简陋的厕所矮墙外不远，有个水坑，似乎是常年雨后积水形成的，他系裤子时，看见有个人影，接近了那水坑，还抱着个黑乎乎的大东西，揉眼细看，竟是那富农的儿子，所抱的，似乎是根树干，啊，他立即把意识里阶级斗争那根弦绷得紧紧的，只见那人到了水坑边，就将那根树干推到了水坑里，这还了得！木头扔水里，那还不泡糟了？这不是破坏生产队的东西吗？他便大喝一声：“狗崽子！你搞破坏！”那人闻声立刻跑得没了影儿。他跑出院子，到水坑边，不顾弄得满身是脏水，奋力将那树干抢救到坑外，然后飞跑到工宣队长住的地方，喘着气汇报了这个敌情，工宣队长立刻带他去见生产队长，两位队长都表扬了他那念念不忘阶级斗争的精神，但是，再仔细听取了他的描述，又一起到那水坑边观看，生产队长却这样说：“这柳树是他家院里的，长年树上生黏虫，他家要伐这树，是到队里申请过，我们开会议过，批准了的。我们这里，村里村外都有水坑，把伐下的树干泡到水坑里，一泡半年多，是正常的。树干为什么要在水里泡？为的是去性。性，就是木头里的那么一种看不见的德行。去了性的木头，再阴干了，就能永远不生虫，拿来打造东西，就不容易变形。”他听了，目瞪口呆。工宣队长明白了那富农儿子并不是搞破坏，就弯腰把那根树干又推到了水里。但是，第二天，开工割麦前，还是在地头召开了批斗会，又把那富农一家揪出来狠斗一顿，他的发言，批的是：“富农家的柳树生黏虫危害全村树木安全，阶级敌人的破坏不可不防！‘狗崽子’去泡木头鬼鬼祟祟，一定有阴暗心理，必须好好改造，争取成为一个‘可以教育好的子女’！”……往事虽如烟，却难以散去，呛得他良知发颤。那个被冤屈的同代人，后来又经历了些什么？也许，那时候受到的打击羞辱太多，涉及自己的这桩事情，他早已淡忘？而且，很可能的是，这个人在改革开放以后，抓住机遇，立了一番事业，到现在，境遇比自己强多了。

他抱着那个柳木菜墩，不知不觉走了很远。他买那菜墩时，卖的汉子刚跟他说“这可是去了性的木头”，他就接过话茬，跟人家对谈起来，对方很惊异他的内行。是的，他知道充分去了性的柳木，截成菜墩，任你如何在上面使用利刃菜刀，绝不掉木渣，使操刀人有种无法形容的快感，比时下那些用下脚料拼成的木头切菜板强百倍，塑料、不锈钢等新式切菜板更无法可比。

他终于转回身往家走。他把自己少年时代的思想和行为做了一番梳理。那些荒谬错失，不能推诿于外在因素的，自己都应该反省。他有一种回到家中，跟儿子儿媳痛说当年的冲动。他吃力地回到跟儿子儿媳孙女合住的那个单元。儿媳开的门，见了他怀抱的东西先是大惊，然后大笑……

儿子儿媳接纳了那个柳木菜墩。但是直到今天他也还是没跟他们讲述那天晚上的故事。儿子儿媳去上班，孙女去上学，他会到厨房去望几眼那个柳木菜墩，然后坐到沙发上闭眼沉思。他觉得自己在那段历史进程中实在太渺小，不要对比于其他人，就是对比于自己的一些同学，所实施的荒谬与对他人的伤害，实在都算不得严重，既然当年有比自己更荒谬更严重的思维行为的人士，鲜有站出来说“我曾经想错做错”，甚至还有抱持“根本没有错”立场的，他又何必把心中的愧疚道出口？也许，在生活的前方，会有一扇共同救赎的大门开启？……

美容牙套

春节前，小时工小宋宣布她和老公小尚都不回乡，让我松了好大一口气，像我这样的空巢老人，超过一周没有人帮忙，生活质量便会骤降。我让小宋从三十休到初三，初四再来，她却只休了两晚，初二下午四点半就又来帮我。平时，小尚是跟着包工头搞装修的，小宋则一天赶三处做小时工，上午是到一处写字楼里某公司搞卫生，中午到一位女士家里收拾屋子再做午餐，下午到我这里，收拾屋子，做晚饭，有时还要洗衣服。

初二那天来了，我跟她说："何必跑来？冰箱里有现成的，取出搁微波炉转转就成。你初四来洗回衣服就好，初五晚上讲究'破五'，你再跟小尚聚聚，也不必来。"她就笑："聚什么啊聚！今年不聚了！"这话有点怪，我也没大在意。

初五她来，先洗了积攒的衣服，然后又包饺子，我说："这'五'非用饺子'破'吗？我可是一概不讲究这些个的。"她强加于我："还是要包几个。知道你喜欢吃我蒸的渣肉，给你带来一碗，放心，不辣的，再给你焖一碗米饭，配一盘青菜。"小宋只管给我做晚饭，并且准备好第二天中午吃的，她自己一向并不在我这里吃，所以问她："今晚你们怎么'破五'？你跟小尚还要麻、辣、烫么？"她说："就是渣肉米饭，跟你一样免辣。"我说："小尚受得了寡淡？"她说："让他自己辣去！"这话又怪，我仍没大在意。

小宋在厨房包饺子，关起门。她有时炒菜会关门，包饺子何必？我从书房去厅里续茶水，忽然听见她在厨房里大声粗气打手机。四川人，尤其四川农村妇女，多数嗓门大，说笑起来像吵架，本可以不去打搅，但厨房里面小宋的声息，却分明带出愤怒，我不得不敲厨房的门，小宋从里面拉开门，嘴还在对着手机讲：

"把大叔都惊到了……啥子瓷砖那么敲竹杠？再给你划五千，我这边就成空钵儿，敲起叮当响了！……"

不待问，小宋讲了实话：小尚回老家了，不是回到乡里，现在怕回乡，因为回去没个一万上下的应酬，面子上下不来；小尚是回县城了，他们两口子出来打工二十几年，省吃俭用，终于在县城里买了两套商品房，一套留着老了回去住，一套给跑深圳打工的十九岁的儿子备着，儿子那套暂就让它清水房，自己那套，小尚是回去，一个人要瓦工、木工、漆工、管工……全套本事，争取在元宵节前，装修出来！此事对乡亲们保密，对我原来也不想说。没想到的是，现在好多材料都涨价了，小尚带去的银行卡上的钱划净了，还不够，让她再把手里银行卡上的钱划过五千去……埋怨归埋怨，从两眼放光两颊透红，看得出她内心毕竟还是为多年挣钱能到这般地步而自豪。

第二天小宋一进门就神色不对。我问她怎么回事，她说没给小尚划五千，怕是要给别人划出七千了！使劲咬嘴唇，两眼泪汪汪。我问："有人诈骗你？"她说："我自己闯祸了！"

原来，是中午她到那家帮忙，雇主是位在家里开公司的女士，平时去了，屋子里总一片凌乱，收拾起来十分费力，那天光餐桌上就乱放着无数杯盘碗盅，她去了抓紧清理，及时倒了垃圾，然后准备做午餐，那女士和她的一位闺密从内室出来，忽然，那闺密一声尖叫，找一只高脚酒杯，不见，问小宋，可看见那酒杯里的美容牙套了？小宋懵懂了一阵，才终于明白，那闺密临时把自己的一个小小的美容牙套，搁那酒杯里，而她却以为那只是一粒橘子籽，当垃圾清理掉了……她慌忙跑到那层楼楼梯拐弯处的垃圾桶去找，偏那收垃圾的已经将桶里垃圾全部清走，再惶急地跑到楼下，门口保安说收各楼垃圾的车子已经开走好一阵了……只好回到雇主面前，雇主正继续向那闺密道歉，那闺密紫涨着一张脸双眼喷火，那闺密有只犬齿变形发乌，特配了那么一个美容牙套，社交场合必得戴上的，造价是七千块，而且，钱不钱的另说，再配一副的周期怎么也得一个月，这一个月她怎么去场面上？因予人形象不雅的印象而在生意上造成的无形损失，如何计算？……小宋吓得不知如何是好，最后那雇主也没让她再做饭，只说让她明天去了再理论。

我努力地想象那个小小的牙套，相信失主的报价不虚。我本想安慰小宋，那雇主对杯里牙套有告知的责任，但又想到小宋作为家政服务员更有请示的义务啊……七千！我可怎么帮得了她！但愿明天那雇主饶恕她的过失，要么，小宋七个月不领她那边的工资？

小宋坐到沙发上，跟我说：“大叔，我要哭！”我说：“你就哭吧！”她果然放声大哭，我望着她，心中涌动着大悲悯。她如何告知小尚？还要不要划过五千装修材料费去？在她和小尚的哀乐中年，这副美容牙套该受到怎样的诅咒？……

小宋尽情地哭着，肩头的一块大披巾滑落在地上，我帮她拾起，她收住哭声，很快地，她平静下来，站起，把那块披巾在肩上放平整，嗔怪我说：“大叔，我初一那天逛庙会买的，这几天天天披着，你怎么总没夸过？上头的牡丹好艳，咯啊？”她眼里还有泪花，但是已经漾出了坚强的光芒，我心中责怪自己，怎么就没在意那块给她带来那么多快乐的披巾呢？忙夸赞道：“牡丹真的好艳！”

鲇鱼借碗盘

村里不时有人家办红白喜事。现在一个电话，就能约来专营红白喜事的公司业务员，你提出要求，他报价，你砍价，成交后，到那天什么都是现成的，别说碗盘不须自备，就是桌椅板凳、炊具杂项，一切都由公司提供，事情完了撤退，连垃圾都给你清走。可是，多年以前，这个河湾边的村子，穷苦人家多，逢到红事白事，开席光是碗盘不够，就够让人头大。虽说是乡里乡情穷帮穷，几家人凑一凑，也能将就着有碗盘使用，到底难以体面。于是，据如今村里几位年过九十的老寿星说，就有那鲇鱼借碗盘的故事。

那河湾边，有棵大榆树。那时候，哪家要办事了，请秀才写张纸条，说明需要多少碗盘，拿到那榆树下，用鹅卵石压着。第二天天一亮，去那河边，纸条不见了，却有数目相当的碗盘摆放在那里。那些碗盘虽说是素白的，却是细瓷，看上去又体面又清爽。事主使用完了，在天黑以前，把那些碗盘全数放回去，到第二天一看，碗盘全回收了。借碗盘收碗盘的是谁啊？

据说借到碗盘的那家人，在开席以后，总会发现，来吃席的人里，有一个陌生的面孔，你招呼，跟你微笑，有问不答，只是默默地吃东西，于是主人就懂，来的，正是借给碗盘的主儿，便总是特意要往那人碗里，多搛些鱼肉，往往是，在主人招呼别的客人的空档，那位食客，就忽然消失了。据多家借到碗盘的人家聊起，那来的陌生人，每回并非同一个人，有时是白须老叟，有时是头上裹块毛巾的老太婆，有时却又是胖大汉子，或穿着朴素的妇人……

那么，究竟是哪位在存善心做善事呢？村里的公序良俗之一，是对善人绝对不能偷窥，对善事绝对不能讥讽，因此，没有人在放借条或还碗盘时，特意去那河湾蹲守，以探究竟，就是自家颇富裕，办红白喜事用不着借碗盘的人家，也从不把这桩事情拿来当作奚落借碗盘的穷户的谈资。河水静静流淌，日子被打磨成鹅卵石，就这样，很多很多年里，村里许多人家，都得益过那细瓷素白碗盘的出借，有的人家不小心将碗盘掉到地上，却从未有摔碎的例子，神瓷啊！但没有任何一家，故意藏留或调包那些碗盘的，好借好还，再借不难！

但是，有一天，悲剧发生了。那天天亮，有人发现，河边头晚还去的碗，没有被收走，这倒还罢了，令人惊骇的是，河边泥涂上，躺着一条死去的大鲇鱼，足有两丈来长！它怎么会死在河岸上？于是人们又发现，榆树下死了头野猪，那死猪长长的獠牙上，还残存着鲇鱼缠绕在上面的断须！把那野猪獠牙上的断须取下，去跟鲇鱼剩余的须子一对，正合榫！于是明白，是野猪侵犯了鲇鱼的家，鲇鱼便甩出两条长须，缠住野猪的獠牙，想把野猪拖下去，而野猪却用蛮力，奋力后仰，将那鲇鱼拖出水面，摔死在泥涂里！野猪也因用尽力气，仰翻毙命。长年借人碗盘的，正是这条大鲇鱼啊！头天借碗盘的那家人，见状大哭，说昨天席上来的那个瘦弱书生，该就是鲇鱼的化身，因为自家手头实在拮据，饭菜准备的不够，没让恩人吃饱，使得天亮前恩人想捕捉野猪果腹，力不从心，竟牺牲了！其他得到好处的人家也都跪下，围着那大鲇鱼哭。就是没借过碗盘，闻讯来围观的村里人，也都对景唏嘘。没有任何人心里嘴里想到说出，把那鱼肉分了吃掉，虽有几位建议把那野猪肉瓜分，众人均不响应，最后，人们齐心合力，在河边榆树下挖了两个大坑，分别掩埋了鲇鱼和野猪，那些碗盘，都搁在了鲇鱼的穴里。在鲇鱼的墓穴上，堆起一座小丘，每到春夏，小丘上芳草萋萋，而那棵榆树，越发粗壮茂盛，成为河湾边一景。

这鲇鱼借碗盘的故事，一度中止流传。后来可以从容话旧，有老人说起，没说完就遭某些“50后”撇嘴：迷信！但是近几年，村里的几茬年轻人，有的开始对这个传说感兴趣，我在村里听完寿星讲述，跟他们闲聊，一位“70后”跟我说：“我爷爷跟我说起那大鲇鱼，口吻就跟说起村里一位祖辈一样，他不说那是鲇鱼大仙，他管鲇鱼叫鲇祖祖，而且，我们村那么多年，在可以盖庙的时候，也始终没有人盖什么鲇鱼大仙庙，也没见什么人，往那榆树上缠红布。我爸说，在最动乱的年月，我们村里也都没太多过头的现象。我的体会也是，村里人与人之间，到头来总有温情绾着。”一位“80后”跟我说：“我们村这河湾里，鲇鱼又多又肥，可是我们打小家里就不吃鲇鱼，家家都不吃，开头我也不知道是为什么，后来知道原来有这么个由头，那天哥儿们聚餐，他们都说有家餐馆红焖鲇鱼特棒，拉我去吃，我就告诉他们我为什么不吃鲇鱼，哥儿们听了没嘲笑我的，有的还说，你们村的人有这么个感恩向善的习俗，真不错！”村里如今大学生也还不太多，但有个“90后”考上了动漫专业，他跟我说，正构思用村里这个古老的传说制作一部动漫作品，我听了非常高兴，真的，我期待着有这样一部根植于本土的动漫作品出现！

雄鸡哥

——盘盘听故事之一

盘盘 1992 出生。如今就要大学毕业了。

盘盘去年暑假有天看电影回到家里，身上有爆米花的气味。妈妈也没问她看的什么，她也懒得跟妈妈说那电影的事情。妈妈正在厨房炸虾片，盘盘进去，拈起一片炸好的嚼着，随口报告：“真讨厌！又在楼门口遇上傻子了！”他们那个楼里，有个弱智男子，都三十多岁了，生活倒基本上能自理，但是无法就业，父母倒还富有，就白养着他。盘盘说：“咱们家真不该买这楼的房子，成天指不定什么时候就撞见傻子，真败兴！”妈妈就说：“傻子也是一个生命。世界上不会也不能都是聪明人。你可别蔑视他。”

爸爸出差了，那天晚上吃完晚饭，母女坐在沙发上闲聊。妈妈说，如今的电影院真气派，可是如今的电影，我跟你爸大都不爱看。可是我们小时候，那是特别爱看电影的。那时候，村里头都有场院，就是收拾庄稼的地方，脱粒、扬场、晾晒、装袋……活儿告一段落，就会在场院里演电影。总觉得那时候的电影都那么好看，比如说柬埔寨那个西哈努克亲王来访问的纪录片，看着也过瘾。不过，对于我们小孩子来说，其实放映电影之前的那段时光，比看电影更欢畅。傍晚，流动放映队就来了，挂起银幕，架起机器，接上喇叭，我们男女小孩，就都忙着拿来家里的大小板凳、椅子什么的，占座儿。大人们倒不慌不忙。妇女们会来得早些，带上没纳完的鞋底。大老爷们则标语口号的幻灯片都放上了，才抽着烟陆续来看。

我们村里，有个雄鸡哥。为什么管他叫雄鸡哥？这就跟演电影有关系。说起来，这个雄鸡哥，命真苦。他还没成年，爹妈先后得病去世了，就跟着哥哥嫂子过，没想到，哥哥嫂子在一次拖拉机车祸中又双亡了，他就跟侄子侄媳妇一起过。那对夫妇待他不能说好，也不能说很差。他倒是还有父母留下的老房子，跟哥哥嫂子的院子挨着，打通了，侄儿媳妇不欢迎他来一起吃饭，但是能做好了端给他一份，当然那时候吃的都很简单，无非窝头咸菜棒楂粥，偶尔也会有点炒菜，有点肉，吃顿饺子什么的。生产队编制的时候，他每天也都下地干活，挣工分。他平时闷声不语，村里场院演电影了，他也活跃起来。他平时没钱买香烟抽，演电影之前呢，也不知是怎么形成的游戏规则，你给他一支烟，他就给你唱歌。他翻来覆去唱的就是一首歌。那首歌你们这代人恐怕都不知道了，我们那时候人人会唱，就是秧歌剧《兄妹开荒》里的那首歌：

雄鸡雄鸡高呀么高声叫
叫得太阳红又红
身强力壮的小伙子
怎么能躺在热炕上做呀懒虫……

盘盘就说，我知道这首歌，如今有重金属摇滚版演绎的，可潮了！

妈妈说，因为那个年纪不小却跟我们平辈的人总唱这首歌，而且，往往是拿根烟逗他的，刚听他用肉喇叭唱出头两句，就摆手："成啦成啦，别吼啦！"他就只好停下，所以，他那头一句的高亢声调，成为我们童年时代最大的乐子，我们就一窝蜂地学他吼，雄鸡哥也就成了他永远的绰号。

那时候村里人都淳朴。雄鸡哥问人要烟，虽说人们拿他打趣，还都会给他香烟。经常是，他抽着一支，两边耳朵各夹着一支，胸前衣服口袋里还能装着几支。有一回，不知哪家的亲戚，来串门的，也来看电影，见他是个可以逗闷子的，就也说要给他烟，让他唱，而且要他把歌唱完，他就非常认真，脖子筋蹦着，高声地唱到"那哈依呀咳咳哎咳那哈依呀咳"，才大口喘气。那人就把一支烟插进了他嘴里，还说要给他用打火机点上，但是雄鸡哥马上把那支所谓的名牌香烟啐出去了，因为那其实是根粪草棍儿，那人就拍巴掌狂笑，周围的人有的没弄清情况，也都笑，弄明白的，有的就摇头。后来电影开始放映，我就坐在雄鸡哥身边，我偶然一瞥，发现他两眼里流出两行泪水，那刚开演的电影哪有什么感动人的地方？我那时候还小，但是雄鸡哥的那两行眼泪，却仿佛流到了我心上，粘住，一辈子再甩不掉了。

听到这里，盘盘明白了，妈妈为什么跟她说这些。

盘盘问：这个雄鸡哥，是个什么形象？

妈妈说：其貌不扬。也不丑。非常平庸。说实在的，他那两行眼泪我记得真，他的相貌，现在已经非常模糊了。

盘盘问：他后来怎么样了？

妈妈说：实行承包了，他种承包的地。村办企业办起来了，他到皮革厂干活。村办企业又纷纷倒闭了，村里劳动力就“八仙过海、各显其能”了。他能力差。村里各家纷纷盖新房了，他侄子家也起了两层楼，他还住着旧房，两个院也隔开了，他自己起火，吃得怎样，没人知道。他始终没娶上媳妇。就在你出生那年，听说他得病死了。

盘盘一时无语。她的心土里，拱出叫作慈悲的嫩芽儿。

病房女

——盘盘听故事之二

盘盘和爸爸聊天的时候不多。那天不知怎么的，聊起生病住院的事情了。盘盘说，净在电影电视上见着病房，什么时候自己也住回院，亲友同学都拿着鲜花提着蛋糕来慰问，那多好玩儿！

爸爸就说，不生病不住院，是大福气啊。能往病房里瞎送花吗？花会携带病菌，像你奶奶当年住院，因为哮喘，不但病房里不能放花，就是走廊里也禁止进花。再说蛋糕，你当住院是过生日哩，尤其奶油巧克力的蛋糕，病人是不适宜吃的。

盘盘出生前，奶奶就过世了。爸爸讲起奶奶住院的情况，是住在一个双人间里。奶奶就是一个农民。但是因为你表叔在那医院工作，住院部的那层楼，病房都是八人间，只有走廊尽头有两个小间，也属于普通病房，但是难得住进那里头。除了你奶奶，另一个病人，是个女青年。我当然常去照看你奶奶。那女青年呢，是她妈妈照顾她。她妈妈姓汤，跟你奶奶很说得来，我管她叫汤姨。那女青年可能不姓汤，但是，我从没见她爸爸露面，我跟汤姨有时候也聊几句，和那女青年偶尔过话，但是互相都没有称呼过，反正眼光一接触，点头，微笑，就算打招呼了。

那汤姨和她的女儿，是名副其实的弱势生命。现在有弱势群体一说，弱势是个笼统的概念，主要是按社会地位经济收入来说事儿，并不一定是指身体状态。那汤姨的女儿大概比我小两岁，医生诊断她得了骨结核，生命总是处在低烧状态，瘦弱的脸颊总是红得像蔷薇花，两只大眼睛总透着忧郁，有几分像《红楼梦》里的林妹妹。汤姨没病，但是她有的动作给我留下很深的印象，比如卫生纸，撕开卫生纸有什么难的？她两只手抓着，努起嘴唇用力，那个费劲啊！所以，我去看你奶奶的时候，就总要帮他们做些事情。比如给削菠萝。我能把菠萝肉削出旋转的花纹，先让她们欣赏，再削成小块搁盘子里，插上牙签让她们方便地享受。

你奶奶那次住院，有成效，家里人每次去看望，都明显在好转。但是汤姨的女儿没什么起色。我去了，也就尽量讲些让她们快乐的事情，安慰她们。汤姨的女儿会现出笑容，甚至笑出声音来，也许是害臊，笑的时候她把被头往上拉，掩住嘴。

你奶奶快出院了。有天我去，见汤姨在走廊里站着。开头我没意识到，她是刻意在那里等我。她招呼了我，脸上的表情有些异样，她叫出我的小名，那本是你爷爷奶奶才那么叫的，她跟我说："我想认你做干儿子。你能答应我吗？"我一下子愣住了。她见我反应不仅迟慢，而且表现出为难，就说："你别误会。我们没那个妄想。"那是什么意思，你懂的。

盘盘就笑说，她们那个妄想如果实现了，我就会有骨结核的遗传，我也就可以去住院，吃菠萝块了！

爸爸继续讲。面对汤姨那样的请求，我很难抵挡。但是我本身确实从未往那个方向想过。而且你要知道，那时候已经有媒人介绍了你妈妈给我，我们都在运河边长大，同一年考上的大学，见面后都挺愿意。我就跟汤姨说："容我考虑考虑吧。"汤姨脸上仿佛有朵花在迅速凋谢。后来我们进入病房，像往常一样相处。

你奶奶要出院了。我用医院里一次性的输液管，剖开，编了一只金鱼一只虾。那是跟你表叔学的。医院里的输液管用过一次就报废了，有的医务人员会再予消毒以后，剖开当作编织带，巧手编成各种有趣的形状，最流行的形状是金鱼和虾，若编成金鱼，输液管上的接瓶嘴正好可以充当鱼眼睛。在接你奶奶走的那天，我跟汤姨和她女儿告别，直到那时候，我还是没有给予汤姨那收我做干儿子的请求回答。但是我的不回答，以及临别时送给他们东西，就是我的表态。我把编成的虾送给汤姨，把金鱼递到汤姨女儿手里，跟她们说："祝你们幸福！"我现在仍记忆犹新，就是汤姨女儿忽然用被子蒙住头，一定是在被子里哭了起来，那被子勾勒出她瘦弱的形态，看得出肩膀不住地抖动。

但是你奶奶出院，我必须照顾你奶奶，就转身走出了病房。

人在一生中，会遇见许多陌生人，有的会相处相当一段时间，甚至会熟悉起来，但是，多半一旦分手，就再也不会相逢。这么多年过去，我再没有遇见过她们。

和爸爸的这次聊天过去好久了。盘盘觉得，归纳不出什么教益，但是回想起来，人生中头一回体味到了惆怅的滋味。

野马脊

——盘盘听故事之三

盘盘的爷爷为培养出了一个有出息的儿子骄傲。确实也是，运河边的村子里，能像他那样把儿子培养成大学生，后来又成为高级工程师的，扳手指头，扳不够一巴掌。可是爷爷很倔。奶奶去世以后，盘盘爸妈在城里四环内贷款买下挺宽敞的单元房，三卧两厅双卫，接他来住，住不惯，回去执意住进了镇上养老院。

盘盘知道，爷爷心里是爱她的。可是，爷爷不像奶奶，能把那爱意表达出来。盘盘爱爷爷，没什么道理，他是爷爷，能不爱吗？爷爷在城里小住的时候，跟盘盘有过冲突。盘盘从冰箱里取出头天吃剩的比萨饼，放微波炉里转几圈，拿出来咬一口，满脸怪表情，马上就扔垃圾桶里了。爷爷看见生气。盘盘解释说："爷爷，变酸了，吃了我会肚子疼的。"爷爷就数落她："你尽是些吃饱了撑着的说词。饿你几顿就好了！"盘盘就笑："爷爷好主意，这两天我体重又增了！明天只喝木瓜汁！"爷爷气呼呼，盘盘笑嘻嘻。盘盘说："比萨，木瓜，味道怪怪的，对吧？爷爷您是不爱的。"爷爷就说："凡能吃的都是好东西。都不能瞎扔！"怕老爷子从垃圾桶救出比萨饼来，妈妈趁爷孙俩说话，把垃圾桶及时清理了。

爷爷住进养老院以后，爸妈和盘盘去看望，爷爷话不多，眼睛也不怎么看他们，却总是盯着窗外的运河。冬天又到了。运河结冰了。盘盘自己去看望爷爷，爷爷也还总凝视窗外的运河。结冰的运河失却了秀丽，河边的树木光秃秃的，爷爷在那样的画面上看见了什么呢？

盘盘开始求职了。有天投完简历回家，爸爸下班早，妈妈还堵在回家的路上。父女俩就随意聊天。盘盘就说起爷爷总盯着运河冰面看的事情。爸爸就说，该讲给你听了，不过，还是等你妈回来，吃过晚饭，再坐下来讲。

晚饭吃过了，爸妈和盘盘围坐在茶几边的沙发上，爸爸讲了起来。

你爷爷娶媳妇很晚。因为家里穷，过三十了，还是光棍。你的太爷爷，过世得早，你的太奶奶，一直守寡。那时候咱们运河这边的村子，比运河那边的村子，还稍微好些，那边特别穷。这边有大片的菜地，种大白菜，每年晚秋砍下白菜，会留下菜根，砍下的白菜装车运走的时候，会掉下些破烂的菜帮子。就有运河那边村里的妇女，过河这边来，挖走菜根、拣走那白菜帮子，好拿去充饥。过运河若从桥上过，要绕很远的路，搭摆渡船，要花钱。但是，河那边村子跟河这边村子之间的河床，有一道凸起的石脊，河两边的人，都管它叫野马脊。它四季都没在水面下，秋天能透过水面模模糊糊地看出来。过河的人必须非常小心，才能踩着那道石脊渡过河来。

那些年，每到这边村子砍完白菜，那边村子就有妇女踩着野马脊，背着荆条筐，来挖菜根、拣菜帮。爷爷家的屋子外头不远，就是一片菜地。有天刮着大风，冻得人不行，居然还有对岸来的一个妇女，跪在那菜地里挖菜根。你太奶奶看见那妇女在寒风中直哆嗦，就让你爷爷出去，把她请进屋，先暖和暖和再说。你太奶奶正熬了一锅棒子面菜糊糊，就盛出一碗请她喝。两个妇女就说起话来。敢情那也是个寡妇。临走的时候，你太奶奶就让你爷爷，往那妇女的筐里，装了好些个自己家腌的酸白菜。穷帮穷呀。这么着，两个寡妇就来往上了。

就在她们认识的那年冬天，那寡妇有天就跟你太奶奶说，咱们两家都穷，你儿子娶不上媳妇，正好我有个闺女，如今也二十好几了，我就把我闺女，嫁你儿子吧。你太奶奶开头不敢相信，因为穷家的闺女，如果长得好，嫁出去也不难的，那寡妇就说，我不能拿闺女换钱。能嫁个憨厚人，比什么不强。就这么着，你的爷爷，就娶了你奶奶。

盘盘听了，大吃一惊，问："怎么，我的血脉里，有那挖菜根拣白菜帮子的穷寡妇的成分？我该叫她什么？"

妈妈说："这事你爸老早就跟我说过。那是你的太姥姥啊。不过，改革开放以后，中国整体解决了温饱问题，挖白菜根拣白菜帮子充饥的事情，似乎已经成天方夜谭了。所以我们这代人很少跟你们这代人讲这些旧故事。"

爸爸对妈妈说："可是，有个镜头，我一直没忍心跟你讲。现在我要跟你和盘盘讲出来。盘盘爷爷为什么总盯着那冰面看？是因为，那一年，遇上百年不遇的情况，土话叫囫囵冻，就是原来河面还没有上冻，忽然气温骤降到零度以下，咔嚓，河面就封冻住了。那天天亮，有人在河边大喊，人们跑去看，在那野马脊上，冻死了一个妇女，她肯定是踏上野马脊后，忽然囫囵冻，她本能地跪下，再也拔不出身子，整个人就冻成个冰雕了，而她背上，还背着那陪伴她多年的荆条筐。你爷爷奶奶奔到河边，一眼看出，那是你太姥姥，顿时捶胸大哭起来……"

盘盘听到那一刻，仿佛树木的年轮，顿时扩展，原来词典上的悲怆一词，不再缥缈，她的心智成熟期，来临了。

山草壮

他盼附近的地铁线路早日开通。街角那边早就围起高高的挡板，里面有两层的简易工房。人行道内侧原来栽种着一排海棠树，前几年春天曾是他来回溜达的地方，树下还有两个长凳，他也经常坐在长凳上看车水马龙。今年春天再去，海棠树全给挖走了。他懂，那说明树底下就是地铁工程。马路另一角建起高高的水泥搅拌站。挡板也出现在马路上，车辆到那地段要按闪烁的路标灯慢行。混乱的街景意味着好的前景。虽然至少还要半年甚至更长的时间才能有一个可供晚餐后从容散步的新人行道，这些日子他还是忍不住要到没有了海棠树的杂乱环境里去漫游，有时也还要垫张报纸坐到那长凳上，望着马路上的车流想心事。

那长凳，近日晚饭后，常有修地铁的工人占用。那日，他走过，长凳上的一个工人，还没摘去安全盔，抽着一支烟，见他，便从凳子中央挪到一边，意思是给他让出一半可坐。这是礼貌，充满善意。他没坐，站在那工人前面，有一搭没一搭说起话来。问答间，知道那师傅来自南方很远的省份。地铁施工纪律很严，进入施工区域绝对禁烟。问施工情况、进度，听那口气，是需要保密。宿舍和食堂里也有不少规矩，所以他只能到这人行道来“饭后一支烟，赛过小神仙”。那师傅属猪，四十二了，媳妇在老家经营个小卖部，儿子属狗，马上就要二十岁了，他在这边媳妇在那边，挣钱的目的就是要为儿子娶媳妇做好充分的准备。儿子并不怎么争气，初中毕业不愿再上学，跑广东那边打工去了，现在跟一个姑娘住在一起，那姑娘他们见过，过得去，可是儿子私下又说未必娶她，唉！

那以后晚饭后散步，他就总愿在那长凳遇见那师傅。不是每次都能遇上，也还遇上几次。互询“贵姓”，知道对方姓张。他是退休人员。入夏，单位组织退休人员去承德避暑山庄游览了几天。回来家里又有些事，好多日子没有再往那人行道的长凳去。那天终于又有了闲空，漫步过去，远远的，就见张师傅站起来招呼他，忙加快脚步过去，竟有些亲人重逢的感觉。

张师傅问他：“怎么好多日子没过来？是不是病了？”他就说：“谢谢你关心！没病。身体精神更好了，因为去承德避暑山庄旅游了！”张师傅让出半边长凳，还给他铺上事先准备好的报纸，他坐下，注意到张师傅自己并没垫报纸，直接坐在长凳上。张师傅还问他：“我能抽烟吗？”他点头：“当然！”张师傅问：“看见山庄内午门挂的那个匾啦？康熙皇帝的御笔，他把避字多写了一笔，是不是？走之上头最右边的那个辛，他底下写成了羊字，他皇帝，就能乱写字，这么多年就都由着他！”他吃惊，张师傅怎么对避暑山庄如此了解？张师傅又兴冲冲地问：“去看烟雨楼啦？那楼名儿，是乾隆皇帝从唐朝杜牧的诗里受启发，给取的，‘南朝四百八十寺，多少楼台烟雨中’！……”他不免猜：“你去游览过？去那里参加过修复工程？有亲戚在那边？”张师傅笑：“全没猜对。”

张师傅告诉他，这辈子，还没旅游过。就是北京，来做工这么多年了，只去过天安门，没进过故宫，没去过长城、颐和园。那他怎么对承德避暑山庄那么了解呢？道出谜底之前，张师傅先问：“你的书，包书皮吗？”他答：“我是有包书皮习惯的。心爱的书，给包上书皮，叫书衣，有时候，还会在书衣上写些评价、感悟。我儿子小时候好像也包书皮，但是孙子的书就不包了，看过随手一扔。”

张师傅就讲起自己的故事。他上学的时候，每到新学期发下课本，最快乐的一件事情，就是包书皮，会包得很结实，前后右边的两个角，会包成三角形的护封。是在初三上学期的时候，母亲病重，求医用药花费大，父亲就跟他说，只供他这一学期了，他也立志要早些外出打工挣钱给母亲治病，所以，那一次领到课本，他就格外用心地包书皮。包书皮需要挺括的画报纸，那是很不容易弄到的，幸好邻居家有个阿姨是县城里的干部，能给他上好的大画报。那次给他的画报，图文并茂地介绍了承德避暑山庄，他先细细地阅读了，再用来包课本，给语文课本包的书皮，他把有康熙御笔题匾的那一幅照片设法放在正中，看来看去，看得熟了，就仿佛自己进那匾下大门游过避暑山庄了。开头，因为是繁体字，他怎么也认不得繁体的庄字，那繁体，是草字头下面一个壮，他就把山庄念作山草壮。他也试图从字典上查，但他那小字典只能查简体字，虽然查到简体庄字可以从后面括弧里知道繁体字，但是从山草壮查起就行不通。上语文课答卷，他曾把避字那个部位也写成羊，结果老师扣了他分，他拿书皮给老师看，老师告诉他："皇帝爱怎么写怎么写，我们不行。"这些少年时代的记忆，他永不会忘。

"王老，"张师傅招呼沉思的他："你看这马路上怎么又堵成停车场了？"他望着满街的车说："这不又到小长假了吗？又开始自驾游了。我儿子儿媳他们说是要去承德避暑山庄。"张师傅抽口烟，不像是回应他，更像是自言自语："什么时候我们这样的人也能假期旅游，世道就大好了。"

喜宴端盘娃

这个暑假俊杰好高兴！大表姐结婚，爸爸带他去参加喜宴，他奇怪妈妈为什么不去？爸妈都笑，说是咱们这儿农村的规矩，你大了就明白。到了八里路外大表姐嫁的那家，哟嗬，宴席从堂屋一直摆到院里，爸爸去了，人家就给他胸前别了一朵带燕尾签有绿叶陪衬的大红绢花，签上写着“贵宾”，俊杰就跑去问新娘子：“大表姐，我怎么没那花呀？”新娘新郎听了都笑，有人来引着爸爸和俊杰去堂屋，安排在炕上第二桌，跟着就有人笑嘻嘻送来大绢花，给俊杰别在胸前，那签上写的是“弟弟”，俊杰好得意！

开席了！炕桌和炕下各桌，原已摆好凉菜，上热菜了，头四样是鸡、笋、鱼、肉。见那大盘整鸡俊杰就要下筷子，爸爸制止了，用眼色告诉他要等同桌岁数最大的先下筷子。那桌为首的是当地中学校长，也是大表姐大表哥的证婚人。校长学问大，告诉大家：“咱们胶东这块，明朝时候摆席，要‘鹅为先，鹅为上’，鹅肉是最尊贵的，但是后来鹅肉出席了，那是不是让鸭给取代了呀？也不是，你看今天上的头四道，不是鸡鸭鱼肉，是鸡笋鱼肉，有讲头呀……”但是一瞥俊杰，就不往下说了，爸爸等人忙说：“都懂。”就都举杯给校长敬酒。是呀，喜宴头二道菜，有祝福洞房幸福的含意，“儿童不宜”，俊杰不懂也罢，但妈妈为什么不到？爸爸告诉了他那讲究，就是到新娘回娘家的时候，姨妈才上席。俊杰也不想把那些个规矩搞懂，大口吃香香，好快活！第五道上的是浇汁鲍鱼，席上每人一只，汤勺那么大的，校长说：“这是新花样了！咱们这儿虽说离海不远，以往就是阔人家的喜宴，也不见得有这个，如今人工养殖，价钱也不那么邪乎了，据说有个讲头，‘保证年年有余’哩！”俊杰兴冲冲吃那鲍鱼，却只觉得跟啃橡皮似的，这东西为什么倒比大肉贵呢？

俊杰正吃得上劲，忽然发现来上菜的，竟是同班的聪发，忙放下筷子，把胸前的红花点给聪发看，聪发并不理他，只是专注地摆放那盘炒菜。席上有人议论："咱们这儿啥时候又兴起了这个，除了大人，还专找九岁的童子来当喜宴端盘娃？"爸爸说："看哪，请了三个娃吧？小细胳膊，端那么大的盘子，穿行在那么多桌子当中，真跟演杂技似的。可他们一脸认真，腿脚麻利，也不见洒出了什么，好娃娃！"校长就说："这应该跟西洋人婚礼上用儿童牵婚纱提花篮一样，又好比如今足球比赛运动员牵娃娃走出场一样，不是用童工，是借娃娃添喜。就是端盘娃洒了掉了，喜庆家也只当是'潇潇洒洒''岁岁平安'。"

菜上齐了，俊杰去撒了泡尿，路过厨房，见聪发跟另外两个娃站在里头，各自端个大碗，里头有饭有菜，站着吃，吃得好香。那两个娃不熟，但也是一个学校的。俊杰走进去，本想再显摆一下胸前的大红花，谁知六只眼睛里全无羡慕，聪发更笑出声来："你白吃白喝，我们自食其力，这是最好的暑假作业！"

回家以后，俊杰面无喜色，妈妈吃惊："你吃撑啦？"俊杰闷坐一阵，忽然问："村西建业哥是不是十八号结婚？我要去。"妈妈说："他家跟咱们家无亲无故，素无来往，你爸跟我都不去，你去咋的？你这张嘴吃出痨病了不是！"俊杰就说："我不也九岁吗？你们去跟建业哥说说，我去他家端盘！"于是道出在大表姐喜宴上见到聪发受到的刺激。爸爸就同意他去，妈妈不同意："你以为端盘容易！又不是在自己家，那是十几二十桌的喜宴，一回兴许要端两盘菜，左右手不得闲的，我还见过两只胳膊各放两盘菜往席上送的呢，就你，不得砸人家多少个盘碗，赔钱事小，不吉利是不是？依我说，你还是老老实实在家写暑假作业是正经！"

可是，俊杰执意要完成这项自己选定的暑假作业，他自己跑到建业哥家报了名，人家热烈欢迎，回到家，他就拿自己家的盘碗练习，爸爸鼓励，妈妈挑刺："你那是空盘，人家那可是有实打实的分量！"俊杰就在妈妈蒸出一笼包子以后，自己装出四盘，两只胳膊托着，在屋里跑圈儿，把爸妈都笑喷了。

当完建业哥新婚的喜宴端盘娃，回到家里，俊杰把装有一百块的红包交妈妈，然后，就把那放在柜子上，大表姐婚宴得来的那朵大红花，收到抽屉里，在大红花原有的位置，摆上了从建业哥那里得到的一本童话书，望着，脸上绽出顶顶得意的笑容。

小炕笤帚

他们是大二男生，一天在宿舍里，引发出了一个关于小炕笤帚的故事。几个舍友里，只有两位备有扫床工具，一位富家公子有个非常漂亮的长柄毛刷，一位来自穷乡的小子有个高粱穗扎的小炕笤帚，其余几位收拾床铺时会跟他们借用，一来二去的，都觉得还是那小炕笤帚好使，最近就连那富家公子，也借那小炕笤帚来用。

那天熄灯后，都睡不着，各有各的失眠缘由，绰号“蜡笔大新”的叹口气提议：“夸克，随便讲点你们乡里的事情吧。”其余几位也都附议，绰号“唐家四少”的富家公子更建议：“从你那把炕笤帚说起，也无妨。”

因为物理考试总得高分，绰号“夸克”的就讲了起来：那年我才上小学。村里来了个骑“铁驴”的，“铁驴”就是一种用大钢条焊成的加重自行车，后座两边能放两只大筐，驮个二三百斤不成问题。那骑“铁驴”的吆喝：“绑笤帚啊！”我娘就让我赶紧去请，是个老头，他把“铁驴”放定在我家门外的大榆树下，我娘抱出一大捆高粱来，让他给绑成大扫帚、炕笤帚和炊帚。他就取出自带的马扎，坐树下，先拿刀把高粱截了，理出穗子，然后就用细铁丝，编扎起来了……“大新”叹口气说：“不好听，来个惊人的桥段！”上铺的一位问：“会闹鬼吗？我喜欢《黑衣人》的那份惊悚！”“夸克”继续讲下去：你们得知道，高粱有好多种，其中一种就叫帚高粱，它的穗子基本上不结高粱米，专适合扎笤帚炊帚什么的，我娘每隔几年就要在我家院里种一片帚高粱，为的是把以后几年的扫帚、炕笤帚、炊帚什么的扎出来用，扎多了，可以送亲友，也可以拿到集上去卖。那是个星期天，午饭后，我在屋里趴桌上写作业，我娘忽然想起说：你去问问那大爷，他吃晌午没有？他大概是转悠了好几个村，给好多家绑了东西，还没来得及吃饭呢。我就出去问，那老头说：“不碍的。我绑完了回家去吃。”我进屋跟我娘一说，我娘就从热锅里盛出一碗二米饭，就是白米跟小米混着蒸出的饭，又舀了一大勺白菜炖豆腐盖在上头，还放了两条泡辣椒，让我端出去……“四少”说：“情节平淡，你这分明是个‘尿点’，我得去趟卫生间。”“夸克”就提高声量说：呀！出现情况了！我娘忽然叨唠：“七十不留宿，八十不留饭啊……”就往门外去，我跟着，只见那老头已经从马扎上翻下地，身子倚在榆树上，翻白眼……他是被饭菜给噎着了，喉骨哆嗦着，嘴角溢出饭粒和白沫，但剩的半碗饭并没有打翻，显然是刚发生危机时，他就快速把那碗饭菜放稳在地上了……我娘赶紧把他的手臂往上举，指挥我用手掌给那老头轻轻拍背抚胸，没多会儿，那老头喉咙里的东西顺下去了，松快了，娘让我去取来一碗温水，让那老头小口小口喝，老头没事儿了……讲到这儿“四少”去卫生间了，回来时候只听“大新”在感叹：“哇噻，两毛！两毛能算是钱吗？”原来，那老头绑扎东西，大扫帚每个收五毛钱，炕笤帚、炊帚只要两毛钱。绑扎出一堆东西，“夸克”他娘才付他四块钱。那老头说：“你们真仁义，给我饭吃，还救了我。这些剩下的苗苗不成材，可要细心点，多用些铁丝，也能扎成小炕笤帚，今天我没力气了，让我带走吧，过几天扎好了，我给你们送过来，不用再给钱。”“夸克”娘说：“连那些高粱秆，全拿走吧。扎的小炕笤帚，你自用、送人，都好。甭再送来了。”

从上铺传来评议：“不是大片。小制作。表现些民间微良小善。比《纳德和西敏：一次离别》浅多了。”“夸克”说：没完呢。过了几天，本是个响晴天，不曾想过了午，也不知道怎么的忽然下了场瓢泼大雨，放学回家路上，听人说下大雨的时候有个骑“铁驴”的老头栽沟里了，路过那沟，“铁驴”挪走了，只留下痕迹，还有一把小炕笤帚，落在沟边，脏了。我心里一动，捡起那小炕笤帚，回家拿给娘看，娘说，一定是那大爷要给咱们家送来的。那年月乡里有绑扎笤帚手艺的人，大都跟我爸一样，进城打工了，剩下的，有的扎出来的东西没用几时就散了，可这老头扎的又结实又好用，除了铁丝，还都要再箍上一圈红绒线。我们听说摔断腿的老头被卫生院收治了，娘儿俩就去看他……“大新”

评议:“诚信,很健康的主题。”“夸克”继续讲:到了医院,见到他,我们就慰问,道谢,可是,那老头当着医生说,他不认识我们,他那“铁驴”里的小炕笤帚,不是带给我们家的。我跟娘好尴尬。我们只好退出,在门口,恰好跟那老头赶过来的家属擦肩而过……最后,我要说明:这小炕笤帚当时就洗净晒透了,一直搁在躺柜里,没舍得用,来大学报到前,娘才取出来让我裹在铺盖卷里,带到这儿来以前,我进行过消毒,请放心使用。

宿舍里安静下来。

斜放的拖鞋

他坐在咖啡馆角落里。小圆桌上有两只杯，桌旁却只剩他一个人。

孔夫子说“三十而立”，真不错，他三十岁那年和同是白领的妻子贷款买了房，生下了宁馨儿；但孔夫子说的“四十不惑”于他却完全不灵，倒是一种舶来的说法，“七年之痒”，似乎很切合他，从孩子六岁那年，他就开始觉得妻子乏味，也是因为妻子对孩子兴浓而对他性冷，于是，他在外面渐渐喜欢跟漂亮的女士说笑，在 KTV 包房和公司女秘书极投入地对唱《夫妻双双把家还》……从此家庭里多了龃龉，外面添了艳遇。公司里不是他一个男士遭逢中年危机。

此刻坐在咖啡馆小圆桌旁，他才深切地意识到，所谓“游戏人生”，可真不是闹着玩的，原以为“419”嘛，极乐后双双各自回家，也就春梦随云散，谁知对方较真了，刚才坐在小圆桌那边，再次郑重要求他跟妻子离婚，跟她重组家庭。他表示为难，对方撂下一句狠话，拂袖而去。

他原来并不抽烟，这些天却买烟来乱吸。他刚点燃一支烟，服务员过来，向他指指“请勿吸烟”的告示牌，他只好狼狈离座，走到街上去。外面掉着零星雨点，吸烟使他呛得难受，扔掉香烟，他边走边打手机。先打给一位“发小”，此人有再婚经验，他没道出苦恼，对方早已闻听他的艳遇，不给他拿主意，只是打太极拳：“糖吃多了要得糖尿病，盐吃多了叫氯化钠中毒，海鲜吃多了必发痛风……”他不耐烦听些言不及义的话，又打给一位业务中结识的哥儿们，这位倒坦率：“你准备扫地出门、从头再来吗？我们公司例子多啦，有成蜜桃的，也有成苦瓜的……”哎，这样的事情，谁能给谁拿主意呢？必得自己面对这人生中途自找来的麻烦！

他知道一些智者达人必会问他并告知：你究竟爱哪一位？应该忠实于你的感情。他边走边想，想不清楚。他都爱，又都不爱，妻子，他爱过，现在也没有恶感，只是觉得乏味；这位呢，冷静地想来，他爱她的身体，爱她的浪漫，但是倘若真的长住在一起，是否会遭逢比乏味更难耐的处境呢？忽然他意识到，他有最爱，就是儿子。倘协议离婚，他可以舍弃房子，却难舍弃儿子，若闹上法庭，恐怕儿子多半要判给女方……

妻子发现了他的异常，只是不当着儿子发作。这次暑假，妻子没让儿子去青岛爷爷奶奶那里，安排去了上海姥姥家。往年暑假儿子总去青岛，因为那里最适合避暑，可以在海浪中嬉戏，寒假则去上海，在那里过快乐的春节。儿子本不愿暑假去上海，妻子给带他去的大表哥一起买了高铁的票，儿子这才高兴地去了。儿子走后，他就自觉地去儿子的房间睡觉，妻子冷静地表态："与其同床异梦，不如各自相安。"

他回到自己的家。妻子不在，但还是在冰箱贴子下压了纸条："去看三姨，明天回来。"他看见在微波炉里有放好的盖浇饭，倘若他想吃只要按键转上几圈；拉开冰箱，看到新添了他喜欢的杧果粒大杯酸奶。他没胃口，还觉得有些胃疼。他去打开五斗橱放药的抽屉，里面整齐有序地摆放着家用药品，想起来，前些时妻子刚清理过一番，挑出过期的，搁进新买的，还嘱咐他一定要把过期药瓶里的药片胶囊倒撒在垃圾桶里，以免有人把有药的瓶子捡去充假。吃了几粒胃药，进到儿子房间，屋里的东西引出他联翩的回忆，屋角有一个大整理箱，里面是历年他们给儿子买来玩过不再玩的玩具，他想，妻子这些年对儿子的爱，难道不也是对自己的爱吗？墙上一张和真人等大的儿子六岁照，他们多次一起凝视分析：究竟像谁多？妻子也多次轻揪他的鼻子："一个模子倒出来的啊！"

他要往儿子床上躺，蓦地望见了自己的拖鞋，是妻子前些时把冬春的绒拖鞋刷晒过收起，又拿出来晒过使用的夏季的竹编面拖鞋。这双拖鞋斜放在床下。啊！他的心被柔柔而又沉沉地触动了。他们结婚后就发现，她从右边下床，她喜欢拖鞋直放，他从左边下床，喜欢拖鞋斜放。妻子这样斜放他的拖鞋，与其说是感情使然，不如说是习惯使然。一个家庭是一个系统工程，需要多么细腻的磨合，才能使你的生存有如春水流淌般自然畅快啊……这岂是短时不管不顾，翻江倒海似的身体快乐所能抵消的？破裂重组？重组到她会默默地将你的拖鞋斜放，谈何容易？……

那一晚他睡得意外踏实。天亮时，他下床穿上那斜放的拖鞋，立刻往他们共同的三姨家挂电话。

徐胜马利芳

和大学舍友餐聚，见面后纷纷问他：“怎么，家里还是原来的？”他不以为怪，他刚坐下，也问身边的：“二婚了吗？”餐聚间说说笑笑，还维系原配的，居然只有他和另一哥儿们，其余三位，两位二婚，一位刚刚离异，没来的那位发大财的，据说原配倒还没怎么样，二奶和小三已经掐得不可开交。世道已经跟父母那代不同，如今你看电视上的征婚节目，凡申明自己还是一张白纸的，几乎无一能够牵手，征婚嘉宾报告自己的情感经历若少于三次，选择方往往会流露鄙夷，就连主持人和评议嘉宾，也会对证婚者报告出的交往史提出这类的质疑：“你们好了几年，难道就没发生更进一步的事情吗？”若回答是最高境界无非牵手拥抱，则会代为叹息，甚至由此批评学校性教育的缺席。情感与婚姻彻底私人化，是社会进步，白头到老与多次爱情多次婚姻，都属正常人生吧。

席间那位刚刚离异的舍友，说自己是净身出户，如今在运河边一处楼盘租住，忽然问他：“你还记得初中时候同学，叫徐胜利的吗？”他说：“对呀，有那么个同学，你怎么认识？”舍友就说，徐胜利和他媳妇，都在他住的那个楼盘物业公司工作，他跟徐胜利聊过天，有次不知怎么就聊出了这层关系。舍友说：“没想到你原来是在运河边上的中学。听徐胜利说，你们那中学，升学率特低，你毕业后居然考上名牌大学，全校轰动。如今他也上网，查你的词条，见你成绩那么大，高兴得不行！”他就问：“徐胜利如今过得怎么样？娶了个什么媳妇？”舍友说：“看样子，他对自己的生活挺满意的。他那媳妇，叫马芳。”他听了不由得“哇塞”一声。

说实在的，他早已把徐胜利马芳两位中学同窗忘怀。他一度十分笃信“知识改变命运”一说。受了高等教育，他确实过上了比较高等的生活。进入大公司，坐飞机就跟搭乘公共汽车一般，上午从北京出发，睡一觉抵达法兰克福，夜里却又是在开罗给家里通电话。近年利用节日长假，带着老婆孩子游了西边欧洲，又游了东边日本美国，至于新、马、泰，早不新鲜，澳大利亚新西兰刚去过，计划中的是马尔代夫和关岛。他绝不说“一生只爱一个女人”的妄语，有若干女人爱他，他也爱其中的若干，露水姻缘于他是情感旅游，“爱一处地方就留在那里”则是谵语，至少到目前他还珍视自己的原配和家庭，旅途劳累后回自己家，彻底地放松下来，是幸福感最强烈的生命时段。现在舍友忽然提及徐胜利和马芳，而且，舍友感叹道：“你那两位同窗，聊起来，不仅没坐过飞机，没出过境，他们的旅游足迹，最远也就是北戴河。我有时会看见，他们一起下班，各骑一辆自行车，男的在前头，女的在后头，各自的自行车车座上，夹着一个不锈钢饭盒，那应该是装他们每天中午的饭食吧。他们的生存状态，跟我们，特别是跟你相比，是不是也太那个了？”“是呀，太原生态了啊！”

确实，太原生态了。高二的时候，徐胜利和马芳就相好。一个并非帅哥，一个绝非校花，但是放学的时候，总是徐在前面走，马紧跟在后，同学们后来多次发现，两位在运河边手拉着手，他见着过马芳买了烤白薯，递给徐某人吃。于是，有回他和班上另一男生，逮着个机会，就冲到二位身旁去起哄，又在不少同学在运河边嬉戏时，用削铅笔的戳刀，在白杨树干上刻下了“徐胜马利芳”字样，是故意把两人的名字掺合在一起，结果徐某人倒没怎样，马芳气哭了……肯定是马芳到班主任那里告了状，班主任，一位那时候也还没有嫁人的女老师，把他叫到办公室去批评了一顿：“一是刻树皮影响树木生长，二是随着那杨树生长，字会越来越大，你让人家越来越难为情！更主要的是，你脑壳里是些个不健康的思想，发展下去，非常危险！”但那危险因他后来考上名牌大学而烟消云散。

徐和马都没有考上大学。他们就在原住地继续他们的人生。他们结婚了。他们打一份普通的工，挣不算多的钱，养育他们的孩子，赡养他们的老人，估计听不到他们离异和二婚的消息，在网上输入他们的名字或许会出现一串相关的词条，是有这样那样的身份或成就的人士，但绝非他们，他们多半就会那么样地默默无闻一生。

有一天，他办完事，驱车路过运河，他停车努力寻找那株被他刻字的杨树，许多老树早被伐掉补种新树了，但他固执地寻觅，终于，在一株高大的杨树上，需要仰起头，才能依稀看到刻字，那最后一个字，笔画开裂得好厉害，但下半部分明显是个“方”字，于是，少年时期的无数往事，飞鸟般撞击到心头，他倚在树上，感悟到，有一种原生态的幸福，存在于这世间……

崖村驴

公司的六个小伙子约他去关外一日游。他们实话实说："让你散散心，是第二位的。回来的时候，指望你开车把我们送回城，是第一位的。"他妻子去世快一年了，情绪消沉，人所共见。小伙子们约他往关外一趟，他把他们的好意，放第一位。嫁到外地的闺女电话里听说，也鼓励他外出活动活动。六个小伙子里，有位拥有一辆七座越野车。小伙子们到关外要足玩足吃足喝。知道他从不抽烟、喝酒，但当过兵，身体倍儿棒，所以一迭声地叫他德哥，把光棍狂欢回程的安全，托付给他。

六个小伙子都是白领，他是高压电工，蓝领。往关外的一路上，车主开车，请他坐驾驶座后头，小伙子们肆无忌惮，比着说荤段子，浪笑一路。他微笑着，似听非听。他理解这几个光棍，都是公司的骨干，条件都不错，只是一时还都没娶上媳妇，有的是女朋友劈腿了，有的是自己嫌人家了，有的是异地问题难以化解，有的是家长硬来作梗，青春烦恼，要在郊游中尽情发泄。他羡慕他们，他的青春期，戒律太多，哪能如此嬉皮？

那天小伙子们玩得很尽兴。四位蹦极了。他还跟他们漂流了两公里。晚餐本打算吃烤全羊，后来听说顺路有家驴肉馆，车主就把车开到了那家驴肉馆。大家围坐在一起后，他声明："我不吃驴肉。"车主有些尴尬："哟，德哥，对不起，来的时候该先问你一声。"他说："没关系。你们吃。我另点别的就是。"有个小伙子就问他："德哥你不吃驴肉有什么讲头吗？"他摇头："其实从来没有吃过。是进到这馆子才决定不吃的。"

小伙子们放开肚量吃驴肉，喝啤酒和白酒，他嘱咐他们："小心酒把驴肉催胀了撑着！”小伙子们给他点的核桃汁，时不时拿酒杯跟他碰杯，“祝德歌早续良缘”。

餐厅里的人声仿佛渐渐推远了。他回忆起三十多年前当兵的事情。这关外变化太大了。没想到往昔的荒川野地、穷山恶水，如今也开发成了旅游胜地。那时这边只有砂石公路，载他们士兵的卡车开过去，车轮下的扬尘二里路不散。现在是整齐的柏油路面，两旁的绿化带相当不错。他从路标上看到一个熟悉的地名：崖村。这家驴肉馆就在公路主干线与崖村支线的分岔口旁。多年过去，他把崖村忘记了，更把崖村驴忘记了。坐到餐桌旁，拒绝吃驴肉，是那记忆猛然浮现的开端。

那一年他十九岁。他们部队支农，他们那个班分派到崖村帮助生产队打井。他父亲在老家病危，部队准许他回去探望，料理完父亲后事，他准时返回。在这个岔口下了长途汽车，天已经转黑，虽是初冬，十分寒冷。从这个岔口往崖村，那时候连砂石公路也没有，只有土道，头六里是平的，后四里要爬山。他从崖村出来的时候，走下山，正好有公社的拖拉机往这边来，可是要回崖村那天，没能遇上拖拉机。虽然没有拖拉机，可是路旁有六七头驴，那些驴为了互相取暖，交错着挤站在一起。有个看驴的汉子招呼他，问他去哪里？他说去崖村。那汉子说：“解放军免费。只是崖村驴送一位大嫂去了，你得等它回来。”当时还有个从长途汽车上下来的人说是要去枣村，那汉子就到那群驴里去扒，扒出一头驴来说：“枣村驴在。你骑上去吧。三毛。”那人递去三毛钱，骑上，枣村驴就往另一边的土道上去了。原来，那些驴经过那汉子训练，每头驴专管前往一个村子，把客人送到后，自动返回。每当有客人要往某村去，汉子就从驴群里扒出相关的那一头来，如果扒不出来，就意味着那头驴还没有返回。“崖村驴回来啦。小战士，你骑上它吧！”朝汉子指的方向一看，那头走过来的驴似乎很瘦小，“骑上吧，它可有劲啦！浑身筋的驴爬山才利落啊！”他要付三毛脚力钱，汉子死活不要，“解放军免费，这原则不能丢！”

崖村驴背上有个简单的木鞍子。汉子笑道：“妇道人家是斜着坐。你要觉着那样舒服，也斜着。”他跨上去正坐着，问：“有缰绳吗？”汉子大笑：“摔不下你！”那驴等他坐稳，就自动转身，朝崖村走去。平路快走完，天黑得厉害，还飘起了雪花，眼看要上山了，那驴能走好吗？到山根，他跳下，搬那驴的头，意思是让它折回去，那驴却死活不转身，只等他再骑上去。他再骑上。那驴就熟练地在山道上趱行。眼前出现了村屋的灯火。终于进了村，那驴停下来，似乎在等他给予进一步的指示，他就朝他们班住的那个院子指了指，驴眼能看见他的手势吗？但那驴竟准确无误地停在了院门口。他下了驴，要把驴推进院里，心里想着喂它些东西，那驴却四蹄抓地怎么也不进院。他说声“谢谢”，那驴就转过身，管自下山去了……

他忽然非常后悔，他跟他妻子感情那么好，那么多年，互相讲过许多以往的故事，可他怎么竟一直没把崖山驴的记忆打捞出来，与她共享？

那天开车回城，一路上六个小伙子有的呼呼大睡，有的打着饱嗝……副驾驶座的那位不停地在手机上发着微信……他稳握方向盘，嘱咐自己：等回到家，再把那崖山驴的回忆细细咀嚼。

一道金光

那天傍晚他骑着电动车路过一处工地，正见有挖掘机将掘出的渣土往大卡车上倾倒，只觉有道金光一闪，不由得停下来观察，那卡车装满渣土覆上网罩开走了，挖掘机也离开回到工地深处，他发现那金光一闪的土团，被抛落在路边，便过去抱起，唔，分量不轻呢，忙将空的购物袋展开，把那土团塞进去，一径回到家中。

他家起居室里的多宝格架子上，搁着他近年来想方设法淘来的古陶古瓷，有的也曾拿到文物市场花咨询费让专家过眼，颇有几件估价不菲，但上个月他的远房大爷来到他家，见了多宝格上的东西却频频摇头，说全是假的，唯独他拿来给巴西木当托水盘的那件，大爷说虽然不是官窑烧的，那民窑的名声也不大，究竟是个乾隆朝的真东西，估价在三千元以上，他忙将那盘子小心地清除掉水垢，为之配了个木托，郑重地摆放在多宝格最中心的位置，客人问起，他便得意地介绍，扬言："给一万块也不卖。"

他把捡来的那道闪过金光的土团，仔细地加以观察，发现土中露出的指甲盖那么大的一部分，确实泛着黄色，用手指尖去摸，滑溜溜的。他试图用手和简单工具将周围的土层去掉，却发现那土块十分坚硬。小不忍乱大谋！想了想，他便将那土团抱到卫生间，搁到澡盆里，用花洒淋水，似乎已经淋透了，澡盆里已经是泥汤一片，那土团的核心部分仍然掰露不出来。他索性将澡盆放足了水，将那土团整个儿浸泡。

媳妇回到家中，进到卫生间不由尖叫一声。他忙过去解释，末了说："这回说不定真捡了个大漏儿！"媳妇撇嘴："我也爱财。只是你总想走捷径，暴发，我觉着不靠谱。这大土疙瘩里难道包着个金元宝？我才不信。"他嘴里跟媳妇对付着，眼睛只盯着澡盆里，澡盆里的水已经泄掉，泄水口被淤泥堵住，景象十分不堪，他却惊喜不置，因为他发现那土团里终于露出了更多的名堂：“呀！是个黄盒子吧？还露出字来了！”媳妇也跟着弯腰去看，两个人都看出来，是个“孚”字。他试着再去用手清理，还是不得劲，只好再用花洒淋。

他打电话给远房大爷：“原来真不知道敢情您是懂文物收藏的。上回您来给我好一顿指点。那回要不是您梦里见着我仙去的老爸，打听到我的住处，还见不着呢。看在我把老爸一张老照片送给您的份儿上，您就再给我一些指点吧！”他就说淘到个东西，上头有个“孚”字，请教：古代有哪位王爷叫孚王？大爷想了想跟他说：“清代有个孚王，是道光皇帝的第九个儿子，咸丰皇帝的弟弟。如果是孚王府的东西，那么，时代就比你那个原来当巴西木托盘的更近了，还不到二百年。但是倘若是个精品，当然也值得重视。”挂掉电话，他先有点失落，道光时期，近了点，不过细想想，这东西跟林则徐同辈，似也不可轻视。会是孚王府特制的宝物匣吗？里面又会有什么呢？忽然想起京剧《锁麟囊》里的唱词：“有金珠和珍宝光华灿烂，红珊瑚碧翡翠样样俱全，还有那夜明珠粒粒成串，还有那赤金链、紫瑛簪、白玉环、双凤鋆、八宝钗钏，一个个宝孕光含……”又不禁喜形于色。媳妇开饭，是家常炸酱面，他自剥几瓣蒜，就着吃得好香，还侃侃而谈：“路过的那地方，俗称王爷坟，说不定就是那孚王的陵寝，虽说那坟早没了，坟里东西被盗过，但盗墓贼也许就偏没见到这有孚王府记号的宝匣，又也许是几个盗墓的分赃争斗，这个把那个宰了，又有官兵过来，慌乱中掉下了这个……咳，倒是个盗墓小说的好题材，赶明儿我先敲几段贴到网上！”媳妇说：“美得你！要真是孚王坟里的，许是他福晋的陪葬品。只是那属于国家所有，咱们怎么能占为己有？”他撇嘴：“别人怎知道我哪儿来的？论起来我家祖上也算得名宦，传下这么个东西也不为奇。”见媳妇跟他白眼，又说：“就是上交，也该得些奖金是不是？反正是捞着了。”媳妇说：“你快把卫生间拾掇出来吧。我要好好洗个澡。”先去卫生间方便一下。几分钟后，媳妇捂着嘴笑着出来，跟他报告：“快去看你拿家来的那‘一道金光’！果真非凡！”他忙跑进卫生间，弯腰一看，泥土悉尽松脱，那东西彻底露出了庐山真面目——是一个近年不知谁家废弃的玻璃罐子，上头有四个明显的字是：北京腐乳！

照镜子的保安

在小区中心花园溜达，他跟几个脸熟的业主聊天，说起保安，都叹气说真是一茬不如一茬，一蟹不如一蟹。记得刚入住那年的头批保安，多数都形体面貌顺眼，有次某号楼电梯突然故障停运，保安们就帮住高层的往上提购来的物品，有的还背着老太太爬上十多层，令业主们感动不已。可是到如今，保安似乎只剩下一种功能，就是看守小区内车位。楼盘初开时，开发商和入住者都颇自豪，这小区的地下停车场和地面车位，是按五户三车的比例配置的，没想到现在已经逼近一户一车，故而任何未包车位没有车证的车子进入，保安都要登记车牌、发放卡片、叮嘱绝不可占有车位、需尽快离去，这样的车子放入后，进口处的保安立即用对讲机告知车子将去的那栋楼的保安，那里的保安就会迎上去警告不能长久停在楼门前，而出口处的保安，就会被通知到又有外来车辆车号是什么，提醒他们注意离去时收回卡片……小区里的车位纠纷层出不穷，保安为此疲于奔命。

他平时鳏居小区某栋一层某单元，节假日女儿女婿会带着外孙子来探望，晚辈来时自驾一辆小车，就停在他那单元卧室窗外，那里没画车位，勉强可挤停在丁香树下，按说也不至于妨碍内部车道的畅通，多次如此也没生发出问题，谁知一个周六老少三辈正在享受天伦之乐，门铃大响，开门看是保安，说是他们那车不能停在那里，他女婿不高兴了，女儿也趋前抗议，他气不打一处来，责问：“我交的物业费，就是为了养你们这样的白眼狼吗？”当然后来弄明白，是有辆运家具的厢式大货车，要通过他窗外的那条通道，而女儿女婿的那辆小车的屁股，确实碍了事。事情化解后，他还耿耿于怀，因此在中心花园听一位徐娘说："如今呀，千万别把保姆当闺密、把保安当保镖！千万别让送快递的进门槛，别接陌生号码打来的电话！"深以为然，颔首不止。

他本来从未正眼看过那些保安。那天他从超市购物回来，忽见进口处的保安竟然在那里照镜子！原来，小区进口处安装的是一种很堂皇的伸缩栅栏门，那栅栏门起始部分仿佛一个不锈钢的柱形柜子，两边的最上面，不知道为什么都镶着一面正方形的镜子。伸缩栅栏门早缩在一边停用了，继之是用一个遥控的起落臂，最近那起落臂坏了，就用一个用绳子拉动的带轱辘的铁皮箱，裹上黑黄条纹的外皮，替代那起落臂的拦车、放行功能。当时正好无车过来，那保安就站到那栅栏上的小镜子前，自我欣赏起来，甚至脱下大盖帽，用手来回胡噜头发，似乎在追求某种造型效果。待那保安照完镜子转身，一瞥中，认出正是那天来按门铃让挪车的"白眼狼"，不免分外鄙夷。

那晚在中心花园又跟一些业主聊天。他就把保安照镜子的情形拿来揶揄一番。个头不足一米六五，小眼睛尖猴腮，居然也臭美！一位老哥就说，楼盘刚入住那年，到这里当保安还是个不错的职业，是签约的，所以来应聘的不乏部队复原的帅哥。如今都是由保安公司提供保安，全是试用，基本上不给转正，工资低于餐馆的洗碗工，还总是拖欠工资，所以只能招来一米六五以下的，要么半老头儿，要么才十七八岁，全是穷乡僻壤来的……一位徐娘就感叹：这些小伙子也够苦的，两个人轮班，一班十二个小时，每天伙食费才八块钱！真该给他们合同保障啊！那位老哥就说，雇人的不讲信用，被雇的就懂守信吗？这不，拖来拖去，总算节前发了工资，钱一到手，当天就有七个不辞而别，也不管这里的人手接不接得上，按说过节更应该加强保安，如今啊，咱们"老头拉胡琴——吱咕吱（自顾自）"吧！他就说，那照镜子的保安，三十郎当岁了吧，倒没跑，想来是凭他那条件，跑别处也未准被录用。那徐娘就说，昨天见他下了班不抓紧休息，往东边网吧跑，如今这样的青年人，全爱到虚拟世界里头去逍遥。那老哥则揭露，据他们那楼看门的保安说，那小子是想到网上找个姑娘，假装他的对象，带回老家去让父母开心，为了这么个目的，那小子愿意把攒下的三千块钱全给那假对象呢！他就想，照什么镜子啊，外貌跟心灵都够猥琐的！

那夜，他被一种声音从睡梦中惊醒。耸耳细听，是窗外有人用哭音说话。

他下床披上衣服，走拢窗户朝外望，丁香树枝叶筛下的路灯光里，依稀辨认出是那照镜子的保安在打手机。那小伙子错误地以为他那窗外的死角是个可以避开别人偷听的地方。只听那小伙子断续地哭着对接听者说:“我不孝！……我全是撒谎……我传不了后！……我不孝！……我没法子孝！……”他的原本冷硬的心仿佛被无形的手掌一捏，迅即柔软下来，他退回床边坐下，深深地自责：凭什么自己对另一个生命照镜子那么鄙夷？……

竹排嫂

这是山东莱阳的一个镇子，一个很大的院子里，住着来自福建的老板，他经营竹排生意。他进料加工所制的竹排，不是在水上运行的那种筏子，而是用于建筑工地，铺放在脚手架上，供建筑工人踩踏的承重物。福建人为什么跑到山东做这样生意？莱阳哪有竹子，竹子要从南方进货，他为什么不就在福建经营？镇子里的人们，很少有人对此寻根究底，反正自改革开放以来，人员流动，离乡谋生，已是常态，镇子附近村里的男人，就多有到城市里当建筑工人的，留守的媳妇们，则有不少到福建老板这里来打工，造竹排。

竹排的原料，一是竹子，大货车运来竹子，卸下，先要破开，再截成一定的长度，然后在截得的竹板上打孔；再就是比较细的钢筋，用来将打好眼的竹板串起；固定的方式，有两种，一种是用能套住钢筋头的扳子，将露出竹排两边的钢筋头掰弯，箍定竹排，另一种是钢筋段两端有螺纹，然后将螺母旋进去箍紧。这是并不轻松的体力活儿，本应都由男子汉来干，但是如今镇子附近村里，留守的男子多是老弱病残，于是，形成了竹排嫂大军，她们生产出的竹排，隔几天就有大货车来装走，福建老板望着满载的货车远去，笑逐颜开，竹排嫂们则盼着运竹子的货车到来，那样，她们就可以继续挣钱了。她们挣的是计件工资，每天东方发亮她们就来，在露天干活，中午不回村，自带馒头，就着花生米，喝老板供应的开水，吃完喝完，稍稍再说笑一阵，再接着干，直到天光模糊，收工时当着老板点数，算下来，每个竹排嫂平均能挣 80 元，一个月下来，能有 2000 多元的收入。这收入于她们至关重要，在城里务工的男人虽然每天的工资比她们高许多，但是要等到春节前，才能领足工资，若是大小老板拖欠，还得抗争一番，才能把钱带回家，因此，竹排嫂们每月一结的收入，便是家中老小生活的切实支撑。

羊群有头羊，竹排嫂里有头嫂，她男人恰好姓祝，从老板起大家就都叫她竹嫂，竹嫂五官端正，身体健壮，皮肤黧黑，嗓门特大。她男人在北京建筑工地干钢筋工。往往是，下小雨了，竹嫂带领妯娌们退进简陋的檐棚下，继续制造竹排，雨下大了，有的人不干了，她套个雨披，还干，直到瓢泼大雨倾泻而来，她才罢休。她儿子上小学，放了学，就来工地找她，她让孩子趴在制造好的竹排垛上写作业，后来，另几位竹排嫂也让自己的孩子放学过来，几个孩子一起写作业。竹嫂有时会去院外小店，买来小瓶的奶发给孩子们吃。

有次老板进的竹子，破开后飞出粉尘，显然那竹子是让虫子啃过了，老板还让制成建筑工地用于蹬踩的竹排，竹嫂就抗议："不行！建筑工人踩上去不安全！"老板说："知道你男人是干那个的，可哪能那么巧，偏赶上他去踩呢？再说，这样的竹片也不至于就会踩折！"竹排嫂们的男人都是在建筑工地干活的，听了老板这话一窝蜂反驳，一个说："她男人没踩上，我男人踩折了摔下来你偿命！"一个说："谁踩上也是个地雷！"竹嫂就跟老板说："我们还给你拿它做竹排，不过不是做建筑工地用的，做成养羊的那种！"养羊的竹排承重不用那么讲究，而且，竹片之间要留缝，好让羊屎蛋漏下去，当然，批发价也就低许多。老板不愿意："最近哪有来要那个货的啊！"竹嫂就做主："姐妹们，这批竹子咱们就给他弄成养羊的！"又对老板说："你不能黑心赚钱，你要有良心！做成的羊排给你码得齐齐的，早晚能销出去！"老板退让了："好吧好吧，你个竹嫂，还真惹不起你！"

来了个新手，原来是在鞋厂打工的，鞋厂生意不好，被裁了，来做竹排。为了计件多得，她穿竹排的时候，本该在上好螺母以后，用锉子把露出的螺纹锉花，以防螺母在运送摆放中震松，她却省略那道工序，直到收工前，才被竹嫂发现，竹嫂不依，那媳妇说："你倒比老板还狠，哪有那么巧的事，偏我做的就散架！"吵到老板那里，老板对那新手说："你的男人，是在城里收废品吧？你要不跟竹嫂她们一条心，我也不敢用你了。我出的竹排为什么供不应求？口碑那么好？就因为我这里干活的媳妇们，男人全在城里建筑工地干活，她们的心思，是质量的保证，你想干下去，就得听竹嫂的，连我也得让她三分！”结果，那天竹排嫂们加班，把那新手做的竹排一个个找出来加工，她们不再争吵，而是一起唱起了流行歌曲……

姊妹跷跷板

蔷和薇是两姨表姊妹。蔷比薇大两个月。她们小时候在一个宿舍大院里长大，那大院一角有个简单的儿童乐园，她们俩最爱玩跷跷板，不是风平浪静地玩，而是谁都不服谁的气，使劲地蹬地，使跷跷板对面的那方感受到强烈的挑战意味。1980年的时候她们都到了18岁的芳龄。薇考上了大学，蔷没有考上，薇去大学报到前，蔷和她最后一次在大院里玩跷跷板，有人嘲笑她们："多大了！还跟小姑娘一样！"她俩满不在乎，猛蹬猛起，笑成一团。从跷跷板上下来，蔷望着薇说："我明年不再考。我就不信只有大学才能孵出金凤凰！"

后来两家都搬走离得远了。但一直保持联系。头两年是利用各自楼下存车棚里的公用电话，管电话的拿个大喇叭筒在楼下喊，星期天薇从学校回到家，多半就有传呼电话叫唤她，她赶紧下楼去接，那一定是蔷打来的。后来她们都置备了BP机，这玩意儿早被淘汰了，那时候却很时髦，通知来电话不用扯嗓子嚷了，BP机会给你信息，你可以从机子上显示的号码得知谁在找你，然后到电话机前给其回电。再后来蔷先给家里装上了电话，薇他们家晚装了半年，于是两姊妹在休息日就煲上电话粥了。蔷居然从单位辞职，跟她男朋友一起倒腾服装，薇就在电话里表示担心，怕她惹出麻烦。蔷嫌薇越读越呆，告诉她填鸭用不着为候鸟愁食，只是要求薇"从实招来"——她和那个"白马王子"是否都能顺利拿到美国大学奖学金？如果"王子"拿到而"格格"拿不到，"王子"是否真能在站住脚后办"格格"去陪读？再后来，薇刚从美国领事馆办妥签证回到家，就接到蔷的电话，蔷为她高兴，同时告诉她："你也该为我高兴，我置上大哥大啦！"至今薇还记得蔷到机场送别她时，手里拿着那么茁壮的一个黑家伙，代她拨号，怂恿她跟所有想得起来电话号码的亲友、同学、老师一一道别，薇就知道，蔷是在跟她玩跷跷板：你以为你出国万人羡慕？看看周围人们的眼神吧，不是都在羡慕我置备的这个大哥大吗？那时候全中国能置备手机的人士极其有限，那第一代手机傻大黑厚，所以被恭维为大哥大。

薇和她的先生在美国经过多年奋斗，餐馆刷盘子刷得换过一层皮的手，终于能翘起兰花指刷信用卡消费了，他们给亲友寄来在那边的照片，蔷就收到很多，独栋“号司”，后院有游泳池啊！天空蓝得像宝石，草坪翠绿得让人陶醉。薇有一天终于给蔷发出了邀请信，蔷去美国领事馆，竟遭拒签！蔷主动给薇打去电话，骂骂咧咧，薇很委屈，但知道不过是又一次在跷跷板两头。

日换星移，蔷拿到商务签证到了美国，薇开车到她们那些商人下榻的旅店去接蔷，往薇家的路上，蔷说：“美国嘛，早从书里、电视里、电影里、你寄来的那些照片里，领教过了，眼见为实，确实不错。可是让我想不通的是，我们预订的这家酒店，号称四星级，怎么大堂那么没气派？也不提供足疗服务。”薇先在高速公路上开，后来转到一般公路，再后来开到分支上，路上车稀，两旁森林寂静，蔷问：“怎么还不到？难道你们每天上下班都要在车上消耗这么久？”薇只是说：“快了，快了。”

蔷在薇家住了两天就腻烦透了。原来这带泳池的漂亮“号司”不但远离城市，连到最近的一处“莫”（综合购物中心）也要开车 40 分钟，周围分布着样式不尽相同的“号司”，都附带美丽的草坪花树，但邻居们是老死不相往来的。蔷发现薇家里摆满了中国的工艺品，薇和其先生告诉她，她们休息日的乐趣之一，就是开车带孩子们去城里唐人街，那街上的一家中国工艺品专卖店必去，每次都要买回几件以解乡愁。在薇家，蔷发现他们居然还在看老式的录像带，不禁好笑：“在中国农民工也看 DVD 了呀！”

最近薇和先生带着小女儿回来探亲，环路上成片的高楼令他们目眩神迷。进了蔷离闹市不远的居所，薇立即有被跷跷板那头的蔷猛蹬一脚往上急颠的感觉，比想象的宽敞不去说了，那装修，那家具，那陈设，那超薄的大液晶电视，色色都仿佛在宣告这里不是在发展中而是已经发达。蔷用“爱凤”手机催先生快点回家，又让薇的小女儿用她的“爱派”看动漫。

两姊妹的先生在一起聊得起劲。恨腐败，反霸权，叹环境破坏，盼经济复苏，不乏共鸣，但薇的先生在美国已被公司裁员，这次回来是想到国内寻找机会，他坦承自己目前不崇拜乔布斯而心仪乔姆斯基，有去参加“占领华尔街”的冲动。蔷的先生是个京剧迷，引用程派名剧《春闺梦》里一句唱词表达自己的内心：“市井微哗虑变生。”结果二人也等于上了跷跷板，争论以至抬杠。

蔷和薇却跑到住宅区的健身园地，不顾徐娘半老，真地又压上了跷跷板。半个世纪的风云变幻和自己的浮沉悲欢，倏地涌上心头，反倒失语。她们像童年时那样在跷跷板上起落，她们没有什么理论，只持守一种普通价值：不管世道如何变化，唯愿自己和家人无病无灾、多欢少忧。

附录

刘心武文学活动大事记

1942年

6月4日生于四川省成都市育婴堂街。

后在重庆度过童年。

父母兄姊均热爱文学艺术，深受家庭熏陶。

1950年

随父母迁居北京，从此定居北京。

在隆福寺小学上小学，在北京二十一中上初中。

1958年

在北京六十五中上高中。

给若干报刊投稿，屡被退稿。

8月，在《读书》杂志发表《谈〈第四十一〉》一文，是投稿第一次成功。

1959年

在《北京晚报》“五色土”副刊陆续发表一些儿童诗、小小说。

为中央人民广播电台少儿部《小喇叭》（对学龄前儿童广播）编写若干

节目；其中快板剧《咕咚》经编辑加工、录制后大受欢迎；“文革”中录音带被销毁；1991 年重新录制播出。

1961年

毕业于北京师范专科学校，分配到北京十三中任教。

至“文革”前，在《北京晚报》《中国青年报》《人民日报》《光明日报》《大公报》《北京日报》《体育报》《儿童时代》《大众电影》等报刊上发表了约 70 篇小小说、散文、杂文、评论等文章。

1966年—1976年

“文革”中，因 1964 年曾发表过一篇关于京剧的文章，被以“反江青”罪名冲击。

1974 年后再试写作，曾写一关于“教育革命”的长篇小说，由出版社联系获准脱产修改，但终未达到当时出版要求。

1976年

写出一个大院里孩子们同坏蛋斗争的中篇小说《睁大你的眼睛》并得以出版（北京人民出版社）。

按照当时政治要求写出一些短篇小说、散文，有的到次年才收入多人合集中出版。

调到北京人民出版社（后恢复“文革”前社名：北京出版社）文艺编辑室当编辑。

1977年

11 月，在《人民文学》杂志发表短篇小说《班主任》，产生重大影响——被认为是“伤痕文学”的开山作，也是“新时期文学”的发端；从此成名。

从《班主任》后，写作冲破懵懂，沿着认定的方向跋涉，穿越风云，锲而不舍。

1978年

参加《十月》杂志（开始以丛书名义出版）创刊工作，在创刊号上发表短篇小说《爱情的位置》，经转载和广播，影响巨大。

在《中国青年》杂志上发表短篇小说《醒来吧，弟弟》，反应亦极强烈。

《班主任》《爱情的位置》《醒来吧，弟弟》均被改编为广播剧，由中央人民广播电台多次广播，《醒来吧，弟弟》被搬上话剧舞台；此年发表的短篇小说《穿米黄色大衣的青年》亦由电台播出。

1979年

在首届全国优秀短篇小说评奖中《班主任》获第一名。颁奖会上，从茅盾先生手中接过奖状。

参加中国作家协会第三次全国代表大会，被选为中国作家协会理事。

成为中华全国青年联合会常务委员，至1993年卸任。

9月，参加中国作家代表团访问罗马尼亚，此系“文革”后第一个作家出访团。

在《人民文学》杂志发表短篇小说《我爱每一片绿叶》，写作技巧有长足进步。

1980年

调至北京市文联当专业作家。

《我爱每一片绿叶》获1979年全国优秀短篇小说奖。

《看不见的朋友》获1954—1979年第二届全国少年儿童文学创作奖。

在《十月》杂志发表中篇小说《如意》，其弘扬人道主义的追求引起争议。

出版《刘心武短篇小说选》(北京出版社)。

1981年

在《十月》杂志发表中篇小说《立体交叉桥》，引起更大争议，一些评论家认为“调子低沉”是步入了写作上的歧途，另有评论家则认为此作标志着刘心武的小说创作在反映现实、探索人性及艺术功力上均达到了新的水平。

5月，应日本文艺春秋社邀请访问日本。

1982年

应导演黄建中之请，改编《如意》；北京电影制片厂拍成彩色艺术片《如意》。

1983年

11 月，参加中国电影代表团赴法国，在南特“三大洲电影节”上，《如意》在开幕式上放映，获好评；后陆续在法国、西德电视台播出。

1984年

冬，应邀访问西德，参加“中德大学生会见活动”，并在波恩大学、波鸿大学与威尔兹堡大学介绍中国当代文学。

年底，参加中国作家协会第四次全国代表大会，再次当选为理事。

在《当代》文学双月刊第5、6期连载长篇小说《钟鼓楼》。

1985年

出版长篇小说《钟鼓楼》（人民文学出版社），并获第二届茅盾文学奖。

因《钟鼓楼》获北京市政府嘉奖。

7月，在《人民文学》杂志发表纪实小说《5·19长镜头》，反响强烈。

11 月，又在《人民文学》杂志发表纪实小说《公共汽车咏叹调》，引起轰动。

1986年

年初，应当代文艺出版社邀请访问香港。

6月，调中国作家协会《人民文学》杂志社，任常务副主编。

在《收获》杂志设《私人照相簿》专栏，进行图文交融的文本尝试。

散文集《垂柳集》出版，冰心为之作序。

1987年

1 月，被任命为《人民文学》杂志主编。

2 月，《人民文学》杂志 1、2 期合刊发表马建写的小说《亮出你的舌苔或空空荡荡》违反民族政策，承担责任，停职检查。

9 月，复职。

冬，应邀赴美国访问。参观《美洲华侨日报》；在哥伦比亚大学，三一学院，哈佛大学，麻省理工学院，康奈尔大学，芝加哥大学，旧金山大学，史坦福大学，加州大学伯克利分校、洛杉矶分校、圣迭戈分校等处演讲，介绍中国当代文学，并参观耶鲁大学；参加爱荷华大学“作家写作中心”的纪念活动；游览华盛顿等地。

1988年

3 月，应香港《大公报》邀请，赴香港参加五十周年报庆活动；在《大公报》安排的大型报告会上作关于改革开放与文学创作的报告。

5 月，应法国文化部邀请，参加中国作家代表团访问法国，除在巴黎活动外，还访问了西部港口城市圣·拉扎尔。

《私人照相簿》在香港出版（南粤出版社）。

《我可不怕十三岁》获 1980—1985 年全国优秀儿童文学奖。

以上数年中，若干小说、散文还分别获得过《当代》《十月》《小说月报》《小说选刊》《中篇小说选刊》《儿童文学》《北方文学》等杂志，《人民日报》《文汇报》等报纸副刊的奖；拍成电视剧播出的有《没工夫叹息》《熄灭》（电视剧名《火苗》）《今夏流行明黄色》《到远处去发信》《非重点》《公共汽车咏叹调》和八集连续剧《钟鼓楼》；若干作品被英国、美国、西德、苏联、日本、法国、意大利、瑞士、瑞典等国翻译为英、德、俄、日、法、意、瑞典等文字出版；自 1987 年起被世界上有威望的英国欧罗巴出版社《世界名人录》收入辞条。

1989年

春，应香港中文大学翻译中心邀请，与妻子吕晓歌赴香港访问。

1990年

3月，以任届期满，免去《人民文学》杂志主编职务。

香港中文大学翻译中心编译的英文小说集《黑墙与其他故事》出版。

秋，以“鱼山”笔名在《钟山》杂志发表中篇小说《曹叔》。

1991年

出版小说集《一窗灯火》。

除小说外，开始发表大量散文、随笔。

1992年

长篇小说《风过耳》在内地（中国青年出版社）、香港（勤＋缘出版社）分别出版，反响颇为强烈。

长篇小说《四牌楼》完稿，交上海文艺出版社出版。

《献给命运的紫罗兰——刘心武谈生存智慧》由上海人民出版社出版，受到读者欢迎。

在《收获》杂志发表中篇小说《小墩子》，后由中国电视剧制作中心改编拍摄为电视连续剧。

至该年，在海内外出版的个人专著按不同版本计已达43种。

在《红楼梦学刊》1992年第二辑上发表论文《秦可卿出身未必寒微》，在“红学”界和读者中均引起注意;另有若干《红楼梦》人物论和《红楼边角》专栏文章发表。

冬，应瑞典学院邀请（斯堪的纳维亚航空公司赞助）赴北欧访问；在挪威奥斯陆大学、瑞典斯德哥尔摩大学和隆德大学、丹麦哥本哈根大学和奥胡斯大学的东亚系汉学专业以《九十年代初的中国小说》为题作学术报告;12月7日，参加诺贝尔文学奖有关活动，听1992年得主德里克·沃尔科特发表受奖演说。

1993年

华艺出版社出版《刘心武文集》(1—8卷)。

出版长篇小说《四牌楼》。

1994年

1月，应台湾《中国时报》邀请赴台参加“两岸三地文学研讨会”。

《四牌楼》获上海优秀长篇小说大奖，到沪领奖。

1995年

出版随笔集《人生非梦总难醒》(上海人民出版社)。

出版小说集《仙人承露盘》(华艺出版社)。

1996年

出版长篇小说《栖凤楼》(人民文学出版社)。至此，由《钟鼓楼》《四牌楼》《栖凤楼》构成的“三楼”长篇小说系列竣工。

应《南洋商报》邀请赴马来西亚访问并顺访新加坡。

1997年

应日本国际交流基金会邀请，与妻子吕晓歌访问日本。长篇小说《钟鼓楼》、儿童文学作品《我是你的朋友》、短篇小说《王府井万花筒》等此前已相继译为日文在日本出版。

1998年

建筑评论集《我眼中的建筑与环境》由中国建筑工业出版社出版，在建筑界产生影响。

应美国科罗拉多大学邀请，赴美参加金庸作品国际研讨会，在会上提交关于《鹿鼎记》的论文《失父：一种生存困境》。

1999年

出版纪实性长篇小说《树与林同在》(山东画报出版社)。

出版《红楼三钗之谜》(华艺出版社)。

赴新加坡出席国际环境文学研讨会。

2000年

应邀访问法国，并应英中协会和伦敦大学邀请，从巴黎赴伦敦讲《红楼梦》。

至此年底在海内外出版的个人专著（不含文集）按不同版本计达101种。

2001年

出版包含建筑评论的随笔集《从忧郁中升华》(文汇出版社)。

在北京电视台录制播出《刘心武谈建筑》系列节目。

2002年

出版小说集《京漂女》(中国文联出版社)，自绘插图。

应澳大利亚雪梨华文写作协会邀请赴澳大利亚访问。

2003年

以马来西亚《星洲日报》世界华人文学“花踪奖”评委身份赴吉隆坡参加相关活动。

台湾联经出版社出版小说集《人面鱼》。此前台湾已出版过刘心武多种作品，如皇冠出版社出版了《钟鼓楼》，幼狮文化事业公司出版了《四牌楼》《为他人默默许愿》(散文集)。

2004年

赴法参加巴黎书展活动。书展上展出了译为法文的著作有小说《树与林同在》《护城河边的灰姑娘》《尘与汗》《人面鱼》《如意》与歌剧剧本《老舍之死》。

建筑评论集《材质之美》由中国建材工业出版社出版。

小说集《站冰》出版（人民文学出版社），自绘封面插图。

2005年

出版集历年研红成果的《红楼望月》（书海出版社）。

应CCTV-10（中央电视台科学教育频道）《百家讲坛》邀请，录制播出《刘心武揭秘〈红楼梦〉》系列节目23集，反响强烈，引起争议。

《刘心武揭秘〈红楼梦〉》第一、二部相继出版（东方出版社），畅销。

2006年

应美国华美协会邀请，赴纽约在哥伦比亚大学讲《红楼梦》。

应邀参加香港书展。

出版《刘心武揭秘古本〈红楼梦〉》（人民出版社）。

2007年

继续应邀到CCTV-10《百家讲坛》录制节目，并出版《刘心武揭秘〈红楼梦〉》第三部、第四部（东方出版社）。

访问俄罗斯。

2008年

出版随笔集《健康携梦人》（中国海关出版社）。

自1986年出版《垂柳集》，至此所出版的散文随笔集已逾三十种。

2009年

在《上海文学》杂志开《十二幅画》专栏，每期发表一篇写人物命运的大散文，并配发自己的画作。

4月，妻子吕晓歌病逝，著长文《那边多美呀！》悼念。

2010年

再应CCTV-10《百家讲坛》邀请，录制播出《〈红楼梦〉的真故事》系列节目。至此在《百家讲坛》录制播出关于《红楼梦》的个人系列讲座累计达61集。

出版《〈红楼梦〉的真故事》(凤凰联动·江苏人民出版社)，在争议声中畅销。

4月，应台湾新地文学社邀请赴台参加“21世纪世界华文文学高峰会议”。

出版《命中相遇——刘心武话里有画》(上海文艺出版社)。

加快《刘心武续〈红楼梦〉》的写作。

至本年底，在海内外出版的个人专著,《文集》不算在内，重印亦不算，按不同版本计达182种(按不同书名计则为141种)。

年底，筹备编辑《刘心武文存》。

2011年

由江苏人民出版社出版《刘心武续〈红楼梦〉》。

至2011年底在海内外出版的个人专著以不同版本计达193种(《刘心武文集》不计算在内)。

2012年

江苏人民出版社出版散文集《人生有信》。

漓江出版社出版《刘心武评点〈金瓶梅〉》。

法国伽里玛出版社出版《尘与汗》《护城河边的灰姑娘》法译版的袖珍本。

江苏人民出版社出版《刘心武文存》40卷，收录1958年至2010年所能搜集到的全部公开发表过的作品。

2013年

漓江出版社出版散文集《空间感》。

2014年

漓江出版社出版长篇小说《飘窗》。

台湾学生书局出版宣纸线装本《刘心武评点全本金瓶梅词话》。

人民文学出版社出版“刘心武长篇小说系列”包括《钟鼓楼》《四牌楼》《栖凤楼》《风过耳》《刘心武续〈红楼梦〉》(修订版)五部作品。

2015年

漓江出版社出版《跨世纪的文化瞭望——刘心武张颐武对谈录》增订版。

至此年4月，不算《刘心武文集》《刘心武文存》，以单本著作计，已达227种，再剔除同一书名的不同版本，则有160种。

漓江出版社出版自2013年以来未入集的作品汇编《润》。

2016年

出版《刘心武文粹》26卷。

图书在版编目（CIP）数据

掐辫子 / 刘心武著 . — 南京：译林出版社，2016.1
（刘心武文粹）
ISBN 978-7-5447-5984-7

Ⅰ．①掐… Ⅱ．①刘… Ⅲ．①小小说－小说集－中国－当代
Ⅳ．①I247.8

中国版本图书馆 CIP 数据核字（2015）第 278150 号

书　　名 掐辫子
作　　者 刘心武
责任编辑 陆元昶
特约编辑 梁清波
出版发行 凤凰出版传媒股份有限公司
译林出版社
出版社地址 南京市湖南路 1 号 A 楼，邮编：210009
电子邮箱 yilin@yilin.com
出版社网址 http://www.yilin.com
印　　刷 北京京都六环印刷厂
开　　本 710×1000 毫米 1/16
印　　张 26.25
字　　数 240 千字
版　　次 2016 年 1 月第 1 版 2016 年 1 月第 1 次印刷
书　　号 ISBN 978-7-5447-5984-7
定　　价 38.00 元